THE TRIALS OF APOLLO

太陽神試煉

暴君之墓

Rick Riordan
雷克·萊爾頓 著
王心瑩 譯

【系列推薦文】

進入天神的幻想異域

暨南大學推理同好會指導老師　余小芳

【太陽神試煉】是暢銷書作家雷克·萊爾頓的新作，他以生動活潑的巧筆、流暢好讀的行文及天馬行空的想像力，不僅再現波西·傑克森的英姿，整個冒險歷程更著墨在太陽神阿波羅被貶爲凡人的故事上。

故事中娓娓道來過往樹敵無數，而今「有所不能」的天神在凡間所面臨的嚴峻考驗，並透露出儘管前身曾呼風喚雨，想在現實社會生存，「進步的唯一方法就是練習」，道出了現代人努力的不二法則。

全書採用第一人稱的視點，直探神祇內心的脆弱與掙扎。透過古老神話的現代詮釋與演繹，別出心裁的劇情發展，引領讀者進入幻想異域，【太陽神試煉】再度展現一代奇幻大師出眾的匠心及功力，別具意義。

【系列推薦文】

一部視覺和聽覺交織的幻奇故事

演員　汪東城

「唱歌對靈魂有益，你絕對不該錯過唱歌的機會。」這是太陽神阿波羅在這系列中最觸動我心的一句話。

我透過作者雷克．萊爾頓的妙筆引領，想像自己正在衝破現實次元壁，和希臘神話的眾神們徹頭徹尾奔馳出一段英雄冒險歷程，而這一切在視覺上是這麼理所當然的奇幻驚喜。

但我更想說的是，其實這是一本會唱歌的書，作者在情節中播放著一首首滿是寓意的歌曲，因著文字我在紐約街頭聆聽了一場情懷漫溢的演唱會，在聽覺上眞叫人出乎意料、美妙絕倫。

這是一部視覺和聽覺交織的幻奇故事，請大家跟著我和落入凡間的太陽神阿波羅一起放聲高歌吧！

【系列推薦文】

再見波西與太陽神的精彩結合

高雄市國教輔導團社會領域專任輔導員　**蔡宜岑**

希臘神話中的太陽神阿波羅墜入凡間只剩下一副十六歲男孩的軀殼，沒有俊俏的外表，以往引以為傲的神力通通消失，再也不是大家所熟悉掌管藝術、音樂、醫藥的陽光型男。

雷克．萊爾頓再度發揮奇幻創作，將神話中的阿波羅與創作出的人物波西．傑克森再度結合在【太陽神試煉】這部作品中，看著阿波羅如何與夥伴相互合作度過每一次的難關，如何運用現有資源與智慧在現代社會中找出自己的價值。作者大量運用青少年的用語，並巧妙插入貼近年輕人的話題，很自然地便能吸引年輕讀者的目光。而其生動、純熟的寫作筆法讓書中人物宛若躍然紙上，開啟讀者無邊際的想像空間。

紀念黛安·馬丁涅茲，
她讓很多生命變得更美好。

1

此地無食物
梅格吃光瑞典魚
請下我靈車

我認爲要把遺體歸還故里。

這似乎是很簡單的禮儀，對吧？一名戰士死了，你應該盡你所能，把遺體送還給他們的同胞，舉辦隆重的葬禮。也許我很老派吧。（我確實高齡四千歲了。）但我覺得，沒有好好處理遺體是很無禮的行爲。

就以特洛伊戰爭期間的阿基里斯爲例吧。眞是大笨豬。他用戰車拖著特洛伊英雄人物赫克托的遺體環繞城牆，數日不歇。最後，我說服宙斯對那個大惡霸施壓，把赫克托的遺體送還給他的父母，這樣他才能有一場體面的葬禮。我是要說，拜託，對你屠殺的人表達一點敬意好嗎。

然後是奧利佛・克倫威爾❶的遺體。我不是這個人的粉絲，不過拜託好不好。一開始，英國人爲他舉行隆重的葬禮。接著，他們覺得很討厭他，於是把他挖出來，對他的遺體「處以

❶ 奧利佛・克倫威爾（Oliver Cromwell, 1599-1658）是英國政治家、革命領袖，他為了消除君主制，一九四九年處死查理一世，開啟共和制度。

極刑」。然後，他的頭顱從長矛上掉下來，它已經刺在那上面示眾過了幾十年；接著在收藏家之間輾轉流傳，又過了差不多三個世紀，很像一顆噁心的雪花球紀念品。最後在一九六〇年，我附耳對一些有權有勢的人悄悄說：「已經夠了吧。我是天神阿波羅，我命令你埋葬那個東西。你讓我覺得超噁的。」

而到了傑生・葛瑞斯，我死去的朋友和同父異母兄弟，我不打算改變這樣的想法。我會親自護送他的棺木前往朱比特營，以隆重的禮儀爲他送別。

從結果看來，那是很棒的決定。因爲有食屍鬼攻擊我們等等之類，說都說不完。

當我們的私人飛機降落在奧克蘭機場的時候，夕陽把舊金山灣變得像是一大鍋熔融的紅銅。我說「我們的」私人飛機，這趟包機飛行其實是一份臨別贈禮，來自於我們的朋友派波・麥克林，以及她的電影明星父親。（每個人至少都應該要有一位朋友的父親或母親是電影明星喔。）

還有另一份驚喜在跑道旁邊等著我們，一定也是麥克林父女的精心安排：一輛閃閃發亮的黑色靈車。

我和梅格・麥卡弗瑞在柏油跑道上伸展雙腿，等待地面組員以肅穆的態度，把傑生的棺木從塞斯納飛機的貨艙移出來。在傍晚的光線中，擦得晶亮的桃花心木棺材似乎散發光芒。它的黃銅配件閃耀著紅光。我好討厭它這麼美麗。死亡不應該是美麗的。

組員將它搬進靈車，接著把我們的行李搬移到後座。我們沒有太多行李，只有梅格的背包和我的背包（感謝「馬可的瘋狂軍用品店」提供），我的長弓、箭筒和烏克麗麗，還有傑生遺贈給我們的兩本素描簿和展示模型。

我簽署一些文件，接受飛行組員的弔唁，然後與一名好心的殯葬業者握手，他把靈車的鑰匙遞給我，接著就步行離開了。

我凝視著那些鑰匙，接著看看梅格．麥卡弗瑞，她正把一顆「瑞典魚」軟糖的魚頭咬下來。那個品牌的紅色軟糖黏糊糊的，飛機裡屯積了六罐。但是再也沒有了。梅格隻手把瑞典魚的生態系推向崩潰瓦解的邊緣。

「我猜我要開車囉？」我好奇地問：「這是出租的靈車嗎？」

梅格聳聳肩。搭機期間，她很堅持整個人攤在塞斯納飛機的沙發上，因此她的馬桶蓋黑髮側邊壓得扁扁的。她的貓眼鏡框邊角裝飾著水鑽，眼鏡有一角從頭髮之間凸出來，很像迪斯可舞廳那種鯊魚彩燈的魚鰭。

她服裝的其他部分同樣很髒亂：鬆垮的紅色高筒球鞋、破舊的黃色緊身褲，以及她鍾愛的綠色及膝連身裙，那是波西．傑克森的母親給她的。我會說「鍾愛」，是指那件連身裙經歷過那麼多場戰鬥，又曾經洗淨再縫補過那麼多次，看起來已經不太像一件衣服，還比較像是洩了氣的熱氣球。梅格的腰際繫著最重要的裝備：有很多口袋的園藝腰帶，因為那是狄蜜特❷的孩子出門的必備物品。

「我沒有駕駛執照，」她說著，感覺好像我需要有人提醒，目前有個十二歲的孩子掌控我

---

❷ 狄蜜特（Demeter）是希臘神話中的農業女神，掌管大地農作物的豐收。等同於羅馬神話的席瑞絲（Ceres）。

的生活。「我要搶坐副駕。」

對靈車來說，「搶坐副駕」這種話似乎不太合宜。然而，梅格蹦蹦跳跳地跑向副駕駛座那邊，爬進車內。我則坐到方向盤後面。過沒多久，我們離開機場，開著租來的黑色傷心汽車，沿著八八〇號州際公路向北行駛。

啊，灣區……我曾在這裡度過一些開心時光。這裡的地形很像奇形怪狀的大碗，擠滿了有趣的人物和場所。我很愛綠色與金色夾雜的山丘、濃霧掃過的海岸線、鮮豔的大橋纜索，還有古怪曲折的一個個社區彼此並肩堆疊，宛如尖峰時間的地鐵乘客。

回想起一九五〇年代，我和迪吉．葛拉斯彼❸在費爾摩區❹的「咆勃城」❺爵士俱樂部一起玩音樂。而在「愛之夏」❻嬉皮運動期間，我在金門公園和「死之華」合唱團共同演出一場即興表演。（「死之華」是一群很可愛的傢伙，但是他們眞的需要那種十五分鐘的冗長獨奏嗎？）到了一九八〇年代，我經常和史坦．布瑞爾一起在奧克蘭閒晃（他還有一個大家熟知的名字叫做「MC哈默」），他是流行說唱的祖師爺。史坦的音樂我不敢居功，不過在時尚選擇方面，我確實對他做了一點建議。他那些輕薄的金色飛鼠褲？那是我的主意喔。不客氣啦，時尚達人。

灣區多半帶來美好的回憶。不過我一邊開車，目光忍不住瞥向西北方……望向馬林郡和塔瑪爾巴斯山。我們天神把那個地方稱爲奧特里斯山，那裡是泰坦巨神的根據地。即使我們的古代敵人已經覆滅，他們的宮殿也遭到摧毀，但我依然感受到那個地方的邪惡力量；如今我身爲凡人，那種力量就像一塊磁鐵，拚命要把我血液中的鐵質吸出去。

我盡全力甩開那種感受。我們還有其他問題要處理。更何況我們要去朱比特營，那裡是灣區這一側的友好領土。我有梅格當靠山。我駕駛著一輛靈車。這樣怎麼可能出問題呢？

尼米茲高速公路蜿蜒穿越東灣的平原地帶，經過許多倉庫和港區、帶狀的購物中心和一排排荒廢的平房。我們的右側聳立著奧克蘭市中心，一小群高樓大廈遙望著海灣對面較涼爽的鄰居城市舊金山，彷彿嚷嚷著：「我們是奧克蘭！我們也存在喔！」

梅格斜躺在她的座位裡，一雙紅色高筒球鞋翹在儀表板上，砰砰踢著她那邊的玻璃。

「我喜歡這地方。」她下定決心說。

「我們才剛到這裡耶，」我說：「你喜歡它的哪方面？廢棄的倉庫？『波斯炸雞鬆餅店』的招牌？」

「大自然。」

「混凝土算是大自然？」

「也有很多樹木啊。植物正在開花。空氣中的溼氣。桉樹的氣味很好聞。不會像……」

她不需要說完那句話。我們待在南加州的時候，最大的特色便是灼熱的氣溫、極度的乾

---

❸ 迪吉．葛拉斯彼（Dizzy Gillespie）是美國爵士樂手、作曲家。

❹ 費爾摩（Fillmore）是舊金山的街名，爵士樂從一九四〇年代開始在舊金山熱烈發展，費爾摩區匯聚了許多頂尖音樂家。

❺ 咆勃城（Bop City）是舊金山著名的爵士樂俱樂部，在一九四〇到六〇年代全盛期，許多著名音樂家都曾來此表演，包括比莉．哈樂黛（Billie Holiday, 1915-1959）、路易斯．阿姆斯壯（Louis Armstrong, 1901-1971）、查特．貝克（Chet Baker, 1929-1988）等。一九七〇年代搬遷到費爾摩區，屹立至今。

❻ 愛之夏（Summer of Love）發生在一九六七年夏天，一萬多名支持嬉皮生活的年輕人齊聚於舊金山。

旱和猛烈的野火，全都要歸功於魔法強大的「烈焰迷宮」，那裡受到卡利古拉的控制，還有他那位恨意爆表又瘋狂的女巫閨蜜，梅蒂亞❼。那些問題在灣區完全不會體驗到。總之，眼下此刻不會啦。

我們殺了梅蒂亞。我們摧毀烈焰迷宮。我們救出歐律斯拉俄亞的女先知，也讓南加州的凡人和乾枯凋謝的大自然精靈鬆了一口氣。

但是卡利古拉還活得好好的。他與「三巨頭」的合夥皇帝依然一頭熱，想要控制所有的預言工具、接管整個世界，並且以他們自己殘酷成性的形象描繪未來的願景。此時此刻，卡利古拉那支邪惡的奢華遊艇艦隊正駛向舊金山，準備對朱比特營發動攻擊。我真不敢想像，那位皇帝會對奧克蘭和「波斯炸雞鬆餅店」使出何種地獄般的毀滅手段。

就算我們想辦法打敗三巨頭，我的宿敵匹松也仍控制著最重要的神諭，德爾菲。以我目前這種「十六歲弱雞」的形象，怎麼樣才能打敗牠呢？我真的毫無頭緒。

不過呢，嘿，除此之外，一切都很好。桉樹的氣味聞起來很棒。

車行至五八〇號州際公路的交流道，車速變慢了。加州的駕駛人顯然沒有遵守慣例，沒有出於尊敬而讓路給靈車。也許他們認為我們至少有一位乘客已經死了，所以不急。

梅格把玩著她那邊的車窗控制器，讓玻璃上升又下降。咿咿咿。咿咿咿。咿咿咿。

「你知道要怎麼去朱比特營嗎？」她問。

「當然知道。」

「因為要去混血營的時候你那樣說。」

「我們還是到了啊！反正最後到了。」

「凍得半死。」

「你看，營區的入口就在那裡。」我朝向奧克蘭山隨便揮揮手。「凱迪克隧道裡面有一條祕密通道之類的。」

「之類的？」

「嗯，我沒有眞的開車去過朱比特營啦，」我坦白說：「我通常是駕著光輝燦爛的太陽戰車從天而降。不過我知道凱迪克隧道是主要入口。可能有個路牌吧。也許有一條『半神半人專用』的車道。」

梅格從她的眼鏡上方瞄了我一眼。「你眞是有史以來最蠢的天神。」她把玻璃窗搖上去，發出最後一聲「咿咿咿……嘶碰」，那聲音令人聯想到斷頭台的利刃，感覺超不舒服的。

我們轉向東北方向，開上二十四號公路。隨著山區隱約變近，壅塞情況也紓解了。高架道路越過社區的蜿蜒街道和高聳的針葉樹，白色的灰泥房屋依附在綠草如茵的深谷邊緣。有塊路牌指出「凱迪克隧道入口，三公里」。我應該能安心了。再過不久，我們就會越過朱比特營的邊界，進入重兵看守、以魔法僞裝的山谷，那裡有一整個羅馬軍團保護我，讓我遠離各種煩憂，至少可以抵擋一陣子啦。

然而，我的頸背爲什麼寒毛直豎，抖得像海裡的蠕蟲？

有點不對勁。我漸漸明白，自從飛機落地之後，我感覺到很不舒服，可能不是源自卡利古拉的遙遠威脅，也不是以塔瑪爾巴斯山爲根據地的古老泰坦巨神，而是某種近在眼前的事

---

❼梅蒂亞（Medea）是魔法高強的女巫，也是科爾奇斯國王的女兒。

物……某種惡意的事物，而且愈來愈近了。

我朝後視鏡瞥了一眼。透過車尾玻璃的薄紗簾幕，我什麼都沒看到，只看到車陣。但就在這時，我瞥見外面有個移動的暗影，倒映在傑生棺木頂蓋的晶亮表面上，那個物體很像人類的體型，剛好飛過靈車側邊。

「嗯，梅格？」我努力讓聲音保持平穩。「你有沒有看到我們後面有什麼不尋常的東西？」

「不尋常？像什麼？」

咚。

靈車突然前後搖晃，感覺好像勾上一輛載滿廢金屬的拖車。在我的頭頂上，車頂的軟墊出現兩個腳印的形狀。

「有東西剛剛降落在車頂上。」梅格推論說。

「梅格．福爾摩斯，謝謝你喔！你可以把它弄掉嗎？」

「我？怎麼弄？」

這問題很有道理，超煩的。梅格的兩隻中指都戴著戒指，她可以把兩枚戒指變成厲害的金色刀子，但如果在狹窄的空間把它們召喚出來，例如靈車的內部，那麼她：一、可能沒有足夠的空間能夠施展；二、最後可能刺中我以及/或者她自己。

咯吱。咯吱。腳印壓得更深了，看來那東西在上面調整自己的重心，很像站在衝浪板上的衝浪手。它一定超級沉重，才會陷進金屬車頂。

我的喉嚨冒出嗚咽的哭聲，雙手在方向盤上陣陣發抖。我好想去拿後座的長弓和箭筒，但不可能用得上啊。一邊開車一邊射出投射式武器，這是大大的禁忌啊，好孩子不要學。

「也許你可以打開車窗，」我對梅格說：「探出身體，叫它走開。」

「呃，不要。」（眾神哪，她好頑固。）「你幹嘛不試著甩掉它？」

在公路上以時速八十公里行駛時，那樣做是很可怕的主意，但我還來不及解釋，就聽到一個聲音，很像打開鋁罐的「砰」一聲，接著是空氣衝過金屬的清脆氣流聲，嘶嘶作響。一根爪子刺穿車頂……汙穢的白色利爪，大概有一根鑽子那麼長。然後又一根。再一根。接著又一根，到最後總共有十根白色的尖利銳爪刺穿了頭上的軟墊，剛好是兩隻超級大手的正確數目。

「梅格？」我大喊：「你可不可以……？」

我不知道要怎麼把這個句子說完。你可不可以……保護我？殺了那東西？看看後座有沒有備用的內褲？

我的思緒遭到粗魯地打斷，那生物把我們的車頂撕扯開來，活像我們是某人的生日禮物。透過破爛的洞口低頭盯著我看的，是個形容憔悴、很像食屍鬼的人形生物，藍黑色外皮宛如家蠅的表皮那麼閃亮，眼睛是薄膜狀的白色圓球，裸露的牙齒滴著唾液。它的身軀裹著腰布劈啪翻飛，是用油膩的黑色羽毛編製而成。它散發的氣味遠比所有的垃圾箱更腐臭……相信我，我曾經掉進好幾個垃圾箱裡面。

「食物！」它號叫說。

「殺了它！」我對梅格大叫。

「趕快轉向！」她反駁說。

我受困在這副弱小的凡人身軀裡，有很多事情超煩的，其中之一是：我是梅格·麥卡弗瑞的僕人。我必須遵從她直接下達的命令。因此，她一大叫「趕快轉向」，我連忙把方向盤猛力往右轉。靈車的操控性能太棒了。只見車子跨越三條車道，高速直直衝過護欄，筆直墜落到下方的峽谷裡。

2

哥，這很不酷
哥只想吃我哥們
哥，我哥們死

我喜歡會飛的車子。可是，我比較喜歡眞的能飛的車子。

靈車達到零重力狀態時，我有短暫的幾毫秒時間稍微欣賞了底下的景色：有個漂亮的小湖，湖邊有桉樹林和步道，遠處的湖岸有個小沙灘，那裡有一群人坐在毯子上，舉行輕鬆的傍晚野餐會。

「喔，好耶，」我的腦袋裡有一小部分這樣想：「也許我們至少會降落於水域。」

接著我們往下墜落，不是衝向湖泊，而是衝向樹林。

我的喉嚨發出的聲音，很像男高音帕華洛帝在歌劇《唐喬凡尼》唱出的高音C。我的雙手死死黏在方向盤上。

我們衝進桉樹林時，食屍鬼從我們的車頂消失不見，簡直就像樹枝刻意把它掃開。其他樹枝則似乎彎曲著，保護靈車，減緩我們的墜落之勢，讓我們從充滿止咳藥水味的一根茂盛樹枝落向另一根，直到發出刺耳的轟一聲、四個輪子同時撞上地面爲止。想要採取什麼有用的對策都太遲了，只見安全氣囊爆開，把我的頭往後推向椅背。

黃色的變形蟲在我眼裡飄游。鮮血的味道刺激我的喉嚨。我扒抓著門把，從安全氣囊和座椅之間努力擠出去，跌跌撞撞地摔在一片涼爽柔軟的草地上。

「哎喲喂呀。」我說。

我聽見梅格在附近某處發出嘔吐聲。至少那表示她還活著。大約在我左邊距離三公尺的地方，湖水陣陣拍打湖岸。而在我的正上方，靠近最高桉樹的樹梢處，我們的藍黑色食屍鬼朋友一邊咆哮一邊扭動，困在一大團樹枝牢籠裡。

我掙扎著坐起來。我的鼻子陣陣抽痛，感覺鼻竇好像塞滿了薄荷腦。「梅格？」

她繞過靈車的車頭，跌跌撞撞映入眼簾。她的眼睛周圍冒出環狀的瘀青，無疑要感謝乘客座的安全氣囊。她的眼鏡很完整，不過歪掉了。「你的轉向技術超爛的。」

「喔，我的老天爺們啊！」我抗議說：「你不是『命令』我要……」我的腦袋猶豫一下。「等一下。我們怎麼會活著？讓樹枝彎曲的人是你嗎？」

「哼。」她揮動雙手，於是她的黃金雙刀一閃而現。她用那兩把刀當做滑雪杖，支撐著身體。「樹枝不會讓那隻怪物困太久。準備好。」

「什麼？」我大喊：「等一下。不行。沒有準備好啊！」

我扶著駕駛座的車門，把自己拖起來站好。

在湖的對岸，那些野餐的人已經從毯子上站起來。我想，一輛從天而降的靈車引起他們的注意吧。我的視線很模糊，但那群人似乎有點怪怪的……是不是有人穿著盔甲？另一個人有雙羊腿？

就算他們很友善，但是距離太遠，大概幫不上忙。

我跛著腳走向靈車，用力拉開後座車門。傑生的棺木在後座看起來安全牢固。我抓起我的弓和箭筒，烏克麗麗已經掉到爆開的安全氣囊下方不知所蹤。少了它還是得動手啊。

那個生物在頭頂上方大聲號叫，在樹枝牢籠裡奮力翻跳。

梅格走路一拐一拐的，她的額頭冒出連串的汗珠。接著，食屍鬼掙脫開來，向下俯衝，降落在只有幾公尺外的地方。我希望它的雙腿會因爲猛力衝擊而斷掉，不過運氣似乎沒那麼好。它走了幾步，用力踩踏草地上的水窪，然後挺直身體，咆哮一聲，尖利的白牙很像兩排互爲鏡像的小柵欄。

「殺和吃！」它尖聲叫喊。

多美妙的歌喉啊。這個食屍鬼可能比挪威所有的死金屬樂團更厲害。

「等一下！」我以尖銳的聲音喊道：「我……我認識你。」我搖搖手指，活像是這樣就能啟動我的記憶。至於我的另一隻手，手中緊握的弓抖個不停。飛箭也在箭筒裡喀啦作響。

「等……等一下，我會想起來！」

食屍鬼遲疑一下。我一直都相信，大部分有感受力的生物都很喜歡有人認得它們。無論是眾神、凡人，還是身穿禿鷲羽毛腰布的流口水食屍鬼，大家都很樂意知道有人認識我們、叫得出我們的名字、感激有我們的存在。

當然啦，我只是努力爭取一點時間。我希望梅格能夠喘口氣，對食屍鬼發動攻擊，把它切成超臭的食屍鬼刀削麵條。然而此時看起來，梅格似乎無法好好施展她的刀法，只能拿雙刀當拐杖。我想，控制巨大的樹木可能很疲累，但是話說回來，她要耗盡力氣，難道不能等到殺死這個「禿鷲尿布俠」之後再說嗎？

等一下。禿鷲尿布俠……我又看了那個食屍鬼一眼：怪異又斑駁的藍黑色外皮，乳白色的眼睛，超大的嘴巴和超細的鼻孔。聞起來就像腐肉一樣臭。穿著食腐鳥類的羽毛……

「我眞的認識你，」我恍然大悟說：「你是一隻歐律諾摩斯。」

如果你的舌頭像鉛塊一樣重，你的身體因爲恐懼而瑟瑟顫抖，而且剛才有靈車的安全氣囊巴到你的臉，你還說得出「你是一隻歐律諾摩斯❽」這種話，我眞的佩服你。

食屍鬼噘起嘴唇。一條條銀色口水滴落它的下巴。「對！食物說出我的名字！」

「不……不過你是吃屍體的！」我抗議說：「你應該待在冥界，幫黑帝斯❾工作才對！」

食屍鬼歪著頭，一副努力要回想起「冥界」和「黑帝斯」這些詞彙的樣子。它對這兩個詞彙的喜愛程度似乎不如「殺」和「吃」。

「黑帝斯給我很老的死人！」它大喊：「主人給我鮮肉！」

「主人？」

「主人！」

我眞的很希望禿鷲尿布俠不會尖叫。我看不出它有耳朵，所以它也許不太會控制音量。也說不定它只想把噁心的口水噴得愈遠愈好。

「如果你指的是卡利古拉，」我鼓起勇氣說：「我很確定他會向你許下各式各樣的承諾，不過我可以告訴你，卡利古拉不是……」

「哈！蠢食物！卡利古拉不是主人！」

「不是主人？」

「不是主人！」

「梅格！」我大喊。呃。這下子換我大吼大叫了。

「怎樣？」梅格氣喘吁吁地說。她拄著雙刀當做拐杖，像老奶奶一樣走過來的時候，看起來既凶狠又好鬥。「給我。一點時間。」

眼前的這場戰鬥，她顯然無法帶頭進攻了。如果我讓禿鷲尿布俠有機會接近她，一定會害她沒命，而我覺得這個想法有百分之九十五是無法接受的。

「嗯，歐律諾摩斯，」我說：「不管你的主人是誰，你今天都不能殺人和吃人！」

我從箭筒裡抽出一支箭，搭箭上弓，瞄準目標，如同以前做過幾百萬次的動作，但完全不像以前那麼令人敬畏，因為我的雙手抖個不停，膝蓋也瑟瑟發抖。

話說回來，凡人害怕的時候為什麼會發抖？感覺很適得其反啊。如果由我來創造人類，遇到恐怖情境時，我會賦予他們鋼鐵般的意志和超人般的力量。

食屍鬼嘶聲威嚇，亂噴口水。

「主人的軍隊很快就會再度崛起！」它大吼：「我們會完成任務！我會把食物撕開見骨，而食物會加入我們的行列！」

食物會加入我們的行列？我的胃有種座艙壓力突然降低的感覺。我想起黑帝斯為什麼如此喜歡這些歐律諾摩斯了。凡人只要遭到它們的利爪稍微割到，就會引發消瘦症。那些凡人死掉之後又會甦醒，希臘人稱為「維克拉卡斯」，意思是狼人……或者用電視上的說法，就是殭屍啦。

---

❽ 在希臘神話中，歐律諾摩斯（Eurynomos）是冥界嗜吃腐壞屍體的惡靈。

❾ 黑帝斯（Hades），冥界之王，掌管整個地底世界，是天神宙斯（Zeus）與海神波塞頓（Poseidon）的哥哥。

那還不是最糟的。如果歐律諾摩斯設法把屍體的血肉吃光見骨，那副骸骨會重獲新生，成爲最凶狠、最剛強的不死戰士。很多不死戰士都擔任黑帝斯手下最精銳的宮殿衛兵，那可是我一點都不想應徵的工作啊。

「梅格？」我讓箭尖一直瞄準食屍鬼的胸口。「往後退開。別讓這東西抓傷你。」

「可是……」

「拜託，」我懇求說：「這一次就好，相信我。」

禿鷲屎布俠高聲怒吼：「食物說太多話！好餓！」

它對我發動攻擊。

我射出飛箭。

飛箭找到它的目標，就是食屍鬼胸口的正中央。但它彈開了，活像是橡膠捶子敲到金屬那樣。但是遭到神界青銅的箭尖刺中，至少一定會造成傷害。食屍鬼大叫一聲，衝到一半停下來，它的胸骨有個皺巴巴的傷口開始冒煙。不過那個怪物依然活蹦亂跳。也許對同一個位置射出二、三十箭之後，可以造成一點點嚴重的傷害吧。

我用顫抖的雙手搭上另一支箭。「那……那只是警告一下！」我虛張聲勢說：「下一支箭會殺了你！」

禿鷲屎布俠的喉嚨深處發出咕嚕嚕的聲音。我希望那是延遲出現的死亡咯咯聲，接著才意識到那只是笑聲。「要我先吃不同食物嗎？留著你當點心？」

它伸直爪子，作勢指向靈車。

我不了解它的意思。我拒絕了解。它想吃安全氣囊嗎？還是車子的內襯？

梅格比我先了解它的意思。她憤怒尖叫。

它是吃死人的生物。我們又開著一輛靈車。

「不！」梅格大喊：「離他遠一點！」

她跌跌撞撞地走向前，舉起手上的雙刀，但她絕對不可能對付食屍鬼。我衝到她旁邊，讓自己擋在她和食屍鬼之間，然後一而再再而三地射出手中的箭。

那些箭炸開食屍鬼的藍黑色表皮，留下冒著煙的討厭傷口，但不會致命。禿鷲尿布俠踏著蹣跚步伐走向我，痛得大吼大叫，每次遭到飛箭刺中，它的身體就扭動一下。

距離剩下一點五公尺。

六十公分，它的爪子伸展開來，準備撕碎我的臉。

在我背後某處，有個女性聲音大喊：「喂！」

那聲音讓禿鷲尿布俠分心，剛好足以讓我勇敢地一屁股跌坐在地上。我從食屍鬼的利爪底下連滾帶爬躲開。

禿鷲尿布俠瞇起眼睛，對於出現新的觀眾感到很困惑。大約三公尺外的地方，一群形形色色的方恩和木精靈，也許總共有十多人吧，全都企圖躲在一名身材瘦長、頂著粉紅頭髮、穿戴羅馬軍團盔甲的年輕女子背後。

那個女孩摸索著某種投射式武器。喔，親愛的。那是羅馬式弩弓耶，很重的十字弓。那種武器超可怕的。很難用。很強大。大家都知道它很不可靠。弩弓架設好了。她扳動把手，雙手像我一樣抖得很厲害。

於此同時，在我的左邊，梅格在草地上呻吟，努力想爬起來站好。「你幹嘛推我啦。」她抱怨說，但我很確定她的意思是：「謝謝你喔，阿波羅，你救了我一命。」

粉髮女孩舉起她的弩弓。看著她的一雙長腿微微抖動，讓我聯想到長頸鹿寶寶。「離……離他們遠一點。」她命令那個食屍鬼。

禿鷲尿布俠對她發出正字標記的嘶嘶聲和呸呸聲。「更多食物！你們全都會加入國王的亡者大軍行列！」

「老哥啊。」其中一位方恩伸手到自己穿的「柏克萊人民共和國」T恤裡面，抓抓肚子。「那樣不酷喔。」

「不酷。」他有幾位朋友同聲應和。

「羅馬人，你們不能反抗我，」食屍鬼咆哮著說：「我已經嘗過你們夥伴的血肉！在血月之時，你們會加入他們……」

嘟。

一支用帝國黃金打造的十字弓箭突然出現在禿鷲尿布俠的胸口。震驚之餘，食屍鬼的乳白色眼睛瞪得好大。那群羅馬軍團也一樣目瞪口呆。

「哥們，你射中了。」一名方恩說，語氣像是這件事傷了他的感情。

食屍鬼碎裂成一堆塵土和禿鷲羽毛。弩箭發出咚的一聲掉在地上。

梅格一瘸一拐地走到我旁邊。「看見沒？你應該用這種方法殺了它。」

「喔，閉嘴啦。」我嘀咕著說。

我們轉身面對那群不大可靠的救星。

粉髮女孩對著那堆塵土皺起眉頭，下巴抖個不停，簡直像是快哭了。她喃喃說著：「我痛恨這些東西。」

「你……你以前對付過它們？」我問。

她看著我，活像這是超級羞辱人的蠢問題。

有個方恩用手肘推推她。「拉維妮亞，嘿，問問這些傢伙是誰。」

「呃，對喔。」拉維妮亞清清喉嚨：「你們是什麼人？」

我掙扎著站起來，努力稍微恢復鎮定。「我是阿波羅。這是梅格。謝謝你救了我們。」

拉維妮亞瞪大眼睛。「阿波羅，就像……」

「說來話長。我們正在運送遺體，是我們的朋友，傑生．葛瑞斯，要送他去朱比特營舉行葬禮。你可以幫我們嗎？」

拉維妮亞的嘴巴張得好大。「傑生．葛瑞斯……死了？」

我還來不及回答，突然出現一陣暴怒和痛苦的哭號聲，從二十四號公路那邊某處傳來。

「呃，嘿，」一位方恩說：「這些食屍鬼平常是不是都成雙成對出外獵食？」

拉維妮亞嚥下口水。「是啊。趕快帶你們兩個去營區吧。我們可以等一下再聊，」她以憂慮的神情指著靈車。「看是誰死了，還有爲什麼會死。」

3

搬棺材奔跑
同時嚼食口香糖
不行。告我啊

要搬運一具棺材，需要多少個大自然精靈呢？

答案無從得知，因為一聽說要參與這項工作，幾乎所有的木精靈和方恩都一哄而散，奔逃到樹林裡，只剩下最後一名方恩，而他本來也要棄我們而去，但拉維妮亞抓住他的手腕。

「喔，不要，唐恩，你別走。」

唐恩戴著一副彩虹鍍膜的圓框眼鏡，他的方恩眼睛在眼鏡後面看起來很驚慌。他的山羊鬍抽搐扭曲著……那種臉孔抽搐的模樣，讓我好懷念羊男格羅佛。

（想來你會覺得好奇，方恩和羊男其實是一樣的。方恩只是羅馬人的稱法，而他們並沒有那麼擅長……嗯，所有的事，真的。）

「嘿，我很樂意幫忙，」唐恩說：「我只是想起和別人約好時間……」

「方恩才不會和別人約時間。」拉維妮亞說。

「我並排停車……」

「你沒有車啊。」

「我得回去餵狗……」

「唐恩！」拉維妮亞凶巴巴地說：「你虧欠我。」

「好啦，好啦。」唐恩掙脫他的手腕，揉個幾下，表情顯得很委屈。「喂，我只不過說毒野葛『有可能』來野餐，你也知道啊，那不表示我保證她會來。」

拉維妮亞的臉變成赤陶土般的紅色。「我才不是那個意思！我幫你掩飾這件事那件事，大概有一千次了吧，現在你得幫我處理這件事。」

她含糊地指指我，指指靈車，指指大體上整個世界。我很好奇拉維妮亞是不是才剛來朱比特營不久。她對於自己身上的軍團盔甲似乎很不自在。她不斷聳肩、彎曲膝蓋、拉扯她長脖子上掛的銀色六芒星墜飾。她那雙柔和的褐色眼睛和粉紅色頭髮，只是更加深我對她的第一印象：一隻長頸鹿寶寶，第一次搖搖擺擺離開母親身邊，此刻仔細端詳眼前的大草原，心裡似乎想著：「我爲什麼在這裡啊？」

梅格踏著蹣跚的步伐走到我旁邊。她抓著我的箭筒維持平衡，箭筒的揹帶差點勒死我。

「誰是『毒野葛』？」

「梅格，」我斥責道：「那不關我們的事。不過真的要猜的話，我會說『毒野葛』是一種木精靈，這位拉維妮亞對她很感興趣，就像之前在棕櫚泉的時候，你對約書亞也很感興趣。」

梅格咆哮說：「我才沒有什麼興趣……」

拉維妮亞異口同聲說：「我才沒有什麼興趣……」

兩個女孩都靜默下來，彼此怒目而視。

「更何況，」梅格說：「毒野葛不是……嗯，有毒？」

拉維妮亞攤開所有手指，雙手朝天，似乎是想著「怎麼又是這種問題啊」。「毒野葛超棒的！那不表示我一定要跟她出去……」

唐恩哼了一聲。「隨便啦，哥們。」

拉維妮亞拿著十字弓的弩箭，惡狠狠地瞪著那個方恩。「不過我會考慮看看……如果有什麼化學作用的話。也因爲這樣，我才會從巡邏任務中溜出來，參加這場野餐活動，因爲唐恩向我保證……」

「哇，喂！」唐恩笑得神經兮兮。「我們不是應該把這兩個人帶回營區嗎？那輛靈車怎麼樣？還能開嗎？」

我收回剛才說方恩什麼事都不擅長的那句話。唐恩對於改變話題相當熟練。

經過仔細檢視，我才發現靈車損壞得有多嚴重。撇開爲數眾多且帶有桉樹氣味的凹痕和刮痕，其實車頭早就因爲撞穿護欄而凹陷了，這時很像佛拉科．吉曼尼茲⓾的手風琴，而且是我拿一根棒球的球棒去找它之後的樣子。（抱歉啦，佛拉科，不過你彈得眞好，我好嫉妒喔，所以手風琴非死不可。）

「我們搬得動棺材，」拉維妮亞提議說：「我們四個人。」

又一陣憤怒的尖嘯聲劃破傍晚的空氣。這次聽起來更近了，似乎從公路的北方傳來。

「我們絕對辦不到的，」我說：「不可能一路爬上去回到凱迪克隧道。」

「還有另一條途徑，」拉維妮亞說：「通往營區的祕密入口。近多了。」

「我喜歡很近。」梅格說。

「重點是，」拉維妮亞說：「我現在本來應該負責站崗。我的輪班時間快結束了，不確定我的搭檔可以幫我擋多久。所以，等一下到達營區的時候，由我來說明我們是在哪裡遇到、又是怎麼遇到。」

唐恩抖了一下。「如果有人發現拉維妮亞又一次從哨兵的崗位上開溜……」

「又一次？」我問。

「唐恩，閉嘴啦。」拉維妮亞說。

從一方面來看，拉維妮亞的麻煩事，嗯，相較於遭到食屍鬼殺死和吃掉，似乎顯得微不足道。但從另一方面來看，我知道羅馬軍團有可能給予嚴厲的懲罰，經常包括鞭打、捆上鎖鏈、放出活生生的凶猛動物等，滿像奧茲．奧斯朋在一九八〇年左右的演唱會⓫。

「你一定眞的很喜歡毒野葛。」我終於說。

拉維妮亞咕噥一聲。她拿起羅馬式弩弓的利箭，對著我甩動一下，帶有威脅的意味。「我幫你，你就要幫我。這是條件。」

梅格代我回答：「談定了。我們抬著棺木可以跑多快？」

結果看來，不是非常快。

我們把靈車上的其他東西都拿下來之後，我和梅格抬起傑生棺木的後端，拉維妮亞和唐恩抬著前端。我們擔任笨手笨腳的抬棺者，沿著湖岸小跑步，我一直緊張兮兮地瞄著樹梢，

---

❿ 佛拉科．吉曼尼茲（Flaco Jiménez）是美國德州的手風琴家，音樂風格為墨西哥的多種民俗音樂。

⓫ 奧茲．奧斯朋（Ozzy Osbourne）是英國重金屬樂團始祖「黑色安息日」（Black Sabbath）的主唱。性格狂放而備受爭議，曾在演唱會上與觀眾互扔生肉和內臟，甚至咬掉鴿子和蝙蝠的頭。

希望沒有其他的食屍鬼從空中宛如雨點般落下。

拉維妮亞向我們保證，祕密入口就在湖的對岸。問題是，那是在湖的「對岸」啊，表示如果不能抬著棺木從水面上走過去，我們就得使勁抬著傑生的棺材，繞過湖岸大約走個四百公尺。

「喔，拜託，」聽到我抱怨，拉維妮亞這樣說：「我們從沙灘那裡跑過來幫你們兩個耶。你們至少要和我們一起跑回去吧。」

「對啦，」我說：「不過這棺木很重。」

「我同意他說的。」唐恩附和說。

拉維妮亞哼了一聲。「你們這些傢伙應該試試套上軍團的全副盔甲，行軍三十五公里。」

「不，謝了。」我嘀咕著說。

梅格沒說話。她儘管臉色慘白、呼吸費力，但仍扛著棺木的一角，沒有半點怨言，可能只是想讓我的心情更差吧。

最後，我們終於到達野餐的沙灘。步道口有一塊牌子寫著：

特梅斯科湖

游泳請自負風險

典型的凡人作風：他們警告你有可能淹死，卻對吃肉的食屍鬼隻字不提。

拉維妮亞帶領我們走向一棟石造小屋，那裡提供廁所和更衣室。在屋外的後側牆上，半掩在黑莓灌叢的後面，豎立著一道沒有特殊標示的金屬門，拉維妮亞伸腳將它踹開。到了門內，一條混凝土坑道斜斜向下，通往黑暗中。

「我想，凡人不知道這裡吧。」我猜測說。

唐恩咯咯傻笑。「當然不囉，老哥，他們以為這是機房之類的。就連軍團的大多數人也不曉得。只有像拉維妮亞這麼酷的人才知道。」

「唐恩，你不是要逃避幫忙吧，」拉維妮亞說：「我們把棺木放下來一下子。」

我在心裡默默道謝。我的肩膀好痛，汗流浹背黏答答的。這讓我回想起以前的一件事，希拉叫我去她在奧林帕斯山的客廳，搬動一張純金打造的王座團團轉，直到她決定確切的放置地點為止。呃，那個女神喔。

拉維妮亞從她的牛仔褲口袋裡拿出一包泡泡糖。她拿了三顆塞進嘴巴，然後把其他的遞給我和梅格。

「不用，謝了。」我說。

「當然好。」梅格說。

「當然好！」唐恩說。

拉維妮亞把泡泡糖用力抽回去，讓唐恩拿不到。「唐恩，你明知道泡泡糖和你不合。上一次，你抱著馬桶過了好幾天耶。」

唐恩一臉不高興的樣子。「不過很好吃啊。」

拉維妮亞探頭看看地道，下巴咬口香糖咬得很激烈。「太窄了，沒辦法容納四個人抬著棺木走。我會帶頭。唐恩，你和阿波羅……」她皺起眉頭，彷彿還是無法相信那是我的名字。

「兩人各抬一端。」

「只有我們兩個人？」我出言抗議。

「同意他說的！」唐恩附和說。

「就像抬沙發一樣啊，」拉維妮亞說著，彷彿這番話對我具有某種意義。「而你呢……你叫什麼名字？佩格？」

「梅格。」梅格說。

「有沒有什麼東西是不需要帶的？」拉維妮亞問：「就像……你夾在腋下那個展示板之類的……那是學校作業嗎？」

梅格一定是非常疲累，因爲她沒有怒氣沖沖，沒有狂毆拉維妮亞，也沒有讓拉維妮亞的耳朵長出天竺葵。她只是稍微側過身，用身體護住傑生的模型。「不行。這很重要。」

「好吧。」拉維妮亞抓抓眉毛，那裡就像她的頭髮一樣是粉紅色的。「我想，你就跟在後面吧。守好我們的退路。這道門不能鎖，那表示……」

簡直像得到提示似的，湖泊的對岸遠處傳來迄今爲止最嘹亮的號叫聲，充滿憤怒，彷彿食屍鬼已經找到那堆塵土，找到它死去的禿鷲尿布俠同伴。

「快走吧！」拉維妮亞說。

我對這位粉髮朋友的印象開始改觀。以羞怯的長頸鹿寶寶來說，她算是非常霸氣。

我們排成一列，向下走進通道，我抬著棺木後端，唐恩抬著前端。

拉維妮亞的口香糖氣味充斥於汙濁的空氣中，因此地道聞起來很像發霉的棉花糖。每次拉維妮亞或梅格吹出一個泡泡，我的身體就畏縮一下。棺木相當沉重，我的手指很快就開始疼痛。

「還有多遠？」我問。

「我們都還沒進入地道耶。」拉維妮亞說。

「所以……到那裡不遠囉？」

「也許四百公尺吧。」

我試圖發出咕噥聲，想表現出耐力十足的男子氣概。結果發出的聲音比較像嗚咽的哭聲。

「各位，」梅格在我背後說：「我們需要移動得快一點。」

「你看到什麼了嗎？」唐恩問。

「還沒有，」梅格說：「只是一種感覺。」

感覺。我討厭感覺。

我們的武器提供僅有的光源。羅馬式弩弓掛在拉維妮亞的背上，有些裝置用黃金打造而成，在她的粉紅頭髮周圍投射出鬼魅般的光暈。梅格的雙刀也發出亮光，把我們照出很長的影子，映照在兩邊牆上，因此我們好像走在一群幽靈之間。唐恩每次回頭，他的彩虹鍍膜鏡片就好像飄浮在黑暗中，很像水面的一片片油膜。

我的雙手和前臂使勁用力，肌肉好像快要燒起來了，但唐恩似乎沒有任何困難。我下定決心，如果方恩沒有哭著求饒，那我也不會。

步道變寬了，水平延伸出去。我選擇將這個情況視為好兆頭，雖然梅格和拉維妮亞都沒有幫忙搬運棺材。

最後，我的雙手再也支撐不住了。「停下來。」

我和唐恩設法把傑生的棺木放下來一會兒，免得從我手中摔落。我的手指烙印著深邃的紅色凹痕，手掌也開始出現水泡。我覺得好像剛剛和派特．麥席尼⑫彈了九小時的爵士吉他大ＰＫ，用的是兩百七十公斤鐵打的芬達斯特拉托卡斯特電吉他。

「哎喲。」我嘀咕著說，因爲我曾是掌管詩歌的天神，擁有絕佳的描述能力。

「我們不能休息太久，」拉維妮亞警告說：「我站崗的輪班時間現在肯定結束了。我的搭檔可能覺得很奇怪，不曉得我跑去哪裡。」

我差點笑出來。我們有這麼多其他的問題，我都忘了應該要擔心拉維妮亞翹班的事。「你的搭檔會舉報你嗎？」

拉維妮亞凝視著黑暗。「不會，除非她非報告不可。她是我的分隊長，不過她很酷。」

「你的分隊長允許你開溜？」我問。

「不算是。」拉維妮亞拉扯她的六芒星墜飾。「她只是有點睜一隻眼閉一隻眼，你懂吧？她懂。」

唐恩笑起來。「你是說迷戀某個人嗎？」

「不是啦！」拉維妮亞說：「就像，光是站著執勤，連續五個小時。呃。我辦不到！特別是最近發生了那麼多事。」

我打量著拉維妮亞撥弄項鍊、猛力嚼著泡泡糖，以及瘦長雙腿不時搖晃的模樣。大多數的半神半人都有某種程度的注意力缺失和過動的毛病，天生就動個不停，很快從一場戰鬥打到另一場。不過拉維妮亞的過動狀況顯然特別嚴重。

「聽到你說『最近發生了那麼多事』……」我才剛提起，還來不及把問題說完，唐恩突然全身僵硬。他的鼻子和山羊鬍瑟瑟抖動。我在「迷宮」裡與格羅佛·安德伍德相處得夠久，很清楚那代表什麼意思。

「你聞到什麼？」我追問說。

「不確定……」他嗅聞一下。「很近。而且超臭。」

「喔。」我臉紅了。「我今天早上眞的有淋浴喔，不過只要一出力，這副凡人的身體流起汗來……」

「不是那樣啦。仔細聽！」

梅格面對我們的來向。她舉起手上的雙刀，靜靜等待。拉維妮亞取下肩膀的弩弓，凝視我們前方的暗影處。

最後，除了我自己怦怦心跳的聲音，我又聽到金屬的哐噹聲，以及腳步踩在石頭上的聲音。有人朝我們跑來。

「它們來了。」梅格說。

「不對，慢著，」拉維妮亞說：「是她！」

我有種預感，梅格和拉維妮亞說的是兩回事，我不確定自己喜歡的是哪件事。

「她是誰？」我追問說。

「它們在哪裡？」唐恩以尖銳的聲音說。

拉維妮亞舉起一隻手，大聲叫喊：「我在這裡！」

---

⑫ 派特·麥席尼（Pat Metheny）是美國著名的爵士吉他手。

「噓！」梅格說著，她依然面對我們的來向。「拉維妮亞，你到底在幹嘛？」

接著，從朱比特營的方向，有個年輕女子緩步跑進我們光線的照耀範圍。她與拉維妮亞年紀相仿，也許十四或十五歲，有著深色皮膚和琥珀色眼睛。棕色鬈髮垂在肩膀上。她穿戴著羅馬軍團的護脛甲和護胸甲，套在牛仔褲和紫色T恤外面閃閃發亮。她的護胸甲上配戴著分隊長的徽章，側邊繫著一把騎兵劍。啊，對耶……我認得她，她是阿爾戈二號的成員。

「海柔．李維斯克，」我說：「感謝眾神啊。」

海柔跑到一半停下來，無疑很想知道我是誰、我怎麼認識她，以及我為什麼笑得像笨蛋一樣。她對唐恩瞥了一眼，然後看著梅格，接著看看棺木。「拉維妮亞，到底怎麼了？」

「各位，」梅格插嘴說：「我們有伴了。」

她指的不是海柔。在我們背後，位於梅格雙刀的光線邊緣，有個黑暗的形體悄然潛行，它的藍黑色外皮閃閃發亮，尖牙滴著口水。接著又出現一個，同樣的食屍鬼從背後的陰暗處悄然現身。

算我們運氣好。歐律諾摩斯有殺一個、送兩個的特別優惠。

4 烏克麗麗歌？不需憋氣縮小腹 反正沒用啦

「喔，」唐恩小小聲說話：「那就是氣味的來源。」

「我以爲你說他們都是成對出擊。」我抱怨說。

「或者三人行，」方恩輕聲說：「有時候是三隻一組。」

歐律諾摩斯咆哮怒吼，蹲伏在梅格的雙刀砍不到的地方。在我背後，拉維妮亞徒手轉動她的羅馬式弩弓……喀啦，喀啦，喀啦，但是要啟動那種武器實在太慢了，可能要到下個星期四才能設定好吧。海柔把她的騎兵劍從劍鞘裡拔出來，發出刺耳的聲響。那種武器也一樣，不適合在狹小空間裡戰鬥。

梅格似乎不確定自己到底應該發動攻擊、站在原地，還是耗盡力氣癱倒在地。願神保佑她那顆小小頑固的心，她仍然把傑生的模型夾在腋下，那對於戰鬥可是一點幫助也沒有。

我胡亂摸索著武器，拿出我的烏克麗麗。爲什麼不行？這只比騎兵劍或十字弓稍微可笑一點點而已啊。

我的鼻子或許遭到靈車的安全氣囊痛毆過，但是嗅覺不受影響，這眞是太慘了。食屍鬼的臭氣加上泡泡糖的氣味，害我鼻孔發燙、眼淚直流。

「食物。」第一個食屍鬼說。

「食物！」第二個附和說。

它們聽起來興高采烈，彷彿我們是特別好吃的肉，它們已經很多年沒吃過了。

海柔開口說話，聲音冷靜且平穩。「各位，我們在戰鬥中打過這些東西。別讓它們抓傷你們了。」

她說「戰鬥」的語氣，聽起來只有可能指稱那個可怕的事件。我猛然回想起里歐．華德茲之前在洛杉磯告訴我們的事，朱比特營經歷了慘烈的破壞，他們在最近的戰鬥中失去很多好人。我漸漸體會到那一定很嚴重。

「不能遭到抓傷，」我表示贊同：「梅格，別讓它們靠近。我要試一首曲子。」

我的構想很簡單：彈奏一首催眠曲，讓這些食屍鬼變得放鬆又呆滯，然後用從容不迫的文明方式殺了它們。

我低估了歐律諾摩斯對烏克麗麗的敵意。我一宣布自己的盤算，它們立刻高聲號叫，發動攻擊。

我跌撞後退，重重坐在傑生的棺木上。唐恩嚇得尖叫，整個人縮成一團。拉維妮亞繼續轉動她的弩弓。海柔放聲大喊：「讓開！」眼下此刻，這句話對我一點意義也沒有。

梅格展開行動，砍掉一個食屍鬼的一條手臂，再揮擊另一個的雙腿，但是她的動作緩慢遲鈍，再加上一邊腋下夾著模型，她能夠有效利用的只有一把刀。如果食屍鬼很有興趣殺死她，她早就不堪一擊。然而它們繞過她旁邊，急著想在我彈出和弦之前阻止我。

每個人都可以當樂評人就是了。

「食物！」單臂的食屍鬼尖聲叫著，用它剩餘的五根爪子撲向我。

我試著吸氣縮小腹。我眞的試了喔。

可是呢，噢，可惡的鬆弛肥肚！如果我一直是原本的天神體態，食屍鬼的爪子絕對碰不到我。我的青銅色腹肌可是經過千錘百鍊，絕對會嘲笑怪物竟然企圖染指它。哎喲，萊斯特的身體再次害我失敗。

歐律諾摩斯的那隻手擦過我的腹部，剛好在烏克麗麗的下方。它的中指指尖……勉強，只是勉強喔，碰觸到肌膚。它的爪子劃破我的上衣，很像不太鋒利的剃刀劃過我的腹部。

我從傑生的棺木上往旁邊跌落，溫熱的鮮血滴進我長褲的腰身。

海柔．李維斯克不顧一切地放聲大喊。她從棺木上方跳過去，將她的騎兵劍直直刺入歐律諾摩斯的鎖骨，創造出全世界第一根食屍鬼棒棒糖。

歐律諾摩斯尖聲大叫，蹣跚退後，從海柔的手中扯走騎兵劍。帝國黃金刀刃刺入的傷口冒著煙。接著……細節實在很難描述，總之，食屍鬼爆炸成冒煙的碎塊與灰燼。只聽見哐啷一聲，騎兵劍掉在石板地面上。

第二個食屍鬼原本停下來面對梅格，就像剛剛遭到討厭的十二歲小孩揮砍大腿的人，但是一聽到夥伴失聲慘叫，它旋即轉身面對我們。這讓梅格逮到好機會，不過她沒有發動攻擊，反倒從怪物旁邊硬擠過去，直直衝到我旁邊，她的雙刀縮進去變回戒指。

「你還好嗎？」她急著問。「喔，不。你在流血耶。你剛才說不要被抓到。你就被抓到了啦！」

我不確定自己到底是受到她這番關心而感動，還是受到她這番語氣所激怒。「梅格，我又不是故意要這樣！」

「各位！」拉維妮亞喊道。

食屍鬼走向前，站在海柔和她掉在地上的騎兵劍之間。唐恩繼續像優勝者一樣畏縮成一團。拉維妮亞的弩弓依然處於設定到一半的狀態。在此同時，我和梅格並肩擠在傑生的棺木旁邊。

於是，兩手空空的海柔成爲歐律諾摩斯和一頓五道菜大餐之間的唯一障礙。

怪物嘶聲威嚇：「你贏不了。」

它的聲音變了。音調變得比較深沉，音量也調整了。「你會進入我的墳墓，加入你同伴的行列。」

我的頭陣陣抽痛，腹部也劇烈疼痛，痛苦之餘很難聽懂這些字句，但海柔似乎懂了。

「你是誰？」她追問。「你不要再拿怪物當做掩護，趕快現身吧！」

歐律諾摩斯眨眨眼。它的眼睛從乳白色變成發亮的紫色，很像碘酒燃燒的火焰。「海柔·李維斯克，你們所有人應該能理解生命和死亡之間的脆弱界線。但是別害怕，我會在身邊幫你保留一個特別的位置，加上你摯愛的法蘭克。你會成爲超棒的骷髏。」

海柔用力握緊雙拳。她回頭瞥了我們一眼，臉上神情幾乎像食屍鬼一樣駭人。「退後，」她警告我們：「盡可能退得愈遠愈好。」

梅格把我半拖半拉到棺材的前端。我覺得腹部好像縫了一條火燙的拉鍊。拉維妮亞抓住唐恩的T恤領口，把他拖到比較安全的蜷縮地點。

食屍鬼笑起來。「海柔，你要用什麼方法打敗我？用這個？」它把騎兵劍踢向走廊更遠更暗的地方。「我召喚了更多的不死人，它們很快就會到這裡。」

儘管疼痛，我還是掙扎著站起來。我不能眼睜睜看著海柔自己面對這一切。但是拉維妮亞伸手放在我的肩膀上。

「等一下，」她喃喃說著：「海柔已經掌控局面。」

這番話似乎太過樂觀，感覺有點荒謬，不過說來羞愧，我停在原地不動。溫暖的鮮血浸溼我的內褲。至少我希望那是血啦。

歐律諾摩斯舉起一根指爪，抹掉嘴角的口水。「除非你想要逃跑、拋棄那具漂亮的棺木，否則最好投降。普魯托⓭之女，我們是強大的地下生物。對你來說太強大了。」

「哦？」海柔的聲音維持平穩，幾乎像是日常對話。「強大的地下生物。知道這點眞好。」

地道開始搖晃。牆壁出現裂縫，鋸齒狀的縫隙在石板上不斷分岔。在食屍鬼的腳下，一根白色石英柱噴出來，把怪物插到天花板上，讓它消散成一團五彩繽紛的禿鷲羽毛。

海柔轉身面對我們，活像是沒有發生什麼異常狀況。「唐恩、拉維妮亞，搬起這個……」她以憂慮的眼神看著棺木。「搬起這個，離開這裡。你，」她指著梅格，「請協助你的朋友。我們在營區有治療師，可以處理食屍鬼的抓傷。」

「等一下！」我說：「剛……剛才到底是怎樣？它的聲音……」

「我以前也看過食屍鬼這樣，」海柔神情嚴肅地說：「我等一下會解釋。現在呢，趕快走。我隨後跟上。」

⓭ 普魯托（Pluto），羅馬神話中的冥界之王，掌管整個地底世界，等同於希臘神話中的冥王黑帝斯。

我正準備出言抗議，但海柔搖頭阻止我。「我只是要去撿我的劍，順便確定沒有更多食屍鬼可以跟蹤我們。快走！」

又有石頭從天花板的新裂縫滾下來。也許離開這裡不是什麼爛點子。

我倚在梅格身上，努力踏著蹣跚的步伐繼續深入地道。拉維妮亞和唐恩使勁拖拉傑生的棺材。疼痛實在太劇烈了，我根本沒力氣對拉維妮亞大喊，要她像搬沙發一樣搬運棺材。

我們大概走了五公尺後，背後的地道突然隆隆作響，比剛才的力道更強勁。我回過頭，剛好有殘骸激起的滾滾濃煙迎面襲來。

「海柔？」拉維妮亞對著洶湧翻滾的塵埃大聲喊叫。

心臟跳了一下之後，海柔．李維斯克出現了，從頭到腳都覆蓋著晶亮的石英粉末。她的手中握著閃閃發亮的劍。

「我很好，」她朗聲說：「不過再也沒人可以從這裡溜出去。好了，」她指著棺木，「有人想告訴我嗎？誰在那裡面？」

我真的很不想告訴她。

看過海柔怎麼把她的敵人釘在天花板上就不想了。

可是……這是我欠傑生的。海柔曾是他的朋友。

我鼓起勇氣，張開嘴準備說話，海柔自己卻搶先開口。

「是傑生，」她說，這項資訊似乎早已傳到她耳裡。「喔，眾神啊。」

她衝向棺木，雙膝跪地，展開雙臂抱住棺蓋。她發出一聲摧心折肺的淒厲哭喊。接著，她低下頭，默默顫抖。光亮的木頭表面覆蓋著石英粉塵，她有幾綹頭髮落在粉塵上，產生彎彎曲曲的線條，很像地震儀的讀數。

她沒有抬頭，只是喃喃說著：「我作了惡夢。有艘船。有個男人騎著馬。有根……長矛。怎麼會這樣？」

我盡力說明，對她述說自己墜入凡人世界、我與梅格的冒險行動、我們在卡利古拉的遊艇上奮力戰鬥，以及傑生如何犧牲性命救了我們。重新講述整件事，喚回了所有的痛苦和恐懼。我清楚記得風精靈在梅格和傑生身邊激烈旋轉所產生的強烈臭氧氣味，束線帶手銬緊緊掐進我的手腕，還有卡利古拉冷酷又興高采烈的自吹自擂：「你不會活著從我旁邊走開！」

整件事實在太可怕了，我一度忘了自己腹部的疼痛割傷。

拉維妮亞盯著地板。梅格拿出她背包裡多帶的一件衣服，盡力幫我止血。唐恩看著天花板，有一道新的裂縫正往我們頭頂上曲折延伸而來。

「不想打斷，」方恩說：「不過我們也許該到外面再繼續講？」

海柔的手指用力壓著棺蓋。「我好氣你。氣你這樣對待派波。對待我們。沒有讓我們在那裡陪你。你到底在想什麼啊？」

我花了一點時間才意識到她不是對我們講話。她是對傑生講話。

慢慢地，她站了起來。嘴巴微微顫抖。她挺直身子，彷彿在體內召喚出石英柱，支撐她的骨骼系統。

「讓我抬著一邊，」她說：「讓我們帶他回家。」

我們默默踏著沉重的步伐，是有史以來最悲傷的抬棺人。我們所有人身上都覆蓋著塵土和怪物的灰燼。拉維妮亞抬著棺木的前端，她在盔甲裡侷促不安，不時瞥向海柔，只見海柔走路時直視前方，甚至似乎沒注意到袖口有禿鷲的羽毛胡亂飄動。

梅格和唐恩抬著棺木的後端。由於撞車的關係，梅格的眼睛瘀青得厲害，讓她看起來很像打扮得亂七八糟的大隻浣熊。唐恩一直抽搐，把頭歪向左邊，彷彿想要聆聽自己的肩膀到底在說什麼。

我在他們後面踽踽而行，梅格的備用衣服壓著我的腹部。似乎已經止血了，但是割傷依然灼熱，宛如針刺一般。希望海柔說得沒錯，她的治療師真的能把我治好。一想到自己可能變成影集《陰屍路》的臨時演員，我實在一點興趣也沒有。

海柔的冷靜讓我覺得很不自在，反而比較希望她尖聲哭叫、對我亂扔東西。她的痛苦很像一座寒冷莊嚴的大山。你站在那座山旁邊，閉上雙眼，就算看不到它或聽不到聲音，你也很清楚它就在那裡，有種難以言喻的沉重和力量，一種非常古老的地質力量，就連永生不死的天神都覺得相形見絀。我很怕海柔的情緒變成活火山爆發開來，到時候不知會如何。

最後，我們終於迎向流通的空氣。我們站在一處岩石地岬，大約位於山坡上方六百公尺處，新羅馬的山谷在下方延展開來。在暮光之中，山丘變成紫色，沁涼的微風傳送著柴煙和紫丁香的氣息。

「哇。」梅格說，凝視著眼前的景象。

如同我的記憶，小台伯河蜿蜒流過谷底，很像閃閃發亮的花體字，最後流入藍色湖泊，那裡像是營區的肚臍眼。湖泊北岸聳立著新羅馬，比原本的帝國城市小巧多了。

由於里歐曾說最近有激烈戰鬥，我原本預期看到這個地方遭到夷平。但是從這麼遠的地方看去，所有事物都顯得很正常，有閃亮的潔白建築搭配紅瓦屋頂，還有圓屋頂的元老院、大圓形競技場和羅馬競技場。

湖泊南岸是神殿山坐落的地方，散落著各式各樣的祭壇和紀念碑。在山頂上，使其他事物全都相形見絀的，是我父親那座令人驚嘆、自我感覺良好的朱比特神殿。只要有機會，他的羅馬化身「朱比特」甚至比他原本的希臘神格「宙斯」更令人無法忍受。（嗯，是的，我們天神有很多個神格，因爲你們凡人對我們的模樣一直改變心意。眞是超怒的。）

以前我一直很討厭看到神殿山，因爲我的祭壇不是最大的。這還用說嗎，它「應該」要最大的才對啊。而現在，我討厭看到神殿山則是因爲不同的理由。我滿腦子想著梅格攜帶的模型，還有她背包裡的素描簿，那些是傑生反覆思量的神殿山設計圖。想到傑生的泡沫芯材模型，搭配手寫的筆記，以及用膠水黏上去的「大富翁」遊戲房屋，相較之下，眞實的神殿山似乎沒有對眾神表現出足以匹配的尊崇與敬意。與傑生的優秀設計相比，那根本差太遠了，他熱切渴望要尊崇每一位天神，絕不遺漏。

我強迫自己把視線移開。

在正下方，距離我們落腳的岩架約六百公尺處，朱比特營坐落在那裡。營區設置了附有尖樁的牆壁、瞭望塔和戰壕，整齊的營房排列在兩條主要街道旁邊，完全如同任何一座羅馬軍團營區、古老帝國的任何地方，以及羅馬帝國統治數個世紀時期的任何時刻。羅馬人建造堡壘的方法始終如一，無論在該處只待一晚或長達十年都一樣，因此只要熟知一處營區，你就會對所有營區都很熟悉。夜深人靜醒來，你大可摸黑前進，完全知道每一樣東西位於何處。當然，每回造訪羅馬人的營區，通常我所有的時間都待在指揮官的帳篷裡，懶洋洋地吃著葡萄，就像以前常和康莫德斯⑭廝混時那樣……喔眾神啊，我幹嘛用那些回憶來折磨自己？

「好。」海柔的聲音喚醒我的白日夢。「等我們到達營區，事發經過是這樣。拉維妮亞，你奉我的命令前往特梅斯科湖，因為你看到那輛靈車翻過圍籬。我留守在崗位上，直到輪班時間結束，然後我趕下去幫你，因為覺得你可能有危險。我們與食屍鬼大戰一場，救了這些人，等等之類。懂了嗎？」

「那麼，說到那個……」唐恩插嘴說：「我很確定你們可以搞定這邊，對吧？既然你們可能會惹上麻煩之類的，我就趕快溜吧……」

拉維妮亞以嚴厲的眼神看著他。

「不然我可以在附近等，」他忙著說：「你也知道，樂意幫忙喔。」

海柔稍微移動手抬棺材的位置。「記住，我們是盡忠職守的守衛。無論看起來有多狼狽，我們都盡了本分。我們要把死去的夥伴帶回家。懂了沒？」

「是的，分隊長。」拉維妮亞以怯懦的語氣說：「喔對了，海柔，謝謝你。」

海柔皺起眉頭，似乎很後悔自己的心軟。「等我們去總部『普林斯匹亞』……」她的目光落在我身上。「前來拜訪我們的這位天神，可以向領導階層說明傑生．葛瑞斯發生什麼事。」

⑭ 康莫德斯（Lucius Aurelius Commodus Antoninus, 161-192）是羅馬帝國皇帝。獨裁專政，被視為羅馬史上的暴君之一。

5

嗨各位朋友
這首小曲，我取名
「我恨之一切」

軍團的哨兵從很遠的地方就看到我們，身爲軍團的哨兵就該如此。

等到我們這一小組人到達堡壘的主閘門時，已有一群人聚集在那裡。許多半神半人排列在街道兩旁，露出好奇沉默的目光，看著我們搬運傑生的棺木穿越營區。沒有人質問我們。沒有人試圖阻止我們。所有目光加起來的重量感覺好沉重。

海柔帶領我們直直走過普勒托利亞大道。

有些軍團隊員站在他們營房的門口……他們暫時忘卻了擦到一半的盔甲，把吉他擺到一旁，紙牌遊戲也尚未結束。紫色發亮的拉雷斯，即軍團的家庭守護神，他們急得團團轉，飄過牆壁或人群之間，無視於人與人之間的距離。巨大的飛鷹在頭頂上方盤旋，緊盯著我們，好像覺得可能是美味的囓齒類。

我漸漸意識到這些群眾有多麼稀少。整個營區似乎……當然不能說很荒涼，但只有半滿的感覺。有幾位年輕的英雄拄著拐杖走路。有些人的手臂打了石膏。也許還有一些人待在營房裡，或者在醫務室，或者在延伸廣泛的邊界上，然而這些軍團隊員以憂愁又極度悲傷的神情看著我們，我實在很不喜歡這樣。

我還記得在特梅斯科湖畔，歐律諾摩斯曾經得意洋洋地說：「我已經嘗過你們夥伴的血肉！在血月之時，你們會加入他們的行列。」

我不確定「血月」是什麼。月亮之類的事比較屬於我姊姊的管轄範圍。但我不喜歡聽到那種話。我還有滿多血的。從軍團隊員的臉色看來，他們也是。

接著，我想起食屍鬼說過的另一件事：「你們全都會加入國王的亡者大軍行列。」我想起之前在烈焰迷宮接獲的預言內容，腦袋裡有種體認開始成形，不禁憂心忡忡起來。我盡力壓抑那種感覺。這一整天的恐懼額度已經滿了。

我們行經一排店面，他們獲准在堡壘的圍牆內營運，只提供最必須的服務，像是戰車專賣店、軍械店、角鬥士供應店，還有一家咖啡吧。咖啡店前方站著一位雙頭的義式咖啡師，兩張臉都以憤怒的神情瞪著我們，綠色圍裙沾染著拿鐵的泡沫。

最後，我們到達主要道路的交叉口，兩條路在普林斯匹亞的前方形成T字路口。在閃亮的白色總部建築的階梯上，軍團的執法官等著我們。

我差點認不出法蘭克．張。回想起我第一次見到他，當時我是天神，法蘭克是軍團的新手，他以前有一張娃娃臉，是個體格魁梧的男孩，黑色的頭髮留著平頭豎直的髮型，非常專注於箭術，這點很可愛。他本來認定我是他父親，一直以來都向我祈禱。坦白說，他實在太可愛了，我會很樂意認領他，但是，唉，他是馬爾斯⑮之子。

我第二次看見法蘭克是在他參與阿爾戈二號航行期間，他突然抽高好多，還是打了什麼神奇的男性荷爾蒙之類的，我不知道。他長高長壯，比較威風，不過仍然屬於可愛風，走的是令人想抱抱的熊寶寶路線而現在，如同我經常在發育期的年輕人身上注意到的，法蘭克的體重漸漸趕上他抽高的身材了。他再度成爲體格魁梧又壯碩的傢伙，配上嬰兒般的肥嘟嘟臉頰，看了就很想捏，只不過現在他更高壯，肌肉也更發達。他顯然是匆匆下床，急忙來見我們，儘管這時只是傍晚時分。他的頭髮翹得高高的，很像一道碎浪。他的牛仔褲有一邊的褲管塞進襪子裡，上身穿著黃色絲質睡衣，上面有鷹和熊的圖案……他用紫色的執法官斗篷盡力遮掩這番時尚品味。

不曾改變的則是他的行爲舉止，略顯笨拙的神態，微微皺眉不知所措，彷彿心裡不斷想著：「我眞的該在這裡嗎？」

我想，那種感覺可以理解。法蘭克的軍階以破紀錄的速度從觀察期爬到分隊長，再爬上執法官。自從「凱撒大帝」尤利烏斯．凱撒的時代之後，再也沒有羅馬人軍官升遷得這麼快速又俐落。然而，考慮到那個尤利烏斯的狀況，我不會向法蘭克提起這樣的比較。

我的目光飄向法蘭克身邊的年輕女子：執法官蕾娜．阿維拉．拉米瑞茲—阿瑞拉諾……而我想起來了。

我一陣驚慌，像是有一大顆保齡球梗在胸口，然後滾進下腹部。幸好我沒有抬著傑生的棺材，否則一定會放開手，任憑它掉落。

我要怎麼向你解釋這一切呢？

你有沒有這樣的經驗：你實在太痛苦或太尷尬，結果完全忘了發生什麼事？你的心思解

⓯ 馬爾斯（Mars）是羅馬軍團最崇拜的戰神，也是農業守護神，等同於希臘神話中的阿瑞斯（Ares）。但羅馬人重視軍事，所以他的地位僅次於眾神之王朱比特。

離開來，逃離事件本身，嘴裡大喊著「不，不，不」，拒絕再一次想起那段回憶？

我和蕾娜．阿維拉．拉米瑞茲－阿瑞拉諾之間就是這樣。

喔，是的，我知道她是誰。我對她的名字和名聲都很熟悉。我完全知道，我們注定會在朱比特營遇到她。我們在烈焰迷宮裡破解的預言讓我得知這一切。

可是，我這顆迷糊的凡人腦袋徹底拒絕聯想起最重要的事：這位蕾娜就是「那位蕾娜」；很久以前，那位超煩人的愛之女神曾讓我看過她的臉龐。

「就是她！」我的腦袋對我尖聲大叫，而我站在她面前，帶著肌肉鬆弛和滿臉痘疤的榮光，腹部還緊緊壓著浸滿鮮血的衣服。「噢，哇，她好漂亮！」

「現在你認得她了？」我在內心尖叫回答：「現在你想要談論她？就不能拜託你再忘記一次嗎？」

「不過，嗯，你還記得維納斯[16]說過的話嗎？」我的腦袋很堅持。「你應該與蕾娜保持距離，否則……」

「對，我記得！閉嘴啦！」

你和你的腦袋也會像這樣對話，對吧？這樣完全正常，是吧？

蕾娜確實很漂亮，氣場也很強大。她的帝國黃金盔甲外面披著紫色斗篷。好幾枚軍事獎章在她胸口熠熠閃耀。她的黑髮綁成馬尾，在肩膀上掃來掃去，很像馬鞭，而黑曜石色澤的眼睛完全和我們頭頂上盤旋的飛鷹一樣銳利。

我努力把目光從她身上移開。我的臉因為覺得羞恥而發燙。當年維納斯對我發表那番預言，如今我彷彿還能聽到其他天神的嘲笑聲；當年她提出可怕的警告，如果我膽敢……

砰！拉維妮亞的羅馬式弩弓選擇在此刻轉完另一半的凹槽，把所有人的注意力轉向她，眞是謝天謝地啊。

「呃，所以，」她結結巴巴說：「我們在執勤，那時我看到一輛靈車衝撞柵欄飛出來……」

蕾娜舉起一隻手，示意安靜。

「李維斯克分隊長。」蕾娜的語氣謹愼又疲倦，彷彿這不是第一次有一組滿身狼狽的人搬運棺材進入營區。「請你來報告。」

海柔瞥了其他抬棺人一眼。他們一起把棺木輕輕放下。

「兩位執法官，」海柔說：「我們在營區邊緣救了這兩位旅客。這位是梅格。」

「嗨，」梅格說：「有廁所嗎？我需要尿尿。」

海柔顯得很慌張。「呃，梅格，等一下。而這位……」她略顯遲疑，彷彿無法相信自己即將說的話。「這位是阿波羅。」

群眾竊竊私語，顯得很不安。我稍微聽到他們的一些對話：

「她是說……？」

「不是眞的吧……」

「老兄，顯然不是……」

「以他命名嗎……？」

「他在作夢……」

---

⑯維納斯（Venus）是阿芙蘿黛蒂（Aphrodite）的羅馬名字，掌管愛情、美貌與生育。

「安靜。」法蘭克．張命令道，並把紫色斗篷拉緊一點，裹住他的上衣。他仔細端詳我，也許是在努力尋找一些蛛絲馬跡，想確定我眞的是阿波羅，那是他一直仰慕的天神啊。他瞇起眼睛，彷彿這個想法在他的腦袋裡短路了。

「海柔，你可以……說明一下嗎？」他懇求說：「而且，呃，那個棺材呢？」

海柔的金色眼睛盯著我，對我下達沉默的指令：告訴他們。

我不知道該怎麼講起。

我不像尤利烏斯或西塞羅那麼擅長演說，也不像荷米斯⑰那麼會編織荒誕不經的故事。（各位同學，那傢伙很會亂撒漫天大謊。）我要怎麼解釋這麼多個月來的可怕經歷，最終引領我和梅格站在這裡，伴著我們這位英雄朋友的遺體？

我低頭看著自己的烏克麗麗。

我想起派波．麥克林登上卡利古拉的遊艇……在一群強悍傭兵的環繞下，她是怎麼突然唱出〈人生是一種幻覺〉⑱。她吟唱著憂愁與悔恨，讓那些傭兵變得很無助，對她的吟唱極度癡迷。

我不像派波能夠說魅語。不過我以前是音樂家，傑生也絕對值得好好頌讚一番。

經歷過歐律諾摩斯的事之後，我對烏克麗麗不是很放心，於是開始唱起無伴奏的清唱。剛開始的幾個小節，我的聲音微微顫抖。我完全不知道自己在幹嘛。那些字句兀自從我的內心深處吐露出來，宛如海柔讓地道崩垮之後引發的洶湧塵埃。

我唱著自己從奧林帕斯山向下墜落……我如何墜落在紐約，進而與梅格．麥卡弗瑞變得密不可分。我唱著我們身處於混血營的時光，我們也在那裡發現「三巨頭」的計謀，他們想要控制幾個重要的神諭，進而控制未來世界。我唱著梅格的童年，她在尼祿的家裡過著心理遭受虐待的可怕歲月，而我們最終又如何把那個皇帝從多多納樹林趕走。我唱著我們在印第安納波利斯的「小站」對抗康莫德斯的戰鬥，唱著我們進入卡利古拉的烈焰迷宮、救出歐律斯拉俄亞的女先知那趟悲慘的旅程。

每個段落都唱完之後，我唱起關於傑生的副歌：他最後挺立於卡利古拉的遊艇上，勇敢面對死亡，因此我們才能存活下來，繼續執行未完的任務。我們經歷的每一件事導致了傑生的犧牲。而接下來可能來臨的一切，如果我們夠幸運，打敗了三巨頭和德爾菲的匹松，很可能也是因爲傑生的關係。

這首歌眞的完全沒有提到我。（我知道，連我自己都難以置信。）這首歌是〈傑生・葛瑞斯的殞落〉。最後的幾段，我唱著傑生對神殿山懷抱的夢想，他準備增添祭壇的計畫，直到每一位天神和女神，無論多麼默默無名，都能獲得適當的尊崇。

我從梅格的手上接過模型，把它舉高，展示給聚集在周圍的半神半人看，然後放在傑生的棺木上，很像覆棺的旗幟。

我不確定自己唱了多久。唱完最末一句時，天色完全黑了。我的喉嚨很像打完子彈的彈匣一樣又熱又乾。

⓱ 荷米斯（Hermes）是商業、旅行、偷竊及醫藥之神，也是奧林帕斯天神的使者，穿著有翅膀的飛鞋為眾神傳遞物件與信息。

⓲〈人生是一種幻覺〉（Life of Illusion）是美國搖滾吉他手喬・沃爾許（Joe Walsh）最著名的作品之一。

巨鷹全都聚集在附近屋頂上。牠們盯著我，眼神似乎帶有敬意。

軍團隊員的臉上拖著一道道淚水。有些人吸鼻涕抹著鼻子。其他人彼此擁抱，默默哭泣。

我意識到他們的悲痛不只是爲了傑生。這首歌讓他們發洩集體的悲傷，因爲最近經歷那樣的戰鬥，他們的損失必定極其巨大，看看人群如此稀疏便能得知。傑生之歌成爲他們自己的歌。藉由對傑生表達敬意，我們也對所有殞落的生命表達敬意。

在普林斯匹亞的台階上，兩位執法官也因內心的萬分痛苦而激動不已。蕾娜發抖著，吸了很長一口氣。她與法蘭克互看一眼，法蘭克幾乎無法控制下唇的顫抖。兩位領袖似乎默默達成協議。

「我們會舉辦一場正式的葬禮。」蕾娜朗聲說。

「而且我們會實現傑生的夢想，」法蘭克補充說：「那些神殿，以及傑……」他講到傑生的名字講不下去。他需要數到五才能重新振作起來。「他所想像的一切。我們會在一星期之內全部建造完成。」

我可以感覺到群眾的情緒改變了，如同天氣的鋒面一樣容易察覺，他們的悲痛轉化爲鋼鐵般的堅強決心。

有些人點點頭，喃喃表示同意。幾個人大喊「萬歲！」。其他人跟著吟誦起來。標槍砰砰敲打著盾牌。

聽到一星期之內重建神殿山的提議，沒有人表達反對之意。即使是最熟練的工程公司都不可能達成那樣的任務。不過這是羅馬人的軍團。

「阿波羅和梅格是朱比特營的訪客，」蕾娜說：「我們會幫他們找到歇腳的地方……」

「外加廁所？」梅格懇求說，她夾緊膝蓋跳來跳去。

蕾娜勉強擠出微微一笑。「當然。同時，我們會對死者表達哀悼和敬意。在那之後，我們會討論作戰計畫。」

軍團隊員振臂歡呼，砰砰敲打盾牌。

我張開嘴，打算發表動人的演說，想要感謝蕾娜和法蘭克的感受與理解。但我僅剩的所有精力都在歌唱中消耗殆盡。我腹部的傷口灼熱難耐。我感到天旋地轉，頭在脖子上轉動得像是旋轉木馬。

我面朝下倒地，跌了個狗吃屎。

6 航向北迎戰與秀蘭鄧波兒和三櫻桃。怕吧。

噢，夢境啊。

親愛的讀者，如果你不想再聽我描述那些半神半人的可怕惡夢，我不怪你。只要想想我的第一手經歷有什麼樣的感受就好了。就好像一整晚不斷接到德爾菲的匹提雅⑲打錯電話給我，含糊說著一行行的預言，可是我沒有去求取預言，根本就不想聽啊。

我看到一整排豪華遊艇，它們劃破了月光照亮的海浪，航行於加州的海岸線外；五十艘船緊密排列成V字形陣式，船頭射出一道道光束，燈火通明的指揮塔上掛著紫色的細長三角旗，在風中劈啪翻飛。各式各樣的怪物在甲板上緩緩移動，有獨眼巨人、狂野的半人馬、耳朵很大的潘達族，還有胸膛等於頭部的無頭族。每一艘遊艇的船尾甲板都有一群生物，似乎正在建造某種東西，很像小屋，或者……或者某種攻城武器。

我的夢境畫面拉近到指揮艦的艦橋。船員很忙碌，查看各種監視器並調整儀器。而他們後面有兩個人，懶洋洋地躺在很匹配的金色襯墊懶人躺椅上，他們是這個世界上我最不喜歡的兩個人。

坐在左邊的是康莫德斯皇帝。他穿著粉藍色海灘短褲，露出曬成完美古銅色小腿和修過指甲的光腳。他穿著灰色印地安納波利斯小馬隊兜帽上衣，沒拉拉鍊而露出胸口和雕塑完美的腹肌。他的臉皮也眞厚，居然還穿著美式足球小馬隊的衣服，畢竟才短短幾星期前，我們曾在那個球隊的主場狠狠羞辱他。（我們當然也讓自己蒙羞，但我想要忘記那個部分。）

他的臉龐與我記憶中的模樣幾乎沒有差別：帥到令人煩躁，輪廓鮮明顯得傲慢，金色的長鬈髮框住眉毛。然而，他眼睛周圍的皮膚看似曾經遭到噴砂，瞳孔也很混濁。我們上一次狹路相逢時，我爆發出天神的光輝讓他瞎掉，現在看來顯然還沒治好。如今再次見到他，這是我唯一覺得高興的事。

另一張躺椅坐的是蓋烏斯・尤利烏斯・凱撒・奧古斯都・日耳曼尼庫斯，另外以「卡利古拉」的名號爲人所知。

強烈的憤怒讓我的夢境帶有血紅色調。他怎麼能在那裡，懶洋洋地躺得那麼輕鬆，穿著那身荒謬的船長裝束（潔白的寬鬆長褲和帆船鞋，海軍藍色夾克套在無領的條紋襯衫外面，船長帽在胡桃色鬈髮上歪斜成俏皮的角度），而只不過短短幾天之前，他才剛殺了傑生・葛瑞斯？他怎麼敢啜飲那杯清涼的冰鎮飲料，上面裝飾了三顆糖漬櫻桃（三顆！太荒謬了），還露出那種自鳴得意的微笑？

卡利古拉看起來人模人樣，但我太了解了，絕對不會認爲他有一絲絲的同情心。我好想勒死他。但是唉呀，我什麼都做不了，只能眼睜睜看著，氣得七竅生煙。

「領航員，」卡利古拉懶洋洋地喊道：「我們的速度是多少？」

⓳ 匹提雅（Pythia）是太陽神阿波羅的女祭司，負責講述未來預言。

「長官，五節，」一名身穿制服的凡人說：「我該加速嗎？」

「不，不用。」卡利古拉拔起一顆糖漬櫻桃，迅速扔進嘴巴。他嚼了嚼，笑起來，露出亮紅色的牙齒。「其實呢，咱們減慢到四節吧。有一半的樂趣是這趟航程啊！」

「是的長官！」

康莫德斯沉下臉。他在自己的飲料裡攪動冰塊，那是清澈的氣泡飲料，紅色的糖漿沉澱在底部。他只有兩顆糖漬櫻桃，無疑是因爲卡利古拉永遠都不允許康莫德斯與他平起平坐。

「我不懂，爲什麼要慢慢移動？」康莫德斯抱怨：「如果全速前進，現在早就到了。」

卡利古拉呵呵笑。「我的朋友，一切都要看時機哪。必須讓我們的死人盟友得到他最佳的攻擊時機。」

康莫德斯抖了一下。「我超討厭我們的死人盟友。你確定能好好控制他……」

「我們早就討論過了。」卡利古拉的單調語氣顯得輕鬆快活、樂於殺人，彷彿要說：下次你再質疑我，我會在你的飲料裡面加一點氰化物來控制你。「康莫德斯，你應該相信我。記住，是誰在你急需幫忙的時候伸出援手。」

「我已經謝過你很多次了，」康莫德斯說：「況且那不是我的錯。我怎麼知道阿波羅的身上還留著一點光線？」他瞇起眼睛，顯得很痛苦。「他打敗你……還有你的馬。」

卡利古拉的神情蒙上一層陰影。「是的，嗯，過不了多久，我們會把事情導正過來。在你我的部隊之間，我們還有更大的力量，能夠戰勝那支殘破的第十二軍團。而且，假如他們表現得太頑固，不肯束手就擒，我們永遠都有B計畫。」他往背後叫喚：「噢，布斯特？」

一名潘達人從船尾甲板匆匆趕來，他有一對毛髮濃密的巨大耳朵，在他身邊劈啪揮舞，很像小塊的地毯。他的雙手捧著一大張紙，摺疊成幾個等分，很像地圖或使用指南。「是……是的，第一公民？」

「進度報告。」

「啊。」布斯特那張毛茸茸的黑臉爲之扭曲。「好！好，主人！再一個星期？」

「一個星期。」卡利古拉說。

「嗯，長官，這些指令……」布斯特把紙張轉成上下顛倒，對著它皺起眉頭。「我們還在把所有『擴充槽A』的位置標示到『七個組件』上面。而他們送來的螺絲不夠多，需要的電池也不是標準尺寸，所以……」

「一個星期，」卡利古拉再說一次，語氣依然愉悅。「不過，血月升起的時間會是……」

潘達人皺起眉頭。「五天後？」

「所以，你可以在五天內完成你的工作嗎？太好了！繼續進行。」

布斯特倒抽一口氣，然後用他的毛茸雙腳所能走的最快速度匆匆離開。

卡利古拉對他的同伴皇帝笑了笑。「康莫德斯，看見沒？再過不久，朱比特營就會是我們的了。運氣好的話，《西卜林書》[20]也會落入我們手中。然後，我們就有一些適當的談判籌碼。等到要面對匹松，準備劃分出我們要擁有世界的哪個部分時，你就會記得誰幫過你，誰又沒幫過你。」

---

[20]《西卜林書》（Sibylline Books）是古羅馬時代的神諭集，包括許多先知代替上帝、神祇傳達的訊息，以及對於災難、戰爭、禍患的預言，目前僅小部分保留下來。

「噢，我一定會記得。愚蠢的尼祿。」康莫德斯猛戳飲料裡的冰塊。「再說一次，這是哪一種飲料？秀蘭．鄧波兒[21]？」

「不對，那是『羅伊．羅傑斯』[22]，」卡利古拉說：「我的才是『秀蘭．鄧波兒』。」

「現代戰士要上戰場的時候，眞的都有喝這種飲料嗎？你確定？」

「當然囉，」卡利古拉說：「那麼，我的朋友，好好享受這趟航程吧。你有五個整天可以好好曬太陽，恢復你原本的模樣。然後，我們會在灣區展開美好的大屠殺！」

那番景象消失了，我墜入冰冷的黑暗。

我發現自己身在光線昏暗的石砌房間，裡面滿是拖著腳走路、臭氣難當、低聲呻吟的不死人。有些就像埃及的木乃伊一樣形容枯槁，還有一些看起來幾乎像是活人，只不過身上有些致命的可怕傷口。在房間的遠端，在兩根粗獷的柱子之間，坐著一個……鬼怪，周圍旋繞著洋紅色的霧靄。它抬起骷髏臉孔，以灼熱的紫色眼睛緊盯著我（與之前在地道裡的瘋狂食屍鬼緊盯我的眼睛一模一樣），接著它開始大笑。

我腹部的傷口開始燃燒，宛如一道火藥。

我醒過來，痛苦尖叫。我發現自己身在陌生的房間裡，渾身發抖，汗流浹背。

「你也一樣？」梅格問。

她站在我的帆布床旁邊，探身到打開的窗戶外面，在花盆裡挖挖弄弄。她的園藝腰帶口袋往下垂，裡面塞滿了球莖、一包包種子和各種工具。她有一隻手沾滿泥巴，拿著一把鏟子。狄蜜特的孩子啊。不管你帶他們去哪裡，他們一定都會玩泥巴。

「到……到底怎麼了？」我嘗試坐起來，這眞是大錯特錯。

腹部的那個傷口眞的是又燙又痛。我低頭看，發現赤裸的腹部裹著繃帶，散發出草藥和藥膏的氣味。如果營區的治療師已經做了處置，我爲何還覺得這麼痛啊？

「我們在哪裡？」我啞著嗓子問。

「咖啡店。」

即使以梅格的標準來看，這番陳述也顯得很荒謬。

我們所在的房間沒有咖啡吧檯，沒有義式咖啡機，沒有咖啡師，沒有美味的酥皮點心。它是簡單的白色粉刷立方空間，兩側牆邊各有一張帆布床，兩張床之間有一扇打開的窗戶，而遠處角落的地板有個活板門，讓我相信這裡是二樓。我們可能身處於監獄的牢房，只不過窗戶沒有裝設鐵窗柵欄，而且監獄的帆布床一定比較舒適。（對，我很確定。我和強尼．凱許曾經去福爾森監獄㉓做過一點研究。說來話長啦。）

「咖啡店在樓下，」梅格澄清說：「這是龐畢羅咖啡店的客房。」

我還記得那位長著兩顆頭、身穿綠色圍裙的咖啡師，那時他在普勒托利亞大道上氣呼呼地看著我們。我眞想知道他爲何這麼好心，提供寄宿的地方給我們；而地方那麼多，我也想

㉑ 這種飲料以石榴糖漿和薑汁汽水調製而成，同樣裝飾著糖漬櫻桃。以童星出身的美國演員秀蘭．鄧波兒（Shirley Temple）命名。

㉒ 這種飲料以紅色的石榴糖漿和可樂調製而成，杯邊裝飾著糖漬櫻桃。以美國歌手和演員羅伊．羅傑斯（Roy Rogers）命名。

㉓ 強尼．凱許（Johnny Cash）是美國鄉村音樂歌手，〈福爾森監獄藍調〉（Folsom Prison Blues）是他最有名的歌曲之一，他也曾在許多監獄舉辦演唱會。

知道軍團為何決定把我們安置在這裡。「到底，為什麼……？」

「死者之魂香料，」梅格說：「龐畢羅是最近的供應地點，治療師需要那種香料來治療你的傷口。」

她聳聳肩，像是要說：「治療師，你們有什麼能耐啊？」接著她回過頭，繼續種植鳶尾花的球莖。

我聞聞自己的繃帶，察覺到有個氣味確實是死者之魂香料。那是對抗不死生物的有效物質，不過「死者之魂慶典」㉔要到六月才登場，而現在連四月都還沒到，啊，難怪我們最終來到咖啡店。每一年，零售商似乎都愈來愈早展開死者之魂季節……死者之魂香料拿鐵，死者之魂香料馬芬，活像是我們等不及要慶祝這個驅逐惡靈的季節，祭品是嘗起來有淡淡皇帝豆和火山灰滋味的酥皮點心。好吃。

治療膏藥還聞得出其他什麼氣味呢……番紅花、沒藥、獨角獸的獨角薄片？哇，這些羅馬人治療師真厲害。那麼，我為什麼沒有覺得比較舒服呢？

「他們不想移動你太多次，」梅格說：「所以我們就留在這裡了。這樣很好。樓下有廁所，還有免費的咖啡。」

「你又不喝咖啡。」

「我現在喝啊。」

我抖了一下。「含咖啡因的梅格。這正是我需要的。我昏過去多久？」

「一天半。」

「什麼?!」

「你需要睡覺啊。而且，你失去意識的時候比較不煩。」

我沒力氣好好回嘴。我揉掉眼睛裡的黏液，然後強迫自己坐起來，抵抗著疼痛和噁心感。

梅格以擔心的眼神仔細端詳我，表示我的模樣一定比我自己的感覺更加淒慘。

「有多糟？」她問。

「我還好，」我撒謊。「剛才你說『你也一樣』，那是什麼意思？」

她的表情像防風遮板一樣瞬間關閉。「惡夢啊。我醒來的時候尖叫好幾次。你一直在睡，不過……」她剔除鏟子上的一塊泥土。「這個地方讓我聯想到……你也知道啦。」

我覺得很抱歉，竟然沒有早一點想到。梅格有那樣的經歷，在尼祿的羅馬皇帝家庭裡長大，周圍都是講拉丁語的僕人、身穿羅馬盔甲的衛兵、紫色旗幟、古代帝國所有的標誌徽章等，當然啦，朱比特營一定觸動了那些討厭的回憶。

「很抱歉，」我說：「你作的夢……有什麼是我應該要知道的？」

「很普通。」她的語氣很明確，她不想要詳細描述。「你呢？」

我想了一下自己的夢境，兩個皇帝貌似悠閒，慢慢向我們航行而來，喝著用櫻桃裝飾的無酒精調飲，同時手下的軍隊忙著組裝他們從IKEA訂購而來的祕密武器。

我們的死人盟友。B計畫。五天後。

在那個擠滿不死人的房間裡，我看到燃燒的紫色眼睛。國王的亡者大軍。

㉔ 死者之魂慶典（Lemurian Festival）是古羅馬的宗教慶典，舉行一些儀式驅逐家中的惡鬼，並以豆類祭品撫慰死者之魂。

「很普通，」我附和說：「扶我起來好嗎？」

站著很痛，但我已經在床上躺了一天半，很想趁肌肉變成軟趴趴的粉圓之前活動一下。況且，我漸漸感受到自己又餓又渴，而且套用梅格·麥卡弗瑞的不朽用語，我需要尿尿。在這方面，人類的身體眞是超煩的。

我扶著窗台支撐身子，探頭看看外面。下方有許多半神半人沿著普勒托利亞大道匆忙奔走，忙著搬運補給品、報到執行奉派的職務、在營房和食堂之間趕來趕去。震驚和悲傷的陰影似乎已經褪去，這時每個人看起來都很忙碌和堅定。我伸長脖子望向南方，可以看到神殿山非常忙碌。原本的攻城機械已經改裝成起重機和挖土機，好多地方架設了鷹架，敲打和切割石塊的聲音在山谷裡迴盪。從我的優越位置看去，至少可以辨認出十個新的小祭壇和兩座大神廟，都是我們到達時不存在的，正在建設的還更多。

「哇，」我喃喃說著：「那些羅馬人都沒有浪費時間耶。」

「今天晚上要舉行傑生的喪禮，」梅格告知我：「他們努力在喪禮之前建設完成。」

根據太陽的角度，我猜這時大約是下午兩點。從他們目前的步調看來，我想軍團有很充裕的時間能完成神殿山，說不定晚餐前還能蓋完一、兩座體育場。

傑生一定會引以爲榮。我好希望他能在這裡，親眼見到他所啟發的一切。

我的視線忽明忽暗。我以爲自己可能又要昏過去，接著才發現，其實是某個巨大黑暗的東西拍打翅膀，朝向我迎面飛來，直直衝進我們的窗戶。

我轉過身，發現一隻渡鴉坐在我的床上。牠豎起全身油膩的羽毛，以亮晶晶的黑眼睛打量我。呱呱！

「梅格，」我說：「你有沒有看到這隻？」

「有啊。」她一直盯著鳶尾花的球莖，甚至沒有抬頭。「嗨，法蘭克。怎樣？」

那隻鳥驟然變身，身形膨脹成一名魁梧的人類，羽毛則融合成衣物，直到法蘭克・張坐在我們面前，這時他的頭髮洗淨梳攏，絲質的睡衣換成紫色的朱比特營T恤。

「嗨，梅格，」他說，彷彿對話中改變物種是完全正常的事。「每一件事都按照預定的時間表。我只是來查看阿波羅是不是醒了，嗯……他顯然醒了。」他對我揮揮手，動作很笨拙。「我是說，你醒了。畢竟，呃，我坐在你的床上。我應該起來。」

他站起來，拉拉上衣，然後雙手似乎不曉得該擺在哪裡。以前呢，我早就很習慣面前凡人的舉止這麼神經兮兮，但現在，我花了點時間才意識到，法蘭克仍然對我充滿敬畏之情。儘管我的凡人外表很普通，但法蘭克身爲變身人，或許他寧願相信我的內在仍是原本掌管箭術的天神。

看見沒？我就說吧，法蘭克眞的很可愛。

「總之，」他繼續說：「我和梅格聊過，前幾天你昏過去的時候……我是說，恢復……睡著啦，你也知道。你需要睡覺。希望你覺得好一點了。」

儘管覺得很不舒服，我還是忍不住笑出來。「張執法官，你一直對我們很好。謝謝你。」

「嗯，當然。那個，你也知道，很光榮，見到你身爲……或者你以前身爲……」

「呃，法蘭克。」梅格從花盆抬起頭，轉過來。「他只是萊斯特。你不用把他當成了不起的人啦。」

「喂，梅格，」我說：「如果法蘭克想要把我當成了不起的人……」

「法蘭克，直接告訴他吧。」

執法官來回看看我們兩人，彷彿要確定「梅格和阿波羅秀」已經演完了。「所以，梅格說明了你們在烈焰迷宮得到的預言。『阿波羅在塔克文的墳墓面對死亡，除非通往無聲天神的門口由貝婁娜之女打開』，對吧？」

我渾身發抖。我不希望有人提起那些字句，特別是考慮到我的夢境，況且其中的涵義表示我很快就要面對死亡。什麼都經歷過了，還附贈腹部的傷口。

「對，」我小心翼翼地說：「我想，你該不會已經弄懂那幾句話的意思，也已經進行必要的任務了吧？」

「唔，不算是，」法蘭克說：「不過預言確實回答了一些問題，關於……嗯，關於這裡發生過的一些事。那讓艾拉和泰森得到足夠的資訊可以研究。他們認為自己會有進展。」

「艾拉和泰森……」我說，在我迷迷糊糊的凡人腦袋裡篩選記憶。「鳥身女妖和獨眼巨人一直努力重建《西卜林書》。」

「就是那樣，」法蘭克贊同說：「如果你覺得可以應付了，我想我們可以散步去新羅馬。」

7

散步進城好
萊斯特生日快樂
禮物是疼痛

我不覺得自己能應付。

我的肚子痛得厲害，雙腿也幾乎無法支撐自己的體重。就算去過廁所、梳洗、穿衣，再從脾氣暴躁的主人龐畢羅那裡抓了亡者之魂香料拿鐵和馬芬糕，我還是覺得自己無法走個一公里左右前往新羅馬。

關於在烈焰迷宮獲得的預言，我完全沒有欲望想要搞清楚。我不想面對更多不可能克服的挑戰，特別是夢見墳墓裡那種東西以後。我甚至不想當人類。可是，唉，我別無選擇啊。凡人是怎麼說的……爛透了？超爛，爛死了。

梅格待在營區。她一個小時之後有約，要和拉維妮亞一起去餵獨角獸，她很怕萬一去了其他地方可能會錯過機會。考慮到拉維妮亞有翹班的習慣，我覺得梅格想太多了。

法蘭克帶我穿越主閘門。哨兵迅速立正站好。他們必須保持那樣的姿勢好一會兒，畢竟我的移動速度活像感冒糖漿的流速一樣慢。我發現他們都以憂慮的眼神端詳著我，也很擔心我會突然唱出另一首令人心碎的歌，或許是不相信眼前這個腳步搖晃的青少年曾經是天神阿波羅。

下午是加州最完美的時刻：藍綠色的天空，金黃色的青草在山坡上輕輕搖曳，桉樹和杉樹在溫暖的微風中沙沙作響。這番景象應該能驅散黑暗地道和食屍鬼的所有相關念頭，但我似乎無法把鼻孔內的塵土氣味驅逐出去。喝下一杯「亡者之魂香料拿鐵」也沒用。

法蘭克以我的速度走路。他跟得很緊，我如果站不穩可以靠在他身上，但他沒有堅持要扶著我。

「那麼，」他終於開口說話：「你和蕾娜之間是怎樣？」

我腳步踉蹌，害我的腹部又來了幾波新的刺痛。「什麼？沒有啊。什麼？」

法蘭克撥掉他斗篷上的一根渡鴉羽毛。我好想知道怎麼會那樣……變身之後留下一些有的沒的東西。他會不會丟掉某根沒用的羽毛，然後才發現「哇，那是我的小指」？我聽過一些傳言，法蘭克甚至可以變成一群蜜蜂。就算是我，前任天神，經常一天到晚變換身形，連我也搞不懂他怎麼能那樣。

「只是……你見到蕾娜的時候，」他說：「你整個人呆掉，很像是……我不知耶，你發現自己欠她錢之類的。」

我得拚命忍住才不至於苦笑出來。我和蕾娜之間的問題要是有那麼簡單就好了。

那件事再度浮現我的腦海，宛如玻璃碎片般清晰銳利：維納斯責罵我、警告我、訓斥我，只有她能對我這樣。「你不會把你那張醜陋又卑鄙的天神臉孔湊到她附近吧，否則我對冥河發誓……」

而當然啦，她是在王座室這樣罵我，當著所有其他奧林帕斯眾神的面前，只見他們以殘酷的歡樂氣氛大肆咆哮，嘴裡喊著：「哦哦哦！」連我父親也參一咖。噢，是的。每一分每一秒他都陶醉其中。

我爲之顫抖。

「我和蕾娜一點關係也沒有，」我以相當坦誠的語氣說：「我想，我們根本沒有交談過幾句話。」

法蘭克仔細端詳我的神情。他顯然意識到我有所保留，但沒有繼續追問。「好吧。嗯，我們今晚會在葬禮上見到她。她現在試著睡一下。」

我差點要問，蕾娜爲什麼會在下午過了一半的時候睡午覺。接著我才想起，我們在晚餐時間遇到法蘭克時，他也曾經穿著睡衣……那眞的是前天發生的事嗎？

「你們兩個輪班，」我懂了。「所以你們隨時都有一個人值勤？」

「那是唯一的方法，」他坦誠以告。「我們還處於最高戒備狀態。每個人都繃得很緊。有很多事要做，自從那場戰鬥以後……」

他說「戰鬥」這個詞的語氣與海柔一模一樣，彷彿那是有史以來獨一無二、極度嚴重的轉捩點。

就像我和梅格在冒險期間曾經收到的所有預言一樣，「闇黑預言」針對朱比特營提出惡夢般的可怕預測，至今仍在我心裡留下不可磨滅的印象：

記憶產生之字句開始燃燒，
新月之前登上惡魔山。
矮小醜陋領主將面臨可怕挑戰，

直至屍體塞滿台伯河不計其數。

聽了那段預言之後，里歐．華德茲曾駕著他的青銅巨龍奔過整個國家，急著去警告朱比特營。根據里歐所說，他剛好及時抵達，但傷亡人數依然非常可怕。

法蘭克一定是看出我的神情很痛苦。

「如果沒有你，結果一定更慘，」他說，這只讓我覺得更內疚。「如果你沒有派里歐來這裡警告我們。有一天，他不知從那裡冒出來，突然就直直飛進這裡。」

「那一定是很大的驚嚇，」我說：「畢竟你們以爲里歐死了。」

法蘭克的黑眼睛閃閃發亮，很像仍是渡鴉的眼睛。「對呀。他讓我們那麼擔心，大家都氣瘋了，所有人排成一列，輪流揍他。」

「我們在混血營也是一樣，」我說：「希臘人的想法很類似。」

「唔。」法蘭克的目光飄向地平線。「我們大概有二十四小時可以準備。有幫助，但時間不夠。他們從那裡來。」

他指向北方的柏克萊山。「他們蜂擁而來。只有這種方法可以描述。我以前和不死人交手過，但這次……」他搖搖頭。「海柔稱它們是『zombie』，就是我祖母用中文說的『殭屍』。羅馬人有很多種說法描述它們：immortuos（不死族）、lamia（拉彌亞）、nuntius（信使）。

「信使，」我說著，翻譯最後一個字。我一直覺得這個名稱很奇怪。信使，幫誰傳遞信息？不是黑帝斯。他超討厭屍體在凡人世界遊蕩。那樣讓他看起來像是管理鬆散的典獄長。

「希臘人叫它們 vrykolakas（維克拉卡斯），」我說：「通常連一個都很少看到。」

「有好幾百個，」法蘭克說：「另外有幾十個其他的食屍鬼之類，歐律諾摩斯扮演牧人的角色。我們把它們消滅掉，不過還是一直來。你會認爲有一隻噴火龍就可以改變遊戲規則，但非斯都的力量還是很有限。那些不死生物沒有像你想的那麼容易燃燒。」

有一次黑帝斯曾向我解釋這點；他這種笨拙的舉動是出了名的，就像這樣，在閒聊時傳達「太多資訊」。火焰無法嚇阻不死生物。它們大可直接穿越，無論變得多麼焦脆都不在乎。正因爲如此，黑帝斯不用地獄火河作爲王國的疆界。然而，流動的河水，特別是流著黑暗魔法河水的冥河，又是另一回事了……

我仔細凝視小台伯河閃閃發亮的河水。突然間，我終於弄懂「闇黑預言」一行字的意思了。「『屍體塞滿台伯河不計其數』。你在河邊阻止他們。」

法蘭克點點頭。「它們不喜歡淡水。我們就是在那裡扭轉戰局。不過那一行提到『屍體不計其數』？眞正的情況和你想的不一樣。」

「那麼是……？」

「停止前進！」有個聲音從我正前方傳來。

我深深沉浸於法蘭克述說的情境，沒發現我們已經這麼靠近新羅馬。我甚至沒注意到路邊有一座雕像，直到它對我尖叫爲止。

特米納士，掌管疆界的天神，看起來完全如同我記憶中的模樣。他的腰部以上是精緻的雕像，有大大的鼻子、一頭鬈髮，再配上一臉不悅的神情（可能因爲一直沒有人幫他雕刻一雙手臂）。而他的腰部以下是一整塊白色大理石。我以前經常逗他，說他應該試穿緊身牛仔褲，因爲他的雙腿很苗條。現在他瞪著我，我猜他記得當時的那些羞辱。

「唉呀，唉呀，」他說：「看誰來到這裡啊？」

我嘆口氣。「特米納士，我們可以不要這樣嗎？」

「不行！」他咆哮說：「不行，我們不可以不要這樣。我需要查驗身分證件。」

法蘭克清清喉嚨。「呃，特米納士……」他輕敲自己護胸甲上的執法官桂冠。

「是的，執法官法蘭克．張。你可以繼續前進。不過你這位『朋友』……」

「特米納士，」我抗議說：「你明明很清楚我是誰。」

「請出示身分證件！」

一陣冰冷黏膩的感覺從我腹部的亡者之魂香料繃帶向外延伸。「嗯，你的意思不是……」

「身分證件。」

我好想抗議這種不必要的殘酷行為。唉，碰到官僚、交通警察或掌管疆界的天神，實在沒什麼好爭的。無謂的掙扎只會讓痛苦持續更久而已。

感覺就像是被打趴一樣，我拿出皮夾，取出青少年駕照，那是宙斯在我墜入凡間的時候提供給我的。名字：萊斯特．巴帕多普洛斯。年齡：十六歲。州別：紐約州。照片：百分之百傷眼。

「遞過來。」特米納士提出要求。

「你又沒有……」我逼自己住嘴，免得說出「你又沒有雙手」。特米納士對於自己缺少的幻肢有種頑固的妄想。我拿起駕照給他看。法蘭克靠過來，滿臉好奇，接著迎上我的目光，隨即往後退開。

「『萊斯特』，非常好，」特米納士顯得幸災樂禍。「有凡人訪客來到我們城市是很稀奇的事，是徹徹底底的凡人訪客喔；不過我想，我們可以允許這種事。是來這裡買新的羅馬寬外袍嗎？或許也買件緊身牛仔褲？」

我把內心的苦楚往肚裡吞。一個小神終於有機會對主要的神祇作威作福，有誰的報復心會比這更強呢？

「我們可以通過了嗎？」我問。

「有沒有武器要申報？」

如果時機比較恰當時，我會回答：「只有我的殺手性格。」唉，我太慘了，連想到這點都覺得很諷刺。然而，這問題確實讓我很想知道自己的烏克麗麗和弓箭不知怎麼了。也許塞在我的帆布床底下？如果羅馬人弄丟了我的箭筒，外加那隻會說預言的多多納之箭，我可能得買個謝禮送給他們吧。

「沒有武器。」我咕噥地說。

「非常好，」特米納士說：「你可以通過了。對了，萊斯特，祝你即將到來的生日快樂。」

「我……什麼？」

「往前走，不要逗留！下一位！」

我們後面根本沒人，但特米納士催促我們進入城內，然後對著一整群不存在的訪客大聲吼叫，叫他們不要推擠，乖乖排成一直線。

「你的生日快到了嗎？」法蘭克問，同時我們繼續向前走。「恭喜！」

「不該是這樣啊。」我盯著自己的駕照。「四月八日，這裡是這樣寫的。那根本不對啊，我出生在第七個月的第七天。當然啦，以前的月份不一樣。我看看，第七個月是『伽米里昂月』[25]？不過那時候是冬天。」

「不管怎樣，天神怎麼慶祝生日？」法蘭克若有所思地說：「你現在十七歲嗎？還是四千零十七歲？你們吃蛋糕嗎？」

聽起來他對最後這部分滿懷希望，彷彿想像著塗滿金色糖霜的巨大糕點，上面插了十七根羅馬式蠟燭。

我試著計算自己正確的生日日期，結果害我的頭陣陣抽痛。就算以前有天神的記憶力，我也很討厭各種記錄日期的方法：古代陰曆、儒略曆、格里曆、閏年、日光節約時間等。哎喲。難道不能每一天都叫「阿波羅日」，就這樣解決掉嗎？

然而，宙斯顯然幫我指派了新的出生日期：四月八日。爲什麼呢？「七」是我的神聖數字啊。四月八日這個日期沒有包含「七」，加起來也沒有辦法用七去整除。宙斯爲什麼把我的生日訂在四天後？

我走到一半停下腳步，彷彿自己的雙腿變成大理石基座。在我的夢境裡，卡利古拉很堅持，要他手下的潘達人在血月升起之前完成工作，那是五天後。如果我觀看到的事情發生在昨天晚上……那就表示從今天開始只剩四天，也讓四月八日，萊斯特的生日，成爲世界末日。

「怎麼了？」法蘭克問：「你的臉色怎麼那麼灰白？」

「我……我覺得我父親向我提出警告，」我說：「也說不定是某種威脅？而特米納士剛剛幫我指出這點。」

「你的生日怎麼會是某種威脅？」

「我現在是凡人。生日永遠都是一種威脅。」我奮力壓抑內心的一波焦慮。我好想轉身就跑，但是沒有地方可去……只能向前走進新羅馬，針對我即將到來的命運，收集更多討厭的資訊。

「法蘭克．張，你帶頭吧，」我意興闌珊地說，把駕照放回皮夾裡。「也許泰森和艾拉會找到一些答案。」

新羅馬啊……這是地球上最不可能發現奧林帕斯天神化身為凡人而潛入的城市。（緊跟在後的是紐約，接著是春假期間墨西哥的科租美島。不要批評我們。）以前身為天神時，我經常以隱形的方式盤旋於紅瓦屋頂的上空，或者以凡人的形態走在街上，享受著我們至尊全盛時期的景象、聲音和氣息。

這裡當然與古羅馬時代不太一樣。他們做了不少改進。沒有奴隸，這是其一。個人衛生比較好，又一例。蘇博拉也消失了……那個羅馬貧民窟相當擁擠，有很多廉價公寓容易發生火災。

新羅馬也不是悲慘的模仿式主題公園，例如拉斯維加斯市中心那個艾菲爾鐵塔的贗品。它是充滿生氣的城市，現代和古代的事物自由並存。步行穿越廣場，我聽到十多種語言的對話，包括拉丁文在內。一群音樂家用七弦琴、吉他和洗衣板合奏著即興的樂曲。小孩子在噴泉裡嬉戲玩耍，成年人則坐在附近的花卉棚架底下，頭頂上有葡萄藤提供遮蔭。拉雷斯到處飄來飄去，在午後的斜長影子裡變得比較看得見。各式各樣的人們熙來攘往、攀談聊天，有

㉕ 在古希臘曆法中，伽米里昂月（Gamelion）相當於現代的一月。

單頭人、雙頭人，甚至有犬頭人，他們透過咧嘴傻笑、喘氣和吠叫來表達論點。與古羅馬相較，這裡的規模較小、比較和善，而且改良甚多；我們一直認爲，凡人能讓古羅馬發展到這種程度，但始終沒有達成。而且，是的，我們天神當然是爲了懷舊而來到這裡，緬懷以前那些美好的歲月，當時整個帝國的凡人隨時隨地膜拜我們，空氣中充滿焚燒祭品的香氣。

你可能覺得這聽起來很可悲，很像老歌的巡迴演唱會，迎合老掉牙樂團那些不再年輕的歌迷。不過我能說什麼呢？即使永生不死，也治不好「懷舊」這種病啊。

走近元老院時，我開始看到近期戰鬥的遺跡。圓頂的裂痕用銀色黏著劑修補，顯得閃閃發亮。有些建築物的牆壁已經匆忙重新抹過灰泥。城市的街道也和營區一樣，似乎不如我的記憶中那麼擁擠，而且每隔一陣子，只要有犬頭人高聲吠叫，或者鐵匠拿榔頭敲打某件盔甲，附近的人聽到這類噪音就會蹙額皺眉，彷彿考慮著是否應該尋求掩蔽。

這是個飽受創傷的城市，非常努力恢復常軌。而根據我在夢中見到的情景，在短短幾天內，新羅馬即將再次遭受重創。

「你們損失了多少人？」我問法蘭克。

我很怕聽到數字，但覺得非知道不可。

法蘭克看看我們四周，查看是否有其他人位於聽力所及的範圍內。我們走在新羅馬爲數眾多的卵石街道上，沿著曲折的道路進入住宅區。

「很難說清楚，」他對我說：「先說軍團本身，至少有二十五人。這是值勤名單上失去的人數。我們的最高兵力有……以前有兩百五十人。不是說我們任何時候在營區都眞的有那麼多人，但是差不多如此。那場戰鬥眞的重挫我們的兵力。」

我覺得好像有個拉雷斯穿過我的身體。十一抽殺律，那是古時候針對表現不佳軍團的懲罰方法，非常殘忍嚴厲：每十個士兵殺掉一人，無論那些人是有罪或無辜。

「法蘭克，很抱歉，我應該要……」

我不知道該怎麼說完這句話。我應該怎樣？我再也不是天神了，再也無法彈彈手指，遠從一、兩千公里外的地方就讓殭屍自爆。我從來不曾好好感激自己擁有那麼單純的樂趣。

法蘭克把肩膀周圍的斗篷拉得更緊一點。「最難熬的是平民。很多住在新羅馬的退休軍團隊員都來幫忙。他們一直扮演我們的後援部隊角色。總之，你提到的那一句預言：『屍體塞滿台伯河不計其數』，意思並不是戰鬥之後有很多屍體。那指的是我們無法計算死者人數，因為他們消失了。」

我腹部的傷口開始騷動起來。「怎麼個消失法？」

「不死人撤退時，把一些屍體拖走了。我們試著要把他們全部救回來，可是……」他兩手一攤。「有些則是遭到大地呑沒。連海柔都無法解釋爲什麼會那樣。大多數人是在小台伯河作戰期間掉入水裡。水精靈努力幫我們搜索和救援，但是運氣不好。」

他並沒有講出這個消息眞正可怕的部分，不過我覺得他心裡有數。他們的死者並非就這樣消失了。他們會回來，以敵人的身分回來這裡。

法蘭克的目光凝視著街道上的卵石。「我很努力不要想這件事。我理應要帶領大家，保持自信，你懂吧？不過就像今天，我們看到特米納士的時候……通常有個小女孩，茱莉亞，她會幫忙特米納士。她大概七歲。很可愛的小孩。」

「她今天不在那裡。」

「對，」法蘭克贊同說：「她和收養家庭住在一起。她的父親和母親都在戰鬥中過世了。」這實在很難承受。我伸出一隻手，扶著最近的牆壁。又一個無辜小女孩被迫承受痛苦，就像梅格．麥卡弗瑞一樣，當時尼祿殺了她父親……也像喬吉娜，當時在印地安納波利斯，有人把她從兩位母親身邊帶走。三個可怕又醜惡的羅馬皇帝，傷害了這麼多的生命。我必須徹底阻止這種事。

法蘭克輕輕扶著我的手臂。「一步接著一步往前走。這是唯一的方法。」

我來到這裡是要支援羅馬人。然而，這名羅馬人支持著我。

我們一路經過一些餐館和店面。我盡量專注於正面的事物。葡萄藤正在發芽。噴泉依然流水潺潺。這個社區的房屋全都很完整。

「至少……至少這個城市沒有燃燒。」我鼓起勇氣說。

法蘭克皺起眉頭，彷彿找不到樂觀的理由。「你是指什麼？」

「預言的另一句話：『記憶產生之字句開始燃燒』。那是指艾拉和泰森對《西卜林書》的研究成果，對吧？那些書一定很安全，畢竟你們沒有讓城市陷入火海。」

「喔。」法蘭克發出一種聲音，既像咳嗽又像笑聲。「是啊，那件事還滿有趣的……」

他走到一間古色古香的書店前方停下來。綠色雨篷上面寫著簡單的字樣：「圖書館」。外面的人行道上放了好幾個書架，塞滿了二手精裝書，全都任人瀏覽。而在櫥窗內，一隻大橘貓趴在一疊字典上面曬太陽。

「預言的意義往往與你想的字面意思不一樣。」法蘭克擋在門前，很快敲三下，然後慢慢敲兩下，接著再快速敲兩聲。

瞬時，門向內打開。站在門口的是打著赤膊、滿臉燦笑的獨眼巨人。

「請進！」泰森說：「我正在刺青！」

8

刺青！立刻來！免費，售書處可刺啊，一隻大貓

我的良心建議：千萬不要進入獨眼巨人刺青的地方。氣味令人永難忘懷，很像一大桶煮沸的墨汁和皮夾。獨眼巨人的皮膚遠比人類的皮膚堅韌多了，需要超燙的針頭才能刺上墨汁，因此有令人作嘔的燒灼氣味。

我怎麼會知道這種事？我和獨眼巨人有歷史悠久的愛恨情仇啊。

一千年前，我殺了父親最喜歡的四個獨眼巨人，因爲他們製作的閃電殺了我兒子阿思克勒庇俄斯[26]。（因爲我無法殺掉眞正的凶手，也就是，嗯哼，宙斯。）正因爲那樣，我第一次被貶入凡間。眼前獨眼巨人的燒灼臭氣，喚回了那些非比尋常的回憶。

接下來的多年間，我遇到獨眼巨人的機會數也數不清：第一次泰坦戰爭期間與他們並肩作戰（我的鼻子一直夾著曬衣夾）；他們只有一隻眼睛，無法感知空間的深度，我卻要教他們製作長弓；我、梅格和格羅佛行經迷宮期間，曾經在廁所裡嚇到一個獨眼巨人。我始終無法把那番景象逐出腦海。

提醒你一下，我與泰森本人相處並沒有什麼問題。波西．傑克森表明泰森是他弟弟。最後一次對抗克羅諾斯的大戰過後，宙斯把將軍的頭銜賜給泰森，外加一根非常棒的棍子。

以獨眼巨人來說，泰森算是可以忍受的。他的體形比身材魁梧的人類大不了多少，也從來不曾打造閃電並殺了我喜歡的人。他有溫和的褐色大眼睛和大大的笑容，讓他看起來幾乎像法蘭克一樣惹人憐愛。最棒的是，他全心全意幫助鳥身女妖艾拉重建出失落已久的《西卜林書》。

要贏得預言天神的心，將失落的預言書重建出來永遠是好方法。

然而，泰森轉身帶我們進入書店時，我必須壓抑一股驚駭大叫的衝動。看來他正在把狄更斯的所有作品刺到背上。從他的脖子到背部一半的地方，書寫了一行又一行非常微小的青紫色字跡，只有過往的一條條白色疤痕組織打斷那些字跡。

法蘭克在我旁邊輕聲說：「不要。」

我這才發現自己快哭了。我因爲同情而心痛，一方面是看到這麼多刺青，另一方面則是爲了可憐的獨眼巨人所承受的虐待與傷害，居然留下這麼多傷疤。我好想哭著說：「你這可憐的傢伙！」或甚至給打赤膊的獨眼巨人來個大大的擁抱（這絕對會是我的第一次）。法蘭克正是要警告我，不要對泰森的背部表現出太大的反應。

我揉揉眼睛，努力讓自己鎮定下來。

走到書店正中央，泰森停下腳步，轉身面對我們。他笑得開懷，驕傲地伸展兩隻手臂。

「看見沒？都是書！」

㉖ 阿思克勒庇俄斯（Asklepios）是希臘神話中的醫神，是阿波羅的兒子，相傳有讓人起死回生的醫術。他的羅馬名字是艾斯庫累普（Aesculapius）。

他沒騙人。從整個空間中央的收銀台兼服務台開始，許多各自獨立的書架往四面八方延伸出去，全都塞滿了各種開本和形狀的書冊。有兩道樓梯通往設有欄杆的平台，上面那層樓同樣每一面牆都是書。每一個能放的空間都放了閱讀椅，鋪設的坐墊很厚實。巨大的窗戶能夠望見城市輸水道和遠處山丘的景緻。陽光宛如溫暖的蜂蜜流瀉進來，讓整間店顯得很舒適，令人昏昏欲睡。

這裡好適合窩在某個角落，隨意翻閱某本輕鬆的小說，只不過有沸油和皮革的惱人氣味。放眼望去沒有看到刺青室的設備，但是後側牆壁那邊有一組厚實的紫色簾幕，上方有塊牌子寫著「特殊藏書」，似乎通往後面的房間。

「非常棒。」我說，盡量讓語氣聽起來不像是質疑。

「都是書！」泰森又說一次。「因爲這是書店！」

「當然。」我點頭表示同意。「這是，呃，你的店嗎？」

泰森噘起嘴。「不。算是吧。老闆死了。因爲戰鬥。很難過。」

「啊。」我不太知道該說什麼才好。「無論如何，泰森，再次見到你眞的很高興。我這個樣子你可能不認得，不過……」

「你是阿波羅！」他笑著說：「你現在看起來好好玩。」

法蘭克摀著嘴咳嗽，無疑是在遮掩臉上的笑容。「泰森，艾拉在嗎？我想讓阿波羅聽聽你們發現的事情。」

「艾拉在後面房間。她正在幫我刺青！」他對我靠過來，同時壓低聲音。「艾拉很漂亮。不過，噓，她不喜歡我一天到晚這樣說。她覺得很尷尬。那我也會很尷尬。」

「我不會說啦，」我向他保證。「泰森將軍，請帶路。」

「將軍耶。」泰森笑得更燦爛了。「是啊，我就是。我在打仗的時候痛毆一些腦袋！」

他匆匆跑開，動作活像是騎著木馬，直直衝過紫色的簾幕。

我的內心有一部分好想轉身離開，拉著法蘭克再去喝一杯咖啡。一想到我們可能在簾幕後面發現什麼事，我就怕死了。

就在這時，我腳下有個東西說著「喵」。

有隻貓發現我。巨大的橘色虎斑貓，一定是把書店裡其他的貓全都吞下肚，才會這麼大一隻；牠用頭磨蹭我的腿。

「牠碰我耶。」我抱怨說。

「那是阿里斯托芬，」法蘭克笑了笑。「牠沒有惡意啦。況且，你也知道羅馬人對貓有什麼樣的感情。」

「對，對啦，不用提醒我。」我從來都沒有成爲貓科動物的粉絲。牠們那麼自我中心、自以爲是，還以爲自己擁有了整個世界。換句話說……好吧，我會這樣說。我不喜歡有人和我競爭啦。

然而對羅馬人來說，貓是自由和獨立的象徵。羅馬人讓牠們愛去哪裡就去哪裡，甚至可以進入神廟。這麼多個世紀以來，我好幾次發現自己的祭壇有味道，很像是某隻公貓剛剛留下「記號」。

「喵，」阿里斯托芬又說一次。牠那雙睡眼惺忪的眼睛是淺綠色的，宛如檸檬的果肉，彷彿要說：「你現在是我的，等一下我要尿在你身上。」

「我得走了，」我對那隻貓說：「法蘭克．張，我們去找鳥身女妖吧。」

如同我的猜測，特殊藏書室已經設置成刺青室。滾輪式書架已經推到旁邊，架上堆滿了皮革裝幀書、收藏卷軸的木盒以及楔形文字的泥板。房間正中央最重要的位置有一張黑色的皮革躺椅，附有可摺疊的扶手，上方有一盞LED放大工作燈。椅子旁邊設置了一張工作檯，放了四具嗡嗡作響的電動紋身鋼針槍，連接著墨汁軟管。

我自己從來沒刺青過。我仍是天神的時候，如果想在皮膚上塗點墨水，只要用意志力就能達成。不過，這番設備讓我聯想到赫菲斯托斯[27]可能會做的嘗試，也許是在天神的牙科診所進行瘋狂實驗吧。

房間的後側角落有一道樓梯，通往二樓的平台，與外面大房間的配置很類似。平台設置了兩個睡覺的區域：一個是鳥身女妖的鳥巢，用稻草、布匹和碎紙組合而成；另一個算是紙板箱堡壘吧，用老舊的電器紙箱搭建而成。我決定還是別問的好。

艾拉本人在刺青椅後方來回踱步，嘴裡喃喃嘀咕，彷彿內心天人交戰。

允許我們進來的阿里斯托芬這時開始尾隨在鳥身女妖後面，試著把頭湊到艾拉的厚皮鳥腿上。每隔一陣子，艾拉身上就會飄出一根鏽色羽毛，阿里斯托芬連忙朝它猛撲過去。艾拉完全無視於那隻貓。他們眞像天堂樂土「埃利西翁」裡的絕配。

「火……」艾拉嘀咕著說：「火，加上……那個，那個……那個連接用的。兩倍的那個，再那個……唔。」

她似乎很焦慮，不過我猜她天性如此。我略有所聞，知道波西、海柔和法蘭克發現艾拉住在波特蘭，在奧勒岡州的大圖書館裡，仰賴食物碎屑維生，並在遭到丟棄的小說書堆裡築巢。不知何時，鳥身女妖偶然間遇到《西卜林書》，總共有三大冊，一般認為早就在羅馬帝國末期遭到大火焚毀，永遠消失。（能夠找到其中一冊的機會，就像找到貝西．史密斯[28]的某張未知專輯，或者嶄新的一九四〇年版《蝙蝠俠》漫畫第一集，只不過比較……呃，有點預言能力。）

艾拉的記憶力宛如照相一般，但是不連貫。總之，她現在是那些古老預言的唯一來源。波西、海柔和法蘭克帶她來朱比特營，她住在這裡很安全，希望能在泰森的協助之下，重建那些古老的預言書；泰森是她深愛的男朋友。（獨眼男友？跨物種伴侶？）

除此之外，艾拉是混身裹著紅色羽毛、外面再裹著亞麻連身裙的一團謎。

「不，不，不。」她伸手撥弄超級捲曲的一頭紅髮，那麼用力抓著頭皮，我很怕她會抓傷自己。「字不夠。『字，字，字。』哈姆雷特，第二幕，第二場。」

她原本是流浪街頭的鳥身女妖，現在看起來很健康。她那看似人類的臉龐瘦骨嶙峋，但沒有顯得憔悴。她手臂的羽毛用嘴喙仔細梳理整齊。她的體重似乎很適合飛禽類，因此一定吃了足夠的鳥食或墨西哥塔可餅，或者鳥身女妖喜歡吃的各種東西。她走過地毯時，腳爪割出一條清晰的路徑。

---

[27] 赫菲斯托斯（Hephaestus），希臘神話中的火神與工匠之神。

[28] 貝西．史密斯（Bessie Smith, 1894-1937）是美國著名的藍調女歌手。

「艾拉，你看！」泰森朗聲說：「朋友！」

艾拉皺起眉頭，目光從我和法蘭克身上飄開，彷彿我們是微不足道的煩人雜事，只是掛在牆上的歪斜圖畫。

「不，」她終於開口說，她的尖長指甲彼此叩叩敲打。「泰森需要更多刺青。」

「好啊！」泰森笑起來，彷彿那是超棒的消息。他朝向躺椅走去。

「等一下。」我懇求說。聞到刺青的氣味已經夠糟了，如果看到他們當場刺青，我很確定會吐得阿里斯托芬滿身都是。「艾拉，開始刺青之前，可不可以請你解釋一下到底怎麼了？」

「到底怎麼了㉙，」艾拉說：「馬文・蓋伊，一九七一年。」

「對，我知道，」我說：「我幫忙寫出那首歌。」

「不。」艾拉搖搖頭。「那是雷納多・班森、艾爾・克里夫蘭和馬文・蓋伊寫的，受到一場警察暴力事件的啓發。」

法蘭克對我做個鬼臉。「你不能和鳥身女妖爭辯這種事。」

「對，」艾拉附和說：「不行。」

她踏著小碎步跑來，更仔細一點端詳我，聞聞我纏繞著繃帶的腹部，戳戳我的胸口。她的羽毛閃閃發亮，很像雨中的鐵鏽，「阿波羅，」她說：「不過你全都錯了。身體錯了。《天外魔花》㉚，唐・席格執導，一九五六年上映。」

我不喜歡有人拿我和黑白恐怖片比較，不過剛剛獲知，不要和鳥身女妖爭辯這種事。

在此同時，泰森把刺青椅調整成平躺式。他趴到上面，他的背部滿是疤痕，肌肉健壯，最近上墨的一行行紫色字跡微微起伏。

「好了！」他朗聲說。

原來是這樣，我終於明白了。

「『記憶產生之字句開始燃燒，』」我回想起來。「你正用火燙的針頭，把《西卜林書》重新寫到泰森身上。這正是預言所說的意思。」

「對。」艾拉戳戳我腰際的肥肉，彷彿評估看看能不能作爲書寫的表面。「唔。不行。太鬆弛。」

「謝啦。」我咕噥著說。

法蘭克調整姿勢，突然一副對自己的書寫表面很有自信似的。「艾拉說，唯有這種方法，她才能以正確順序記錄那些字句，」他解釋說：「在活生生的皮膚上。」

我不應該會感到驚訝。過去幾個月來，我曾經聆聽樹木的瘋狂聲音而解讀出預言，曾在黑暗的洞穴裡產生幻覺，也曾奔跑穿越火熱的填字遊戲謎題。與那些事情相較，在獨眼巨人的背上組合出原稿，聽起來超級文明。

「可是……你寫到哪裡了？」我問。

「第一腰椎。」艾拉說。

她完全不像是開玩笑的樣子。

㉙〈到底怎麼了〉（What's Going On）是美國靈魂樂歌手馬文．蓋伊（Marvin Gaye, 1939-1984）的巔峰代表作，這首歌的共同作曲人還包括雷納多．班森（Renaldo Benson）和艾爾．克里夫蘭（Al Cleveland）。

㉚《天外魔花》（*Invasion of the Body Snatchers*）是美國科幻恐怖片，描述小鎮居民遭到外星人控制的故事。

泰森臉朝下趴在酷刑床上，踢蹬雙腳，顯得很興奮。「好了！哇，天啊！刺青好癢！」

「艾拉，」我再試一次，「我的意思是，關於我們……嗯，我不知道啦……未來四、五天所面臨的威脅，你有沒有發現什麼有用的資訊？法蘭克說你有線索？」

「有，找到墳墓。」她又戳戳我的腰間肥肉。「死亡，死亡，死亡。很多死亡。」

9

深切的摯愛
吾聚集於此是因
希拉爛。阿門

如果有什麼事情比起聽到「死亡，死亡，死亡」更糟，那就是一邊聽著這些話，一邊有人不斷戳刺你的腰間肥肉。

「你可以說得更詳細一點嗎？」

我其實很想問：你可以叫這一切全部滾開嗎？而且你可以不要再戳我了嗎？不過我覺得兩個願望都會落空。

「交互參照。」艾拉說。

「你說什麼？」

「塔克文的墳墓，」她說：「烈焰迷宮那些話。法蘭克對我說：『阿波羅在塔克文的墳墓面對死亡，除非通往無聲天神的門口由貝婁娜之女打開。』」

「我知道那個預言，」我說：「我有點希望大家不要再說那個了。到底是怎樣……？」

「塔克文、貝婁娜、無聲天神，與泰森的索引交互參照。」

我轉身看著法蘭克，房間裡能理解這些話的其他人大概就只有他了。「泰森有索引？」

法蘭克聳聳肩。「如果沒有索引，他就不是什麼重要的參考書吧。」

「在我的大腿背側！」泰森大叫，依舊開心地踢蹬雙腳，等著火紅燒燙的針頭雕刻文字。「想看看嗎？」

「不要！眾神啊，不要。所以你交互參照……」

「對，對，」艾拉說：「貝婁娜或無聲天神沒有結果。唔。」她敲敲自己的腦袋側邊。「需要更多字句才能理解那些。不過『塔克文的墳墓』。對。找到一句。」

她快步跑向刺青椅，一邊揮拍翅膀，阿里斯托芬也小跑步緊跟在後。艾拉輕敲泰森的肩胛骨。「這裡。」

泰森咯咯傻笑。

「旋轉光線附近有隻野貓，」艾拉大聲唸出：「塔克文之墓有活躍馬匹。要打開他的門，二─五十─四。」

「喵。」阿里斯托芬說。

「不，阿里斯托芬，」艾拉說著，語氣變得柔和。「你不是野貓。」

小獸像鏈鋸一樣嗚嗚叫。

我等待聽到更多預言。《西卜林書》的大部分內容都很像《廚藝之樂》那種書，寫了各種祭品的食譜，以便在特定的災難事件中安撫眾神。蝗蟲的災害毀了你的農作物？試試席瑞絲的舒芙蕾，加上在她的祭壇一連三天烤很多個蜂蜜麵包。地震摧毀城市？等今晚涅普頓㉛回家，不妨用這種方法嚇嚇他：將三頭公牛塗上聖油，搭配迷迭香細枝，放進烤爐裡燒烤！

但艾拉似乎已經唸完了。

「法蘭克，」我說：「你有沒有聽懂那些話的意思？」

他皺起眉頭。「我以為你會懂。」

我是掌管預言的天神，但不表示我聽得懂預言，大家何時才會了解這一點啊？我也是掌管詩歌的天神，可是我看得懂詩人艾略特的詩作《荒原》的隱喻嗎？看不懂。

「艾拉，」我說：「這些句子描述的是某個地點嗎？」

「對，對。很近，可能吧。不過只能進去，看看周圍，找到正確的東西然後離開。不要殺塔克文．蘇佩布㉜。不行。他死得太徹底，不能殺。關於這點，唔……需要更多字。」

法蘭克．張拿起他胸口的壁形金冠徽章。「塔克文．蘇佩布。羅馬最後一位國王。即使回到羅馬帝國時代，大家也認為他是一團謎。從來沒有人找到他的墳墓。他為什麼會……？」他作勢指著我們周圍。

「在我們附近嗎？」我幫他把話說完。「可能和奧林帕斯山俯瞰著紐約市一樣吧，或者像朱比特營位於舊金山灣區。」

「好吧，這樣很合理，」法蘭克坦承說：「可是，如果有某個羅馬國王的墳墓位於朱比特營附近，我們為什麼到現在才知道？為什麼不死人要發動攻擊？」

我沒辦法立刻回答。我已經滿腦子都是卡利古拉和康莫德斯，沒辦法再分心多想塔克文．蘇佩布的事。考慮到塔克文以前的邪惡程度，與其他幾位皇帝比起來，他只能算是小聯

㉛ 涅普頓（Neptune）是羅馬神話中的海神，掌管整個海域，力量象徵物是三叉戟。等同於希臘神話的波塞頓。

㉜ 塔克文．蘇佩布（Tarquinius Superbus）是羅馬王政時代的第七代君主，是獨裁的暴君。前任國王的兒子後來發動兵變，將他逐出羅馬，隨後羅馬成立共和國，不再實行君主制。

盟等級的球員吧。我也不懂，像這樣普通有名、野蠻粗魯、顯然變成不死人的羅馬國王，爲什麼會加入三巨頭的邪惡力量？

有些久遠以前的記憶在我的腦袋深處微微騷動……塔克文讓自己爲人所知，剛好是艾拉和泰森正在重建《西卜林書》的時候，這兩件事不可能只是巧合吧。

我回想起自己夢見的那個紫眼怪物，它曾在地道裡掌控了歐律諾摩斯，以低沉的聲音說：「你們所有人應該能理解生命和死亡之間的脆弱界線。」

劃過我腹部的傷口陣陣刺痛。僅此一次，爲了變化一下，我眞希望找到一個墳墓，裡面住的是眞正的死人。

「那麼，艾拉，」我說：「你建議我們去找那個墳墓。」

「對，去墳墓裡面。《古墓奇兵》電玩，可用個人電腦、Playstation和SEGA土星遊戲機，一九九六年。《地海古墓》，烏蘇拉．勒瑰恩的小說，艾希農出版社，一九七一年。」

這一次，我幾乎沒注意聽那些無關的資訊。假如我在這裡待更久，我可能也會開始說那種「艾拉體」，每說完一段話就會隨機冒出一些維基百科的參考資料。眞的變成那樣之前，我很需要趕快離開這裡。

「不過我們只進去隨便看看喔，」我說：「只要找到……」

「正確的東西。對，對。」

「然後呢？」

「活著回來。〈活下去〉，比吉斯合唱團，第二首單曲，《週末夜狂熱》電影原聲帶，一九七七年。」

「好吧。那麼……你很確定獨眼巨人的索引沒有其他資料可能眞的，呃，很有幫助，對吧？」

「唔。」艾拉凝視著法蘭克，然後小碎步跑過去，聞聞他的臉。「火柴。之類的。不。那以後再說。」

法蘭克完全就像是被逼到絕境的困獸一般，彷彿他眞的變身成那樣。「呃，艾拉？我們不談火柴的。」

這讓我聯想到我喜歡法蘭克·張的另一個原因。他呢，也是「我痛恨希拉」俱樂部的一員。就法蘭克的例子，不知道爲什麼，希拉曾把他的生命力與一根小火柴連結在一起，我聽說法蘭克現在一直隨身攜帶那根火柴。假如木頭燒掉，法蘭克也會完蛋。這是很典型的希拉控制法：「我愛你，你是我心目中很特別的英雄，而這裡也有根小棍棒……它一旦燒起來，你就死定了哈哈哈哈哈。」我不喜歡那個女人。

艾拉撥亂自己的羽毛，這下子阿里斯托芬有一大堆新目標可以玩了。「火焰和……那個那個橋。兩次那個那個……唔，沒。那以後再說。需要更多字。泰森需要一個刺青。」

「耶！」泰森說：「你可以順便刺一幅彩虹的圖嗎？他是我朋友！他是一隻小魚馬！」

「彩虹是白光，」艾拉說：「受到水滴折射而形成。」

「也是一隻小魚馬！」泰森說。

「哼哼。」艾拉說。

我有種感覺，我剛目睹了鳥身女妖和獨眼巨人最接近吵架的一幕。

「你們兩個可以走了。」艾拉把我們推開。「明天回來。也許三天後。〈一週八天〉，披頭四，最先於英國發行，一九六四年。還不確定。」

我正準備出言抗議，因爲再過四天，卡利古拉的艦隊就會抵達，朱比特營會遭受另一波毀滅式的猛烈攻擊；但法蘭克碰碰我的手臂阻止我。「我們該走了。讓她工作。反正晚點名的時間也快到了。」

提及火柴後，我就有種預感，他會隨便用某種方恩等級的藉口離開書店。

我對特藏室看了最後一眼，只見艾拉拿著她的刺青槍，在泰森的背部刺上冒煙的字，而泰森咯咯笑著：「好癢喔！」阿里斯托芬則把鳥身女妖的粗皮雙腿當做搔癢的柱子。

有些畫面，例如獨眼巨人的刺青，就是會永遠烙印在你的腦袋裡。

法蘭克以我的傷口能夠承受的最快速度，匆忙趕回營區。

我很想問他，剛才艾拉的評論究竟是什麼意思，但法蘭克似乎沒有心情好好談話。每隔一陣子，他的手就不由自主地移動到腰帶側邊，那裡有個布袋掛在劍鞘後方。我以前沒注意過，但我猜想，那裡就是他存放「希拉詛咒過的臨終紀念品」的地方。

也說不定法蘭克之所以悶悶不樂，是因爲他知道晚點名有什麼事情等著我們。

軍團已經集合起來，排列成送葬的行列。

漢尼拔站在縱隊之首，牠是軍團的大象，裝飾著克維拉防彈纖維和黑色花朵。牠套上挽具，後面拉著載運傑生棺木的馬車，棺木披上紫色和金色的布匹。四個步兵大隊排列在棺木後方，而紫色的拉雷斯在行列之間飄進飄出。第五分隊，就是傑生原本所屬的單位，他們擔任儀仗隊和火炬手，站在馬車兩側。梅格．麥卡弗瑞與他們站在一起，位於海柔和拉維妮亞之間。她一看到我就皺起眉頭，以嘴形說：「你遲到了。」

法蘭克小跑步到蕾娜旁邊，她與漢尼拔並肩而立。

那位資深執法官看起來體力耗盡又疲倦，彷彿過去幾個小時一直偷偷哭泣，然後盡可能讓自己振作起來。站在她旁邊的是軍團的掌旗手，將第十二軍團的老鷹舉在空中高處。

這麼靠近老鷹害我毛髮直豎。那個金色雕像充滿朱比特的力量。周遭的空氣飽含能量，劈啪作響。

「阿波羅。」蕾娜的語氣很正常，她的雙眼宛如乾涸的空井。「你準備好了嗎？」

「準備……？」這問題消失在我的喉嚨裡。

每個人都以期待的眼神盯著我。他們還想聽另一首歌嗎？

不，當然不是。軍團沒有大祭司。他們的前任占卜師是我的子孫屋大維，他已經在對抗蓋婭的戰役中陣亡了。（那段時間很難熬，我感到很傷心，但那是另一回事。）理論上，傑生是主持祭儀的繼任人選，但他是我們的主客。那就表示，我身為前任天神，目前是層級最高的屬靈權威人士。大家期待由我來主持葬禮儀式。

羅馬人非常注重適當的禮儀。如果沒有好好進行而被視為壞兆頭，我不會原諒我自己。更何況我徹底虧欠傑生，即使那是可悲的萊斯特．巴帕多普洛斯造成的徹底虧欠。

我努力回想正確的羅馬祈禱文。

深切的摯愛……？不對。

今天晚上為什麼不太一樣……？不對。

啊哈。

「來吧，我的朋友們，」我說：「圍繞在我們兄弟的周圍，參與他最後的盛宴。」

我覺得自己很得體。沒有人顯露出震驚或反感。我轉過身，帶領隊伍走出營區要塞，整個軍團以令人不安的沉默氣氛跟在後面。

沿路走向神殿山，我幾度覺得好驚慌。萬一我將隊伍帶往錯誤的方向呢？萬一我們最後走到奧克蘭某間喜互惠超市的停車場，那該怎麼辦？

第十二軍團的金色老鷹隱約出現在我的肩膀上方，以臭氧讓空氣帶著電荷。我想像朱比特的說話聲音穿透而來，帶著劈啪聲和嗡嗡聲，很像短波收音機傳出的聲音：「都是你的錯。這是你應得的懲罰。」

回顧一月的時候，當時我剛墜入凡間，這些字句聽起來既可怕又不公平。但現在，我帶領傑生．葛瑞斯步向他最後的長眠之地，我衷心相信那些字句。過去發生的種種一切，確實都是我的錯。種種的一切永遠不可能做得正確。

傑生曾經急著求我做出承諾：「等你再度成爲天神，一定要記住。記住身爲一個人類是什麼樣子。」

我決心要信守那個承諾，只要我存活得夠久。不過眼前此刻，我需要有更迫切的方法向傑生表達敬意：方法是保護朱比特營，打敗三巨頭，以及根據艾拉的說法，進入一名不死國王的陵墓。

艾拉說的話在我的腦袋裡迴盪不休：「旋轉光線附近有隻野貓。塔克文之墓有活躍馬匹。要打開他的門，二—五十—四。」

就算是預言，這些話聽起來也很像胡言亂語。

庫米的女先知永遠都這麼含糊而且囉唆。她拒絕給予有條有理的指引。她寫了總計九冊的《西卜林書》……坦白說，誰需要「九冊」才能寫完系列作品啊？等到她要賣給羅馬人卻發現賣不出去，最後把那些內容刪減成三部曲的時候，我暗自覺得正義果然獲得伸張。另外六冊已經直接進入火堆，那個時候……

我整個人怔住不動。

在我背後，隊伍發出窸窣聲，大夥兒拖著腳步停下來。

「阿波羅？」蕾娜輕聲說。

我不該停下來的。我正在主持傑生的葬禮。我不能忽然倒下，整個人蜷縮成一團開始哭泣。絕對不能那樣做。可是朱比特的運動短褲啊，爲什麼我的腦袋總是堅持在這種不方便的時機想起重要的事實呢？

塔克文當然與《西卜林書》有關。他當然會選擇在此刻現身，派出一支亡者大軍，對付朱比特營。而庫米的女先知她自己……難道有可能……？

「阿波羅。」蕾娜又說了一次，這次更急切一點。

「我很好。」我說謊。

一次處理一個問題。傑生．葛瑞斯理應得到我全部的注意力。我強自壓下內心騷亂的思緒，繼續往前走。

等我走到神殿山，我們的目的地顯而易見。朱比特神殿的底部設置了一個精緻的柴堆。每個角落都有一名儀仗隊員靜靜等待，手持一把熾烈燃燒的火炬。傑生的棺木會在我們父親神殿的陰影中熊熊燃燒。這樣似乎再恰當不過了。

軍團的各個分隊成扇形散開，在柴堆周圍排列成半圓形，而拉雷斯在他們的行列之間發著光，宛如生日蠟燭。第五分隊抬下傑生的棺木，把它放到平台上。大象漢尼拔和牠所拉的葬禮拖車轉向離開。

在軍團後面，風精靈在火炬光線的周圍忙得團團轉，把摺疊桌設置好，鋪上黑色桌布。還有其他的風精靈飛進來，帶著飲料壺、大疊盤子和食物籃。羅馬人葬禮的最後一定要為亡者準備最後一餐，這樣才算圓滿。而且羅馬人認為，唯有將食物分送給前來送葬的人，傑生的魂魄前往冥界的路上才會一路平安，不會飽受屈辱，例如變成無法安息的鬼魂或殭屍。

軍團的所有隊員都站定位置之後，蕾娜和法蘭克朝向我和柴堆這邊走來。

「你害我很擔心，」蕾娜說：「你的傷口還是很不舒服嗎？」

「愈來愈好了。」我這樣說，不過比較像是努力說服自己，而不是說服她。而且在火光的照耀下，她看起來為何一定要這麼漂亮啊？

「我們會請治療師再看看傷口，」法蘭克承諾說：「你在路上為什麼停下來？」

「只是……想起某件事。等一下再告訴你們。我想，你們沒機會通知傑生的家人吧？例如泰麗雅？」

他們互看一眼，顯得很喪氣。

「我們當然試過，」蕾娜說：「泰麗雅是他唯一的凡間家人。可是因為有通訊方面的問題……」

我點點頭，一點都不驚訝。三巨頭做了那麼多討厭的事，其中最討人厭的，莫過於切斷半神半人使用的所有魔法通訊管道。伊麗絲㉝簡訊失效了。風精靈傳遞的信件永遠沒有送達。

就連凡人的科技……半神半人一直努力避免使用，因爲會引來怪物，但現在連那些科技也完全不能運作。那些皇帝究竟是怎麼辦到的，我實在毫無頭緒。

「我希望可以等泰麗雅。」我這樣說，同時看著第五分隊最後一位抬棺人從柴堆爬下來。

「我也希望，」蕾娜附和說：「不過……」

「我知道。」我說。

羅馬人的葬禮儀式必須盡可能快速舉辦。必須用火葬儀式送傑生的靈魂盡快上路。那樣也能讓大眾深深哀悼，得到療癒……或至少轉而注意下一次的外來威脅。

「開始吧。」我說。

蕾娜和法蘭克返回隊伍的前排。

我開始說話，嘴裡吐露出拉丁文的葬禮祭文。我憑著直覺喃喃吟誦，幾乎沒有意識到那些字句的眞實意義。之前我已經用吟唱的方式讚頌傑生，那其實是非常私人的方式。現在則需要正式一點。

我內心有某個角落不免感到好奇：以前凡人向我祈禱時，他們的感受就像這樣嗎？也許他們的虔誠祈禱沒有任何意義，只是肌肉的自然反射動作，透過死背而誦唸出來，心思則早就飄到九霄雲外，其實對我的榮光毫無興趣。我覺得這種想法……異常容易理解。如今身爲凡人，我爲什麼不應該練習對眾神發動非暴力的抵抗呢？

我完成賜福儀式。

---

❸伊麗絲（Iris），希臘神話中的彩虹女神，也是使者神，沿著彩虹幫眾神向人間傳遞消息。

我示意請風精靈分送大餐，把第一份食物放在傑生的棺木上，於是他能以象徵的方式，與凡人世界的親朋手足一起享用最後一餐。在此之後，柴堆點燃起來，傑生的靈魂會跨越冥河……羅馬人的傳統是這麼說的。

火炬即將放到柴堆上時，遠處突然迴盪一陣悲痛的哀鳴聲。接著又一聲，這次近多了。一陣不安的騷動傳遍了在場的半神半人群眾。他們的神情其實不是驚慌，但肯定很驚訝，彷彿壓根兒沒想到會有另外的訪客。大象漢尼拔發出呼嚕聲，重重踏步。

在我們集會群眾的周圍，灰色的狼群從陰暗處冒出來。數十隻巨大的野獸，爲了牠們的一員，爲了傑生之死，悲痛哀鳴。

在柴堆正後方，在朱比特神殿往上爬升的台階上，體型最大的巨狼現身了，在火炬的照耀下，她的銀色毛皮閃閃發亮。

我感覺到整個軍團屏住呼吸。沒有人跪下。面對著魯芭，母狼神，羅馬的守護神，你不能跪下，或者顯露出軟弱的跡象。狼群在我們身邊低聲吠叫時，所有人反倒堅持挺立，充滿敬意。

最後，魯芭以她黃澄爍亮的眼睛緊盯著我。她的嘴唇一噘，對我下達簡單的指令：來。

接著，她轉過身，奔入神殿的黑暗處。

蕾娜走到我身旁。

「看來母狼神想要私下談話。」她皺著眉頭，帶著關切的神情。「我們會開始用餐。你儘管去吧。希望魯芭不是生氣。或者飢餓。」

10

與我一同唱：
誰害怕大好野狼？
我。那會是我。

魯芭既生氣又飢餓。

我不敢說自己的狼語很流利，不過我曾花了很長的時間與我姊姊那夥人混在一起，聽得懂一些基本的話。感受是最容易判讀的部分。魯芭呢，就像她所有的同類一樣，說話時混合了眼神、吠叫、耳朵抽動、姿態和費洛蒙。這是一套相當細緻的語言，但不太適合押韻的對句。相信我，我眞的試過。沒有一句話能與「啊嗚嗚—嗚嗚嗚—嗚哇哇—嗚嗚嗚」押韻。

對於傑生的死，魯芭氣得渾身發抖。她的呼吸帶有酮味，顯示她有好幾天沒吃東西了。憤怒令她飢餓。飢餓令她憤怒。而且不斷抽動的鼻孔告訴她，我是最唾手可得的凡人鮮肉。

然而，我還是跟著她進入朱比特的巨大神殿。我別無選擇。

在這個開放的帳篷式建築周圍，一根根列柱宛如巨大紅杉，支撐著圓頂狀的鍍金屋頂。地板以色彩繽紛的馬賽克磁磚拼出許多拉丁銘文，包括預言、碑文和鄭重的警告，都是要讚頌朱比特，否則就等著面對他的閃電。在正中央、一座大理石祭壇的後方，那裡聳立著老爸自己的巨大黃金雕像：至高至偉的朱比特，披著紫色的絲質寬外袍，那件外袍大到可以當做船帆。他看起來十分嚴厲、聰明，而且充滿父親的威嚴，雖然在眞實生活中，他只是一名普通的父親而已。

看著他聳立在我上方，手中高舉閃電，我必須努力抵抗退縮和乞求的衝動。我知道它只是一座雕像，但如果某個人曾對你造成心理創傷，你會了解我的感受。只要一點小事就會引發以前的那些恐懼：某個眼神，某種聲音，某個熟悉的情境。或者你的施虐者高達十五公尺的黃金雕像……那絕對有效。

魯芭站在祭壇前面。薄霧籠罩著她的毛皮，彷彿她是不斷散發蒸氣的水銀。

「這是你的好時機。」她對我說。

或者類似的話。她的神態傳達出期待和催促。她想要我去做某件事。她散發的氣息告訴我，她不確定我能否辦到。

我口乾舌燥地吞嚥口水，就「狼語」本身來說，意思就是「我很害怕」。毫無疑問，魯芭已經嗅到我的恐懼。用魯芭的語言根本不可能說謊。威脅、恫嚇、誘騙……可以。但不能大刺刺說謊。

「我的時機，」我說：「到底是針對什麼事？」

她往空中咬了一下，表示氣憤。「做阿波羅。那群人需要你。」

我好想尖叫：「我一直努力做阿波羅啊！沒那麼簡單啦！」

但我全身緊繃，以身體語言將這番訊息傳達出去。

與任何一位天神面對面交談是很危險的事。我疏於練習。對啦，我曾在印地安納波利斯見到布里托瑪爾提斯[34]，但她不算。她太喜歡折磨我，不會想殺我。但是面對魯芭……我必須小心一點。

就算以前身爲天神時，我也從來不曾好好了解母狼神。她不與奧林帕斯眾神爲伍，不曾出席家族的農神節晚宴。她連一次也沒參加過我們每個月的讀書會，即使我們討論電影《與狼共舞》，她也沒來。

「好，」我態度軟化。「我了解你的意思。『闇黑預言』的最後幾句話。我已經活著抵達台伯河，等等之類的。現在我好像應該要『搖擺』。我猜想，那不只需要跳跳舞或彈彈手指而已吧？」

魯芭的肚子咕嚕叫。我說得愈多，聞起來就更加美味可口。

「那群人很弱，」她朝向葬禮的柴堆瞥了一眼，以此示意。「已經死了太多人。等到敵人包圍這個地方，你一定要展現力量。你一定要召喚助力。」

我努力不要用狼語再一次表現出內心的惱怒。魯芭是女神。這是她的城邦，她的營區。她有一群超自然的狼群聽命於她。她爲什麼不能幫忙呢？

不過，我當然知道答案。狼群不是前線的戰士。牠們擅長狩獵，唯有數量占有壓倒性優勢的時候才能發動攻擊。魯芭期待她手下的羅馬人能夠解決自己的問題。自己負責，否則就死。她會給予建議。她會教導、指引和警告。但她不會幫他們打仗。幫「我們」打仗。

這讓我不禁感到好奇，她爲什麼叫我要召喚助力？又是什麼樣的助力呢？

我的神情和肢體語言一定都傳達出這些問題。

她輕輕揮動自己的耳朵。「北方。搜索墳墓。找到答案。這是第一步。」

㉞布里托瑪爾提斯（Britomartis）是希臘神話中掌管漁獵的女神，有著高超的捕獵技術。

在外面，神殿的底部，葬禮的柴堆劈啪作響，呼嘯轟鳴。煙霧向上飄升，穿越開放式的圓形建築，一波波湧向朱比特的雕像。我深深希望，在上方奧林帕斯山的某處，老爸的神聖鼻子覺得很不舒服。

「塔克文．蘇佩布，」我說：「就是他派不死人來到這裡的。他會在血月的時候再度發動攻擊。」

魯芭的鼻子抽動一下以示確認。「你身上沾染了他的臭氣。在他的墳墓裡要小心。那些皇帝會愚弄你，叫你上前去。」

用狼語很難表達「皇帝」這個概念。用來表達的語詞可指「至高之狼」、「狼群領袖」，或者「立刻服從我，否則就扯爛你的咽喉」之類。我相當肯定自己把魯芭的意思翻譯得很正確。她的費洛蒙顯示出「危險，厭惡，憂慮，激怒，更多危險」。

我伸手按住自己捆著繃帶的腹部。我比較好了……有吧？我塗了夠多的亡者之魂香料和獨角獸的獨角薄片，份量多到足以殺死一頭殭屍乳齒象。但我不喜歡魯芭的憂慮神情，也不喜歡想到我身上沾染了某人的臭味，特別是不死國王的臭氣。

「等我探索過那個墳墓，」我說：「而且活著離開……然後呢？」

「方向會比較清晰。戰勝巨大的沉默。接著召喚助力。如果沒有這樣，群眾會死。」

我不太確定自己有沒有聽懂這幾句話。「戰勝沉默。你是指無聲天神？要由貝婁娜之女打開的門口？」

她的回應很矛盾，令人洩氣。那可以表示「對」或「不對」，或者「算是吧」，或者「你爲何這麼笨？」。

我抬頭盯著「巨大黃金老爸」。

宙斯把我扔進所有這些麻煩事的正中央。他剝奪我的力量，然後把我踹入凡間，要我解救一個個神諭、打敗那些皇帝，以及……喔，等一下！我還額外得到不死國王和沉默天神！眞希望從葬禮柴堆飄出來的煙灰讓朱比特超煩的。我好想沿著他的雙腿爬上去，用手指頭在他胸口堆積的煤灰上寫出：「幫我洗乾淨！」

我閉上雙眼。面對一隻巨狼時，這可能不是最睿智的舉動，但我的腦袋裡有太多尚未成形的想法轉個不停。我想著《西卜林書》，那裡面包含很多趨吉避凶的指示。我考慮著魯芭所指的「巨大沉默」到底是什麼。還有召喚助力。

我倏然睜開眼睛。「助力。就像天神的助力。你的意思是說，如果我活著離開墳墓……而且打敗無聲的什麼，也許我就能召喚『天神的』助力？」

魯芭的胸膛深處發出咕嚕聲。「終於，他懂了。這會是起點。重新加入你自己那夥人的第一步。」

我的心臟發出怦怦聲，很像從樓梯摔下去。魯芭的訊息實在太棒，簡直不像是眞的。儘管宙斯對我的奧林帕斯天神夥伴下達了現行的命令，只要我是人類就要迴避我，但看來我可以和他們聯絡了，甚至能夠祈求他們協助拯救朱比特營。突然間，我眞的覺得自己好多了，我的腹部不痛了。我的神經感到微微刺痛，我已經很久沒有這種感覺，差點就認不出來；那是希望。

「當心。」魯芭低吼一聲，帶領我回到現實。「路途艱辛。你會面對更多犧牲。死亡。流血。」

「不。」我迎上她的目光，眼神帶有危險的質疑意味，其實我心裡驚訝的程度不亞於她。「不，我一定會成功。我不允許更多的損失。一定有什麼方法。」

我努力讓雙方的眼神接觸了也許三秒吧，然後才轉開視線。

魯芭嗅聞幾下……發出輕蔑的聲音，很像是說「當然是我贏了」，但我察覺到那也隱含著勉強同意的意思。我突然明白，就算魯芭不相信我能夠說到做到，但她很欣賞我的氣勢和決心。也許主要是因爲她不相信。

「回去吃大餐吧，」她命令道：「告訴他們，你獲得我的祝福。繼續表現得很堅強。我們就是從這樣開始的。」

我仔細端詳馬賽克地板磁磚所拼排的古老預言。我有一些朋友死在三巨頭手上。我好痛苦。不過我意識到魯芭也很痛苦。她的羅馬人孩子遭到重挫。她承受著他們所有人死亡所帶來的傷痛。然而，即使她的狼群可能面臨遭到消滅的命運，她仍須表現得很堅強。

運用狼語，你無法說謊。不過你可以說大話。有時候你必須說大話，才能讓悲傷的狼群團結起來。凡人是怎麼說的？演久了就變成眞的？那眞的很符合狼群的哲學。

「謝謝你。」我抬起頭，但魯芭已經走了。她什麼都沒留下，只留下一團銀色霧氣，與傑生的柴煙融合在一起。

我用最簡單的方式講述給蕾娜和法蘭克聽：我已經獲得母狼神的祝福。我答應隔天再描述得更詳細一點，等我有時間好好弄懂再說。在此同時，我相信這件事已經在軍團裡傳開，即魯芭給我指引。現在只要這樣就夠了。這些半神半人需要盡可能得到最多的保證。

柴堆燃燒時，法蘭克和海柔手牽手站著，一直守護著傑克的最後一程。我找到梅格，與她一起坐在葬禮的野餐墊上，她吃著眼前所見的每一種食物，同時一再講著下午的超棒經歷，她和拉維妮亞去照顧獨角獸。梅格吹噓說，拉維妮亞甚至讓她清掃籠舍。

「她把你當成《湯姆歷險記》裡的湯姆。」我注意到這點。

梅格皺起眉頭，嘴裡塞滿漢堡。「那啥意思？」

「沒什麼。你剛才說到哪，獨角獸的大便？」

我試著吃晚餐，儘管肚子很餓，吃起食物還是像吃土。

等到柴堆的最後一點餘燼完全熄滅、風精靈也把剩餘的食物全部收走後，我們跟著軍團隊員回到營區。

爬上龐畢羅的備用房間，我躺在自己的床上，仔細端詳天花板的裂縫。我想像它們是寫在獨眼巨人背上的刺青字跡線條。如果我盯了夠久，它們也許會開始顯現意義，或至少我可以找到指引。

梅格對我扔來一隻鞋。「你要休息。明天有元老會議。」

我把她的紅色高筒球鞋從胸口撥開。「你也沒睡覺啊。」

「對，不過你得發言。他們會想要聽你的計畫。」

「我的『計畫』？」

「你也知道啊，就像是發表一場演說，對他們產生啟發之類的，說服他們去做該做的事。他們會投票等等一大堆。」

「在獨角獸欄待了一個下午，你就變成羅馬人元老會議程序的專家了。」

「拉維妮亞告訴我的。」梅格聽起來真的很得意。她躺在自己床上，把另一隻紅色高筒球鞋扔向空中，然後再次接住。她沒有戴眼鏡怎麼辦得到呢？我實在搞不懂。

少了犀牛角水鑽鏡框，她的臉看起來比較老成，眼睛更黑，眼神也比較嚴肅。要不是她從籠舍回來時穿著閃亮的綠色T恤，上面寫著「獨角獸制霸！」，我甚至會說她變成熟了。

「萬一我沒有計畫呢？」我問。

我預料梅格會把她的另一隻鞋子扔向我。但她反倒說：「你有啦。」

「我有？」

「對啊。你可能還沒有把全部細節拼湊起來，不過到明天就有了。」

我無法判斷她到底是不是在命令我，還是對我表達信心，或者只是嚴重低估我們所面對的危險程度。

「繼續表現得很堅強，」魯芭曾經這樣對我說：「我們就是從這樣開始的。」

「好吧，」我以試探的語氣說：「嗯，首先，我正在想，我們可以……」

「不要現在說！明天再說啦。我不想聽劇透。」

啊。又恢復成我所認識且百般容忍的梅格了。

「你和劇透有什麼仇啊？」我問。

「就很討厭啊。」

「我想辦法要制定出……」

「不要。」

「把內心的想法講出……」

「不要啦。」她把鞋子扔到一旁，將枕頭拉來蓋住頭，然後以模糊的聲音下達命令：「去睡覺！」

面對這種直接的命令，我別無選擇。疲倦席捲而來，眼皮很快就閉上了。

11

八卦泡泡糖
拉維妮亞帶夠多
給全部元老

你要怎麼辨別一場夢境是不是惡夢呢？

如果夢境包含一本書燃燒起來，可能算是惡夢吧。

我發現自己身在羅馬元老院的房間內，不是共和國或帝國時代那種著名的雄偉議場，而是羅馬王國時代古老的元老院房間。四周是泥磚牆壁，草率地漆著紅漆和白漆，汙穢的地板覆蓋著稻草，鐵火盆裡的火焰冒出滾滾煤灰和濃煙，把灰泥天花板都熏黑了。

這裡沒有細緻的大理石。沒有異國的絲綢或帝國的紫色華麗裝飾。這是羅馬最古老、最不成熟的狀態，充滿了飢餓與邪惡。王室衛兵穿戴著燻製過的皮革盔甲，裡面是汗水浸溼的束腰上衣。他們的黑鐵長矛打造得很粗糙，頭盔以狼皮縫製而成。遭到奴役的女子跪在王座底部，王座以粗獷的石板打造而成，上面覆蓋著動物毛皮。房間兩側排列著粗陋的木製長凳，那是元老的座位，他們坐在那裡比較像囚犯或觀眾，而不是握有權力的政治家。在那個時代，元老眞正擁有的權力只有一種：老國王過世之後投票選出新國王。其他時候，他們只有需要時負責鼓掌，不然就閉嘴。

坐在王座上的人是盧修斯．塔克文．蘇佩布，羅馬的第七任國王，殺人凶手，陰險多謀，苛刻蓄奴，是各方面都超棒的傢伙。他的臉龐像是用溼溼的瓷土拿牛排刀雕刻而成，發亮的寬闊大嘴歪向一邊顯現怒容，頰骨太突出，鼻梁斷過但癒合成醜陋的扭曲狀，多疑的雙眼垂著沉重的眼皮，黏膩長髮看似溼答答的陶土。

短短幾年前剛登上王位時，塔克文曾擁有眾人稱羨、充滿男子氣概的俊帥容貌和健壯體能。他用阿諛奉承和各種禮物把元老們哄得暈陶陶，然後出其不意讓自己登上岳父的王位，並說服元老院確認他就是新任國王。

等到老國王衝進來表達抗議，說他仍然活得好好的，只見塔克文把他抬起來，活像抬起一整袋蕪菁，扔到外面的街上，而就在那裡，老國王的女兒，也就是塔克文的妻子，她的戰車剛好輾過自己倒楣的父親，車輪濺滿了他的鮮血。

眞是一場美好統治的美好開端啊。

如今塔克文顯現出歲月的痕跡。他變得駝背且粗壯，彷彿他逼迫子民進行的建設計畫全都堆疊在自己的肩膀上。他披著狼皮斗篷。長袍是非常暗沉斑駁的粉紅色，根本無法判斷究竟是漂白水潑濺到紅布上，抑或是鮮血潑濺到白布上。

除了衛兵以外，房間裡唯一面向王座站立的人是一名老太太。她的玫瑰色兜帽斗篷、龐大身形和屈身駝背，各方面都很像是假扮國王本人，模仿得唯妙唯肖，像是去參加《週末夜現場》節目的塔克文。她的一邊臂彎抱著一疊皮面精裝書，總共有六冊，每一冊的尺寸大約像摺好的襯衫，也同樣癱軟下垂。

國王怒目瞪著她。「你回來了。爲什麼？」

「像以前一樣，向你提出同樣的交易條件啊。」

老太太的聲音很沙啞，彷彿曾經大吼大叫過。等她拉下兜帽，一頭黏膩的灰髮和下巴寬闊的憔悴臉龐，讓她看起來更像塔克文的雙胞胎姊妹。但她並不是。她是庫米的女先知。

再度見到她，我的心揪成一團。她曾經是可愛的年輕女子，開朗、意志堅定，而且對自己的預言工作充滿熱情。她曾經想要改變世界。然後我們之間發生不愉快的事……反倒是我改變了她。

她在夢中顯現的模樣，只是我剛在她身上施加詛咒的時候。等到歷經許多個世紀之後，情況只會變得愈來愈糟。我怎麼能把這件事忘得一乾二淨？我怎麼能如此殘酷？想到我曾經做過這種事，產生的罪惡感遠比食屍鬼的抓傷更嚴重。

塔克文在王座上移動身子。他試圖大笑，但發出來的聲音比較像驚恐的吠叫。「太太，你一定是瘋了。你原本開出的價格就會讓我的王國破產，而當時有『九冊』耶。你燒掉其中三冊，現在你回來，只提供六冊給我，總價卻還是同樣高昂？」

女子捧著那些皮面精裝書，一隻手按在最上面，彷彿準備要說出一段誓言。「羅馬的國王，知識是昂貴的。數量愈少，價值就愈高。我沒向你收取雙倍價格，你要感到高興啊。」

「喔，我懂了！那麼，我應該要表示感激才對。」國王看著那些受他控制的元老院觀眾，向他們尋求支持。這是在提示他們要大聲嘲笑老太太。然而沒有人笑。比起國王，他們看起來更怕女先知。

「我不期待從你這種人身上得到感激，」女先知以沙啞的聲音說：「不過你應該採取行動，為了自己的利益，也為了你的王國著想。我提供的是未來的知識……如何消災解厄，如何召喚眾神的協助，如何讓羅馬成為偉大的帝國。所有的知識都在這裡。至少是……剩下的這六冊。」

「太荒謬了！」國王厲聲說：「你這麼無禮，我應該將你處死！」

「要是能辦到該有多好。」女先知的聲音宛如北極的清晨一樣冰冷平靜。「那麼，你拒絕我的報價？」

「我是國王，同時也是大祭司！」塔克文大叫：「要用什麼方法滿足眾神，只有我能夠決定！我不需要……」

女先知拿起上方的三冊書，隨意扔進最近的火盆。儘管是皮面裝幀，那幾冊書依然立刻熊熊燃燒起來，彷彿是用煤油當做墨水，寫在一張張捲菸紙上。只聽見一陣強烈的轟鳴聲，它們消失了。

周遭的衛兵全都抓緊手中的長矛。元老們低聲嘀咕，在座位上扭動身子。也許他們的感受和我一樣，感受到一陣無邊的痛苦嘆息，也感受到命運的消散，因爲有這麼多冊的預言知識從世上消聲匿跡，對未來投下一道陰影，也讓許多個世代陷入黑暗。

女先知怎麼能做出那種事？爲什麼要那樣做？

也許她以那種方式向我復仇。我曾批評她寫了太多冊，而且沒有讓我審查她的著作。不過等到她書寫《西卜林書》時，我又以另外的原因對她生氣。我已經下了詛咒。我們之間的關係無法修復了。她燒掉自己的著作，等於是唾棄我的批評，唾棄我賜給她的預言天賦，也唾棄她擔任我的女先知所付出的高昂代價。

也說不定除了痛苦之外，她還有其他的動機。或許她這樣考驗塔克文是有原因的，才會對他的冥頑不化索取如此高昂的代價作爲懲罰。

「最後的機會，」她對國王說：「我提供三冊預言書給你，與之前索取相同的代價。」

「與之前相同……」國王氣得說不出話來。

我看得出來他有多麼想要拒絕。他想對女先知尖聲怒罵粗話，並且命令他的衛兵當場把她刺死。

但他的元老們很不安，紛紛扭動身子、低聲交談。他的衛兵因為恐懼而臉色蒼白。他所奴役的女性也盡可能躲到王座的高台後面。

羅馬人是一群迷信的人。

塔克文深知這一點。

身為大祭司，他有責任向眾神求情，以便保護他的子民。無論如何，他都不該招惹眾神生氣。這位老太太向他提供預言知識，得以幫助他的王國。王座室裡的群眾都能感受到她的力量，以及她與神性的緊密關係。

如果塔克文任憑她燒掉最後那幾冊書，如果他對老太太的提議棄之不顧……他的衛兵決定刺死的對象很可能不是女先知。

「如何？」女先知催促說，並把剩下的三冊書移到火焰附近。

塔克文嚥下怒氣。他咬著牙，強迫自己說出幾個字：「我同意你的價格。」

「很好，」女先知說，臉上沒有顯現出明顯的鬆口氣或失望。「那就把支付的款項帶到波美利安界線。等我拿到，你就會擁有這些書。」

藍光一閃，女先知消失了。我的夢境也隨之消散。

「穿上你的床單。」梅格拿一件寬外袍扔到我臉上，這實在不是醒來的最佳方式。

我眨眨眼，仍然昏沉，煙霧、發霉稻草和羅馬人汗水的氣味也仍流連在我的鼻孔裡。「寬外袍？但我又不是元老。」

「你是名譽元老，因爲你以前是天神之類的。」梅格嘟著嘴。「我才不想穿床單。」

我的心頭浮現一種恐怖的畫面：梅格穿著紅綠燈三色的寬外袍，從衣服的皺摺處拿出園藝種子到處亂灑。她還是拿那件閃亮的獨角獸T恤湊合著穿吧。

我下樓借用咖啡店的廁所時，龐畢羅像平常一樣，瞪了我一眼表達「早安」。我梳洗一番，然後更換身上的繃帶，治療師很貼心，在我們的房間留下工具組。食屍鬼的抓傷看起來沒有惡化，但依然皺皺的，疼痛發紅。依然灼熱。這樣是正常的，對吧？我試著這樣說服自己。就像大家說的，醫生天神是最差勁的病人天神，同業相輕啊。

我穿上衣服，努力回憶該如何交疊寬外袍，然後仔細思索我在夢中體認到的事。第一件事：我是個很糟糕的人，毀掉很多人的人生。第二件事：過去四千年來，我做過的每一件壞事，全都回過頭來反噬我的臀部，而我開始覺得這是我應得的懲罰。

庫米的女先知。噢，阿波羅，你以前到底在想什麼啊？

唉，我知道自己以前在想什麼……她是我以前想要追求的年輕漂亮女子，儘管她其實是我的女先知。然後她的才智勝過我，而身爲輸不起的人，我居然詛咒她。

難怪我現在要付出這樣的代價：追查那個邪惡羅馬國王的下落，那人曾是她賣出《西卜林書》的對象。如果塔克文仍然不死，緊緊依附於某種可怕的存在狀態，那麼庫米的女先知有沒有可能也還活著？想到經過這麼多個世紀，她不知道變成何等模樣，對我的恨意又會成長到何種程度，我不禁打了個寒顫。

最要緊的是，我必須把自己的絕妙計畫告訴元老院，解決所有的事，拯救所有的人。我有絕妙的計畫嗎？也許會很嚇人。或至少是絕妙計畫的開端。一則絕妙的索引。

我們要出門時，我和梅格帶了死者之魂香料拿鐵，以及兩顆藍莓馬芬……因為梅格顯然需要更多糖分和咖啡因；接著我們加入半神半人的鬆散行列，前往城內。

我們到達元老院時，所有人正在就坐。執法官蕾娜和法蘭克分別站在講壇兩側，穿著他們最盛裝的金色和紫色服飾。第一排長凳坐滿了營區的十位元老，每一位都穿著紫邊的白色寬外袍；外加最資深的退役軍人，他們有無障礙設施的需求。艾拉和泰森也在那裡。艾拉顯得坐立難安，盡可能避免碰到她左邊那位元老的肩膀。泰森對他右邊的拉雷斯笑開懷，手指伸進那個鬼的霧氣胸膛搖啊搖。

在他們後面，半圓形的階梯狀座位擠得水泄不通，都是新羅馬的軍團隊員、拉雷斯、退役軍人和其他市民。自從狄更斯在一八六七年進行第二次美國巡迴演講後，我從來沒看過哪個演講廳擠了這麼多人。（那是很盛大的巡迴演講。我在太陽宮殿的寢室裡掛了他親筆簽名的T恤喔。）

身為穿著床單的名譽元老，我覺得自己應該坐在前排，但實在沒有空間。接著我看到拉維妮亞（感謝粉紅色頭髮啊），她在後排對我們揮手。拉維妮亞拍拍她旁邊的長凳，指出她幫我們留了位置。這舉動真是貼心。也說不定她有某種需求。

我和梅格在她的左右兩旁坐下來後，拉維妮亞與梅格來個超神祕的「獨角獸姊妹會」拳頭互擊，然後她轉過身，用手肘用力頂我的胸口一下。「所以呢，你還真的是阿波羅！你一定認識我媽。」

「我……什麼？」

今天她的眉毛更令人分心了。黑色的毛根開始從粉紅染料底下長出來，讓眉毛好像稍微與中央分離開來，彷彿準備從她臉上飄走。

「我媽嗎？」她又說一次，然後吹起口中的泡泡糖。「忒耳普希柯瑞？」

「那位是……掌管舞蹈的謬思女神。你要問她是不是你母親，還是問我認不認識她？」

「她當然是我母親啊。」

「我當然認識她。」

「就說嘛！」拉維妮亞的手指在膝蓋上咚咚敲打，彷彿要證明她有舞者的節奏感，儘管身材這麼瘦長。「我好想聽八卦喔。」

「八卦？」

「我從來沒見過她。」

「喔。嗯。」這麼多個世紀以來，我與半神半人多次聊到他們想認識自己缺席的天神父母。那些談話的結果通常不太好。我努力回想忒耳普希柯瑞的模樣，但隨著時間過去，我的奧林帕斯記憶變得愈來愈模糊。我隱約想起，那位謬思女神在奧林帕斯山的某個公園歡鬧嬉戲，在她身後拋下一片片玫瑰花瓣，同時以芭蕾舞步踮著腳尖不斷旋轉。老實說，九位謬思女神當中，忒耳普希柯瑞一直不是我最喜歡的。她總是搶走我的光彩，光彩應該是屬於我的才對啊。

「她的髮色和你一樣。」我鼓起勇氣說。

「粉紅色？」

「不，我的意思是……黑色。活力旺盛，我想，就像你一樣。她一定要動個不停，否則會不高興，不過……」

我的聲音戛然而止。我該怎麼說才不會聽起來才不會刻薄？忒耳普希柯瑞十分優雅得體、泰然自若，看起來不像搖搖擺擺的長頸鹿？拉維妮亞眞的確定她的出身沒有搞錯？因爲我無法相信她們有血緣關係。

「不過怎樣？」她逼問。

「沒什麼。往事很難追憶啊。」

在講壇下方，蕾娜正向與會者宣布事情。「各位，方便的話請就座！我們得開始了。達珂塔，你可以走過來一點嗎？把空間讓給……謝謝。」

拉維妮亞以懷疑的眼神打量我。「這種八卦也太不痛不癢了吧。如果你不能說我媽的事情給我聽，那麼至少告訴我，你和下面那位執法官女士到底是怎樣。」

我整個人侷促不安，突然覺得臀部底下的長板凳變得更硬了。「沒什麼好說的。」

「喔，拜託。自從來到這裡，你一直用那種眼神偷看她？我注意到了。梅格也注意到。」

「我有注意到。」梅格確認說。

「就連法蘭克．張也注意到了。」拉維妮亞雙手一攤，彷彿剛剛提供了再明顯不過的終極證據。

蕾娜開始向群眾發表談話：「各位元老，各位貴賓，我們召開這次緊急會議，是要討論……」

「坦白說，」我對拉維妮亞輕聲說：「很尷尬。你不會了解的。」她哼了一聲。「尷尬是對你的猶太拉比說，丹妮拉．伯恩斯坦是你的約會對象，她要來參加你的成年禮派對。或者對你爸說，你唯一想學的舞蹈是踢踏舞，所以你不打算繼承艾西莫夫家族的傳統。我太了解尷尬是怎麼一回事。」

蕾娜繼續說：「有鑒於傑生．葛瑞斯所做的最大犧牲，以及我們自己最近對抗不死人的戰役，我們必須以非常嚴肅的態度看待外來的威脅……」

「等等，」我輕聲對拉維妮亞說，她的字字句句滲入我心中。「你爸爸是謝爾蓋．艾西莫夫？那位舞者？那位……」我趕緊住嘴，沒有說出「炙手可熱的俄羅斯芭蕾舞明星」，但是從拉維妮亞翻白眼的模樣看來，她知道我正在想什麼。

「對啦，對啦，」她說：「別想改變話題。你打算要講……」

「拉維妮亞．艾西莫夫！」蕾娜在講壇上叫道：「你有什麼話要說嗎？」

所有目光都轉過來看我們。少數的軍團隊員嘻嘻笑，看來這不是拉維妮亞第一次在元老院會議上遭到點名。

拉維妮亞左右張望一番，然後指著自己，活像是有很多個拉維妮亞．艾西莫夫，她不確定遭到點名的是哪一個。「不，女士，我沒事。」

聽到有人叫自己「女士」，蕾娜沒有顯示想笑的樣子。「我也注意你在嚼口香糖。你帶來的數量足夠給全部的元老嗎？」

「呃，我看看……」拉維妮亞從口袋裡拿出好幾包口香糖。她匆匆看了群眾一眼，很快地約略估計一下。「也許夠吧？」

蕾娜往天上看了一眼，彷彿要詢問眾神：「我爲什麼得是房間裡唯一的大人啊？」

「我這樣猜想，」執法官說：「你只是想要吸引坐在你旁邊那位賓客的注意，他有很重要的資訊要分享。萊斯特．巴帕多普洛斯，請起立，對元老發表談話！」

12

我有個計畫擬定計畫是為了計畫而計畫

通常準備要演出時，我都在後台等待。等到有人宣布我即將登場、群眾瘋狂期待時，我衝破布幕，聚光燈打在我身上，於是「登楞！我是天神！」

蕾娜的介紹並沒有引發瘋狂鼓掌。「萊斯特．巴帕多普洛斯，請起立，對元老發表談話」所引發的興奮程度，大概與「我們現在要看一套介紹副詞的投影片」不相上下。

我正準備前往走道時，拉維妮亞害我絆倒。我回頭瞪了她一眼。她露出無辜的神情，彷彿要說她的腳只是剛好在那裡。考慮到她的腿長程度，或許眞是如此吧。

所有人看著我笨手笨腳地穿越群眾，努力不要踩到寬外袍而跌倒。

「不好意思。很抱歉。不好意思。」

我終於抵達講壇時，觀眾突然陷入一陣無聊和不耐的氣氛。毫無疑問，他們都很想查看自己的手機，只不過半神半人不能用智慧型手機，免得引發怪物攻擊，所以他們別無選擇，只能怔怔看著我。兩天前，我曾以絕妙的音樂讚頌傑生．葛瑞斯，令眾人驚嘆連連，但最近我對他們有什麼貢獻呢？只有拉雷斯看起來甘願等待的樣子，他們能夠忍受永遠坐在堅硬的長凳上。

梅格在後排對我揮手。她的表情不太像要說「嗨，你會表現得很棒」，比較像是「快點開始啦」。我的目光轉向泰森，他在前排對我嘻笑。如果你發現自己在群眾之間緊盯著獨眼巨人，希望得到精神上的支持，你就知道自己快要慘敗了。

「那麼……嗨。」

很棒的開始。我希望再來一陣靈感，也許會有某一首歌接續而來。毫無動靜。我把烏克麗麗留在房間裡，因爲很確定如果嘗試把它帶進城，特米納士會把它當做武器而沒收充公。

「我有一些壞消息，」我說：「還有一些壞消息。你們想先聽哪一種？」

群眾以憂慮的眼神互看一眼。

拉維妮亞大喊：「先從壞消息開始吧。那永遠都是最好的方式。」

「喂，」法蘭克斥責她。「你啊，注意禮儀，懂吧？」

法蘭克讓元老會議恢復莊嚴肅穆的氣氛，然後示意我繼續進行。

「康莫德斯和卡利古拉兩位皇帝的武力已經結合在一起，」我說，描述自己在夢中見到的情景。「他們目前率領五十艘遊艇組成船隊，朝我們航行而來，全都配備某種可怕的新型武器。他們會在血月的時候抵達這裡。就我的理解，那是三天後，四月八日，那天剛好也是萊斯特．巴帕多普洛斯的生日。」

「生日快樂！」泰森說。

「謝謝。不過我不確定『血月』指的是什麼。」

第二排突然舉起一隻手。

「艾達，說吧，」蕾娜說，然後爲了我補上一句：「第二分隊的分隊長，露娜的後代。」

「眞的嗎？」我不是有意要用懷疑的語氣，不過是露娜耶，她是泰坦巨神，原本掌管月亮，後來才由我姊姊阿蒂蜜絲㉟接掌那份工作。據我所知，露娜早在數千年前就已經死去。然而我本來也以爲，掌管太陽的泰坦巨神赫利歐斯㊱完全沒有留下痕跡，後來發現梅蒂亞收集他的意識碎片，用來提升烈焰迷宮的熱度。那些泰坦巨神就像我的青春痘，不時一直冒出來。

那位分隊長站起來，怒氣沖沖。「對呀，是眞的。血月是滿月的一種，看起來很紅，因爲發生月食。那種時候與不死人戰鬥是非常不利的，不死人在那樣的夜晚特別強大。」

「其實……」艾拉站起來，啄著自己的指爪。「其實，那種顏色來自地球日出和日落的反射光發生散射的結果。眞正的血月指的是連續四次月食。下一次是四月八日，對。《農民曆》。附錄的《月相曆》。」

她再度出其不意地坐下，留下目瞪口呆、一片靜默的觀眾。由超自然生物向你解釋科學現象，這眞是再尷尬不過了。

「艾達和艾拉，謝謝你們，」蕾娜說：「萊斯特，你還有沒有其他事情要補充？」

她的語氣像是如果我沒有要補充的，那也完全沒關係，畢竟我已經分享夠多的資訊，足以在整個營區掀起恐慌。

「恐怕還有，」我說：「那些皇帝已經與『驕傲的塔克文』結爲盟友。」

房間裡的拉雷斯閃爍搖曳不定。

㉟ 阿蒂蜜絲（Artemis），希臘神話中的月亮女神，也是狩獵女神。

㊱ 赫利歐斯（Helios），希臘神話中的另一位太陽神，是泰坦巨神的後代。

「不可能！」一個拉雷斯大叫。

「太可怕了！」另一個叫道。

「我們會死光光！」第三個尖叫著說，顯然忘記自己已經死了。

「各位，冷靜，」法蘭克說：「讓阿波羅說話。」

他的領導風格不像蕾娜那麼正式，不過號令起來似乎得到同等的敬意。觀眾紛紛坐好，等著我繼續發言。

「塔克文現在是某種不死之身，」我說：「他的墳墓在附近。你們不是在新月那天擊退敵方嗎？他負責發動那次攻勢……」

「在新月的時候對付不死人也很不利。」艾達自告奮勇說。

「而且他會在血月那天再度發動攻擊，搭配另外兩位皇帝的攻勢。」

我盡力解釋自己在夢中見到的情景，以及我和法蘭克與艾拉討論的內容。我沒提起法蘭克的邪惡火柴，部分原因是我沒有很了解，也因爲法蘭克對我露出泰迪熊般的懇求眼神。

「既然塔克文是原本買下《西卜林書》的人，」我總結說：「他現在會重新現身，乍看好像很奇怪，不過有其道理，畢竟朱比特營正努力重建那些預言。塔克文會……受到艾拉所做事情的『召喚』。」

「激怒，」艾拉建議說：「觸怒。有殺人傾向。」

看著鳥身女妖，我想起庫米的女先知，以及我施加在她身上的可怕詛咒。我不禁想到艾拉會承受何等的痛苦，因爲我們強迫她捲進預言這件事。魯芭曾經警告我：「你會面對更多犧牲。死亡。流血。」

我強迫自己拋開這個念頭。「總之，塔克文還活著的時候就已經夠怪異、夠可怕了。羅馬人非常鄙視他，從此永遠廢掉君主政體。即使過了好幾個世紀，後來的皇帝也一直不敢自稱爲國王。塔克文在放逐期間死去。從來沒有人找到他的墳墓的下落。」

「而現在，它在這裡。」蕾娜說。

這不是問句。她接受這件事：北加州突然冒出一個古代的羅馬人墳墓，兩者根本毫無淵源。天神會移動。半神半人的營區會移動。有個邪惡的不死人藏身處會移動到隔壁，我們的運氣還眞好。我們很需要更嚴格的神話分區律法。

在第一排座位上，海柔隔壁的一位元老站起來說話。他有一頭黑色鬈髮，一雙藍眼睛分得很開，嘴唇上方的鬍髭染成櫻桃紅色。「所以，總結來說，三天後，我們要面對的入侵行動來自兩名邪惡的皇帝，還有他們的軍隊，外加五十艘船載了我們不了解的武器，另外還有一批不死人，就像上次差點摧毀我們的那批，而當時我們的力量強多了。如果這是壞消息，那還有什麼壞消息呢？」

「達珂塔，我想我們要進入這部分了。」蕾娜轉向我。「萊斯特，對吧？」

「另外的壞消息呢，」我說：「就是我有個計畫，不過會很困難，也許不可能辦到，而且計畫的有些部分還不是完全……值得計畫一下。」

達珂塔搓搓雙手。「嗯，我好興奮哪。咱們來聽聽看！」

他坐回位置上，從寬外袍裡拿出一個瓶子，喝了一大口。根據飄過元老院地板而來的氣味判斷，他選擇的是綜合果汁「酷愛」飲料。

我深吸一口氣。「好吧。基本上，《西卜林書》很像緊急處方，對吧？祭品。儀式的祈禱文。有些是設計用來安撫憤怒的眾神，有些則是請求天神的協助，以便抵擋你的敵人。我相信……我相當確信……如果能針對目前的困境找到正確的處方，按照指示進行，我也許可以從奧林帕斯山召來救兵。」

沒有人笑，也沒有人說我瘋了。眾神並沒有經常介入半神半人的事務，但偶爾還是會這麼做。這樣的構想並非全然難以置信。但另一方面，也沒有人看來完全相信我辦得到。

另一位元老舉起手。「呃，我是賴瑞元老，第三分隊，摩丘力之子。所以你剛才說的『救兵』，指的是像……眾神大軍駕著他們的戰車衝下來這裡嗎？或者比較像眾神只是賜福給我們，例如說：『嘿，軍團，那件事祝你們好運囉！』」

我原本的防衛心突然冒出來。我好想大聲抗議，說我們眾神絕對不會任憑絕望的信徒無所適從。可是，眾神當然會那樣啊。向來都是如此。

「賴瑞元老，那是個好問題，」我坦承說：「情況有可能介於那兩種極端之間。不過我有信心，那會是眞正的救兵，能夠扭轉局勢。那會是拯救新羅馬的唯一方法。而我必須相信宙斯……我是指朱比特，他把我的生日設定在四月八日，一定是有原因的。那代表了轉捩點，那一天我終於……」

我的聲音戛然而止。我沒有說出這番想法的另一面：四月八日那一天，我有可能開始證明自己有資格重回天神的行列；那一天，我也有可能是最後一次過生日，在火焰中燃燒殆盡。

群眾傳來更多的喃喃交談聲。很多人神情嚴肅。不過我沒有感受到驚慌。就連拉雷斯都沒有尖叫說：「我們要死光光了！」畢竟聚集在這裡的半神半人是羅馬人，他們很習慣面對極度可怕的困境、極其微小的機會和極爲強大的敵人。

「好吧。」海柔．李維斯克這時第一次開口說話。「那麼，要如何找到這個所謂正確的處方？我們要從哪裡開始著手？」

我很感謝她的語氣充滿信心。感覺她是要問，能不能幫忙做些完全可行的事，例如搬運雜貨，或者用石英尖釘刺殺食屍鬼之類。

「第一步，」我說：「就是找到塔克文的墳墓，好好探查一番……」

「而且殺掉他！」有個拉雷斯大喊。

「不對，馬可士．阿沛流斯！」他有個同伴罵道：「塔克文像我們一樣死了！」

「嗯，不然呢？」馬可士．阿沛流斯咕噥地說：「好聲好氣地請他離我們遠一點嗎？我們講的是『驕傲的塔克文』耶！他根本是瘋子！」

「第一步，」我說：「只是探查那個墳墓，而且，呃，找出正確的事物，就像艾拉說的。」

「對，」鳥身女妖附和說：「艾拉那樣說。」

「我必須這樣猜想，」我繼續說：「如果這件事成功了，我們活著出來，就會得到更多資訊，知道要如何進行。此刻我能夠確切說的是，下一步會包括尋找無聲的天神，不管那代表什麼意思。」

法蘭克在他的執法官椅子上往前坐。「可是，阿波羅，你不是認識所有的天神嗎？我的意思是，你是天神。或者該說以前是天神。有哪個天神是掌管沉默無聲？」

我嘆口氣。「法蘭克，我連自己的天神家族都快搞不清楚了，況且小神多達好幾百個。我不記得有哪個沉默的天神。當然啦，如果真的有，我覺得我們不會一起出去玩，畢竟我是掌管音樂的天神。」

法蘭克顯得很氣餒，害我覺得心情很差。只有少數人仍然叫我阿波羅，而且不帶諷刺挖苦的意味；我不是故意要把自己的挫折發洩在這種人身上。

「一次著手對付一個問題就好，」蕾娜建議說：「首先，塔克文的墳墓。艾拉，關於它的位置，我們有線索，對吧？」

「對，對。」鳥身女妖閉上雙眼，背誦出來：「旋轉光線附近有野貓。塔克文之墓有活躍馬匹。要打開他的門，二—五十—四。」

「那是一則預言！」泰森說：「我背上有這一則！」獨眼巨人站起來，脫掉上衣的速度超快的，他肯定一直等待適當的藉口。「看見沒？」

觀眾全都傾身向前，但不管距離遠近，所有人都不可能閱讀那些刺青。

「我的腎旁邊還有一隻小魚馬，」他朗聲說，滿心驕傲。「是不是很可愛？」

海柔把目光移開，一副有可能尷尬到昏過去的樣子。「泰森，你可不可以……我很確定那是一隻可愛的小魚馬，不過……拜託，把上衣穿回去好嗎？我覺得，沒有人知道那幾行字代表什麼意思吧？」

在場的羅馬人默默觀察一陣，完全看不出所有預言象徵的是什麼。

拉維妮亞哼了一聲。「真的嗎？沒有人看出來？」

「拉維妮亞，」蕾娜說，聲音既緊繃又焦慮。「你的意思是你……」

「知道墳墓在哪裡？」拉維妮亞雙手一攤。「嗯，我是指『旋轉光線附近有野貓。塔克文之墓有活躍馬匹。』提爾登公園有一條『野貓路』，就在翻過山的那一邊。」她指向北方。「還有『活躍馬匹，旋轉光線』？那應該是指提爾登公園的旋轉木馬，對吧？」

「喔喔喔喔。」好幾個拉雷斯點頭稱是，彷彿他們所有的閒暇時間都跑去騎乘本地的旋轉木馬。

法蘭克在椅子上移動位置。「你認爲，邪惡羅馬國王的墳墓位於旋轉木馬的地底下？」

「嘿，預言又不是我寫的，」拉維妮亞說：「況且這件事的合理程度，和我們面對過的其他事情差不多吧。」

沒有人爭辯這一點。半神半人面對的離奇事件是照三餐來的。

「那好吧，」蕾娜說：「我們有目標了。我們需要出一趟任務。簡短的任務，畢竟時間有限。我們必須由英雄組成一支小隊，由元老批准他們成軍。」

「我們。」梅格站起來。「要有我和萊斯特。」

我吞嚥口水。「她說得對，」我說著，把這件事算成我的每日英雄事蹟。「這是我更重大任務的一部分，就是我要恢復在眾神之間的一席之地。把這個困境帶來你們門前的人是我。我必須解決這件事。拜託，大家都不要說服我別這樣做。」

我不顧一切等了一下，但是沒用，因爲沒人說服我別這樣做。

海柔．李維斯克站起來。「我也會去。需要有個分隊長帶領任務。如果那個地方位於地底下，那麼，算是我的專長吧。」

她的語氣也訴說著「我有舊帳要清算」。

那很好啊，只不過我想起海柔帶我們進入營區時，她在地道裡如何引發崩塌。我突然很怕會在旋轉木馬底下被壓扁。

「那麼任務隊員就有三個了，」蕾娜說：「很恰當的任務隊員人數。好……」

「兩個半。」梅格插嘴說。

蕾娜皺起眉頭。「抱歉，你說什麼？」

「萊斯特是我的僕人。我們算是一個小組。不該把他算成一整個探險隊員。」

「喂，拜託！」我連聲抗議。

「所以我們可以再多加一個人。」梅格提議說。

法蘭克坐直身子。「我很樂意……」

「如果你沒有執法官的職責要處理，」蕾娜言盡於此，看了他一眼，意思像是「老兄，你不能拋下我一個人」。「等到探險隊員出發後，我們其他人必須進行山谷的防禦準備工作。有很多事要做。」

「好啦。」法蘭克垂頭喪氣。「那麼，還有其他人……？」

砰！

那個聲音超級響亮，有一半的拉雷斯嚇得消散掉，好幾位元老躲到椅子下面。在後排位置上，拉維妮亞吹破了粉紅色的泡泡糖，黏在她的整張臉上。她連忙把泡泡糖剝下來，塞回嘴巴裡。

「拉維妮亞，」蕾娜說：「太好了。謝謝你自告奮勇。」

「我……可是……」

「敦請元老們投票！」蕾娜說：「我們要不要派遣海柔、萊斯特、梅格和拉維妮亞執行任務，前去尋找塔克文的墳墓？」

這項議案無異議通過。

我們得到全體元老的許可，前去尋找旋轉木馬底下的一座墳墓，勇敢面對羅馬歷史上最糟糕的國王，他剛好也是不死的殭屍國王。

我的日子眞是變得愈來愈棒了。

13

浪漫大災難
我害到男女夥伴
你要一起嗎？

「嚼口香糖好像有罪一樣。」拉維妮亞從屋頂扔出她的一小塊三明治，立刻有海鷗飛過來叼走。

要吃我們的午間野餐時，拉維妮亞帶著我、海柔和梅格去一個地方，她最喜歡在那裡想事情：新羅馬大學鐘塔的屋頂，她自己找到途徑登上那裡。其實校方根本不鼓勵大家上來這裡，但也沒有嚴格禁止，這似乎是拉維妮亞最喜歡待的地方。

她解釋說，她喜歡坐在這裡，因爲這裡位於法烏努斯花園的正上方，蕾娜最喜歡在那裡想事情。蕾娜目前不在花園裡，但只要她在，拉維妮亞就可以低頭看著執法官位於下方三十公尺處，得意洋洋想著：「哈哈，我想事情的地方比你想事情的地方高多了。」

而現在，我坐在非常傾斜、很不安全的紅色陶瓦上，腿上放著吃到一半的佛卡夏麵包，可以看到整座城市和山谷在我們腳下向外延伸；在即將到來的入侵行動中，眼前正是我們準備失去的所有事物。延伸到遠方是奧克蘭的平原地帶和舊金山灣區，而在短短幾天內，那裡就會點綴著卡利古拉的奢華戰鬥遊艇。

「坦白說，」拉維妮亞又對海鷗扔出她的一小塊烤乳酪。「如果軍團偶爾舉辦一次愚蠢的健行活動，他們就會知道野貓路。」

我點點頭，不過我抱持懷疑態度，因爲大多數的軍團隊員花了大把時間進行重裝行軍訓練，可能不會覺得健行活動很有趣。然而，拉維妮亞似乎對朱比特營周圍三十公里範圍內的每一條暗巷、小路和祕密地道都瞭若指掌，我猜想，因爲你永遠不知道何時需要偷溜出去，與某個漂亮的「毒芹」或致命的「顚茄」來場約會吧。

在我的另一側，海柔無視於自己的蔬菜捲，喃喃自語說著：「不敢相信法蘭克……竟然想要自告奮勇……他在戰役中的瘋狂舉動已經夠糟了……」

至於附近的梅格，她已經把午餐奮力嗑光，正在翻跟斗促進消化。她每一次翻滾落地，在鬆散的屋瓦上平衡身體時，我的心臟就會朝向喉嚨再往上爬一點點。

「梅格，可不可以拜託你別再那樣了？」我問。

「很好玩耶。」她定睛望著地平線，大聲說：「我想要一隻獨角獸。」接著又去翻跟斗。

拉維妮亞沒有特別對誰說話，只是低聲嘀咕：「你吹起一個泡泡……你就很適合執行這個任務！」

「我爲什麼得喜歡一個想要找死的人啊？」海柔若有所思地說。

「梅格，」我懇求說：「你會掉下去啦。」

「即使是小隻的獨角獸也好，」梅格說：「他們這裡養了那麼多隻，我卻連一隻都沒有，眞不公平。」

我們繼續這樣演出四齣獨角戲，直到一隻巨鷹從空中飛撲而下，從拉維妮亞的手中叼走剩下的烤乳酪，然後翺翔飛走，徒留一群忿忿不平的海鷗。

「很正常，」拉維妮亞在褲子上擦擦手指。「連三明治都吃不到。」

我把剩下的佛卡夏麵包塞進嘴裡，以免一轉眼又有巨鷹飛回來。

「唉，」海柔嘆口氣。「至少我們下午有時間擬定計畫。」她把半個蔬菜捲遞給拉維妮亞。

拉維妮亞瞇起眼睛，顯然不太確定如何回應這種好心的舉動。「我……呃。謝謝。不過我要說，有什麼好計畫的？我們就去旋轉木馬，找到墳墓，努力不要死掉。」

我把最後一口食物吞下肚，希望食物能把我的心臟壓回到適當的位置。「也許我們可以著重在『不要死掉』那個部分。舉例來說，為什麼要等到今天晚上？白天的時候去不會比較安全嗎？」

「地底下永遠是暗的，」海柔說：「況且在旋轉木馬那裡，白天會有很多小孩。我不希望他們受到傷害。到了晚上，那個地方就沒人了。」

梅格突然在我們旁邊落地。這時，她的頭髮看起來很像飽受生存壓力的接骨木樹叢。「那麼，海柔，你可以在地下做其他很酷的事嗎？有些人說，你可以召喚出鑽石和紅寶石。」

海柔皺起眉頭。「有些人？」

「像是拉維妮亞。」梅格說。

「喔，我的老天爺們！」拉維妮亞說：「梅格，多謝你喔！」

海柔凝視著天空，彷彿很希望有隻巨鷹飛撲下來，把她叼走。「是的，我可以召喚出貴重金屬。大地的寶藏。那是普魯托掌管的事。不過呢，梅格，你不能把我召喚出來的東西拿去花掉。」

我向後倚著屋頂的瓦片。「因為受到詛咒？我好像回想起詛咒的事……不是拉維妮亞告訴我的喔。」我連忙補上最後一句。
海柔吃一小口蔬菜捲。「其實和詛咒再也沒有太大的關係。以前我沒辦法控制那種能力。只要我變緊張，鑽石啦、金幣之類的東西就會從地底下冒出來。」
「酷喔。」梅格說。
「不，眞的很不酷，」海柔向她保證。「如果有人取得那些寶藏，嘗試拿去花掉……就會發生很可怕的事。」
「喔，」梅格說：「那現在怎麼樣？」
「自從我遇到法蘭克以後……」海柔遲疑一下。「很久以前，普魯托對我說，有個波塞頓的後代會解除我的詛咒。很複雜啦，總之，法蘭克的媽媽那邊眞的是波塞頓的後代。等到我們開始約會……他眞的是很好的人，你知道吧？我並不是說眞的需要一個良人來解決我的問題……」
「『良人』？」梅格問。
海柔的右眼抽跳一下。「抱歉。我是在一九三〇年代長大的。有時候我的用詞比較特別。我並不是說需要一個男朋友來解決我的問題。只是法蘭克也有他自己的詛咒要處理，所以他很了解我的狀況。我們彼此幫忙，度過一些黑暗的時期，一起聊天，學習再度變得快樂。他讓我覺得……」
「受到疼愛？」我提議說。
拉維妮亞迎上我的目光，以嘴形說：「可敬。」
海柔盤腿坐著。「我不知道爲什麼要對你們講這麼多。不過，是的。現在，我對自己的力量控制得比較好。我心煩意亂的時候，寶石不會隨便冒出來了。不過那些貴重物品還是不能拿去花掉。我想……普魯托不會喜歡我有這種直覺。如果有人嘗試拿去花掉，我不想知道那人會怎樣。」

梅格噘起嘴。「所以，你連一顆小小的鑽石都不能給我？就像，只是留著把玩也不行？」

「梅格。」我斥責說。

「或者紅寶石？」

「梅格。」

「隨便啦。」梅格對著自己的獨角獸上衣皺眉頭，心裡無疑想著，如果能用價值數百萬美元的寶石來裝飾上衣，不知道會有多酷。「我只是想要打架。」

「你的願望可能會實現，」海柔說：「不過要記住，今天晚上的重點是探查狀況、收集資訊。我們需要鬼鬼祟祟地進行。」

「對呀，梅格，」我說：「因爲呢，如果你還記得，『阿波羅在塔克文的墳墓面對死亡』。如果我必須面對死亡，我還寧可躲在暗處，然後偷溜出來，根本沒人知道我去過那裡。」

梅格顯得火冒三丈，活像我想玩捉迷藏遊戲，卻提出很不公平的規則。「好啦。我想我可以鬼鬼祟祟。」

「很好，」海柔說：「還有拉維妮亞，不要嚼口香糖。」

「這就要稱讚我一下了。我的行動非常鬼祟。」她的雙腳稍微扭動。「完全就是忒耳普希柯瑞的女兒。」

「唔，」海柔說：「那好吧。每個人都去整理你們的裝備，休息一下。日落的時候在馬爾斯競賽場集合。」

休息應該是很輕鬆的任務才對。

梅格跑出去探索營區（注解：又去看獨角獸），留我自己一人待在咖啡店樓上的房間。我躺在床上，享受寧靜，凝視著梅格剛種下不久的鳶尾花，此刻在窗台的花盆裡恣意盛放。然而我無法入睡。

我的腹部陣陣刺痛。我的頭嗡嗡鳴叫。

我想到海柔．李維斯克，以及她如何把解除詛咒歸功到法蘭克身上。每個人都最好能找到一個人，讓你感受到愛，以這種方式解除詛咒。不過我的命運並非如此。在我身上，就算是最偉大的浪漫愛情，也只會造成更多的詛咒，而非解除。

達芙妮[37]。雅辛托斯[38]。

還有後來，是的，庫米的女先知。

我還記得那一天，我們一起坐在海邊沙灘上，地中海在我們面前無盡延伸，宛如一片藍色玻璃。女先知的洞穴位於我們背後的山坡上，橄欖樹沐浴著義大利南部的夏日暑氣，樹蟬

[37] 太陽神阿波羅在丘比特的作弄下，曾愛上少女達芙妮（Daphne），但達芙妮為躲避他的追求，請求河神將她變成月桂樹，令阿波羅懊悔萬分。

[38] 阿波羅很喜歡凡人雅辛托斯，在他死後將他變成風信子，風信子（Hyacinth）的名字即是來自雅辛托斯（Hyacinthus）。

沙沙鳴叫。維蘇威火山聳立在遠方，朦朧而泛紫。

要想起女先知本身的模樣更加困難……不像塔克文王座室裡那位駝背且頭髮花白的老太太，而是年輕美麗的女子，她曾坐在那片沙灘上，早了好幾個世紀，當時庫米仍是希臘的殖民地。

我曾經深愛她的一切，她的紅褐色頭髮映照著陽光的色澤，她雙眼的淘氣神采，她微笑的愜意模樣。她似乎不介意我是天神，儘管為了擔任我的神諭，她放棄自己的一切，包括她的家人、她的未來，甚至她的名字。一旦向我許下承諾，她就只能以「女先知」之名為人所知，為阿波羅發聲。

但那樣對我來說還不夠。我神魂顛倒。我說服自己那就是愛，那樣的真愛會把我以前所有的過錯全部洗刷掉。我希望女先知成為我餘生的伴侶。午後時光流逝，我既勸誘又懇求。

「你可以不只是我的女祭司，」我慫恿她。「嫁給我！」

她笑起來。「你不是真心這麼說的。」

「我是真心的啊！隨你要求任何事作為回報吧，你都會得到。」

她扭轉著自己的一綹紅褐色頭髮。「我唯一想要的就是擔任女先知，指引這片土地上的人們迎向更美好的未來。你已經給我這一點了。所以，哈哈，你的玩笑開到自己頭上了。」

「可是……可是你的人生只有一次啊！」我說：「如果你成為不死之身，就可以待在我身邊，永遠指引人們迎向更美好的未來！」

她以懷疑的眼神看著我。「阿波羅，拜託，到了這個星期結束時，你就對我感到厭倦了。」

「絕對不會！」

「所以，你是說……」她捧起兩把沙子。「如果我祈求的生命年限像這些沙粒一樣多，你就會賜給我。」

「說定了！」我朗聲說。瞬間，我感受到自己的一部分力量湧入她的生命力。「好了，我的戀人……」

「哇，哇！」她放開手上的沙子，爬起來向後跑開，活像是我突然釋出放射線。「愛情小子，那只是假設啊！我沒有同意……」

「木已成舟！」我站起來。「願望不能撤回。現在你必須兌現自己的承諾。」

她閃爍的眼神充滿驚慌。「我……我不行。我不會！」

我笑起來，認爲她只是很緊張。我展開雙臂。「別害怕。」

「我當然不害怕！」她退後得更遠。「成爲你的戀人永遠沒好事！我只想當你的女先知，而現在你讓情況變得好怪異！」

我的笑容消失了，感覺到自己的熱情漸漸冷卻，轉變成狂暴。「女先知，不要讓我生氣。我把整個宇宙獻給你。我給你近乎永恆的不死之身。你不能拒絕付出代價。」

「付出代價？」她握緊雙手的拳頭。「你竟敢認爲我是一種交易？」

我皺起眉頭。這個午後完全沒有按照我的計畫進行。「我的意思不是……很明顯啊，我不是……」

「嗯，阿波羅陛下，」她咆哮著說：「如果這不是一場交易，那麼我要延後支付代價，直到你這邊的條件全部達成。那是你自己說的：『近乎』永恆的不死之身。我會活到那些沙粒全部流失，對吧？到了那時候，你再回來找我。然後如果你還想要我，我就是你的了。」

我頹然放下兩隻手臂。突然間，我熱愛女先知的一切都變成我所痛恨的一切：她的固執態度，她缺乏敬畏之心，她那令人火大卻又得不到的絕美容貌。特別是她的美貌。

「非常好。」我的聲音變成所有太陽神都不該發出的冷酷語氣。「你想要對我們『契約』的附屬細則討價還價？我對你的承諾是壽命，不是青春。你可以活過無數個世紀。你會一直是我的女先知。一旦賜予之後，我就無法奪走這些。不過你會變老。你會變得衰弱。你會沒辦法死去。」

「我寧可那樣！」她的字字句句充滿挑釁，但聲音因爲恐懼而顫抖。

「很好！」我厲聲說。

「很好！」她大吼回應。

我化爲一根火柱；我確實成功了，讓情況變得非常怪異。

經過幾個世紀，女先知變得衰老，正如同我的威脅。她的身形維持得比所有的普通凡人更久，但我對她造成的痛苦，盤桓不去的苦痛……即使我對自己草率的詛咒感到後悔，也無法說撤就撤，正如她也無法撤回自己的願望。最後到了羅馬帝國的尾聲，我聽到傳言指出，女先知的身軀已經完全消失，但仍無法死去。她的侍從將她的生命力，將她最微弱的輕聲細語，保存在一個玻璃罐裡。

在那之後，我猜玻璃罐已在某個時候丟失了。女先知的沙粒最終流逝殆盡。不過萬一我錯了呢？萬一她還活著，我猜她正用自己微弱的輕聲細語，成爲「唯一支持阿波羅」的網紅。

她恨我是應該的。現在我懂了。

喔，傑生．葛瑞斯……我答應你，我會記住身爲人類的感受。但人類的羞愧感爲何這麼令人心痛呢？為什麼沒有按鈕可以消除呢？

而且一想到女先知，我就忍不住想到另外那名身懷詛咒的年輕女子：蕾娜．阿維拉．拉米瑞茲－阿瑞拉諾。

那眞是完全意想不到的一天，我悠閒晃進奧林帕斯山的王座室，像平常一樣開會小遲到一下，發現維納斯正仔細端詳一名年輕淑女的照片，照片亮晃晃的，飄浮於她的手掌上方。女神的表情顯得疲倦又憂慮……我不常看到她有那種神情。

「那是誰？」我無聊地問：「她好漂亮。」

這完全觸發了維納斯急需宣洩的怒氣。她向我訴說蕾娜的命運：永遠不會有半神半人能夠療癒她的心。但那並不代表我就是蕾娜人生難題的解答。幾乎完全相反。在集會現場的所有天神面前，維納斯宣布我不配。我是大災難。我曾經毀了自己建立的每一段關係。在蕾娜面前，我應該轉開自己的天神面孔，否則維納斯會詛咒我，讓我的戀愛運比以前更慘。

其他天神的訕笑聲依然迴盪在我耳裡。

要不是有那場偶遇，我可能永遠不知道蕾娜的存在。我確實對她別無所圖。不過呢，我們總是渴望得到自己得不到的事物。維納斯一旦把蕾娜放進「禁區」內，我就開始對她神魂顚倒。

維納斯爲何這麼堅決呢？蕾娜的命運又代表了什麼意義？

如今，我覺得自己懂了。身爲萊斯特．巴帕多普洛斯，我再也沒有天神面孔。我既不是凡人、不是天神，也不是半神半人。難道維納斯知道這種情況總有一天會發生？她讓我看蕾娜，警告我不要靠近，是因爲很清楚我會深深癡迷？

維納斯是詭計多端的女神。她的把戲裡還藏了其他把戲。如果這是我的命運，成爲蕾娜的眞愛，解除她身上的詛咒，就像法蘭克對海柔的意義，維納斯會允許嗎？

話說回來，我確實是愛情的大災難。我曾經毀掉自己的每一段關係，只爲我所愛過的年輕男女帶來毀滅與不幸。我怎麼能相信自己對執法官眞的有益？

我躺在自己床上，這些想法在腦袋裡不斷翻騰，直到傍晚時分。最後，我放棄休息的念頭，收拾自己的裝備，包括箭筒和長弓、烏克麗麗和背包，然後出門。我需要有人指引，而要得到指引，我只想到唯一的一種方法。

14 不情願之箭賜予我這項恩惠：允許我溜走

整個馬爾斯競賽場只有我一個人。

既然那天傍晚沒有既定的作戰演習，我就能開心地穿越荒地，盡情讚嘆戰車的遺骸、殘破的城垛、悶燒的坑洞，以及滿是銳利尖刺的壕溝。又一次浪費了羅曼蒂克的日落散步，因爲我沒有人可以分享。

我爬上一座舊時的攻城塔，面對北方山丘坐著。我深吸一口氣，伸手到箭筒裡，拿出多多納之箭。我已經有許多天沒有和這支煩人、有遠見的投射式武器說話，我認爲這是一項勝利，但現在，眾神救救我啊，我實在想不出其他人能求助了。

「我需要幫忙。」我對它說。

那支箭保持沉默，也許是我的坦誠相告把它嚇得目瞪口呆。也說不定我拿出來的箭是錯的，我說話的對象其實是個毫無生命的物體。

最後，箭桿在我手中發出咯咯聲。它的聲音在我腦中引發共鳴，很像古希臘悲劇風格的音叉：「字句皆眞實。但對汝有何意義？」

它的語氣不像平常那樣嬉笑怒罵。這可嚇到我了。

「我……我應該要展現力量，」我說：「根據魯芭所說，我應該要想辦法化險爲夷，否則大夥兒……新羅馬啦，會滅亡。可是我該怎麼辦呢？」

我把過去幾天發生的事情一股腦兒說給那支箭聽：我遭遇到歐律諾摩斯，我夢見兩位皇帝和塔克文，我與魯芭的對話，我們接受羅馬元老院的任務。出乎意料之外，把我的煩惱傾吐出來之後，感覺很好。考慮到這支箭沒有耳朵，它算是很好的聆聽者。它也從未顯露出無聊、震驚或不屑的模樣，因爲它沒有臉。

「我活著跨越了台伯河，」我總結說：「正如預言所說。而現在，我要怎麼『開始搖擺』？這副凡人的身體有什麼重新設定的開關嗎？」

那支箭嗡嗡作響。「吾將思考這點。」

「就這樣？沒有建議？沒有辛辣的評論？」

「噢急躁之萊斯特，給我時間考慮。」

「可是我沒時間了啊！我們要動身前往塔克文的墳墓，大約在……」我向西方瞥了一眼，太陽漸漸西沉到山丘後方，「基本上就是現在！」

「進入墳墓之行將不是最終挑戰。除非汝遜到令人遺憾。」

「這樣說是要讓我覺得好過一點嗎？」

「非與國王戰鬥，」那支箭說：「聆聽汝須聆聽之事，然後溜之大吉。」

「你剛才用了『溜之大吉』這個詞？」

「我嘗試對汝說得直截了當，賜與汝恩惠，然汝依舊抱怨。」

「我和別人一樣，很感激這麼大的恩惠。但如果要對這趟任務有所貢獻，而不只是龜縮在角落，我需要知道怎樣……」我的聲音變啞。「怎樣再度做我自己。」

箭的震動幾乎像是貓的嗚嗚叫聲，試圖撫慰苦惱的人類。「汝確定那眞是汝之所願？」

「你是指什麼？」我追問。「那是整件事的重點啊！我所做的一切是那麼的……」

「你正在對那支箭講話嗎？」我的下方有個聲音說。

站在攻城塔底部的人是法蘭克．張。他的旁邊是大象漢尼拔，牠焦躁地踩踏著泥土。

我實在太心煩意亂了，竟然讓一隻大象先發制人。

「嗨，」我尖聲說，聲音依然因為激動而粗啞。「我只是……這支箭給予預言式的忠告。它會說話。在我的腦袋裡。」

上天保佑法蘭克，他努力維持沒有表情的撲克臉。「好。我可以離開，如果……」

「不，不用，」我把箭放回箭筒裡。「它需要時間處理資訊。是什麼原因讓你來這裡？」

「遛大象。」法蘭克指著漢尼拔，好像覺得我可能會問是哪一隻大象。「我們沒有作戰演習的時候，牠會抓狂。巴比本來是我們的馴象師，但是……」

法蘭克無可奈何地聳聳肩。我懂他的意思：巴比也是戰役的死者。遭到殺害……也可能更糟。

漢尼拔的胸口深處發出咕嚕聲。牠用長鼻子捲住一根斷掉的攻城捶，抬起來，很像拿著一根杵，開始敲擊地面。

我回想起印第安納波利斯小站的大象朋友莉維亞。牠也一樣，曾經極度悲傷，因為在康莫德斯的殘忍遊戲裡失去牠的伴侶。如果我們在即將來臨的戰役中存活下來，也許我應該試著介紹莉維亞認識漢尼拔。牠們會是可愛的一對。

我在內心打臉自己。我在想什麼啊？我有夠多事情要擔心了，沒時間幫厚皮動物玩什麼「我愛紅娘」的遊戲。

我從暫棲的地方爬下來，小心保護自己捆著繃帶的腹部。

法蘭克仔細端詳我，也許是看到我的移動姿勢很僵硬，感到很擔心。

「你準備好要出任務了嗎？」他問。

「這問題的答案永遠是『好了』嗎？」

「說得好。」

「而我們不在的時候，你們會做什麼？」

法蘭克伸出一隻手，撥撥自己的短髮。「所有能做的事都做。穩住山谷的防禦力量。讓艾拉和泰森繼續重建《西卜林書》。派遣巨鷹去偵查海岸線。讓軍團持續演練，這樣他們就沒時間擔心接下來的事。不過最重要的是什麼？是與軍隊同在，向他們保證一切都會沒事。」

換句話說，就是欺騙他們，我心裡這樣想，不過這樣說既痛苦又沒良心。

漢尼拔把牠的攻城捶筆直塞進一個排水口。牠輕拍那個原本是樹幹的東西，彷彿要說：「好啦，小夥伴。現在你又可以開始生長了。」

就連大象也有著無可救藥的樂觀態度。

「我不曉得你是怎麼辦到的，」我坦白說：「發生這麼多事之後，還能保持正面態度。」

法蘭克踢動一顆小石頭。「有其他選擇嗎？」

「緊張到崩潰？」我提議說：「逃走？不過我在『身爲凡人』這方面還是新手啦。」

「嗯，也是。我不能說自己的腦海從來不曾浮現那些念頭，但是身爲執法官，你就是不能那樣做。」他皺起眉頭。「不過我很擔心蕾娜。她背負這個重擔的時間比我久多了。多了很多年。那樣的沉重壓力……不知耶。我只希望自己能多幫她一點忙。」

我回想起維納斯的警告：「你不會把你那張醜陋又卑鄙的天神面孔湊到她旁邊吧。」我不確定以下的哪個想法比較可怕：我可能讓蕾娜的人生變得更糟，或者我可能要負責把她的人生變好。

看到我憂慮的神情，法蘭克顯然解讀錯誤。「嘿，你會沒事的啦。海柔會保護你的安全。她是力量強大的半神半人。」

我點點頭，努力嚥下嘴裡的苦澀滋味。老是要別人保護我的安全，我已經很厭倦了。找多多納之箭商量，最大的重點就是要釐清我該怎麼恢復「保護別人安全」的能力。運用我的天神力量，那本來是很輕鬆愜意的事啊。

「不過，真的嗎？」我腦袋的另一部分這樣問：「你有沒有保護女先知的安全？或者雅辛托斯或達芙妮？或者你自己的兒子阿思克勒庇俄斯？我該繼續問嗎？」

「我，閉嘴啦。」我反駁想著。

「海柔似乎比較擔心你，」我鼓起勇氣說：「她提到你在上次的戰役中有一些瘋狂的驚險舉動？」

法蘭克扭動身體，彷彿想要把上衣裡面的冰塊甩出去。「不是那樣啦。我只是做了自己必須做的事。」

「還有你的火種呢？」我指著掛在他腰帶上的小袋子。「你不擔心艾拉說的事嗎……？有關火焰和橋？」

法蘭克對我擠出乾乾的微微一笑。「我有什麼好擔心的？」

他伸手到小袋裡，若無其事地拿出他的生命火柴：一小段燒黑的木頭，大小約像電視遙控器。法蘭克把它輕輕拋起，然後接住，害我嚇了一大跳。他說不定也能從體內拿出噗噗跳動的心臟，開始玩起雜耍把戲。

連漢尼拔都顯得很不安。那隻大象緊張踏步，猛搖牠的巨大腦袋。

「那根棍子難道不應該固定在普林斯匹亞的圓頂上面嗎？」我問：「或者至少塗上魔法防燃劑？」

「袋子就是防火材質，」法蘭克說：「里歐的贈禮。海柔幫我攜帶了一陣子。我們談過用其他方法保護它的安全。但是坦白說，我有點學會接受這樣的危險。我寧可讓火柴和我在一起。你也知道預言是怎麼一回事。愈是努力避開預言，你就會失敗得愈慘。」

我無法反駁這樣的話。然而，接受命運和冒著風險還是存在些微差異。「我在想，海柔認爲你太魯莽了。」

「我們一直持續對話。」他把火柴放回袋裡。「我向你保證，我沒有求死欲望。只是……我不能讓恐懼控制我。每一次帶領軍團投入戰役，我都賭上一切，百分之百投入戰鬥。我們所有人都一樣。那是贏得勝利的唯一方法。」

「這樣說非常有馬爾斯的風格，」我指出。「儘管我與馬爾斯百般不合。我這樣說是讚美的意思喔。」

法蘭克點點頭。「你知道嗎，去年馬爾斯現身在戰場上時，我差不多就是站在這裡，他對我說，我是他的兒子。似乎是好久以前的事了。」他很快看了我一眼。「我不敢相信自己以前認爲……」

「我是你父親？不過我們看起來很像啊。」

他笑了。「你眞的要好好保重自己，好嗎？我覺得我無法面對一個沒有阿波羅的世界。」

他的語氣好眞誠，我聽了都快哭了。我已經漸漸接受沒有人希望阿波羅回來，我的同伴天神們如此，半神半人如此，也許連我那支會說話的箭也是如此。然而，法蘭克．張依然衷心相信我。

我還來不及做出令人尷尬的事，例如擁抱他，或者大哭，或者開始相信我是有價值的人，就看到三名任務夥伴踏著沉重步伐朝我們走來。

拉維妮亞穿著紫色的營區T恤，銀色緊身褲外面套著破爛的牛仔褲。她的運動鞋裝飾著閃亮的粉紅蕾絲，很搭配她的髮色，顯然有助於她的鬼祟行動。她的羅馬式弩弓在肩膀上喀啦作響。

海柔穿著黑色牛仔褲，以及正面有拉鍊的黑色羊毛衫，看起來稍微多一點忍者的風格，她那把特大號的騎兵劍繫在腰帶上。我回想起她偏愛這把騎兵劍，是因爲有時候會騎著永生不死的駿馬「阿里昂」衝鋒陷陣。唉，我想海柔今天不會爲了我們的任務召喚阿里昂。要潛行進入地下墳墓，一匹魔法馬恐怕沒有太多用處。

至於梅格，她看起來就像梅格。她的紅色高筒球鞋、黃色緊身褲和新的獨角獸T恤產生史詩般的嚴重衝突，她似乎決定要把那件T恤穿到爛成碎片爲止。她拿OK繃貼在兩邊顴骨上，很像戰士或美式足球選手的貼法。也許她覺得這樣看起來很像「突擊隊員」，但事實上，那些OK繃有卡通「愛探險的朵拉」圖案。

「那是要幹嘛？」我質問說。

「可以反射光線，不會照進我的眼睛。」

「天色很快就變暗了。我們要去地底下耶。」

「這樣讓我看起來很嚇人。」

「一點都不嚇人。」

「閉嘴啦。」她下達命令，於是當然啦，我非閉嘴不可。

海柔碰碰法蘭克的手肘。「我可以和你聊一下嗎？」

那其實不算問句。海柔帶他到聽力所及的範圍以外，漢尼拔跟在後面，牠顯然覺得那兩人的私密對話需要一隻大象。

「喂。」拉維妮亞轉身看著我和梅格。「我們可能要在這裡等一下。那兩個人一旦開始像老媽一樣碎碎唸……我敢發誓，如果可以把對方用泡沫塑膠捆起來保護好的話，他們一定會那樣做的。」

她的語氣有點像批判，也帶有渴望，彷彿很希望有個太溺愛她的女友，會用泡沫塑膠把她捆起來保護好。我非常認同。

海柔和法蘭克眼神憂慮地看著彼此。我聽不見他們說的話，但想像對話會很像這樣：

我很擔心你。

不，我很擔心你。

可是我比較擔心。

不，我比較擔心啦。

在此同時，漢尼拔重重踏步、呼嚕出聲，一副自得其樂的樣子。

最後，海柔伸手抓住法蘭克的手臂，彷彿很怕他會幻化成煙。接著，她邁開大步，往回走向我們。

「好了，」她朗聲說，神情嚴厲陰鬱。「趁我改變心意之前，我們去找那個墳墓吧。」

15

惡夢旋木馬
全部讓你孩子騎
肯定會很好

「很適合健行的夜晚。」拉維妮亞說。

說來悲慘，我認爲她說得有道理。

我們跋涉穿越柏克萊山，在那個當頭已經走了一個多小時。儘管天氣涼爽，我仍然汗流浹背，氣喘吁吁。爲什麼山頂一定要往上爬坡呢？拉維妮亞也不能滿足於一直待在山谷裡。噢，不。她想要征服每一座山頭，但沒有什麼明確的理由。我們則像傻子一樣跟著她。

我們已經越過朱比特營的邊界，沒有碰到困難。連特米納士都沒有跳出來查看我們的護照。而到目前爲止，我們也沒有遭到食屍鬼或愛討抱的方恩上前騷擾。

眼前的景象十分悅目。小徑蜿蜒穿越氣味香甜的鼠尾草和月桂。在我們左方，發亮的銀色霧氣覆蓋著舊金山灣。而在我們前方的城市燈海裡，山丘彷彿形成黑暗的列島。地區公園和自然保護區讓這個地區大半維持荒野狀態，拉維妮亞這樣說明。

「只是要密切注意山獅的動靜，」她說：「這個山區到處都有山獅。」

「我們準備要面對不死人，」我說：「而你警告我們要注意山獅？」

拉維妮亞對我射來一眼，意思像是：「你這傢伙。」

當然，她說得對。運氣好的話，我可能會長途跋涉而來，戰勝一大堆怪物和兩名邪惡皇帝，只不過最後命喪於超肥家貓的毒手。

「還有多遠？」我問。

「別再這樣問了啦，」拉維妮亞說：「這次你又沒有搬運棺材。我們差不多走了一半路。」

「一半路。我們不能搭車嗎？或者搭巨鷹？或者大象？」

海柔拍拍我的肩膀。「阿波羅，放輕鬆。鬼鬼祟祟步行比較不會引人注意。況且這是一趟簡單的任務。我的大多數任務都像是『去阿拉斯加而且一路扎扎實實打遍各種怪物』，或者『航行穿越大半個地球而且暈船好幾個月』。這一趟只是『翻過那座山並查看一座旋轉木馬』而已。」

「有大批殭屍出沒的旋轉木馬，」我更正說：「而且我們已經翻過好幾座山了。」

海柔看著梅格。「他老是像這樣很愛抱怨嗎？」

「他本來就超愛發牢騷。」

海柔輕輕吹個口哨。

「我知道，」梅格表示同意。「大嬰兒。」

「請你再說一遍！」我說。

「噓噓噓。」拉維妮亞說著，吹出巨大的粉紅色泡泡，然後碰的一聲破掉。「鬼鬼祟祟，記得嗎？」

我們繼續沿著山徑又走了一小時左右。經過一座窩在山丘之間的銀色湖泊時，我忍不住想著，這正是我姊姊會喜歡的地方。噢，我多麼希望她會和她的獵女隊一同現身！

我們是很不一樣的人，但阿蒂蜜絲很了解我。嗯，好吧，她對我百般寬容。多數時候是這樣。好啦，有些時候是這樣。我渴望再次看到她那張漂亮又討厭的臉孔。我已經變得這麼孤獨又可憐啊。

梅格走在我前方幾公尺處，拉維妮亞在她旁邊，於是她們能分享泡泡糖和談論獨角獸。海柔走在我旁邊，但我有種感覺，她主要是想確保我沒有倒下。

「你看起來不是很好。」她指出。

「從哪裡看出來？冒冷汗？呼吸急促？」

在黑暗中，海柔的金色眼睛讓我聯想到貓頭鷹：極度警覺，需要的時候隨時準備起飛或猛撲。「腹部的傷口怎麼樣？」

「比較好了。」我說，雖然我愈來愈難說服自己。

海柔重綁馬尾，但那是一場失敗的戰鬥。她的頭髮又長又捲，而且髮量很多，一直從髮圈裡滑出來。「反正不要再割傷了，好嗎？關於塔克文，你還有其他事可以告訴我嗎？弱點？盲點？痛處？」

「他們沒有教你們羅馬歷史，作爲軍團訓練的一部分嗎？」

「嗯，有啦。不過我上課時可能都沒聽進去吧。回顧一九三〇年代，我在紐奧良是去念天主教學校。老師講課都沒聽進去，這方面我還滿有經驗的。」

「唔。我能認同。蘇格拉底。非常聰明。但他的討論團體……那種娛樂實在不吸引人。」

「所以，塔克文。」

「對喔。他對權力瘋狂著迷。傲慢自大。極度殘暴。會把妨礙他的所有人全部殺掉。」

「就像那些皇帝一樣。」

「但沒有他們那麼高尚優雅。塔克文也很迷戀各種建設計畫。他開始建造朱比特的神殿。此外還有羅馬的下水道。」

「以此成名。」

「到最後，他的臣民再也受不了繳交稅金和強迫勞動，於是圖謀造反。」

「他們不喜歡挖掘下水道？我無法理解。」

我這才想通，海柔其實對這些訊息不是很感興趣，她只是想讓我分心，不要太憂慮。我很感激，但要我回應她的微笑實在有困難。我不斷想起塔克文在地道裡透過食屍鬼說話的聲音。他已經知道海柔的名字。他答應要幫海柔在他的不死人軍團留下特殊的位置。

「塔克文很狡猾，」我說：「就像所有眞正的精神變態一樣，他一直很擅長操控別人。至於弱點，我不知道。也許是他的堅持不懈吧。就算別人把他踢出羅馬城，他仍然嘗試奪回王冠，從來不曾停止。他持續拉攏新的盟友，一次又一次攻擊城邦，即使情勢很明顯，他的力量不足以取勝。」

「他顯然還沒有放棄。」海柔把擋在路上的桉樹枝條推開。「嗯，我們會堅守計畫：安靜進去，查看一番，離開。至少法蘭克留守營區很安全。」

「因爲你對他生命的重視程度遠勝於我們？」

「不是。嗯……」

「你的回答可以停在『不是』。」

海柔聳聳肩。「實在是因爲最近法蘭克似乎很愛追求危險。我想，他沒有把他在『新月戰役』做的事情告訴你吧？」

「他說那場戰役在小台伯河扭轉了戰局。殭屍不喜歡流動的河水。」

「法蘭克幾乎是隻手扭轉戰局。他周圍的半神半人全都倒下了。他就是一直戰鬥，變身成一尾巨蛇，然後是巨龍，接著河馬。」她抖了一下。「他變成超可怕的河馬。等到我和蕾娜想辦法帶來援軍時，敵人已經撤退了。法蘭克毫無懼色。我只是……」她的聲音很緊繃。「我不想失去他，特別是發生了傑生的事情之後。」

我努力調和兩種不同的法蘭克．張，一邊是海柔口中無所畏懼的河馬殺戮機器，另一邊是脾氣溫和、令人想要擁抱的大塊頭執法官，他睡覺時穿著黃色絲質睡衣，上面有鷹和熊的圖案。我回想起他輕拋自己的火柴，一副漫不經心的樣子。他向我保證，自己沒有求死的欲望。然而傑生．葛瑞斯也沒有啊。

「我不想失去任何一個人。」我對海柔說。

我差一點就做出承諾。

我之前打破誓言，冥河女神早已斥責過我。她曾警告我，我身邊的每一個人都會爲我的罪過付出代價。魯芭也一樣，她預見到更多的鮮血和犧牲。我怎麼能向海柔做出承諾，說我們所有人都會安全無恙？

拉維妮亞和梅格猛然停下腳步，害我差點撞上她們。

「看見沒？」拉維妮亞指著樹林的一道間隙。「我們快到了。」

望著下方的山谷，紅杉森林裡有一塊空地，設置了空蕩蕩的停車場和野餐區。草地的遠端有一座旋轉木馬，無聲且靜止，燈火盡皆燦亮。

「它的燈為什麼都亮著？」我好奇地問。

「也許有人在家。」海柔說。

「我喜歡旋轉木馬。」梅格說，於是她開始沿著步道往山下走。

旋轉木馬的頂上有個深褐色的圓頂，很像巨大的遮陽帽。在藍綠色路障和黃色金屬欄杆的後方，數百盞燈光照亮了木馬。彩繪的動物在草地上投射出歪曲變形的長影子。馬匹看起來凍結於驚慌的神情，雙眼圓睜，前腿踢蹬。一匹斑馬抬起頭，彷彿十分苦惱。一隻巨大的雄雞撐開紅色雞冠，雞爪也伸得長長的。甚至有隻海馬很像泰森的朋友「彩虹」，但這隻魚馬有張咆哮的臉孔。什麼樣的父母會讓孩子騎上這麼可怕的動物呢？也許是宙斯吧，我心想。

我們小心翼翼地靠近，但沒有任何東西考驗我們，活的和死的都沒有。這地方似乎空無一人，只是點亮燈火，令人難以理解。

梅格的燦亮雙刀讓她腳邊的青草閃閃發亮。拉維妮亞舉起設定完成的羅馬式弩弓，準備就緒。她頂著粉紅頭髮，又有瘦長四肢，最有機會溜進旋轉木馬的動物之間，與它們融為一體，但我決定不要分享這樣的觀察，因為無疑會害我遭到射殺。海柔將她的劍留在劍鞘內。就算空著雙手，她也比我們其他人散發出更危險的氣場。

我不知道該不該拿出自己的長弓。接著我低頭看，這才發現我已經出於直覺，準備好自己的戰鬥烏克麗麗。好吧。一旦發現我們陷入戰局，我可以提供開心的曲調。那樣算不算很有英雄氣概呢？

「有點不對勁。」拉維妮亞喃喃說著。

「你覺得嗎？」梅格蹲下身子，放下自己的一把刀，用指尖觸摸青草。她的手在草地上送出一道波浪，很像在水面上丟出一顆水漂石。

「這裡的土壤有點不對勁，」她朗聲說：「植物的根不想要長到太深的地方。」

海柔挑挑眉毛。「你可以和植物交談喔。」

「其實不是交談，」梅格說：「不過，對啦。就連樹木也不喜歡這個地方。它們努力要盡快生長到遠離旋轉木馬的地方。」

「嗯，畢竟它們是樹木，」我說：「沒辦法非常快吧。」

海柔仔細觀察周遭環境。「來看看我能找出什麼狀況。」

她在旋轉木馬的基座邊緣跪下來，將手掌貼住混凝土。沒有出現可見的波紋，沒有隆隆聲或搖動感，但是大概數到三之後，海柔很快抬起手。她跌撞後退，差點倒在拉維妮亞身上。

「眾神哪。」海柔全身發抖。「這下面……這下面有條巨大又複雜的地道。」

我的嘴巴變得好乾。「『迷宮』的一部分？」

「不，我想不是。感覺是自己產生的。結構很古老，但是……但是出現在這裡沒有很久。我知道這樣說不通。」

「說得通啊，」我說：「如果墳墓改變過位置的話。」

「或者重新長出來，」梅格提議說：「就像樹木的插枝。或者眞菌的孢子。」

「好噁。」拉維妮亞說。

海柔抱著雙手的手肘。「這個地方充滿死亡。我是要說，我是普魯托的孩子，我待過冥界。但是這裡好像更糟。」

「這我不愛。」拉維妮亞嘀咕著說。

我低頭看著烏克麗麗，希望自己能帶著更大型的樂器，這樣就能躲在它後面。也許是豎立在地上的貝斯吉他吧。「我們要怎麼進去？」

我希望答案會是「天啊該死，我們進不去」。

「那裡。」海柔指著混凝土的一塊區域，看起來與其他部分沒有差別。

我們跟著她走過去。她的手指撫過黑暗的表面，留下發亮的銀色溝槽，呈現出長方形石板的輪廓，約莫是棺材的大小。噢，我幹嘛特別要做這樣的比喻啊？

海柔的手在長方形中央的上方游移一會兒。「我想，我好像應該在這裡寫些東西。也許是什麼密碼？」

「『要打開他的門』，」拉維妮亞回想著說：「『二—五十—四』。」

「等一下！」我奮力壓制一陣驚慌的感受。「有很多方法能寫『二—五十—四』。」

海柔點點頭。「那麼，用羅馬數字？」

「對。不過用羅馬數字寫出『二—五—四』和『二百五十四』會不一樣，也和『二和五十四』不一樣。」

「那麼到底是怎樣啦？」梅格問。

我努力思考。「塔克文選擇這個數字一定有某種理由。那是他自己擬定的。」

拉維妮亞吹出一個鬼祟的粉紅小泡泡。「就像用你的生日當做你的密碼？」

「完全正確，」我說：「但他用的不是他的生日。在他的墳墓不這樣用。也許是他的死亡年份？不過那不可能是對的，因爲沒人確定他死於什麼時候，畢竟他遭到放逐，而且祕密下葬，不過一定是在公元前四九五年左右，而不是二五四年。」

「紀年系統錯了。」梅格說。

我們全都盯著她。

「怎樣？」她質問說：「我是在邪惡皇帝的宮殿裡長大。我們記錄每一件事的年份，都是從羅馬建城的時候開始算起。那叫『羅馬建城紀年』，對吧？」

「眾神哪，」我說：「梅格，解得好。羅馬建城紀年二五四年會是……我們來看看……公元前五百年。那很接近四九五年。」

海柔的手指依然在混凝土上方相當遲疑。「接近到值得冒險嗎？」

「對，」我說著，如同法蘭克．張努力傳達內心的自信。「把它寫成年份：二百五十四。C-C-L-I-V。」

海柔照著寫。數字發出銀色光芒。整塊石板消散成煙，顯露出一道階梯，向下通往黑暗。

「那好吧，」海柔說：「我有種預感，下一個部分會更困難。跟著我走。我踩過的地方才能踩。而且千萬不要發出聲音。」

16

見新塔克文與舊塔克文同，但鮮肉少太多

所以……那麼，不能用烏克麗麗演奏開心的曲調。

好吧。

我默默跟著海柔，沿著階梯走進旋轉木馬裡面。

往下走時，我不禁感到好奇，塔克文爲什麼選擇住在旋轉木馬底下呢？他曾眼睜睜看著妻子搭乘的戰車輾過她自己的父親。也許他喜歡這樣的概念：馬匹和種種怪物排列成環狀，在他長眠之所的上方無止盡旋轉；它們頂著凶惡的臉孔站崗守衛，即使跑來騎乘的多半是凡人小孩（我覺得凡人小孩也是滿凶惡的）。塔克文有種殘酷的幽默感，他很樂於拆散家人，把他們的快樂轉變成痛苦。他不吝於用小孩當做人肉盾牌。無疑的，他發現把墳墓設置在色彩繽紛的兒童遊樂設施底下，他肯定發現這樣很有趣。

我滿心驚駭，腳踝都快走不穩了。我提醒自己，爬進這個殺人凶手的巢穴是有原因的。此刻我無法想起原因是什麼，但一定有原因。

階梯結束後接到一條很長的走廊，石灰岩牆壁裝飾著一排排石膏材質的死亡面具。看似非常古怪，但一開始並沒有嚇到我。大多數富裕的羅馬人都會收藏這類死亡面具，對他們的

祖先表達敬意。接著，我注意到那些面具的表情。如同上方旋轉木馬的各種動物，這些石膏面孔凍結於驚慌、痛苦、憤怒和恐懼。這些不是用來表達敬意。它們是戰利品。

我回頭看看梅格和拉維妮亞。梅格站在樓梯底部，擋住所有可能撤退的途徑。她的T恤有閃亮的獨角獸對我嘻笑，眞是超討厭的。

拉維妮亞迎上我的目光，彷彿要說：「是的，這些面具好糟糕。好了，繼續前進。」

我們跟隨海柔沿著走廊前進，在拱狀的天花板底下，我們的武器每一陣哐啷聲和窸窣聲都會共鳴迴盪。柏克萊的地震學實驗室距離這裡不到幾公里，我很確定他們會在地震儀上記錄到我的心跳，於是預先送出地震警報。

地道分岔了好多次，但海柔似乎總是知道要走哪個方向。她偶爾停下腳步，回頭看看我們，然後緊急指向地板的某個部分，提醒我們不要偏離她走的路徑。我不知道踏錯腳步究竟會怎樣，可是我一點都不想讓自己的死亡面具納入塔克文的收藏品。

感覺好像過了好幾個小時，我開始聽到前方某處傳來滴水的聲音。地道開展成一個圓形空間，很像大型蓄水池，地板空無一物，只有一條狹窄的石板小徑，跨越深邃黑暗的池子。遠處牆上掛著六個柳條編織的容器，很像捕捉龍蝦的裝置，每個底部都有圓形開口，大小剛好符合……噢，眾神哪。每個容器都剛好符合人頭的大小。

有個細小的嗚咽聲從我口中洩露出去。

海柔回頭看。她以嘴形說著：「什麼？」

我隱約記得一個故事，從漿糊般的腦袋浮現出來：塔克文要將他的某個敵人處以死刑，方法是在神聖的池子裡淹死他：綁住那人的雙手，以柳條編織的籠子套在他的頭上，然後在籠子裡慢慢添加石頭，直到男人再也無法把頭保持在水面上。
塔克文顯然還很享受這種特殊的娛樂方式。
我搖搖頭。「你不會想知道啦。」
海柔很聰明，把我的話聽進去了。她帶領我們前進。
即將進入下一個空間時，海柔舉起一隻手示警。我們停下腳步。跟隨她的目光看去，我看出房間的遠端有兩名骷髏守衛，護衛著一道雕刻精細的石砌拱門。兩名守衛彼此面對面，戴著完整的戰鬥頭盔，那可能是還沒看到我們的原因。如果我們發出最細微的一點聲響，如果他們因爲某種原因朝這邊看來，我們就無所遁形了。
他們的位置與我們相距約莫二十公尺。房間地板散落著許多古老的人類骨頭。我們絕不可能偷偷摸摸走過去。他們是骷髏戰士，不死人世界的特種部隊。要與他們戰鬥，我連一點欲望也沒有。我渾身發抖，很想知道他們被歐律諾摩斯剝肉見骨之前究竟是什麼樣的人。
我迎上海柔的目光，接著回頭指向我們的來時路。「撤退？」
她搖搖頭。「等等。」
海柔專注地閉上雙眼。一串汗珠從她的側臉滴下來。
兩名守衛突然立正站好，然後轉身背對我們，面對著石砌拱門，接著兩人肩併肩，大步走進黑暗中。
拉維妮亞的口香糖差點從她的嘴巴掉出來。「怎麼會這樣？」她輕聲說。
海柔伸出手指放在嘴唇上，接著示意我們跟上。
這時房間空無一人，只有很多骨頭散落在地板上。也許那些骷髏戰士來這裡撿拾備用的零件吧。在對面牆上，沿著石砌拱門的上方有個露台，兩側都有樓梯可以爬上去。它的欄杆是以扭曲的人類骨骼穿插成格狀，完全沒有讓我嚇到瘋掉。露台上面有兩道門。除了我們的骷髏朋友走進去的大拱門之外，那兩道門似乎是這個空間僅有的兩個出口。

海柔帶我們爬上左邊的樓梯。然後，因著只有她自己知道的某種原因，她走過露台，前往右邊的那道門。我們跟著她走進去。

站在一條短走廊的末端，前方大約五、六公尺處，火光照亮了另一個裝有骷髏欄杆的露台，與我們剛離開的露台宛如互為鏡像。我看不太清楚房間遠處的狀況，但這個空間顯然有人在。裡面傳來一個低沉的聲音，是我認得的聲音。

梅格的兩隻手腕一閃，將她的雙刀收回成戒指，這不是因為我們脫離了險境，而是因為她看得很清楚，就連一點點額外的亮光都有可能洩露我們的位置。拉維妮亞從她背後的口袋裡拿出一塊油布，蓋在她的羅馬式弩弓上面。海柔以警告的眼神看了我一眼，那根本完全沒必要啊。

我知道有什麼樣的事情等在前方。「驕傲的塔克文」正在接待來賓。

我蹲在露台的格狀骨骸欄杆後面，偷偷窺視下方的王座室，超希望沒有半個不死人會抬頭看到我們。或者聞到我們。噢，人類的體味啊，健行了幾個小時後，你們為何一定要這麼酸臭啊？

緊貼著遠端的牆壁，位於兩根巨大石柱之間，有個石棺坐落在那裡，上面雕刻了許多怪物和野生動物的淺浮雕圖案，很像提爾登公園旋轉木馬的那些動物。懶洋洋躺在石棺蓋上的東西，以前曾經是塔克文．蘇佩布。他的長袍已經有好幾千年沒洗過，如今成爲腐爛的破布掛在他身上。他的身體乾枯了，變成黑黑的骨骸。一塊塊苔蘚黏在他的頷骨和頭蓋骨上，讓他有著古怪的鬍子和髮型。捲鬚狀的紫色發亮氣體幽幽竄出胸口，繚繞在關節周圍，旋繞過頸部，再飄進他的頭顱，把他的眼窩照亮成火熱的紫羅蘭色。

無論那紫光究竟是什麼，似乎都把塔克文凝聚起來。可能不是他的靈魂吧。我很懷疑塔克文會有靈魂。比較可能是他十足的野心和仇恨，無論死了多久都拒絕放棄，極度頑固。

國王似乎正在怒罵兩名骷髏守衛，就是海柔操縱的那兩人。

「我有叫你們嗎？」國王質問說：「不，我沒有。那麼，你們爲什麼在這裡？」

兩個骷髏互看一眼，似乎也質疑著同一件事。

「回去你們的崗位上！」塔克文大叫。

兩名守衛大步走向來時路。

於是房間裡剩下三個歐律諾摩斯和六個殭屍晃來晃去，不過我有種預感，我們露台的正下方還有更多。更糟的是，那些殭屍，或者維克拉卡斯，隨便你想怎麼叫都行，他們以前是羅馬軍團成員。大多數依舊穿著戰鬥用的凹陷盔甲和破爛服裝，皮膚浮腫，嘴唇青紫，胸口和四肢都有裂開的傷口。

我腹部的疼痛變得簡直難以忍受。來自烈焰迷宮的預言字句在我腦中反覆播放：阿波羅面對死亡，阿波羅面對死亡。

在我旁邊，拉維妮亞瑟瑟發抖，雙眼含淚。她的目光盯著其中一名死去的軍團隊員：一名年輕男子，留著褐色長髮，臉的左側嚴重燒傷。我猜是以前的朋友吧。海柔緊抓著拉維妮亞的肩膀，也許是安慰她，也或許是提醒她保持安靜。梅格跪在我的另一側，眼鏡閃閃發亮。我好希望手上有一隻麥克筆，把她的水鑽塗黑。

她似乎正在計算敵人的數量，盤算著能以多快的速度把他們全部摺倒。我對梅格的刀術很有信心，至少是她沒有因爲讓桉樹彎曲而筋疲力竭的時候，但我也知道，這些敵人的數目太多了，力量也太強大。

我碰碰她的膝蓋要她注意。我搖搖頭並輕觸耳朵，藉此提醒她，我們在這裡是來偵察情況，而非戰鬥。

她伸伸舌頭。

我們兩人之間就是這麼和諧啊。

在下方，塔克文嘀咕說無法找到好助手。「有人看到切里烏斯嗎？他在哪？切里烏斯？」

過了一會兒，有個歐律諾摩斯從側邊一條地道匆忙進來。他跪在國王面前，尖聲大叫：「吃肉！快啊！」

塔克文噓他。「切里烏斯，我們討論過這件事了。保持冷靜！」

切里烏斯打了自己一巴掌。「是的，國王陛下。」這時他的聲音變成慎重的英國口音。「眞是非常抱歉。艦隊按照時程。應該在三天內到達，剛好趕上血月升起的時間。」

「非常好。我們自己的部隊呢？」

「吃肉！」切里烏斯又打自己一巴掌。「抱歉，陛下。是的，一切準備就緒。羅馬人完全沒有起疑。等他們一致朝外、準備面對兩名皇帝時，我們就發動攻擊！」

「很好。我們必須先拿下城市。等到兩名皇帝抵達，我希望已經掌控情勢！他們想要的話可以燒掉灣區的其他地方，但城市是我的。」

梅格握緊雙拳，直到拳頭變得像骨頭格狀欄杆一樣慘白。我們與南加州的木精靈一起經歷過炎熱的痛苦後，只要聽到妄自尊大的邪惡之人威脅要放火焚燒環境，她就有點敏感暴躁。

我對她投以最嚴肅的「保持冷靜」眼神，但她不願看著我。

而在下方，塔克文正說著：「『沉默一哥』呢？」

「陛下，他受到嚴密看守。」切里烏斯保證說。

「唔，」塔克文若有所思地說：「不過呢，看守群體增加兩倍。我們必須很有把握。」

「可是，國王陛下，羅馬人肯定不知道關於蘇特洛……」

「安靜！」塔克文命令道。

切里烏斯哀號一聲。「是的，國王陛下。肉！抱歉，我的國王。吃肉！」

塔克文抬起他那發亮的紫色頭顱，面對我們棲身的露台。我暗自祈禱他沒注意到我們。

拉維妮亞不再嚼口香糖。海柔專注望著空間深處，也許想用意志力讓不死國王移開視線。

數到十之後，塔克文笑起來。「嗯，切里烏斯，看來你會比我的預期更快吃到鮮肉！」

「主人？」

「我們有闖入者。」塔克文提高音量：「你們四個，下來吧！來見見你們的新國王！」

17

梅格，你不敢！
你會害我們被殺
對啦，那有用

我希望有另外四個闖入者躲在這露台的其他地方。塔克文當然是對他們說話，不是我們。海柔用大拇指朝向出口猛戳幾下，那是代表「快溜！」的通用手語。拉維妮亞開始用雙手和雙膝往那邊爬去。我也準備跟上，但就在這時，梅格毀了一切。

她高高站起（嗯，以梅格盡可能挺高的程度），召喚出她的雙刀，越過欄杆跳下去。

「梅——格！」我大喊，有點像作戰時的吶喊，也有點像要說：「你在搞什麼黑帝斯啊？」

這完全不是有意識的決定，我站起來，舉起弓，搭箭射出，接著射出一支又一支箭。海柔低聲咒罵一句，那應該不是一九三〇年代的淑女適合說的話，然後她拔出騎兵劍，跳進亂局之中，這樣梅格才不必獨自面對。拉維妮亞站起來，手忙腳亂地要拿開弩弓的蓋布，但油布似乎卡在橫桿上。

有更多的不死人從露台下方湧向梅格。她飛快地旋轉雙刀，只見刀光閃爍，砍斷肢體和頭顱，將許多殭屍化爲塵土。海柔斬掉切里烏斯的頭顱，接著轉而面對另外兩個歐律諾摩斯。

那個臉部燒傷的已故前任軍團隊員本來要刺殺海柔的後背，但拉維妮亞及時射出弩弓。帝國黃金弩箭射中殭屍的兩邊肩胛骨之間，讓他爆炸開來，剩下一堆盔甲和衣物。

「巴比，抱歉！」拉維妮亞哭著說。
我在心裡默默記住，千萬別對漢尼拔說，牠原本的馴獸師如何走向生命的終局。
我不斷射箭，直到箭筒裡只剩下多多納之箭。事後回顧，我才發現自己在大約三十秒內射出十幾支箭，每一箭都致命。我的手指幾乎要冒煙了。自從成爲天神之後，我從來不曾像這樣數箭齊發。
我應該感到高興才對，但塔克文的笑聲打斷了任何一點滿足感。等到海柔和梅格砍倒他的最後幾名部下，這時他從石棺臥榻站起來，給我們一陣掌聲。他的骨骸雙手慢慢鼓掌，充滿諷刺的意味，沒有一種聲音比那種掌聲聽起來更邪惡。
「賞心悅目！」他說：「噢，眞是非常棒！你們全都會是我手下的重要大將！」
梅格發動攻擊。
國王沒有碰到她，但他的手輕揮一下，就有某種看不見的力量，推送梅格往後飛向遠處的牆壁。她的雙刀哐噹掉在地上。
我的喉嚨迸發出粗嘎的喉音。我越過欄杆跳下，踩在自己用過的一支箭桿上（那完全像香蕉皮一樣危險）。我隨之滑倒，屁股重重落地。這實在不是我最有英雄氣概的登場方式啊。在此同時，海柔跑向塔克文。又有一股看不見的力量把她猛力拋到旁邊去。
塔克文的痛快笑聲充斥著整個房間。他的石棺兩側各有一條通道，這時迴盪傳來窸窣的腳步聲和盔甲的哐噹聲，愈來愈逼近。在我上方的露台上，拉維妮亞猛力轉動她的弩弓。如果我能再爭取二十分鐘左右，她也許能夠發射第二箭吧。
「嗯，阿波羅，」塔克文說，紫色的霧氣從他的眼窩幽幽旋繞而出，飄進他的嘴裡。好噁。「我們兩人都沒能善終，對吧？」

我的心怦怦跳。我摸索著尋找還能用的箭，但只找到更多斷掉的箭桿。我有點想要射出多多納之箭，可是不能冒這種險，免得把具有預言能力的武器交給塔克文。你能夠嚴刑拷打一支會說話的劍嗎？我不想知道答案。

梅格掙扎著站起來，看起來沒受傷，但是氣炸了，如同每次有人把她扔去撞牆時一樣。我心想，她和我正想著同一件事：這情況太熟悉了，太像在卡利古拉的遊艇上，當時梅格和傑生遭文圖斯囚禁。我不能讓類似的情景再度上演。我再也不想讓邪惡的暴君把我們丟來丟去，像破爛的洋娃娃一樣。

海柔站起來，全身上下都是殭屍的塵埃。那對她的呼吸系統肯定沒好處。我不禁下意識地想著，不曉得能不能找來掌管律法的羅馬法律女神潔斯提西亞，代表我們對塔克文提起集體訴訟，控告他營造出有害健康的墳墓環境。

「所有人，」海柔說：「退後。」

之前在通往營區的地道裡，她也對我們說過同樣的話，隨即就把歐律諾摩斯變成天花板上的藝術品。

塔克文只是笑了笑。「啊，海柔．李維斯克，你用岩石耍弄的聰明詭計，在這裡是無法得逞的。這是我力量的源頭！我的援軍隨時會到達這裡。面對死亡，你不掙扎會比較簡單。據說那樣比較不痛苦。」

在我的上方，拉維妮亞繼續轉動她的手搖式大砲。

梅格撿起自己的雙刀。「各位，打還是跑？」

從她盯著塔克文的眼神看來，我很確定她偏愛哪個選項。

「噢，孩子，」塔克文說：「你大可嘗試跑掉，不過，你很快就會用那兩把漂亮的刀刃為我戰鬥。至於阿波羅嘛……他哪裡都不會去。」

他彎曲自己的手指。他完全沒有靠近我，但我腹部的傷口陣陣抽痛，很像用火燙的肉叉刺入胸口和鼠蹊部。我放聲尖叫，雙眼湧出淚水。

「住手！」拉維妮亞尖聲大喊。她從露台跳下，落在我旁邊。「你對他做了什麼？」

梅格再次對不死國王發動攻擊，也許是想攻其不備。然而塔克文連看都沒有看她一眼，就用另一波力量把她扔到旁邊。海柔站著，宛如石灰岩柱般僵硬，雙眼定睛看著國王背後的牆壁。石壁上開始出現蜘蛛網般的細小裂縫。

「哎呀，拉維妮亞，」國王說：「我要呼喚阿波羅回家啊！」

他嘻嘻笑著，由於沒有臉，那其實是他能展現的唯一一種表情。「可憐的萊斯特，一旦毒素掌控他的腦袋，他終究會一直被迫終究要找到我。不過他這麼快就來到這裡，眞是意外的大獎啊！」

他的骨骸拳頭握得更緊一點。我的疼痛增強三倍。我呻吟又哀號。我的視線好像瀰漫著紅色的凡士林軟膏。感覺到這麼強烈的疼痛，怎麼可能沒有死掉呢？

「不要弄他啦！」梅格大喊。

又有更多殭屍開始湧進房間，從塔克文石棺左右兩側的地道冒出來。

「快跑。」我喘著氣說：「離開這裡。」

這時，我終於理解烈焰迷宮那幾行字的意義了：我會在塔克文的墳墓面對死亡，或者比死亡更糟糕的命運。可是，我不會讓自己的朋友同樣死去。

頑固，討厭，他們拒絕離去。

「梅格．麥卡弗瑞，阿波羅現在是『我的』僕人，」塔克文說：「你眞的不該爲他感到難過。他對自己所愛的人超級惡劣。你可以去問問女先知啊。」

國王打量著我，這時我痛苦地扭動身體，很像被釘在軟木塞板子上的小蟲。「我希望女先知存活得夠久，能夠看到你謙卑的樣子。那也許能讓她最終得到解脫。而且等到那兩個裝模作樣的皇帝到達這裡，他們會看到有個羅馬國王眞的超恐怖！」

海柔憤怒狂吼。後側牆壁應聲倒塌，扯落了大半的天花板。只見大小宛如突擊車的岩石大批崩落，把塔克文和他的部隊掩埋在下面，失去了蹤影。

我的疼痛消退了一點，只剩極度痛苦的程度。拉維妮亞和梅格把我拉起來站好。這時，感染發炎的紫色線條沿著我的手臂旋繞向上。這恐怕不太妙。

海柔跌跌撞撞走來。她的眼角膜變成不健康的灰色調。「我們得移動。」

拉維妮亞對那堆石礫瞥了一眼。「但他是不是……？」

「沒死，」海柔以痛苦的失望語氣說：「我可以感覺到他在底下扭動身體，努力想要……」她渾身發抖。「那不重要。還有更多的不死人會來。我們走吧！」

說得容易，做起來很難啊。

海柔跛腳走路，呼吸沉重，帶領我們回頭穿越另一組通道。梅格守護我們的撤退行動，偶爾遇見擋路的殭屍就把他們砍倒。拉維妮亞必須支撐我大部分的體重，但她看起來很強壯，同時也看起來很機靈。拖著我可悲的身軀穿越墳墓，她似乎一點困難也沒有。

我對於周遭環境只有隱約的意識。我的弓與烏克麗麗彼此哐噹碰撞，產生刺耳的開放和弦，剛好與我腦袋裡的喀啦聲響完全同步。

剛才到底發生什麼事？

我運用自己的弓，經歷了天神般英勇無畏的美妙時刻後，隨即透過腹部的傷口，遭受了可怕甚至終極的疼痛復發。塔克文曾經提到一種毒素，慢慢滲透到我的腦裡。儘管經過營區治療師的最佳照護，我仍漸漸轉變成國王畜養的家畜。透過與他面對面，過程顯然加速進行。這應該是嚇到我了。而我能用這麼超然的角度思考整個情況，這個事實本身令人不安。我腦中有關醫療的部分認定我必須陷入休克。或者，你也知道，可能就是垂死狀態。

海柔在兩條走道的交叉處停下腳步。「我……我無法確定。」

「什麼意思？」梅格問。

海柔的眼角膜依然呈現溼陶土的色澤。「我無法判讀。這裡應該要有個出口才對。我們很接近地面了，可是……各位，我很抱歉。」

梅格縮回雙刀。「沒關係。繼續警戒。」

「你要幹嘛？」拉維妮亞問。

梅格觸摸最近的牆壁。天花板開始移動而且出現裂縫。我猛然浮現一個畫面，我們像塔克文一樣，遭到好幾噸的岩石徹底掩埋；以我現在的心理狀態，用這種方式死去似乎很好笑。不過取而代之的是，數十條粗狀的樹根扭動著穿越裂縫，進而推開石頭。即使身爲熟悉魔法的前任天神，我還是驚呆了。那些樹根旋轉盤繞，彼此交織在一起，使勁推開泥土，讓暗淡的月光照進來。最後我們發現，自己位於一條微微傾斜的溝槽底部（根槽？），還有抓握和踩踏的地方可爬上去。

梅格吸吸上方的空氣。「聞起來很安全。走吧。」

海柔負責警戒，梅格與拉維妮亞則同心協力把我弄出溝槽。梅格用拉的，拉維妮亞在後面推。整個過程非常沒有尊嚴，但一想到拉維妮亞那支設定到一半的弩弓，與我脆弱的臀部在下面擠來擠去，我就備受激勵，想要繼續移動。

我們爬出來的地方位於森林中央一棵紅杉的底部。放眼望去沒看到旋轉木馬。梅格拉了海柔一把，接著摸摸樹幹。根部的溝槽旋轉關閉，消失在青草底下。

海柔搖搖晃晃站起來。「我們在哪裡？」

「往這邊走。」拉維妮亞朗聲說。

儘管我聲稱自己很好，但她再度一肩扛起我的重量。說真的，我只有一點點垂死而已啦。我們穿越幽暗的紅杉林，沿著一條步道蹣跚前進。我看不見星星，也無法分辨任何地標。我完全搞不清楚一行人前往何方，但拉維妮亞似乎很篤定。

「你怎麼知道我們身在何處？」我問。

「告訴你喔，」她說：「我喜歡探險。」

她一定真的很喜歡毒野葛，我不知道第幾次這麼想了。接著不禁想到，與營區比起來，拉維妮亞待在野外是不是比較有家的感覺。她和我姊姊會相處得很融洽。

「有沒有人受傷？」我問：「食屍鬼有沒有抓到你們？」

女孩們全都搖頭。

「那你呢？」梅格沉下臉，指著我的腹部。「我以為你比較好了。」

「我想，我太樂觀了。」我好想罵她居然跳進戰局，差點害我們全都送命，但我實在沒力氣。況且根據她看我的眼神，我有種預感，她看起來脾氣乖戾，但隨時可能突然暴哭，比塔克文的天花板崩落的速度還快。

海柔以憂慮的眼神盯著我。「你應該早就該痊癒了啊。我不懂。」

「拉維妮亞，我可以吃點口香糖嗎？」我問。

「真的嗎？」她摸索口袋，遞給我一片。

「你有拉攏人心的影響力。」我的手指像鉛塊一樣重，但仍奮力剝開口香糖包裝紙，塞進嘴裡。甜膩的風味真不健康，而且咬一咬是粉紅色的。然而，這還是比我喉嚨裡不斷湧出的食屍鬼酸臭毒素好多了。我嚼著，很高興有東西可以專心，能夠拋開塔克文彎曲骷髏手指、送出火鐮刀刺穿我五臟六腑的記憶。他還提到女先知……？不行。我現在無法思考那件事。

走過數百公尺折磨人的路程後，我們到達一條小溪。

「我們很近了。」拉維妮亞說。

海柔看看背後。「我感覺到也許有十幾個在我們後面，接近得很快。」

我什麼都沒看見也沒聽見，但我相信海柔說的話。「快走。沒有我，你們會移動得較快。」

「沒這種事。」梅格說。

「來，扶著阿波羅。」拉維妮亞把我交給梅格，活像我是一大袋雜貨。「你們幾個跨越這條溪，爬到那座山上去。你們會看到朱比特營。」

梅格把她髒汙的眼鏡擦乾淨。「你呢？」

「我會引開他們。」拉維妮亞拍拍她的弩弓。

「那點子超爛的。」我說。

「我就是要那樣做。」拉維妮亞說。

我不確定她指的是「引開敵人」，還是「執行超爛的點子」。

「她說得對，」海柔下定決心說：「軍團隊員，小心點。我們到營區和你碰面。」

拉維妮亞點點頭，衝進樹林裡。

「你確定那是明智之舉嗎？」我問海柔。

「不是，」她坦承說：「但無論拉維妮亞做什麼，回來時似乎永遠都毫髮無傷。好了，我們帶你回家吧。」

18

普蘭加共煮
繁縷和獨角獸角
慢慢烤殭屍

回家。多麼美好的字眼啊。

我對它的意義毫無概念，不過聽起來很棒。

返回營區的路上，我的心思一定曾與身軀脫離開來。我不記得自己昏過去。我不記得到達山谷。但在某個時候，我的意識飄離開來，很像脫離束縛飛走的氦氣球。

我夢見家鄉。我眞的曾經有家鄉嗎？

提洛斯島是我的出生地，但只因爲我懷孕的母親，麗托，在那裡尋求庇護，逃避希拉的天譴。那個島嶼也爲我和姊姊提供緊急的庇護所，然而那裡從不曾讓人有「家鄉」的感覺，可能與搭乘計程車前往醫院時，小孩在後座出生的感覺差不多吧。

奧林帕斯山呢？我在那裡有一座宮殿，假日會去造訪。但那裡永遠比較像是我爸和繼母同住的地方。

太陽宮殿呢？那是赫利歐斯的舊木屋。我只是重新裝潢而已。

就連德爾菲，我最重要神諭的據點，原本也曾是匹松的巢穴。不管多努力嘗試，永遠都無法除掉火山洞穴裡的舊蛇皮氣味。

說來傷心，在我四千多年的生涯裡，我覺得最接近身在家鄉的時刻，全都發生在過去幾個月期間：在混血營，與我的半神半人孩子們同住在一間木屋裡；在小站，與艾瑪、喬瑟芬、喬吉娜、里歐和卡呂普索歡聚一堂，我們所有人圍坐在餐桌邊，大嚼從花園收成的蔬菜當晚餐；在棕櫚泉的水池有梅格、格羅佛、蜜莉、黑傑教官相伴，還有一群滿身針刺的仙人掌木精靈；而如今在朱比特營，這裡有一群焦慮、悲傷又受挫的羅馬人，儘管他們有很多問題要解決，儘管事實上我為所到之處帶來悲慘和災難，但他們仍然懷著敬意歡迎我，讓我棲身在他們咖啡店樓上的房間裡，還有一些可愛的床單可以穿。

這些地方都是家鄉。無論我配不配成為他們的一份子，那又是不同的問題了。

我想流連在那些美好的記憶裡。我猜自己可能快要死了，也許躺在森林地面上陷入昏迷，任憑食屍鬼的毒素傳遍我全身的血脈。我希望自己最後懷著快樂的念頭。我的腦袋則有不同的想法。

我發現自己身在德爾菲的洞穴裡。

再熟悉不過的匹松形體就在附近，周圍縈繞著橘色和黃色的煙霧，牠拖著自己的身軀穿越黑暗，很像全世界最巨大也最腐臭的科摩多龍。牠眞是酸臭到難以忍受，一種實質的壓力緊壓著我的肺部，害我的鼻竇放聲尖叫。牠的眼睛宛如車前燈，射穿了含硫的氣體。

「你覺得那很重要。」匹松的轟鳴聲害我的牙齒格格打顫。「那些小小的勝利。你認爲它們會導致一些事？」

我沒辦法說話。我的嘴裡依然有泡泡糖的滋味。我很感激那種不健康的甜味，那提醒了我，這個恐怖洞穴的外面存在著另一個世界。

匹松移動得更近一點。我想要抓起自己的弓，但兩條手臂癱瘓麻痺。

「其實根本沒有，」牠說：「你過去造成的死亡……你未來會造成的死亡……那些都不重要。就算你贏了每一場戰役，還是會輸掉整場戰爭。如同以往，你不了解眞正的賭注是什麼。面對我，你一定會死。」

牠張開超巨大的咽喉，滴著口水的爬行類嘴唇靠在發亮的牙齒旁邊。

「哎喲！」我的眼睛倏然睜開，四肢拚命揮動。

「喔，很好，」有個聲音說：「你醒了。」

我躺在地上，位於某種木構造裡面，很像是……啊，一間馬廏。我的鼻孔充斥著乾草和馬糞的氣味。有塊粗麻布毯子墊著我的背，感覺刺刺的。兩張不熟悉的臉孔低頭看著我。有張臉屬於一名英俊的年輕男子，他的黑髮宛如絲綢般光亮，蓋住寬闊墨黑的額頭。

另一張臉是一隻獨角獸。牠的口鼻黏液閃閃發亮，藍色眼睛露出吃驚的眼神，瞪得好大而且沒有眨眼，一直定睛看著我，彷彿我可能是一袋好吃的燕麥。牠的角尖插了一個東西，那是附有轉動把手的乳酪刨絲器。

「哎喲！」我再度這樣說。

「冷靜啦，呆瓜，」梅格說著，她位於我的左邊某處。「你和朋友們在一起。」

我看不見她。我的邊緣視覺依舊模糊，呈現亮亮的粉紅色。

我虛弱地指著獨角獸。「乳酪刨絲器。」

「對啊，」可愛的年輕男子說：「要把一劑獨角薄片直接放進傷口，那是最簡單的方法。巴斯特不介意。對吧，巴斯特？」

獨角獸巴斯特繼續盯著我。我眞好奇牠到底是不是活的，或者只是他們用輪子推進來的獨角獸道具。

「我叫普蘭加，」年輕男子說：「軍團的首席治療師。你剛到這裡時，我就治療過你，但那時候沒有眞正見到面，畢竟，嗯，你失去意識。我是阿思克勒庇俄斯的兒子。我想，那表示你是我爺爺。」

我哀叫一聲。「拜託別叫我『爺爺』。我的心情已經夠糟了。其……其他人還好嗎？拉維妮亞？海柔呢？」

梅格幽幽晃進視野裡。她的眼鏡很乾淨，頭髮洗過、衣服換過，所以我一定是昏迷了好一段時間。「大家都很好。我們才剛回來，拉維妮亞就到了。不過你差點死掉。」她聽起來很生氣，活像我的死亡會造成她極大的麻煩。「你早該告訴我，那個割傷到底有多嚴重。」

「我以爲……我猜它會痊癒。」

普蘭加的眉頭皺成一團。「是的，嗯，它應該要痊癒。你得到絕佳的照護，不是我吹牛。我們很了解食屍鬼的感染狀況。通常是治得好的，如果在二十四小時之內治療的話。」

「可是你呢，」梅格說著，怒目看著我。「你對治療沒有反應。」

「那又不是我的錯！」

「可能是你的天神體質吧，」普蘭加若有所思地說：「我從來沒有碰過病人以前有永生不死之身。那可能讓你抵抗半神半人的療法，或者比較容易受到不死人抓傷的傷害。我實在不知道。」

我用手肘撐著坐起來。我坦露著胸口，傷口重新綁上繃帶，因此無法判斷底下看起來有多糟，不過疼痛已經消減成悶痛。捲鬚狀的紫色感染線條依然從腹部迂迴延伸，向上爬到胸口和手臂底下，但顏色已經消褪成淡紫色。

「無論你做了什麼，顯然有幫助。」我說。

「等著瞧囉。」普蘭加的皺眉沒有舒展。「我試了一種特殊的混合調劑，相當於廣效抗生素的魔法藥劑。它需要繁縷這種植物的一個特殊品系，就是有魔法的繁縷，那種品系沒有生長在北加州。」

「它現在長在這裡了。」梅格朗聲說。

「是的，」普蘭加報以同意的微笑。「我得讓梅格待在身邊。有她來種植醫用植物還滿方便的。」

梅格臉紅了。

巴斯特還是沒有動，也沒眨眼。我希望普蘭加時不時地拿一根湯匙放在獨角獸的鼻孔底下，確定牠還有呼吸。

「無論如何，」普蘭加繼續說：「我用的軟膏不是藥方。那只會減緩你的……你的狀況。」我的狀況。好婉轉的說法，其實是變成活死人吧。

「而如果我真的需要藥方呢？」我問。「嗯，附帶一提，我需要。」

「那要採用更強力的治療，我就辦不到了，」他坦白說：「天神等級的治療。」

我覺得好想哭。我認定普蘭加需要從事他的臨床工作，也許收集更多神奇的無處方療法，那就不需要天神介入了。

「我們可以試用更多的獨角薄片，」梅格建議說：「很好玩喔。我是要說，可能有效。」

在梅格想用乳酪刨絲器的急切之情和巴斯特的飢渴凝視之間，我開始好想吃一盤義大利麵。「我想，談到用得上的治療天神，你們還沒有預定的人選吧？」

「其實，」普蘭加說：「如果你覺得有力氣了，應該去換衣服，請梅格陪你走去普林斯匹亞。蕾娜和法蘭克急著想跟你談談。」

梅格很體恤我。

與執法官見面之前，她帶我回到龐畢羅那裡，於是我能梳洗一番並更換衣物。之後，我們停留在軍團的餐廳吃東西。根據太陽的角度和幾近空蕩的餐廳，我猜這時是傍晚，介於午餐和晚餐之間，這表示我失去意識的時間將近一整天。

那麼，後天就是四月八日……血月，萊斯特的生日，兩名邪惡皇帝和一名不死國王攻擊朱比特營的日子。往好的方面想，餐廳供應炸魚柳耶。

等到我吃完食物（以下是我發現的烹飪祕訣：番茄醬眞的能增進薯條和炸魚柳的風味喔），梅格護送我沿著普勒托利亞大道走向軍團總部。

大多數的羅馬人似乎沒有做著羅馬人會在傍晚做的事，像是行軍、挖掘溝渠、玩玩拉丁文版的《要塞英雄》[39]遊戲等……我也不是很確定啦。我們一路走去，少數擦身而過的軍團隊員盯著我看，他們原本的對話戛然而止。我猜想，我們在塔克文墳墓裡的冒險行動已經傳開了。也許他們聽說我碰到一點點「變成殭屍」的問題，正在等我尖叫著說要吃大腦。

這種想法令我不寒而慄。這時我腹部的傷口好多了，不需要縮著身體走路。陽光燦爛。剛才好好吃了一餐。我怎麼可能還中毒呢？

拒絕承認的力量真的很強大。

糟糕的是，我想普蘭加說的是對的。他只是減緩感染的速度。我的狀況並不是營區治療師、希臘人或羅馬人所能解決的。我需要天神的協助，而宙斯早已明確禁止其他天神對我提供協助。

執法官總部的守衛立刻讓我們通過。進入裡面，蕾娜和法蘭克坐在一張長桌後方，桌上堆滿了各種地圖、書本、匕首，以及一大罐豆豆軟糖。在一塊紫色簾幕前方，軍團的金鷹倚著後牆而立，充滿能量地嗡嗡作響。與它的距離這麼近，讓我的手臂寒毛直豎。那隻巨鷹就在兩位執法官背後，我不知道他們怎麼能忍受在這裡工作。像這樣長期暴露在放射出電磁波的羅馬軍旗之下，他們難道沒有讀過相關的醫學期刊文章，探討那會有什麼效應嗎？

法蘭克穿戴全副盔甲，顯然準備投入戰鬥。這次則是蕾娜看起來像剛剛起床的樣子。她穿著紫色斗篷，匆匆罩在一件尺寸太大的「波多黎各霸王」T恤外面，我不禁心想，她是不是穿著那件睡覺……但那不關我的事。她的左側頭髮有一撮亂亂的，翹起來很可愛，害我不禁想著她是否躺左邊側睡……但是，也一樣，那不關我的事。

她腳邊的地毯上蜷縮著兩隻機器動物，我以前沒看過，那是一對灰狗，一隻金色一隻銀色。牠們一看見我，雙雙抬起頭來，接著嗅聞空氣，開始吠叫，彷彿是說：「嘿，媽，這傢伙聞起來很像殭屍。我們可以殺了他嗎？」

蕾娜噓了幾聲要牠們安靜。她從罐子裡撈出幾顆豆豆軟糖，扔給那兩隻狗。我不確定金

㊴《要塞英雄》（*Fornite*，或稱《堡壘之夜》）是知名電玩遊戲。

屬灰狗為什麼會喜歡糖果，但牠們迅速咬住，接著回頭趴在地毯上。

「呃，好狗狗，」我說：「為什麼我以前沒看過牠們？」

「歐倫和亞堅頓[40]一直出去搜索。」蕾娜說著，語氣像是要阻擋進一步的問題。「你的傷口怎麼樣？」

「我的傷口復原良好，」我說：「而我呢，不怎麼樣。」

「他比之前好多了，」梅格強調說：「我磨了一些獨角獸的角薄片，敷在他的割傷上面。很好玩。」

「普蘭加也在旁邊幫忙。」我說。

法蘭克指著兩張訪客座椅。「你們兩位讓自己坐得舒服一點。」

「舒服」是個相對的名詞。三隻腳的摺疊凳子，看起來不像執法官的椅子那麼舒適。凳子也讓我回想起德爾菲神諭的三腳椅，讓我聯想到混血營的瑞秋．伊莉莎白．戴爾，她正等著我恢復她的預言能力，等到有點不耐煩了。想到她，又讓我回想起德爾菲的洞穴，回想起匹松，回想起我的惡夢，以及我多麼害怕自己快要死了。我痛恨意識流。

等到我們就坐，蕾娜在桌面上攤開一卷羊皮紙卷軸。「所以，從昨天開始，我們一直與艾拉和泰森一起工作，努力解開預言更多行字的意義。」

「已經有進展了，」法蘭克補充說：「我們自認找到你在元老會議上所說的處方，就是儀式，能夠召喚天神的助力前來拯救營區。」

「很好啊，對吧？」梅格向那罐豆豆軟糖伸出手，但立刻縮回來，因為歐倫和亞堅頓開始吠叫。

「或許吧。」蕾娜與法蘭克以憂慮的眼神互看一眼。「重點來了，如果我們對那幾行字的解讀是正確的……儀式需要用死人作爲祭品。」

魚柳和薯條開始在我胃裡揮刀打架。

「不可能吧，」我說：「我們天神從來不會要求你們凡人用自己的一員作爲祭品。我們戒絕了那種做法已經有好幾百年！或者幾千年，我記不得了。不過我很確定早就戒絕了！」

法蘭克緊緊抓著椅子的扶手。「是啊，是那樣沒錯。預定要死的人，不是凡人。」

「對。」蕾娜定睛看著我。「看起來，這個儀式需要的是一位天神之死。」

㊵ 亞堅頓（Argentum）是拉丁文的「銀」，Ag 縮寫的由來。歐倫（Aurum）則是拉丁文的「金」，Au 縮寫的由來。

19

書啊，吾命運？
生命的祕密為何？
參見附錄F

爲什麼每個人都看著我？

如果我是房間裡唯一的（前任）天神，我也不由自主吧。

蕾娜傾身看著卷軸，跟著手指的移動檢視羊皮紙。「法蘭克從泰森的背部抄下這些字句。你可能也猜得到，讀起來比較像使用說明，而不是預言……」

我快要嚇得魂不附體。我好想把卷軸從蕾娜手中搶過來，自己唸出壞消息。有沒有提到我的名字呢？拿我當做祭品，不可能取悅其他天神，對吧？如果我們奧林帕斯眾神開始把彼此當做祭品，那會造成可怕的先例吧。

梅格盯著那罐豆豆軟糖，同時兩隻灰狗也盯著她。「哪一個天神要死？」

「嗯，有關的那一句呢……」蕾娜瞇起眼睛，接著把卷軸推過去給法蘭克。「那個詞是怎麼說的？」

法蘭克一副膽怯的樣子。「『粉碎』。抱歉，我寫得很潦草。」

「不，不。沒關係。你的字寫得比我好多了。」

「拜託可不可以請你們乾脆告訴我，那到底說了什麼？」我懇求說。

「好，抱歉，」蕾娜說：「嗯，其實那個不是詩，不像你在印第安納波利斯得到的十四行詩……」

「蕾娜！」

「好啦，好啦。它是說：『一切都完成於需求最甚之日：收集六式燔祭品之各種成分（參見附錄B）……』」

「我們完了，」我哀號著說：「我們絕對沒辦法收集到那些……不管到底是什麼……」

「那部分算是簡單的，」法蘭克向我保證。「艾拉有那些成分的清單。她說全都是普通的材料。」他示意要蕾娜繼續說。

「『加入無語天神的最後一息，等到他的靈魂脫離束縛，』」蕾娜大聲唸著：「『伴隨粉碎玻璃。接著唯一天神召喚祈禱文（見附錄C）必須透過彩虹表述。』」她深吸一口氣。「我們還沒有那篇祈禱文的確切內容，不過艾拉很有自信，她可以在戰鬥開打之前謄寫出來，現在她知道要在附錄C尋找什麼內容。」

法蘭克看看我有什麼反應。「其他部分對你有沒有什麼意義？」

我眞是鬆了一大口氣，差點從三腳凳摔下去。「你們幫我把工作全都完成了。我想……嗯，別人叫過我一大堆稱號，但從來沒叫過『無語天神』。看來我們得找出無聲的天神，就是我們以前討論過的，而且，呃……」

「殺了他？」蕾娜問：「殺了某個天神，爲什麼會取悅其他天神呢？」

關於這點，我沒有答案。然而，很多預言似乎都不合邏輯，最後還是實現了。只不過回頭再看，其實都滿明顯的。

「如果知道我們談論的是哪一位天神，也許……」我握拳在膝蓋上敲一下。「我覺得自己應該知道，但是埋在腦海深處。一段很模糊的記憶。我想，你們該不會查過圖書館，或者用Google 搜尋一下之類吧？」

「當然查過，」法蘭克說：「全都沒列出有哪個羅馬或希臘的天神負責掌管沉默。」

羅馬或希臘。我很確定自己遺漏了某個環節，舉例來說，像是我腦袋的一部分。最後一息。他的靈魂脫離束縛。聽起來確實很像某種獻祭的指示。

「我得好好想想，」我終於說：「至於那些指示的其餘部分，『破碎玻璃』感覺像是奇怪的要求，但我想，很容易就可以找到一些。」

「我們可以打破豆豆軟糖罐。」梅格提議。

蕾娜和法蘭克很客氣地忽略她。

「那麼『唯一天神召喚』那個呢？」法蘭克問：「我猜想，那是指我們不會得到一大群天神駕著戰車衝下來嗎？」

「可能不會。」我表示同意。

不過我心跳加快。經過這麼久以後，終於可能有機會與奧林帕斯山的同伴講講話，即使只有一個人也好；召喚出真正ＡＡ級[41]的天神，有優質、特大號、放養、本地生產的天神助力……我發現這樣的想法很令人振奮，同時也令人膽寒。我能選擇要召喚哪一位天神嗎？或者由祈禱文決定？「無論如何，就算只有一位天神，也能改變全局。」

梅格聳聳肩。「要看是哪一位天神吧。」

「很傷人耶。」我說。

「那麼最後一行呢？」蕾娜問。「祈禱文『必須透過彩虹表述』。」

「伊麗絲訊息，」我說著，很高興自己至少能回答一個問題。「伊麗絲是掌管彩虹的女神；這是希臘的東西，是祈求她傳遞訊息的一種方法……以此爲例，傳遞一篇祈禱文到奧林帕斯山。這個處方還滿簡單的。」

「可是……」法蘭克皺起眉頭。「波西向我提過伊麗絲訊息。那再也不能運作了，不是嗎？自從我們所有的通訊方式都掛掉之後。」

通訊方式，我心想。沉默。無聲的天神。

我覺得自己好像掉進一座超冰冷池子的最深處。「喔。我好笨啊。」

梅格咯咯發笑，她的腦袋裡無疑塞滿了各式各樣的挖苦和批評，但她忍住了。

而我呢，努力抵抗想要把她推下凳子的衝動。「這個無聲的天神，不管他是誰……萬一就是他讓我們的通訊方式無法發揮功能呢？說不定三巨頭已經用某種方法利用他的力量，不讓我們所有人彼此聯絡，也讓我們無法祈求眾神的協助？」

蕾娜交叉雙臂，遮住她T恤的「霸王」字樣。「你要說的是，這個無聲天神與三巨頭互相勾結？我們得殺了他，才能開啟通訊工具？然後就可以傳送一則伊麗絲訊息、進行儀式，於是得到天神的協助？我還卡在『殺掉天神』那一關過不去。」

我想著歐律斯拉俄亞的女先知；在烈焰迷宮裡，我們把她從囚禁之處救出來。「也許這個

㊶ 在美國講到AA級（grade AA）就會想到雞蛋的等級，由最好到普通分為AA級、A級、B級、C級。後面幾句便是常用來描述雞蛋品質的形容詞。

天神並不是自願參與。他可能遭到囚禁，或者……我不知道啦，遭到脅迫之類的。」

「所以，我們藉由殺了他而解救他？」法蘭克問。「同意蕾娜的感覺。聽起來很難辦到。」

「有個方法能找出答案，」梅格說：「我們去『蘇特洛』這個地方。我可以餵你的狗嗎？」

她沒有等待允許，兀自抓起豆豆軟糖罐，砰的一聲打開。

歐倫和亞堅頓聽見「餵」和「狗」這兩個魔法般的字眼，並沒有吠叫或者把梅格撕扯開來。牠們爬起來，移到她旁邊，坐著看她，寶石般的眼睛傳送出訊息：「拜託，拜託，拜託。」

梅格各發放一顆豆豆軟糖給兩隻狗，接著自己吃兩顆。兩顆給狗狗，兩顆給自己。梅格達成了重大的外交突破。

「梅格說得對。蘇特洛是塔克文的手下提到的地方，」我回想起來了。「我們可能會在那裡找到無聲天神。」

「蘇特洛山？」蕾娜問：「還是蘇特洛塔？他有沒有說是哪一個？」

法蘭克挑起一邊眉毛。「那不是同一個地方嗎？我老是只把那個地區叫做『蘇特洛丘』。」

「其實，最高的一座山是蘇特洛山，」蕾娜說：「巨大的天線塔則是在它旁邊的另一座山上。那叫蘇特洛塔。我會知道這點，是因為歐倫和亞堅頓很喜歡去那邊健行。」

聽到「健行」兩個字，兩隻灰狗轉過頭來，接著又回過頭，仔細凝視著梅格放在豆豆軟糖罐裡的手。我試著想像蕾娜與她的狗只是為了好玩而健行，也很好奇拉維妮亞知不知道這是她的休閒方式。也許拉維妮亞是非常認眞的登山客，因為她努力要贏過執法官，就像她希望自己想事情的地點位於蕾娜上方高處。

然後我才覺得，試著對我那位粉紅頭髮、跳踢踏舞、用弩弓防身的朋友進行精神分析，可能是個失敗的提議。

「蘇特洛這個地方很近嗎？」梅格慢慢消耗掉所有的綠色豆豆軟糖，讓她有了和平常不一樣的「綠手指」。

「在海灣對面的舊金山，」蕾娜說：「那座塔很巨大，整個灣區都看得到。」

「把人囚禁在那種地方實在很奇怪，」法蘭克說：「不過我想，不會比旋轉木馬的地底下更奇怪。」

我試著回想自己是否去過蘇特洛塔，或者那附近標示著蘇特洛的其他地方。腦海中沒有浮現半點記憶，但《西卜林書》的那些指示讓我深感不安。大多數古代羅馬神殿的儲藏室並不會存放「天神的最後一絲氣息」這種原料。而且，如果沒有成年人在一旁監督，羅馬人實在不該進行「把天神的靈魂釋放出來」這種事。

假如無聲的天神是三巨頭控制計畫的一部分，塔克文為什麼會接觸到他呢？塔克文曾說「群體增加兩倍」以便看守天神的所在地，那究竟是什麼意思？而且他曾提到女先知：「我希望女先知存活得夠久，能夠看到你謙卑的樣子。那也許能讓她終於得到解脫。」他只是要讓我心煩意亂嗎？如果庫米的女先知眞的還活著，而且是塔克文的俘虜，我有責任要幫助她。

「幫助她，」我心裡冷嘲熱諷的部分這樣想：「就像你以前那樣幫助她嗎？」

「不管無聲的天神在哪裡，」我說：「他都受到嚴密保護，特別是現在。塔克文一定知道我們會嘗試找到藏匿的地方。」

「而我們得在四月八日找到，」蕾娜說：「『需求最甚之日』。」

法蘭克嘀咕一聲。「幸好我們在那天沒有安排做其他事。舉例來說，像是在兩條戰線遭到入侵。」

「我的老天爺們，梅格，」蕾娜說：「你會害自己生病啦。我就絕對不會把歐倫和亞堅頓的齒輪糖分全部消耗掉。」

「好啦。」梅格把豆豆軟糖罐放回桌上，但仍抓了最後一把給自己和她的狗兒共犯。「所以，我們得等到後天？在那之前要做什麼？」

「喔，我們有很多事要做，」法蘭克保證說：「擬定計畫。建造防禦設施。明天一整天進行作戰演習。我們得讓軍團演練過每一種可能的情境。更何況……」

他的聲音戛然而止，彷彿意識到準備大聲說出的某件事，其實最好留在他的腦袋裡。他的手移向腰際的袋子，那裡面裝著他的火柴。

我心想，他是不是從艾拉和泰森那裡得到其他的注意事項，也許是鳥身女妖更多漫無邊際的談話，關於橋啊、火啊等等之類的。果眞如此，法蘭克顯然不想與大家分享。

「更何況，」他又開口說：「爲了出任務，你們各位應該好好休息一下。你們要在萊斯特生日那天一大早出發去蘇特洛。」

「可以不要那樣稱呼那一天嗎？」我懇求說。

「還有，『你們各位』是指誰啊？」蕾娜問。「我們需要召開另一次元老會議，投票決定由誰去出那趟任務。」

「不用，」法蘭克說：「我是說，我們可以和元老們聯繫，但這顯然是原本任務的延伸，對吧？況且一旦開戰，你和我有全部的執行權力。」

蕾娜打量她的同事。「哇，法蘭克．張，你已經研讀過執法官的手冊囉。」

「也許讀了一點啦。」法蘭克清清喉嚨。「總之，我們很清楚誰需要去：阿波羅、梅格，還有你。通往無聲天神的大門，必須由貝婁娜之女負責開啟，對吧？」

「可是……」蕾娜來來回回看著我們。「開戰的那一天，我不能就這樣離開啊。貝婁娜力量的關鍵就是眾志成城。我需要帶領部隊。」

「你會的，」法蘭克承諾：「等你從舊金山回來。在那同時我會守住堡壘。我來負責。」

蕾娜有所遲疑，不過我覺得在她眼裡察覺到一絲光芒。「法蘭克，你確定嗎？我是說，對啦，你當然辦得到。我知道你可以，但是……」

「我會很好。」法蘭克面帶微笑，顯得眞心誠意。「阿波羅和梅格需要你去出這趟任務。去吧。」

蕾娜爲何看起來這麼躍躍欲試？如果她很期待前去冒險，到海灣對面殺死一位天神，那麼她的工作一定快要把人壓垮，畢竟她扛著領導的重擔已經這麼久了。

「我想也是。」她說著，顯然假裝成很不情願的語氣。

「那就拍板定案。」法蘭克轉向我和梅格。「你們兩位休息一下。明天是大日子。我們需要你們幫忙進行作戰演習。我心裡擬定了特別的工作，分別要交付給你們兩人。」

20

致命倉鼠球
火熱厄運饒了我
我沒感受到

喔，天啊，特別工作！

期待眞是要了我的命。也說不定是我血液裡毒素的作用。

我一回到咖啡店閣樓，立刻癱倒在床上。

梅格氣呼呼的。「外面還很亮耶。你睡了一整天了。」

「不想變成殭屍很累人耶。」

「我知道啦！」她怒氣沖沖地說：「我很抱歉！」

聽到她的語氣，我抬起頭，感到很驚訝。梅格把一個舊的拿鐵紙杯踢到房間另一頭。她撲通跳到自己床上，凝視著地板。

「梅格？」

在她的花盆裡，鳶尾花生長得好快，花朵像玉米粒一樣啪啪爆開。短短幾分鐘前，梅格還興沖沖地臭罵我，狼吞虎嚥吃著豆豆軟糖。而現在……她居然在哭？

「梅格。」我坐起來，努力不要皺眉頭。「梅格，我受傷不是你的責任啊。」

她轉動自己右手的戒指，接著轉動左手的，活像兩枚戒指對她的手指來說變得太小。「我只是覺得……如果我可以殺了他……」她抹抹鼻子。「就像一些故事說的啊。你殺了主人，就可以解救他所改變的人。」

我花了一點時間咀嚼她說的話。我相當確定，她描述的變化是應用於吸血鬼，而不是殭屍，但我懂她要表達的意思。

「你說的是塔克文，」我說：「你跳進那個王座室，是因爲……你想要救我？」

「哼。」她嘀咕著說，不帶任何激動的情緒。

我伸手放在綁著繃帶的腹部上。梅格在墳墓裡做出魯莽的舉動，我本來很生氣。我原本以爲她只是很衝動，因爲聽到塔克文打算任憑灣區燒掉而有那樣的反應。然而，她跳入戰局其實是爲了我；她抱著希望，覺得可以殺掉塔克文，解除我身上的詛咒。當時我都還沒意識到自己的狀況有多糟。梅格一定比表面上看起來更擔心，直覺也更準。

這樣一來，批評她就完全沒樂趣了。

「噢，梅格。」我搖搖頭。「那眞是瘋狂又無知的驚人之舉，我超愛你那樣啦。可是不要責怪你自己。普蘭加的醫療幫我多爭取一點時間。你當然也一樣，運用你磨乳酪的技巧，還有你的魔法繁縷。你已經盡自己一切的努力。等到我召來天神的協助，我就可以完全治好。我很確定，我會像新的一樣好。或者至少呢，像萊斯特能夠達到的一樣好。」

梅格歪著頭，讓她歪斜的眼鏡剛好達到水平。「你怎麼知道？那個天神會讓我們許下三個願望還是怎樣？」

我考慮了一會兒。信徒呼喚我時，我曾現身賜給他們三個願望嗎？哇哈哈，沒。也許一個願望吧，如果那個願望連我都希望達成的話。而如果這個儀式只允許我呼喚一位天神，那會是誰呢……要是我真有選擇的餘地呢？也許我兒子阿思克勒庇俄斯能把我治好，但他實在不是對抗羅馬皇帝武力和不死人軍團的好人選。至於馬爾斯，他也許能賜給我們戰場上的勝利成功，但他看著我的傷口，可能會隨口說說：「對呀，很糟的裂傷。勇敢赴死吧！」

此刻身在這裡，紫色的感染線條往下曲折延伸到手臂，我只能叫梅格別擔心。

「梅格，我不知道耶，」我坦白說：「你說得對。我無法確定一切都會很好。不過我可以向你保證，我不會放棄。我們堅持了這麼久，我不打算讓腹部的抓傷阻止我們打敗三巨頭。」

她的鼻子滴下那麼多鼻涕，一定會讓獨角獸巴斯特引以爲傲。她吸吸鼻子，用指關節抹抹上唇。「我不想失去其他人。」

我內心齒輪的運轉速度慢下來。我有點摸不著頭緒，梅格提到的「其他人」指的是我吧。

我回想起梅格早年的一段記憶，我是在夢中看到：她曾被迫凝視自己父親失去生命的遺體，躺在大中央車站的台階上，當時尼祿，殺她父親的凶手，在場摟著她，承諾要照顧她。

我回想起在多多納樹林裡，她如何爲了尼祿而背叛我，那是出於對「野獸」的恐懼，即尼祿的黑暗面；而事後我們在印第安納波利斯團聚時，她又是感到多麼害怕。接著，她帶著自己無處宣洩的怒氣、罪惡感和挫折感，全部投射到卡利古拉身上（那裡呢，坦白說，實在是相當好的投射地點）。梅格無法強烈怪罪尼祿，於是極度想要殺了卡利古拉。結果傑生反而死了，她整個人身心交瘁。

而現在，撇開朱比特營的羅馬式作風可能引發她內心所有惡劣的回憶，她也要面對失去我的可能性。我一時覺得很震驚，很像看到獨角獸直直盯著我的臉，我意識到儘管梅格爲我帶來那麼多災難，她的命令又把我耍得團團轉，但她很關心我。過去三個月來，我一直是她忠貞不二的朋友，她對我也是如此。

唯一可能同樣親近的人只有「桃子」，梅格的果樹精靈僕人，而自從離開印第安納波利斯之後，我們就沒看過他了。剛開始我猜想，桃子只是表現得捉摸不定，不讓人知道他決定何時要現身，大多數的超自然生物都是如此。但如果他已經努力跟著我們到了棕櫚泉，在那裡連仙人掌都必須掙扎求生存……我對於一棵桃樹的生存機率並不看好，遑論在烈焰迷宮裡。

自從我們進入迷宮後，梅格連一次都沒有向我提起桃子。如今我深深體會到，他的消失對她來說一定很沉重，更別說還有其他種種令她憂心的事。

身爲朋友，我實在太不夠格了。

「到這裡來。」我伸展雙臂。「拜託？」

梅格顯得很遲疑。她依然吸著鼻子，從床上站起來，拖著沉重步伐走向我。她倒進我懷裡，彷彿我是一張舒適的床墊。我嘀咕一聲，對於她的結實和沉重感到很驚訝。她聞起來有蘋果皮和泥土的氣息，但我不在意。我甚至不在意鼻涕和眼淚浸溼我的肩膀。

我一直很想知道，有個小妹妹或小弟弟會是什麼樣的感覺。有時候我對待阿蒂蜜絲就像是我的小妹妹，畢竟我的出生時間比她早了幾分鐘[42]，但是那樣多半會惹她生氣。與梅格在一起，我覺得好像眞的實現了這點。我有某個人會依賴我、隨時需要我，即使惹得彼此多麼生氣也沒關係。我想到海柔和法蘭克，以及解除詛咒的事。我心想，那樣的愛可以來自很多不同的人際關係。

[42] 阿蒂蜜絲是阿波羅的孿生姊姊，她比阿波羅早出生幾分鐘，但兩人常常主張自己才是老大。

「好啦。」梅格把自己推開，用力抹抹臉頰。「這樣夠了。你睡覺，我……我要去吃晚餐還是什麼的。」

她離開很久之後，我一直躺在床上，凝視著頭頂上的天花板。音樂從咖啡店飄蕩上來：霍瑞斯．席佛[43]的鋼琴樂音撫慰人心，不時夾雜著義式咖啡機的嘶嘶聲，伴隨著龐畢羅的兩顆頭吟唱的和聲。與這些聲響共處幾天之後，我覺得聽著聽著好撫慰人心，甚至有家的感覺。我飄入夢鄉，希望能作些溫暖模糊的夢，夢見我和梅格穿越陽光普照的原野，身旁伴著我們的大象、獨角獸，以及金屬灰狗朋友。

然而，我發現自己回到兩位皇帝那邊。

如果把我最不想造訪的地點列出一張清單，卡利古拉的遊艇一定名列前茅，排名與塔克文的墳墓、「混沌」的無盡深淵、比利時列日市的林堡乳酪工廠不相上下，超臭的運動襪聞起來都比乳酪工廠好多了。

康莫德斯懶洋洋地斜倚在摺疊躺椅上，脖子上有一條鋁製的日曬圍兜，將下午的陽光直接反射到他臉上。太陽眼鏡遮住他受損的眼睛。他只穿著粉紅色泳褲和粉紅色卡駱馳涼鞋。我絕對沒注意到助曬油在他壯碩的古銅色身軀上閃閃發亮的模樣。

卡利古拉站在他旁邊，身穿船長制服：白色外套、深色寬鬆長褲、條紋襯衫，全都熨燙平整。他那張殘酷的臉孔露出天使般的眼神，滿心驚嘆地看著眼前的新奇玩意兒，如今占據著整個船尾甲板。那座砲兵的迫擊砲約莫是地上游泳池的大小，附有六十公分厚的黑鐵輪框，直徑寬得足以讓一輛車開過去。有顆綠色大球安放在桶子上，散發著亮光，宛如一顆巨大的放射性倉鼠球。

潘達族人在甲板上匆忙來去，毯子般的耳朵撲撲拍打，毛茸茸的雙手移動得異常快速，在武器底部裝上各種纜線和上油的齒輪。有些潘達人很年輕，擁有一身純白毛髮，看了實在很心痛，讓我回想起自己與克雷斯特的短暫友誼，那位年輕又有抱負的音樂家在烈焰迷宮裡失去性命。

「太棒了！」卡利古拉眉飛色舞地說，繞著迫擊砲轉圈圈。「準備好可以試射了嗎？」

「是的，陛下！」潘達人布斯特說：「當然，每顆希臘火藥球都非常非常昂貴，所以……」

「快射！」卡利古拉大喊。

布斯特跟著叫喊，匆忙前往控制台。

希臘火藥。我痛恨那種東西，而我卻是駕駛火熱戰車的太陽神。黏稠、綠色且不可能撲滅，希臘火藥眞是超級棘手。只要一小杯就能燒垮整棟建築物，而那樣一顆發亮大球所含的希臘火藥數量，我從沒在一個地方看過那麼多。

「噢，康莫德斯？」卡利古拉叫道：「你可能會想注意一下這個。」

「我完全注意到了。」康莫德斯說著，同時轉過臉，以便曬到更多陽光。

卡利古拉嘆口氣。「布斯特，你可以進行了。」

布斯特用他自己的語言喊出一些指令。他的潘達人夥伴轉動曲柄、旋轉刻度盤，慢慢轉動迫擊砲，直到它指向大海。布斯特重複檢查控制台上的各種讀數，然後用拉丁文大喊：

㊸霍瑞斯・席佛（Horace Silver, 1928-2014）是美國著名的爵士鋼琴家。

「一，二，三！」

隨著強大的「轟」一聲，迫擊砲發射了。後座力讓整艘船猛烈搖晃。巨大的倉鼠球向上激射出去，變成空中的一顆綠色彈珠，接著朝向西方地平線筆直墜落。天空閃耀著翠綠色。一陣子之後，帶著燃燒鹹味和煮魚氣味的熱風猛力吹襲船隻。而在遠方，一道綠色火焰的間歇噴泉在沸騰的海面激烈攪動。

「喔喔，漂亮。」卡利古拉眉開眼笑地看著布斯特。「你們每艘船都有一枚導彈？」

「是的，陛下。依據指示。」

「射程呢？」

「陛下，等到我們清空金銀島㊹，就能帶著所有武器去對付朱比特營。沒有一種魔法防禦設施能夠抵擋這麼巨大的砲彈。全部殲滅！」

「很好，」卡利古拉說：「我最喜歡那樣。」

「不過要記住，」康莫德斯從他的摺疊椅上叫道，他甚至沒有轉頭觀看爆炸場面。「我們先嘗試地面攻擊。也許他們很聰明，就此投降！我們希望新羅馬保持完整，而且活捉鳥身女妖和獨眼巨人，如果有可能的話。」

「是的，是的，」卡利古拉說：「如果有可能的話。」

從他回味的模樣看來，那像是一句漂亮的謊言。在綠色的人造暮光下，他的眼睛閃閃發光。「無論結果如何，這都會很好玩。」

我獨自醒來，陽光沐浴著我的臉。我一度以爲自己可能身在康莫德斯旁邊的摺疊椅上，脖子上套著日曬圍兜。但不是。我與康莫德斯共度的那些時光早已遠去。

我坐起來，昏沉無力，失去方向感，而且脫水口渴。外面爲何還這麼亮呢？

接著我才醒悟到，從太陽照進房間的角度看來，這時一定是中午。又來了，我睡了一整晚加大半天。我依然覺得筋疲力竭。

我輕壓自己綁著繃帶的腹部，驚恐發現傷口又變得一摸就痛。紫色的感染線條已經變深了，這只代表著一件事：該穿長袖上衣了。無論接下來的二十四小時發生什麼事，我都不想增加梅格的擔憂。我會咬緊牙關撐過去，直到倒下的那一刻爲止。

哇。我到底是什麼人啊？

等到我換好衣服、踏著蹣跚步伐離開龐畢羅的咖啡店時，軍團的大部分人已經集合在餐廳吃午餐。與平常一樣，餐廳鬧哄哄的充滿活力。各分隊的半神半人聚集在一起，斜倚在矮桌周圍的沙發上，而風精靈在頭頂上穿梭飛奔，端送著食物盤和飲料壺。柏木橫梁上懸掛著作戰演習的細長三角旗和各分隊的軍旗，持續的微風吹得它們起伏飄動。用完餐後，大家小心站起、躬身走開，免得遭到飛來飛去的冷肉切盤砍掉腦袋。當然只有拉雷斯除外，他們的小腦袋由靈氣組成，根本不在乎有什麼美味佳餚飛過去。

我看到法蘭克坐在軍官桌，正與海柔及其他分隊長進行深入談話。到處都沒看見蕾娜，也許她去小睡一下，或者去準備下午的戰鬥操練。考慮到我們明天要面對的狀況，法蘭克看

---

44 金銀島（Treasure Island）位於舊金山和奧克蘭之間的舊金山灣內，是座人工島。原本是為了一九三九年的博覽會填海而成，二次大戰交由美國海軍使用，直到二〇一一年改而開發成新社區。

起來異常輕鬆。他與那群軍官談話時，甚至咧嘴微笑起來，於是其他人似乎比較安心自在。

要摧毀他們脆弱的自信是多麼簡單的事啊，我心裡想著，只要向他們描述我在夢中所見的火砲遊艇艦隊就行了。還不行，我決心這樣想。毀掉他們的一餐實在沒道理。

「嘿，萊斯特！」拉維妮亞從房間另一頭大喊，對著我猛揮手，活像我是她的服務生。

我加入她和梅格坐的第五分隊桌。一名風精靈在我手中放了一杯水，接著在桌面留下一整壺。我的脫水現象果然顯而易見。

拉維妮亞傾身向前，眉毛挑高，很像兩道粉紅色和栗色的彩虹。「所以，那是真的嗎？」

我對梅格皺起眉頭，狐疑想著我有那麼多尷尬事件，不曉得梅格又說了哪一件。她忙著大嚼一整排熱狗，根本無心注意我。

「什麼是真的？」我問。

「鞋子。」

「鞋子？」

拉維妮亞往空中揮動雙手。「忒耳普希柯瑞的舞鞋啊！梅格把卡利古拉遊艇上發生的事情告訴我們了。她說你和那個叫派波的女孩，看到一雙忒耳普希柯瑞的鞋子！」

「喔。」我完全忘了那些事，也不記得曾對梅格說過。說也奇怪，卡利古拉船上的其他事件，包括遭到俘虜、看著傑生在我們眼前被殺害、我們差點無法活著逃出來等……已經把皇帝的鞋子收藏品那段記憶遮蓋掉了。

「梅格，」我說：「有那麼多事情可以告訴他們，你居然選擇對他們說那件事？」

「不是我的意思啊，」梅格的嘴裡塞了半條熱狗，努力讓咬字清晰可辨。「拉維妮亞喜歡鞋子。」

「蛤，你以為我要問什麼啊？」拉維妮亞質問說：「你跟我說皇帝收藏了一整船的鞋子，我當然很好奇你有沒有看到舞鞋啊！那麼，萊斯特，所以那是眞的囉？」

「我是要說……對啦。我們看到一雙……」

「哇。」拉維妮亞往後坐，交叉雙臂，凝視著我。「眞的是『哇』。你一直等到現在才把這件事告訴我？你知道那雙鞋有多罕見嗎？而且多麼重要啊……」滿心的憤慨似乎害她說不出話來。「哇。」

在桌子周圍，拉維妮亞的夥伴們顯現出各式各樣的反應。有些人翻白眼，有些人嘻嘻笑，還有人繼續吃東西，彷彿拉維妮亞再也沒有什麼事能讓他們感到驚訝。

有個年紀稍大、頂著蓬亂褐色頭髮的男孩為我仗義執言。「拉維妮亞，阿波羅還經歷了其他一些事。」

「噢，湯瑪斯，我的老天爺們！」拉維妮亞反擊回嘴。「你當然不會懂！你從來沒有脫過鞋子！」

湯瑪斯皺起眉頭，盯著他那雙部隊配發的戰鬥靴。「什麼？這雙鞋的足弓部位有很好的支撐耶。」

「最好是啦。」拉維妮亞轉向梅格。「我們得找方法登上那艘船，把那些鞋子救出來。」

「不要。」梅格舔掉拇指上的一團調味料。「太危險了。」

「可是……」

「拉維妮亞，」我插嘴說：「你不能上去。」

她一定是聽出我的語氣帶有恐懼和逼迫。過去幾天以來，我已經對拉維妮亞萌生一股奇怪的喜愛之情。我不想看到她衝進大屠殺的局面，特別是在夢中看過那些裝填了希臘火藥的迫擊砲之後。

她讓自己的六芒星墜飾在項鍊上前後移動。「你有新的資訊嗎？送菜。」

我還來不及回答，突然有一盤食物飛進我手裡。風精靈斷定我需要吃雞柳條和薯條。份量好多啊。不然就是他們聽到「送菜」這個字眼，把它當做命令。

一會兒之後，海柔和另一位第五分隊的分隊長加入我們的行列，他是一名黑頭髮的年輕人，嘴巴周圍有奇怪的紅色斑點。啊，對喔。達珂塔，巴克斯㊺之子。

「怎麼了？」達珂塔問。

「萊斯特有新消息。」拉維妮亞以期待的目光盯著我，彷彿我可能會隱瞞忒耳普希柯瑞的魔法芭蕾舞裙的地點（關於這個嘛，鄭重聲明，我有好幾個世紀沒看過了）。

我深吸一口氣。在這種場合分享自己的夢境，我不確定到底恰不恰當。我可能應該先向執法官報告。不過海柔對我點點頭，彷彿要說：「說吧。」我覺得這樣理由夠充分了。

我描述自己的所見所聞……一座頂級的IKEA重型迫擊砲，裝配完成，射出一顆巨大的倉鼠球，燃燒著致命的綠色火焰，在太平洋裡爆炸開來。我向大家解釋，兩位皇帝顯然有五十座那樣的迫擊砲，每艘船都有一座，等到他們在海灣裡就定位，就會準備消滅朱比特營。

達珂塔的臉色變得像他的嘴巴一樣紅。「我需要更多的『酷愛』果汁。」

沒有杯子飛進他的手裡，這個事實告訴我，風精靈不同意他喝。

拉維妮亞一副遭到她母親的芭蕾舞鞋打臉的樣子。梅格繼續吃熱狗，活像那是她這輩子能夠吃到的最後幾條熱狗。

海柔專注咬著下唇，也許想要從我剛才說的那些話裡找出好消息。比起從地底下拉出鑽石，她似乎覺得這件事更加困難。

「好，各位注意，我們本來就知道那兩位皇帝裝設了祕密武器。現在至少知道那些武器是什麼了。我會把這項資訊傳達給執法官，但對情況沒有影響。在早上的訓練裡，你們全都表現得很好……」她遲疑一下，接著很大器地決定不要加上「除了阿波羅以外，他整個睡過頭了」這一句。「而今天下午，我們有一項作戰演習是要登上敵人的船艦。我們可以預做準備。」

從桌子周圍每個人的神情看來，我猜想第五分隊還是很不放心。羅馬人從來不曾展露出海軍方面的長才。上次我檢查過，朱比特營的「海軍」是由一些老舊的三列槳座戰船組成，只會用在羅馬競技場上模擬海軍戰役，而有一艘划艇停泊在阿拉米達㊻。針對登上敵艦進行演練，比較不是要練習確實可行的作戰計畫，而是要讓軍團保持忙碌，這樣比較不會思索未來即將發生的厄運。

湯瑪斯揉揉額頭。「我討厭自己的人生。」

「振作點，軍團隊員，」海柔說：「這是我們從軍的目的。捍衛羅馬的往日榮光。」

「抵禦它自己的皇帝。」湯瑪斯以痛苦的語氣說。

「很抱歉我得告訴你，」我插嘴說：「帝國所面臨的最大威脅，通常是它自己的皇帝。」

㊺巴克斯（Bacchus）是羅馬神話的農業之神、酒神，等同於希臘神話的戴歐尼修斯（Dionysus）。
㊻阿拉米達（Alameda）是位於加州奧克蘭市南邊的海港基地，以海灣大橋與舊金山相連。

沒有人反駁。

在軍官那一桌，法蘭克．張站起來。房間周遭飛來飛去的水罐和餐盤全部凍結在半空中，恭敬等待。

「各位軍團隊員！」法蘭克朗聲說，努力擠出自信的微笑。「二十分鐘後，下一場活動將在馬爾斯競賽場重新展開！操練時要像是託付了你們的性命，因爲事實就是這樣！」

21

孩子見此沒？你就是不能這樣。要發問？下課。

「傷口怎麼樣？」海柔詢問。

我知道她是好意，但我聽到這問題就覺得非常煩，對傷口感到更煩。

我們並肩走出主閘門，前往馬爾斯競賽場。就在我們前面，梅格翻個跟斗，落地在路面上，但我真是搞不懂，她竟然沒有把剛才吃的四條熱狗嘔回嘴巴裡。

「噢，你們也知道，」我說，努力裝出樂觀的語氣。「考慮到各個方面，我很好喔。」

以前永生不死的我，必定會大肆嘲笑一番。很好？你是在開玩笑嗎？

過去幾個月來，我已經大幅降低自己的期望。在這個節骨眼，「很好」代表的是「還能走路和呼吸」。

「我應該早點發現的，」海柔說：「每過一小時，你的死亡氣味就變得愈來愈強……」

「可以不要談我的死亡氣味嗎？」

「抱歉，只是……真希望尼克在這裡。他可能知道怎麼樣才能治好你。」

我不介意認識海柔的同父兄弟。尼克．帝亞傑羅，黑帝斯之子，之前我們在混血營大戰尼祿時，他派上很大的用場。當然還有他的男朋友，我兒子威爾．索拉斯，他是優秀的治療師。然而我想，他們對我的幫助恐怕不會比普蘭加更多。如果威爾和尼克在這裡，只會讓我多了兩個人要擔心，多了兩個摯愛的人以憂慮的眼神看著我，擔心我還有多久時間會完全變成殭屍。

「很感激你的意見，」我說：「可是……拉維妮亞在幹嘛？」

大約一百公尺外，拉維妮亞和名叫唐恩的方恩站在跨越小台伯河的橋上（那裡根本不是前往馬爾斯競賽場的路上），看來他們正在激烈爭吵。也許我不該叫海柔注意那一幕。然而，如果拉維妮亞不想引人注意，她應該會選擇其他的髮色，例如迷彩色之類，而且不要像那樣激動揮舞雙臂。

「我不知道。」海柔的神情讓我聯想到一名疲憊的母親，發現她的小孩第十幾次嘗試爬進猴子的展示籠裡。「拉維妮亞！」

拉維妮亞望向這邊。她在空中輕揮一下，彷彿是說「給我一分鐘就好」，接著回頭繼續與唐恩爭吵。

「我是太年輕而不會得胃潰瘍嗎？」海柔很大聲地疑惑問道。

我很少需要幽默感，特別是發生這麼多事之後，不過這個評論害我笑出來。

走近馬爾斯競賽場時，我看到軍團隊員分成幾個分隊，各自帶開，進行不同的活動，散布在整片荒地上。有一群正在挖掘防禦壕溝。另一群聚集在一座人工湖的岸邊，昨天還沒有那個湖；他們正等著登上兩艘船，那是臨時準備的，看起來與卡利古拉的遊艇完全不一樣。第三群坐在自己的盾牌上，從一座土丘滑下來。

海柔嘆口氣。「那是我要帶的一群不良少年。如果你不介意，我離開一下，去教他們怎麼殺死食屍鬼。」

她小跑步離開，留下我單獨與翻跟斗的夥伴在一起。

「那麼，我們要去哪裡？」我問梅格：「法蘭克說我們，呃，有特別的工作？」

「是啊。」梅格指著競賽場的遠端，第五分隊正在一座靶場上等待。「你要教箭術。」

我瞪著她。「你說我要幹嘛？」

「法蘭克教了早上的課，畢竟你睡到天荒地老。現在輪到你了。」

「可是……身爲萊斯特，我沒辦法教啊，特別是我現在這種狀況！更何況，羅馬人在戰鬥中從來不仰賴箭術，認爲投射式武器不適合他們！」

「如果你想打敗那些皇帝，就要採取全新的思考角度，」梅格說：「像我啊。我要把獨角獸變成武器。」

「你要……慢著，什麼？」

「等一下再說。」梅格蹦蹦跳跳地越過場地，前往一個大型跑馬場，第一分隊和一群獨角獸在那裡，以疑惑的眼神盯著彼此。梅格準備用什麼方法把那種溫馴的動物變成武器啊？我實在無法想像，也不知道誰允許她做這種嘗試，但我突然想到一種可怕的畫面：羅馬人和獨角獸用巨大的乳酪刨絲器互相攻擊。我決定管好自己的事就好。

我嘆口氣，轉身走向靶場，前去見見我的新徒弟。

只有一件事會比箭術變爛更可怕，就是發現我的箭術突然又變好了。聽起來好像不是什麼問題，但自從變成凡人之後，我體驗過幾次天神能力的胡亂大爆發。每一次，我的力量又很快地消耗殆盡，結果比先前更加痛苦和灰心。

沒錯，在塔克文的墳墓裡，我射了一整筒箭，全部箭無虛發。那不表示我可以如法炮製啊。在一整個分隊面前，假如我嘗試示範正統的射箭技術，結果卻射中梅格的獨角獸屁股，我可能還沒等到殭屍毒素發作就先羞愧而死吧。

「好吧，各位，」我說：「看來我們可以開始了。」

達珂塔的箭筒水漬斑斑，他努力翻找，想要找出沒有彎曲變形的箭。看來他認爲把射箭裝備收藏在三溫暖室裡是很棒的主意。湯瑪斯和另一位軍團隊員（是叫馬可士嗎？）用他們的弓當做長劍，兩人正在比劃較量。軍團的掌旗官叫做雅各，他拉弓時讓箭尾直接對準眼睛的高度，這可以解釋他上完早晨的課之後，左眼爲什麼戴上了眼罩。現在他似乎急著讓自己完全瞎掉。

「來吧，各位！」拉維妮亞說。她遲到但偷溜進來，沒有引起注意（這是她的一種超能力），而且自告奮勇幫我向部隊喊出命令。「阿波羅可能精通此道喔！」

正因如此，我知道自己已經跌入谷底：身爲凡人，我所能得到的最高讚美，就是「我可能精通此道」。

我清清喉嚨。我曾經面對的觀眾人數遠多於此，爲何現在這麼緊張呢？喔，對啦。因爲我是能力超級拙劣的十六歲少年。

「那麼……來談談怎麼瞄準好了。」我的聲音很啞，這是當然的了。「開放式站姿。引滿弓。接著用你的慣用眼盯著箭靶。或者，就雅各的例子，用你看得見的那隻眼睛。沿著準心好好瞄準，如果有準心的話。」

「我沒有準心。」馬可士說。

「就是那裡的小圓圈。」拉維妮亞指給他看。

「我有準心。」馬可士更正自己的說法。

「那就讓箭射出去，」我說：「像這樣。」

我射向最近的箭靶，接著射向次遠的箭靶，然後射下一個。在有點恍惚的狀態下，我射了一箭又一箭。

一直到射了第二十箭之後，我才意識到自己全部都射中靶心，每個箭靶都射中了兩箭，最遠的箭靶大概有兩百公尺遠。對阿波羅來說，輕而易舉；但對萊斯特來說，根本就是不可能的事。

所有的軍團隊員瞪著我，嘴巴張得開開的。

「我們應該要達到那種程度嗎？」達珂塔追問。

拉維妮亞打了自己的額頭一下。「各位，看見了沒有？我對你們說過了，阿波羅沒有那麼遜啦！」

我得同意她說的話。說也奇怪，我也覺得沒那麼遜。

這番箭術表演並沒有耗盡我的精力，感覺也不像之前體驗過的天神能力臨時大爆發。我很想要求再拿一個箭筒，看看能不能維持相同的射箭技術水準，但很怕太貪心而搞砸。

「所以……」我結結巴巴地說：「我，呃，沒有期待你們立刻就這麼厲害。我只是示範大量練習之後有可能射到這樣。大家來試試看，好嗎？」

所有人的注意力離開我身上，讓我鬆了一口氣。我安排整個分隊站在發射線上，自己則位居隊伍後方，提供建議。達珂塔儘管用了彎曲的箭，射得並不差，還眞的好幾次射中靶心。雅各努力不讓自己的另一隻眼睛也瞎掉。湯瑪斯和馬可士把大多數的箭射去挖地瓜，濺起石頭或射進溝裡，惹得正在挖掘溝渠的第四分隊大聲嚷嚷：「喂，小心一點！」

拉維妮亞使用一般弓，歷經一小時的挫折之後，她決定放棄，拿出自己的羅馬式弩弓。她的第一箭射倒了五十公尺靶。

「那個怪東西裝設起來那麼慢，你爲什麼堅持一定要用？」我問：「如果你有嚴重的注意力缺失過動症，一般的弓難道不會給你比較立即的滿足感嗎？」

拉維妮亞聳聳肩。「也許吧，不過弩弓很有態度。說到這點……」她靠向我，表情變得嚴肅。「我得跟你談談。」

「聽起來不太妙。」

「不，不是那樣啦。我……」

遠方吹起號角聲。

「好了，各位！」達珂塔大叫：「時間到了，交換活動！好好團隊合作！」

拉維妮亞又朝我的手臂捶一拳。「萊斯特，等一下再說。」

第五分隊放下手中的武器，跑向下一個活動，留下我去把他們所有的箭撿回來。蠢貨。

下午後來的時間，我待在靶場，輪流教導每一個分隊。隨著時間過去，我對射箭和教課變得比較不害怕了。等到教完最後一群人，即第一分隊，我相信自己有所進步的箭術能在這裡傳承下去。

我也不知道爲什麼會這樣。我還是無法射出以前的天神水準，但現在絕對比一般的半神半人射手或奧運金牌選手射得更好。我開始「搖擺」了。我考慮拿出多多納之箭，對他自吹自擂一番：「瞧我多麼厲害！」但我不想爲自己帶來厄運。此外，我知道自己即將在一場大戰的前夕，因爲殭屍的毒素而死；即使又能射中靶心，興奮的心情也少了一點。

羅馬人眞是令人印象深刻啊。他們有些人甚至只學了一點點，像是射箭時如何不把自己弄瞎，或者不要射死你旁邊的傢伙。然而我看得出來，他們對其他活動顯得比較興奮。我無意中聽到一大堆悄悄話，是關於獨角獸以及海柔對付食屍鬼的超機密技巧。第三分隊的賴瑞非常喜歡搭船，他宣稱長大以後想要當海盜。我不禁心想，大多數的軍團隊員甚至寧可去挖水溝，也不想上我的課。

傍晚時分，最後的號角聲響起，各個分隊踏著沉重步伐返回營區。我肚子很餓又筋疲力竭，不免想到這是不是凡人教師上完一整天課的感受。果眞如此，我無法理解他們是怎麼辦到的。希望他們充分獲得金銀財寶和稀有香料的補償。

至少各個分隊的情緒似乎都很高昂。如果兩位執法官的目標是讓部隊無所畏懼，在戰鬥前夕提高鬥志，我們這個下午算是很成功；假如目標是訓練整個軍團能夠成功擊退敵人，那我就不抱什麼希望了。況且一整天下來，每個人都很小心，避免提到明天那場攻擊的最糟狀況。羅馬人得要面對自己以前的夥伴，那些人受到塔克文的控制，以殭屍之姿回到這裡。我還記得在墳墓裡，拉維妮亞用她的十字弓射倒巴比時有多麼痛苦。一旦軍團面對同樣的道德兩難困境，而且多達五、六十次，我很好奇他們的鬥志要怎麼維持住。

我轉個彎，走上普林斯巴里大道前往餐廳，這時有個聲音說：「噗滋。」

在龐畢羅的咖啡店和戰車修理店之間，拉維妮亞和唐恩潛伏在巷子裡。方恩的紮染T恤外面穿著貨眞價實的軍用雨衣，他好像覺得這樣看起來比較不顯眼。拉維妮亞的粉紅色頭髮上戴了一頂黑帽子。

「過來！」她輕聲說。

「可是晚餐……」

「我們需要你。」

「這是搶劫嗎？」

她大步走過來，抓住我的手臂，把我拉進暗影裡。

「老兄，別擔心，」唐恩對我說：「這不是搶劫！不過如果你眞的有些多餘的零錢……」

「唐恩，閉嘴啦。」拉維妮亞說。

「我會閉嘴的。」唐恩附和說。

「萊斯特，」拉維妮亞說：「你得跟我們來。」

「拉維妮亞，我累了。我好餓。而且我沒有多餘的零錢。難道不能等一下……」

「不行。因爲明天我們全都會死，而這件事很重要。我們要偷溜出去。」

「溜出去？」

「對呀，」唐恩說：「你要偷偷摸摸就趁現在。而你要出去。」

「爲什麼？」我追問。

「等一下就知道了。」拉維妮亞的語氣有種不祥的意味，活像是無法說明我的棺材長什麼樣子。我必須親眼見到，讚嘆一番。

「萬一我們被抓到呢？」

「喔！」唐恩激動起來。「這個我知道！如果是初犯，罰則是打掃公共廁所一個月。可是你瞧，如果我們明天全都死了，那根本無所謂！」

伴著這個開心的消息，拉維妮亞和唐恩抓著我的雙手，把我拖進更暗的地方。

22

歌頌死植物
以及英勇灌木叢
鼓舞人心哪

偷偷溜出一個羅馬軍營，應該不會這麼簡單才對。

等我們安全穿越圍籬的一個洞，下到一條戰壕裡，穿越一條坑道，經過幾個警戒哨，遠離營區瞭望塔的視線範圍之外，唐恩得意洋洋地解釋他怎麼安排這一切。「老兄，這地方的設計是用來抵擋敵人。它的目的不是把個別的軍團隊員關在裡面或者禁止進入，你也知道，有時候沒有惡意的方恩就是想吃一頓熱食嘛。如果你知道巡邏的時間表，又很樂意不斷改變自己進入的地點，就很簡單了。」

「對方恩來說，這也太勤勞了吧。」我指出。

唐恩笑嘻嘻。「嘿，兄弟，懶散馬虎是很辛苦的。」

「我們還有很長的路要走，」拉維妮亞說：「最好繼續前進。」

我努力忍住不哀號。再一次跟著拉維妮亞一起夜間行進，這完全沒有列在我晚上的代辦事項上啊。不過我得承認自己眞的很好奇。剛才她和唐恩到底在爭吵什麼事？後來她又爲什麼想要找我談談？而且我們到底要去哪裡？看著拉維妮亞的激動眼神和頭頂上的黑帽子，她看起來既憂慮又堅定，不太像是笨拙的長頸鹿，比較像緊張兮兮的長頸鹿。我有一次看過她父親，謝爾蓋．艾西莫夫，與莫斯科芭蕾舞團一起演出。就在準備開始跳大踢腿動作之前，他的臉上也出現一模一樣的神情。

我想問拉維妮亞到底怎麼了，但她的神態很清楚，現在沒有對話的心情。反正現在還沒有。我們默默走出山谷，走進山下的柏克萊街道。

我們到達人民公園的時候，時間一定接近午夜了。

自從一九六九年後，我就沒有來過這裡了，當時我在此停留，想要稍微體驗時髦的嬉皮音樂和權力歸花[47]的精神，回過神來卻發現自己身處於一場大騷亂之中。警察的催淚瓦斯、霰彈槍和警棍一點都不時髦，害我把所有的天神控制力都用在不要顯現出自己的天神形態，免得把方圓十公里內的所有人全部炸成灰燼。

幾十年後的現在，這座公園看起來很破舊，好像仍然承受著當年的蕩漾餘波。褐色的草地顯得無精打采，地上棄置了一堆堆衣物，還有一些紙板標語牌，上面有手寫的標語像是「綠色空間不是宿舍空間」及「救救我們的公園」。好幾截樹木殘根上面放著盆栽和珠串項鍊，很像戰死士兵的神龕。垃圾桶滿出來。無家可歸的人睡在長椅上，或者細心照料購物推車，裡面裝滿他們的全部家當。

在廣場的遠端，我從沒見過這麼大批的木精靈和方恩，他們占據一座用夾板搭建的舞台，靜靜坐在上面。我覺得方恩占據人民公園真是再合理不過了，他們大可懶散閒晃、沿街

[47] 權力歸花（Flower power）是一九六〇到七〇年美國嬉皮活動的口號，源自反越戰運動，示威者身穿花朵服裝、分送花朵，以和平方式反對戰爭。

乞討、從垃圾桶挖出剩菜剩飯來吃，沒有人會多眨一下眼睛。木精靈就比較令人意外了。在場至少有二十多人。我想，有些是本地的桉樹和紅杉精靈，但大多數從他們病懨懨的模樣看來，一定是公園裡受苦已久的木精靈，包括灌叢、青草和雜草。（我對雜草木精靈沒有什麼意見。我認識一些個性很好的馬唐草。）

方恩和木精靈圍坐成一大圈，彷彿圍繞在看不見的營火周圍，準備召開吟唱大會。我有種預感，那些人正在等我們（其實是等我）帶頭開唱。

我已經夠緊張了。接著又看到一張熟悉的臉孔，害我大吃一驚，差點從遭到殭屍感染的皮囊裡跳出來。「桃子？」

梅格的惡魔嬰兒「卡波伊」咧開獠牙，回應說：「桃子！」

他的樹枝狀翅膀少了幾片葉子，捲曲的綠髮末梢變成枯褐色，原本宛如燈火般發亮的眼睛，也不像我記憶中那麼閃亮了。爲了跟蹤我們到北加州，他肯定歷經了好一番折騰，但他的咆哮聲依然令人生畏，害我很怕控制不住自己的膀胱。

「你之前在哪裡啊？」我追問說。

「桃子！」

我覺得問這種問題超蠢的。他之前當然在桃子，可能就是因爲桃子、桃子又桃子。「梅格知道你在這裡嗎？你怎麼……？」

拉維妮亞抓住我的肩膀。「嘿，阿波羅。時間很短。桃子對我們說明他在南加州看到的狀況，但他到達那裡的時候太晚了，沒辦法出手相救。他奮力拍翅，盡可能以最快的速度趕到這裡。他要你以第一手的角度，把南加州的事情告訴大家。」

我環顧群眾的一張張面孔。大自然精靈看起來很害怕、憂慮和生氣，但大多數已經懶得生氣了。在近代的人類文明裡，木精靈的這種神情我已經看多了，只因為一般植物吸入太多汙染的空氣和水，糾結於枝枒裡，他們都快要徹底絕望了。

而現在，拉維妮亞還要我打擊他們的士氣，講述他們的同胞在洛杉磯的遭遇，以及明天會遇上何等激烈的毀滅行動。換句話說，她要害我命喪於一群憤怒的灌木精靈之手。

我吞嚥口水。「呃……」

「這個。這可能有幫助。」拉維妮亞甩下肩膀上的背包。我一直沒注意到那個背包竟然這麼大，畢竟她老是揹了一大堆裝備跑來跑去。她打開背包，拿出來的是我最料想不到的東西——我的烏克麗麗，才剛擦得晶亮，而且換了新弦。

「怎麼會……？」我問，看著她把樂器放進我手裡。

「我從你的房裡偷出來的，」她說，彷彿這顯然是朋友之間應該做的事。「你永遠都在睡覺。我拿去給一個修理樂器的好朋友，她叫做瑪瑞琳，歐忒耳佩之女。你知道吧，掌管音樂的謬思女神。」

「我……我認識歐忒耳佩。當然認識。她的專長是笛子，不是烏克麗麗。不過這個指板所做的調整非常棒。瑪瑞琳一定是……我很……」我突然發現自己語無倫次。「謝謝你。」

拉維妮亞定睛看著我，默默下達指令，要我讓她的努力有價值。她向後退，加入那圈大自然精靈的行列。

我隨意撥彈幾下。拉維妮亞是對的，這樂器有幫助。不是能夠躲在它後面……我已經發現了，沒有人能躲在一把烏克麗麗後面。它的幫助在於讓我的聲音有了自信。彈了幾個悲傷的小調和弦後，我開始唱起〈傑生．葛瑞斯的殞落〉那首歌，如同我們剛抵達朱比特營時那樣吟唱。然而，歌曲很快就蛻變了。如同所有優秀的表演者，我將原本的素材加以改編，獻給眼前的觀眾。

我唱著曾經燒灼南加州的野火和乾旱。我唱著棕櫚泉的水池有勇敢的仙人掌和羊男，他們英勇奮戰，努力找到毀滅力量的源頭。我唱著木精靈「龍舌蘭」和「翡翠木」，他們雙雙在烈焰迷宮裡嚴重燒傷，以及翡翠木如何死在「蘆薈」的懷裡。我添加一些充滿希望的詩節，唱到梅格以及戰士木精靈墨利埃的重生……我們又以何種方式摧毀了烈焰迷宮，至少讓南加州的環境得到奮戰的機會，恢復原本的健全狀態。然而，我無法隱瞞眼前所面對的危險。我描述自己在夢中所見的情景：那些遊艇即將抵達，載著威力強大的迫擊砲，地獄般的毀滅力量將會如同雨點般落在整個灣區。

彈完最後的和弦後，我抬頭看。木精靈的眼裡閃爍著晶亮的綠色淚珠。方恩則是大剌剌地掉淚。

桃子轉身面對群眾，大聲咆哮：「桃子！」

這一次，我很確定自己聽懂他的意思：「看見沒？我對你們說過了啊！」

唐恩吸吸鼻子，拿著看似用過的墨西哥捲餅包裝紙抹掉眼淚。「那麼是眞的。快要發生了。法烏努斯❹⑧保佑我們啊……」

拉維妮亞將自己的眼淚輕輕撥掉。「謝啦，阿波羅。」

感覺好像我幫了她一個忙。那爲什麼我覺得像是對著在場每一位大自然精靈的主根，狠狠各踹一腳？我花了好多時間擔心新羅馬、朱比特營、神諭、我的朋友和我自己的命運，但這些朴樹和馬唐草同樣值得好好活著。他們呢，也一樣，正在面對死亡。他們很害怕。假如兩位皇帝發射武器，他們毫無生存的機會。無家可歸的凡人帶著購物車住在人民公園，他們也會和軍團隊員一起遭到焚燒。他們的生命價值沒有比較低。

凡人可能無法理解這樣的大災難。他們會自己腦補，認爲是失控的野火或其他原因。不過我知道眞相。假如這段浩瀚、奇妙又美麗的加州海岸線燃燒起來，原因會是我無法阻止自己的敵人。

「好了，各位，」拉維妮亞接著說，她剛才花了點工夫鎮定下來。「你們聽到他說的了。那些皇帝會在明天傍晚到達這裡。」

「但是我們就快沒時間了，」一位紅杉木精靈說：「如果他們像對付洛杉磯一樣對付灣區的話……」

我感覺到恐懼的漣漪傳遍了整群人之間，宛如一陣冷風。

「不過軍團會對抗他們，對吧？」一位方恩緊張地問：「我是說，他們可能會贏啊。」

「拜託，雷吉納，」一名木精靈斥責說：「你想要仰賴凡人保護我們？那種事情什麼時候實現過？」

其他人喃喃表示同意。

「說句公道話，」拉維妮亞插嘴說：「法蘭克和蕾娜很努力。他們派出一支小型突擊隊去攔截艦隊。包括麥克．卡哈爾，還有其他幾位精挑細選的半神半人。不過我不是很樂觀。」

㊽ 法烏努斯（Faunus）是羅馬神話中掌管畜牧、動物和野地的神祇，相當於希臘神話裡的潘（Pan）。

「那件事我完全沒聽說，」我說：「你是怎麼知道的？」

她挑挑粉紅色的眉毛，像是說「拜託喔」。「萊斯特當然會在這裡，透過某種超機密的儀式，嘗試召喚出天神的助力，可是……」

她不需要把剩下的話說完。她對這一點也不是很樂觀。

「那麼，你會做什麼？」我問：「你可以做什麼？」

我不是故意要用批評的語氣，只是無法想像還有其他的選擇。

方恩的表情很驚恐，似乎暗示了他們想要採取的策略：立刻購買車票，搭乘巴士，前往奧勒岡州的波特蘭市。可是那種方法幫不了木精靈，因爲他們扎根於本地的土壤上。也許他們可以進入深沉的冬眠狀態，就像南加州的木精靈。但那樣足以平安撐過這場烈火風暴嗎？我聽過一些故事這樣說，有些植物要等到毀滅性的火勢肆虐過大地之後，它們才會發芽、茁壯。但我想，大多數的植物沒有這種能力。

坦白說，我不是很了解木精靈的生命週期，也不懂他們如何保護自己而能挺過氣候的巨變。也許這麼多個世紀以來，如果我多花一點時間與他們聊聊，少花一點時間追求他們……

哇。我眞的再也沒那麼了解我自己了。

「我們有很多事要討論。」一名木精靈說。

「桃子。」桃子表示同意。他看著我，訊息很明確：現在快滾吧。

我有好多問題要問他啊：爲何消失了這麼久？爲何在這裡，沒有去找梅格？

我想今天晚上得不到任何答案。至少除了咆哮、狠咬和「桃子」這個字眼以外，什麼都得不到。我想著剛才木精靈說的話：不要相信凡人能夠解決大自然精靈碰到的問題。那顯然包括我在內。我已經傳達了訊息。現在該閃人了。

我的心情已經很沉重，而梅格的心理狀態又那麼脆弱，我眞不知道該如何對她透露這個消息，說她那位穿尿布的小桃子惡魔已經變成一顆凶猛的水果。

「我們送你回營區吧，」拉維妮亞對我說：「明天對你來說很重要。」

我們把唐恩留下來陪伴其他的大自然精靈，他們全都沉浸於危機模式的對話。我們沿著電報路往回走。

走過幾個路口後，我鼓起勇氣問：「他們會採取什麼行動？」

拉維妮亞好像大夢初醒，一副忘了我在旁邊的樣子。「你的意思是『我們』會採取什麼行動。因爲我是他們的一份子。」

我的喉嚨好像哽住。「拉維妮亞，你嚇到我了。你到底有什麼盤算？」

「我也想要撒手不管啊，」她咕噥著說。在街燈的照耀下，幾絡粉紅頭髮從她的帽子底下滑出來，很像棉花糖飄浮在她的頭旁邊。「我們在墳墓裡看到那種景象，巴比和其他人……還有聽你描述明天要面對的情勢之後……」

「拉維妮亞，拜託……」

「我沒辦法像優秀的士兵一樣，完全聽命行事。叫我握緊盾牌，跟著其他人一起大步邁向死亡？那樣對誰都沒好處。」

「可是……」

「你最好不要問。」她的怒吼簡直像桃子一樣嚇人。「而且，今天晚上的任何事，你最好絕對不要對任何人說。好了，走吧。」

回程的其餘路途，她都不理會我的問題。她的頭上似乎戴了一團泡泡糖氣味的黑雲。她帶我安全經過幾個崗哨、穿越圍籬底下，最後回到了咖啡店，接著她溜進黑暗中，連說聲再見都沒有。

也許我應該阻止她。發布警報。讓她遭到逮捕。但那樣有什麼好處呢？就我看來，拉維妮亞待在軍團似乎一直很不自在。畢竟她花了那麼多時間，到處尋找能夠離開山谷的祕密出口和隱密途徑。而現在，她終於暴衝了。

我的心直往下沉，覺得再也見不到她了。她會與幾十位方恩一起，搭乘下一班巴士前往波特蘭。我很想生氣，可是也感受到同樣巨大的悲傷。站在她的立場，我能夠有什麼不同的作為嗎？

回到我們的客房時，梅格睡著了，大聲打呼，眼鏡在她的指尖晃來晃去，床單在她腳邊堆成一團。我盡可能把她舒舒服服裹好。如果她作了惡夢，夢見她的桃子精靈朋友正在區區幾公里外的地方，與本地的木精靈一起暗中策畫計謀，我也看不出來。到了明天，我得決定要不要告訴她。而今天晚上，我就讓她好好睡覺吧。

我爬上自己的床，很確定今晚會輾轉反側到天明。

然而，我立刻就睡著了。

等我醒來，清晨的陽光照在我臉上。梅格的床鋪是空的。我發現自己睡得像死人一樣，沒有作夢，沒有看到什麼影像。這並沒有安慰到我。惡夢平息的時候，通常就表示有其他事情即將來臨……其他更糟糕的事。

我穿上衣服，收拾裝備，盡量不去想自己有多疲倦，或者肚子有多餓。然後，我到龐畢羅的店裡拿了一個馬芬糕和一杯咖啡，出門去找我的朋友。今天，無論如何，新羅馬的命運即將塵埃落定。

23 我的貨卡裡 狗兒和武器相伴 蠢蛋，萊斯特

蕾娜和梅格正在營區的主閘門等我，但我差點認不出蕾娜。她沒有穿著執法官的禮服，而是換上藍色運動鞋和緊身牛仔褲，搭配紅銅色的長袖T恤和紫紅色的毛線披肩。她的頭髮挽到腦後綁成髮辮，臉上刷了淡妝，這副模樣大可穿梭於灣區的數千名大學生之間，沒有人會多看兩眼。我想這就是重點所在。

「怎樣？」她問我。

我才發現自己盯著她看。「沒事。」

梅格哼了一聲。她穿著平素的綠色裙裝、黃色緊身褲和紅色高筒球鞋，因此可以混在灣區的數千名小學一年級生之間，只不過她有十二歲的身高，配戴園藝腰帶，領口還別了一個粉紅色徽章，圖案是很有風格的獨角獸頭像，底下有交叉的骨頭。我好想知道那是不是在新羅馬的紀念品店買的，還是由某種管道特別訂製。不管哪一種可能性都讓人心神不寧啊。

蕾娜雙手一攤。「阿波羅，我當然有平民服裝啊。就算有『迷霧』幫忙掩蓋，穿著全套的軍團盔甲走過舊金山街道，也會引來一些古怪的眼光吧。」

「不。對啦。你看起來很棒。我是說很好。」我的掌心爲什麼在冒汗啊？「我是要說，我

們現在可以走了嗎？」

蕾娜伸出兩根手指壓住嘴巴，發出召喚計程車的哨聲，那聲音超尖銳的，簡直清空了我的耳咽管。她的兩隻金屬灰狗從要塞裡跑出來，吠叫聲宛如輕兵器開火的聲音。

「好喔，」我說著，努力壓抑想要驚恐逃走的直覺。「你的狗也要去。」

蕾娜笑嘻嘻的。「嗯，如果我獨自駕駛去舊金山，牠們會生氣。」

「駕駛？」我正準備要說「駕駛什麼？」，這時聽見城市的方向傳來喇叭聲。一輛略舊的亮紅色雪佛蘭四輪傳動車沿著道路轟隆駛來，這條路通常保留給行軍的軍團隊員和大象。掌握方向盤的人是海柔．李維斯克，還有法蘭克．張坐在前座的乘客座。

兩人開車在我們旁邊停下。車都還沒停好，歐倫和亞堅頓就跳上卡車的車斗，只見牠們伸出金屬舌頭呵呵笑，尾巴搖個不停。

海柔爬出車外。「執法官，油箱加滿了。」

「分隊長，謝謝你。」蕾娜面帶微笑。「駕駛課進行得如何？」

「很好！這次我甚至沒有遇上特米納士。」

「有進步喔。」蕾娜表示贊同。

法蘭克從乘客座那邊繞過來。「是啊，海柔準備好了，隨時可以開上公共道路。」

我有很多事想問：他們把這輛卡車藏在哪裡？新羅馬有加油站嗎？如果有可能開車，我們為什麼用兩條腿走了那麼遠？

梅格比我先問出眞實的問題：「我可以和狗狗一起坐後面嗎？」

「不行，女士，」蕾娜說：「你要坐在車子裡，繫緊安全帶。」

「哎喲。」梅格跑過去拍拍狗兒。

法蘭克對蕾娜來個熊抱（他沒有變成一隻熊）。「去外面要小心，好嗎？」

面對這樣的情感表現，蕾娜似乎不知所措。她的兩條手臂很僵硬。接著，她以笨拙的動作拍拍她的執法官夥伴的背部。

「你也是，」她說：「突擊隊有沒有什麼消息？」

「他們在天亮前出發，」法蘭克說：「卡哈爾覺得這樣很好，但是……」他聳聳肩，彷彿要說他們這趟反遊艇突擊任務，如今掌握在眾神手中，只能聽天由命了。身為前任天神，我可以告訴你，那樣想並不保險。

蕾娜轉身看著海柔。「那麼殭屍警戒隊呢？」

「準備就緒，」海柔說：「如果塔克文那群殭屍和以前一樣，從同一方向過來，他們會遇上一些討厭的驚喜。前往城內的其他途徑，我也沿路設置了陷阱，希望可以阻止他們進入到短兵相接的範圍，所以……」

她遲疑一下，顯然不願意說完句子。我想我能理解。「那我們就不必看見他們的臉。」假如軍團必須對抗一批不死人夥伴，最好還是在一段距離之外就先消滅他們，才不會因為認出以前的朋友而痛苦萬分。

「我只希望……」海柔搖搖頭。「嗯，我還擔心塔克文有其他盤算。我應該要察覺到，可是……」她輕觸額頭，彷彿想重新設定自己的大腦。我很能體會。

「你做的已經很多了，」法蘭克向她保證。「如果他們拋來意外驚奇，我們會適應的。」

蕾娜點點頭。「那好吧，我們出發了。別忘了儲備投石機。」

「當然。」法蘭克說。

「而且找來軍需官，再三檢查那些燃燒的路障。」

「當然。」

「還有……」蕾娜突然住嘴。「你很清楚自己在做什麼。抱歉。」

法蘭克嘻嘻笑。「看看召喚天神的助力需要什麼，儘管帶回來給我們吧。我們會把營區守護得很完整，等你們回來。」

海柔憂慮地端詳蕾娜的裝束。「你的劍在卡車上。你不想帶個盾牌還是什麼嗎？」

「不了。我帶了斗篷。那可以擋開大多數的武器。」蕾娜拍拍毛線披肩的領口，只見它立刻展開，變成她平常穿的紫色斗篷。

法蘭克的微笑消失了。「我的斗篷也可以這樣嗎？」

「各位，再見囉！」蕾娜爬上駕駛座。

「等一下，我的斗篷也能擋開武器嗎？」法蘭克對著我們的背影大叫。「我的也可以變成毛線披肩嗎？」

車子漸漸開遠，我從後視鏡看到法蘭克．張專心研究他身上斗篷的織法。

我們在早晨面臨的第一項挑戰：開上海灣大橋。

離開朱比特營沒有什麼問題。有一條隱密的泥土路從谷底爬上山丘，最後讓我們置身於東奧克蘭的住宅區街道。我們從那裡開上二十四號公路，直到它與五八〇號州際公路匯合。

接著，真正的樂趣就開始了。

早晨的通勤族顯然不知道我們正在執行非常重要的任務，目標是要拯救整個大都會地區。他們堅持不肯讓路給我們走。也許應該搭乘大眾交通工具，但我心想，他們不會讓那兩隻殺手機器狗搭乘灣區捷運吧。

蕾娜的手指叩叩敲打方向盤，卡車上古老的CD播放機流瀉出提戈．卡德隆[49]的歌曲，蕾娜跟著含糊哼唱。我欣賞「雷鬼動」[50]音樂的程度相當於身邊的希臘天神，但像這樣出任務的早晨，我也許不會選擇這種音樂來撫慰緊張的情緒。我覺得有點太活潑了，不適合戰鬥前緊張不安的狀態。

梅格坐在我們兩人中間，在她的園藝腰帶裡翻找植物種子。她曾對我們說，在墳墓裡奮戰期間，很多包裝都已經打開且混在一起。現在她試著弄清楚哪些種子是哪種植物。這表示她偶爾會拿起一顆種子，專心凝視，直到它爆開到成熟的形式，像是蒲公英、番茄、茄子、向日葵等。過沒多久，車子裡聞起來很像「家得寶」賣場的園藝工具區。

見到桃子的事，我還沒告訴梅格，甚至不確定該怎麼開啟對話。「嘿，你知不知道，你的卡波伊正在人民公園，與一群方恩和馬唐草召開祕密會議？」

我很想說點什麼，但等待的時間拖得愈長，要開口就變得愈難。我告訴自己，執行這趟重要任務期間，讓梅格分心並不是好主意。我很想兌現拉維妮亞的期望，那不是隨便說說而已。沒錯，那天早上我們離開之前，我沒有見到拉維妮亞，但她的計畫也許不像我想的那麼壞心眼。此時此刻，說不定她根本沒有前往奧勒岡州。

事實上，我沒開口，因爲我是膽小鬼。我和兩位危險的年輕女生一起搭車，很怕惹她們生氣；其中一人可以派一對金屬灰狗把我撕爛，另一位大可讓高麗菜撐爆我的鼻孔。

我們在橋上緩慢前進，蕾娜以手指敲打著卡德隆的歌曲〈他知道，知道〉的拍子。我有百分之七十五確定蕾娜選擇的歌曲沒有隱藏訊息。

「到了那裡，」她說：「我們得把車子停在山腳下，走路上去。蘇特洛塔的周圍是禁區。」

「你已經判定那座塔本身是我們的目標，」我說：「不是它背後的蘇特洛山？」

「顯然是無法確定。不過我仔細檢查過泰麗雅的問題地點清單。那座塔列在上面。」

我等待她詳細說明。「泰麗雅的什麼？」

蕾娜皺起眉頭。「我沒跟你提過嗎？嗯，泰麗雅和阿蒂蜜絲的獵女隊，你也知道，她們持有一份當前的地點清單，列出她們觀察到不尋常怪異活動的地方，總之是她們無法解釋的事情。蘇特洛塔名列其中。泰麗雅把她列出的灣區相關地點寄給我，於是朱比特營能夠隨時盯著那些地方。」

「有多少個問題地點？」梅格問：「我們可以全部參觀一遍嗎？」

蕾娜開玩笑地以手肘頂她。「殺手，我喜歡你的態度，不過光是舊金山就有好幾十個地方。我們……我是指軍團，我們試圖要盯著那所有的地方，但是太多了。特別是最近……」

有很多戰事，我心想。而且很多人死了。

蕾娜講到「我們」，然後澄清她指的是「軍團」，語氣略顯遲疑，讓我感到很好奇。我眞

㊾ 提戈・卡德隆（Tego Calderón）是波多黎各知名的嘻哈音樂歌手。

㊿ 雷鬼動（reggaeton）是雷鬼音樂的變形，起源於波多黎各，結合了拉丁美洲音樂、電音舞曲和嘻哈音樂，充滿動感。

想知道蕾娜・阿維拉・拉米瑞茲—阿瑞拉諾口中的「我們」指的還有誰。我確實從沒想過她會穿著平民服裝、駕駛陳舊的貨卡車、帶著她的金屬灰狗去健行。而且她曾與泰麗雅・葛瑞斯聯絡，那是我姊姊的副手，阿蒂蜜絲獵女隊的隊長。

我好嫉妒，眞是討厭死了。

「你怎麼認識泰麗雅？」我努力讓語氣聽起來漫不經心。從梅格的斜眼表情看來，我徹底失敗。

蕾娜似乎沒注意到。她變換車道，試著突破車陣。歐倫和亞堅頓在後座開心吠叫，對於探險充滿興奮。

「我和泰麗雅一起在波多黎各對抗奧利安，」她說：「亞馬遜女戰士和獵女隊都失去很多優秀的女性。那種事……分享經驗……總之，對啦，我們一直保持聯絡。」

「怎麼聯絡？通訊線路全都斷了。」

「信件。」她說。

「信件……」我似乎記得那種東西，回溯到使用羊皮紙和封蠟的歲月。「你是說在紙上親手寫一些內容，放進信封，貼上郵票……」

「然後寄出去。對啊。我的意思是，信箋之間可能隔了好幾星期或幾個月，不過泰麗雅是很好的筆友。」

我試著揣摩這番話。我想到泰麗雅時，心頭浮現很多描述。「筆友」並非其中之一。

「可是你到底把信件寄去哪裡？」我問。「獵女隊經常四處奔走啊。」

「她們在懷俄明州有個郵政信箱，而且……我們爲什麼談到這個？」

梅格用手指捏起一顆種子。一朵天竺葵花突然爆開。「你的狗就是去那裡？找泰麗雅？」

我實在不懂，她怎麼會想出這種關聯？但是蕾娜點點頭。

「你們剛到之後，」蕾娜說：「我寫信給泰麗雅，講到……你也知道，傑生的事。我知道這是姑且一試，希望她會及時收到訊息，所以我也派了歐倫和亞堅頓出去找她，萬一獵女隊在這個地區的話。運氣沒那麼好。」

我不禁想著，泰麗雅一旦接到蕾娜的信，不知會是什麼狀況。她會不會帶領獵女隊衝進朱比特營，準備幫我們打敗那些皇帝和塔克文的不死人大軍？或者，她會不會把憤怒轉移到我身上？在印第安納波利斯的時候，泰麗雅已經幫助我脫離麻煩一次了。為了表達感謝，我竟然害她弟弟在聖巴巴拉遭到殺害。在戰鬥過程中，如果有某支箭射偏了，把我當做目標，我想沒有人會提出質疑。我不禁發抖，深深感謝美國郵政的緩慢速度。

我們一路前進，經過位於奧克蘭和舊金山之間的金銀島，是海灣大橋設立橋墩的地方。我想到卡利古拉的艦隊，今天晚上稍晚會通過這座島嶼，準備讓部隊下船，而如果需要的話，他們儲備的大批希臘火藥會轟炸毫無防備的東灣。我不禁咒罵美國郵政的緩慢速度。

「那麼，」我說，再一次努力裝成漫不經心的樣子，「你和泰麗雅，呃……？」

蕾娜挑起一邊眉毛。「有情感關係的牽扯？」

「嗯，我只是……我是說……呃……」

噢，阿波羅，講話好順喔。我有沒有提過，我曾經是掌管詩歌的天神？

蕾娜聽了翻白眼。「如果每次有人問這種問題，我都能獲得一枚迪納里就好了……撇開泰麗雅在獵女隊，因此發誓要守貞的事實……為什麼堅定的友誼永遠都得進展成愛情？泰麗雅是超棒的朋友。我爲什麼要冒著風險搞砸它?」

「呃……」

「這種反問句的問題不必回答,」蕾娜補上一句。「我不需要回應。」

「我懂反問句的意思。」我在心裡默默記住,下次待在希臘的時候,要記得找蘇格拉底一起重新查詢這個詞彙的意思。接著我才想起蘇格拉底已經死了。「我只是以爲……」

「我喜歡這首歌,」梅格插嘴說:「轉大聲一點!」

我以爲梅格不會對提戈．卡德隆有一丁點興趣,不過她的介入可能救了我一命。蕾娜調高音量,於是讓我藉由閒聊而求死的企圖就此結束。

進城的其餘路程,我們都保持沉默,聆聽提戈．卡德隆以西班牙文唱著〈就這樣〉,以及蕾娜那兩隻灰狗的開心吠叫聲,很像在新年除夕發射的半自動彈匣。

24

湊天神臉到不該出現之處，而……
維納斯我恨

以人口如此稠密的地區來說，舊金山的野地數目多到令人驚訝。我們開到高塔所在的山腳下，停在路底。我們右邊有一片滿是石頭和野草的原野，提供了價值數百萬美元的城市景色。我們的左邊則是一片森林蓊鬱的山坡，幾乎可用桉樹的樹幹當做爬山的橫梯。

山頂在我們上方約莫四百公尺處，那裡的蘇特洛塔聳立於霧中，紅白色的鐵塔和橫梁構成巨大的三腳基座，讓我聯想到德爾菲神諭的座椅而覺得很不安。或者火葬柴堆的底架。

「底部有個中繼站，」蕾娜指向山頂。「我們可能必須對付凡人的警衛、圍籬、有刺鐵絲網之類的。外加塔克文派來等著我們的東西。」

「很棒，」梅格說：「走吧！」

兩隻灰狗不需要鼓勵。牠們衝上山，一路鑽過林下灌叢而去。梅格跟上，顯然決定盡可能讓最多的有刺灌木扯破她的衣服。

我打量眼前的山坡時，蕾娜一定注意到我的痛苦神情。

「別擔心，」她說：「我們可以慢慢走。歐倫和亞堅頓知道要在山頂等我。」

「可是梅格知道嗎？」我想像自己的年輕朋友獨自衝進那個中繼站，裡面滿是警衛、殭屍，還有其他「很棒」的驚喜。

「有道理，」蕾娜說：「那麼，我們以中等速度走。」

我很盡力，那就表示氣喘吁吁、大汗淋漓，而且一直靠在樹上休息。我的箭術也許有進步，我的音樂愈來愈好聽，但我的耐力還是百分之百的萊斯特。

至少蕾娜沒有問我傷口感覺怎麼樣。答案是「底下某個地方超討厭的」。

那天早上穿衣服時，我一直避免看到腹部，但無法忽視傳來的陣陣刺痛，以及感染造成的深紫色捲鬚狀線條，這時已經竄升到我的手腕和脖子底部，就連長袖兜帽上衣都快要遮掩不住了。我的視線不時變得模糊，於是整個世界轉變成病態的茄子色澤。我會聽見腦袋裡有個遙遠的輕聲呢喃……是塔克文的聲音，呼喚我回到他的墳墓。到目前爲止，那聲音只是很煩人，但我有種預感，聲音會變得愈來愈強，到最後再也無法忽視……也無法違抗。

我告訴自己，只要撐到今天晚上就好。然後就能召喚天神的助力，讓我自己獲得救治。或者我也可能戰死。由此刻看來，不管哪一種選擇，都比痛苦、緩慢、不知不覺變成不死人要好多了。

蕾娜走在我旁邊，她用套著劍鞘的長劍戳戳地面，彷彿期待找到礦藏。在我們前方，透過蓊鬱的樹葉看去，我看不到梅格和灰狗的身影，但聽得見他們窸窣穿越樹葉和踩到細枝的聲音。假如有任何哨兵等在山頂，他們也不會大吃一驚。

「那麼，」蕾娜說，顯然很滿意梅格位於聽力所及範圍之外。「你打算告訴我嗎？」

我的脈搏加速跳動，速度很適合搭配閱兵行軍。「告訴你什麼？」

她挑挑眉毛，像是要說：「眞的假的？」「你自從出現在營區以來，一直表現出神經兮兮的樣子。你盯著我看，活像受到感染的人其實是我。然後，你沒有眼神的接觸。你講話結巴。你坐立難安。我當然都注意到了。」

「啊。」

我再往上多爬幾步。也許我如果專心爬山，蕾娜就不會再追究了。

「你瞧，」她說：「我不會咬你。無論到底是怎樣，等到要投入戰鬥時，我寧可不要讓事情懸在你心上，或者我心上。」

我吞嚥口水，好希望有一些拉維妮亞的泡泡糖，減輕毒素和恐懼的滋味。

蕾娜說得有道理。無論我今天是否死掉，或者變成殭屍，或者勉力求生，我都寧可抱著問心無愧、沒有祕密的態度面對自己的命運。首先，我應該把遇到桃子的事告訴梅格。我也應該告訴她，我不恨她。事實上，我相當喜歡她。好吧，我愛她。她是我從來不曾擁有的討厭小妹妹。

至於蕾娜，我實在不知道自己是不是她命運的解答。一旦對執法官說了實話，維納斯可能會詛咒我，但我必須把自己的煩惱告訴蕾娜。我很可能沒有其他機會可以說出來了。

「是關於維納斯。」我說。

蕾娜的神情變得僵硬。這下子換成她凝視山坡，希望對話就此結束。「我懂了。」

「她告訴我……」

「她的小預言。」蕾娜吐出這幾個字，她的模樣很像把不能吃的種子吐出來。「沒有一個凡人或半神半人能夠治癒我的心。」

「我不是刻意打聽，」我保證說：「只是……」

「喔，我相信你。維納斯很愛講八卦。我想，她在查爾斯頓講了我的什麼事，朱比特營沒有人不知道吧。」

「我……眞的嗎？」

蕾娜折斷一根乾樹枝，輕拋到林下灌叢裡。「我和傑生一起去出那趟任務，大約，兩年前吧？維納斯看了我一眼，然後決定……我不知道啦。她覺得我好消沉。我需要愛情的療癒之類的。我有一整天沒有回到營區，然後耳語就傳開了。沒有人會承認他們知道，但大家都知道。我看出這種神情：『喔，可憐的蕾娜。』不然就是很天眞，建議我該和誰約會。」

聽起來她沒有生氣。比較像是頹喪和厭倦。我還記得法蘭克．張的擔憂，提到蕾娜肩負著領導的重擔已經那麼久了，而他多麼希望能夠幫忙多分擔一些。顯然有很多軍團隊員想要幫助蕾娜。但不是所有的協助都受到歡迎或有用。

「重點是，」她繼續說：「我並不消沉啊。」

「當然沒有。」

「那你爲什麼表現得緊張兮兮？維納斯打算怎麼處理這件事？拜託不要對我說是同情。」

「不……不是啦。不是那樣。」

我聽見梅格踏著輕快的步伐，在前方穿越灌叢。她不時會說：「嘿，最近怎樣？」用的是一般對話的語氣，很像在街上碰到熟人。我想，她是在對本地的木精靈說話，不然就是理論上我們要提防的警衛，那他們也太不專業了吧。

「你知道嗎……」我口拙到快要說不出話。「以前我還是天神的時候，維納斯對我提出警告。與你有關。」

歐倫和亞堅頓從灌叢之間冒出來，查看媽咪的狀況，牠們的微笑露出森亮白牙，很像剛擦亮的捕熊陷阱。喔，也太好。我有觀眾了。

蕾娜拍拍歐倫的頭，顯得心不在焉。「萊斯特，繼續說。」

「呃……」這時我血液裡的軍樂隊開始快步行進。「嗯，我有一天走進王座室，維納斯正在檢視你的全像立體照片，而我詢問……提醒你喔，就是完全輕鬆地問：『那是誰？』而她對我說了你的……你的命運，我想是吧。關於治癒你的心。然後她就……痛罵我。她禁止我接近你。她說，如果我膽敢追求你，她會永遠詛咒我。那完全沒必要啊，而且也很尷尬。」

蕾娜的神情保持得像大理石般平靜和冷酷。「追求？還有那種事？一般人還會『追求』？」

「我……我不知道。不過我和你保持距離。你會發現我和你保持距離。並不是說如果沒有那番警告，我就眞的會怎樣。我甚至不知道你是誰。」

她跨過一根倒木，然後向我伸出一隻手，我婉拒了。我不喜歡她的灰狗對我咧嘴而笑的樣子。

「那麼，換句話說，」她說：「到底是怎樣？你很擔心維納斯會把你打死，因爲你侵入我的私人空間？萊斯特，我眞的不會擔心那種事。你再也不是天神了。你顯然沒有嘗試追求我。我們是一起出任務的夥伴。」

她就是要打到我會痛的地方就是了：正中事實。

「對，」我說：「不過我在想……」

爲何這麼困難呢？我以前對女性表達過愛意啊。還有男性。還有眾神。還有精靈。偶爾還有極富魅力的雕像，在我還沒發現那是雕像的時候。那麼，我脖子裡的血管爲什麼威脅要爆開呢？

「我想，如果……如果有幫助的話，」我繼續說：「也許那是命運……嗯，你看，就像你說的，我再也不是天神了。而維納斯說得還滿明確的，我不該把自己的『天神面孔』湊到你附近的任何地方。可是維納斯……我是要說，她的計畫老是迂迴曲折。可以這麼說，她可能是實行反向心理學。如果我們注定要……呃，我可以幫你。」

蕾娜停下腳步。兩隻狗的金屬頭歪向她，也許嘗試要判斷主人的情緒。接著牠們打量我，寶石般的眼睛既冷酷又充滿指責。

「萊斯特。」蕾娜嘆口氣。「你到底在說什麼塔耳塔洛斯[51]啊？我可沒有心情破解謎語。」

「我有可能是答案，」我衝口說出：「治癒你的心。我可以……你知道，當你的男朋友。以萊斯特的身分。如果你願意的話。你和我。你知道，就像……對啊。」

這時在上面的奧林帕斯山，其他奧林帕斯眾神全都拿出手機拍攝影片，貼到「歐忒耳佩你管」網站上。

蕾娜盯著我良久，我循環系統內的軍樂隊都已奏完一整個樂段的〈你是偉大的老旗幟〉。她的眼神既深邃又危險。她的神情無法判讀，很像爆炸裝置的外側表面。

她準備要殺了我。

不，她會命令她的狗殺了我。等到梅格衝過來救我時，一切都太遲了。或者更糟……梅格會幫蕾娜埋掉我的遺體，而大家都搞不懂到底怎麼了。

等他們回到營區，羅馬人會問：「阿波羅怎麼了？」

「誰？」蕾娜會這樣說：「喔，那傢伙嗎？不知，我們把他弄丟了。」

「喔，這樣啊！」羅馬人會回答，然後就這樣了。

蕾娜繃緊雙唇，表情扭曲。她彎下腰，扶著膝蓋。她的身體開始搖晃。喔，眾神哪，我做了什麼？

也許我該安慰她，將她擁入我懷中。也許我該奔逃求生。我幹嘛這麼拙於談戀愛呢？

蕾娜發出短促尖銳的聲音，接著是某種持續的抽噎聲。我真的傷了她的心！

接著她挺直身子，眼淚流下她的臉龐，然後她爆出笑聲。那種聲音讓我聯想到流水湧過乾涸已久的溪床。她一開始笑，似乎就停不下來。她彎下腰，然後又站直，倚著一棵樹，看著她的兩隻狗，彷彿要向牠們分享這個笑話。

「喔……我的……老天爺們啊，」她氣喘吁吁地說。她努力壓抑自己的笑聲，終於能夠流著淚眨眼看我，彷彿要確定我真的在場，而且她真的聽到我的聲音。「你。我？哈—哈—哈—哈—哈—哈—哈！」

歐倫和亞堅頓似乎和我一樣困惑。牠們彼此互看一眼，接著看看我，彷彿是說：「你對我們媽咪做了什麼事？如果你傷了她的心，我們會殺了你。」

蕾娜的笑聲傳遍了整座山。

等我從最初的震驚回過神來，兩隻耳朵開始發燙。過去幾個月來，我有過不少次丟臉的經驗。可是遭到嘲笑……而且是當著我的面……我又不是想要講笑話……害我的尊嚴真是創新低。

---

51 塔耳塔洛斯（Tartarus），希臘神話中的冥界最深處，是永無止盡的黑暗之地。

「我不懂爲什麼……」

「哈—哈—哈—哈—哈—哈—哈！拜託，別講了。你會害死我。」

「我並不是要說……」

「她那樣講不是眞心的！」我爲了那兩隻狗這樣大喊。

「而你以爲……」蕾娜似乎不知道要指哪裡，她指指我，指指自己，指指天空。「沒騙人？等一下。如果你騙人，我的兩隻狗會攻擊你。喔。哇。哈—哈—哈—哈—哈—哈—哈！」

「那麼，所以答案是『不要』，」我氣呼呼地說：「很好。我懂了。你可以停了……」

她的笑聲轉變成氣喘一般的短促聲音，同時伸手抹掉眼淚。「阿波羅。你以前是天神的時候……」她拚命想喘過氣來。「就是，擁有你的力量和俊帥的外貌等等之類的……」

「不要再說了。當然啦，你一定會……」

「那一定會是堅定、絕對、直接的『不要』。」

我張口結舌。「我好震驚！」

「而身爲萊斯特……我是要說，你很貼心，有時候笨得還滿可愛的……」

「笨得很可愛？有時候？」

「可是，哇。還是完完全全的『不要』。哈—哈—哈—哈—哈！」

比較虛弱的凡人可能已經自尊心大爆炸，當場粉碎成塵埃了吧。

在那一刻，蕾娜徹底拒絕我之時，她似乎從來不曾顯得那麼漂亮和富有魅力。這實在太有趣了。

梅格從朴樹叢旁邊冒出來。「兩位，上面沒有人，可是……」她呆住不動，打量著眼前的情景，接著瞥向兩隻灰狗尋求解釋。

「別問我們，」牠們的金屬臉孔似乎這樣說：「媽咪從來不曾像這樣。」

「什麼事這麼好笑？」梅格問。一抹微笑牽動她的嘴角，彷彿也想參與這個笑話。當然就是，嘲笑我。

「沒事。」蕾娜花了點時間喘口氣，然後再度失控，又是一陣咯咯發笑。蕾娜．阿維拉．拉米瑞茲—阿瑞拉諾，貝婁娜之女，第十二軍團令人敬畏的執法官，咯咯笑個不停。最後，她似乎重拾一點自制力。她的雙眼跳耀著笑意，臉頰閃耀著甜菜根的豔紅色澤。臉上的微笑讓她看起來好像變成另一個人……另一個快樂的人。

「萊斯特，謝啦，」她說：「我需要這樣。好了，我們去找無聲天神，好嗎？」

她帶路爬上山，一邊捧著胸口，彷彿因爲笑太多而依然疼痛。

當下那一刻，我暗自決定，如果有機會再次成爲天神，我會重新安排復仇對象的順序。維納斯剛剛跳升到復仇順序的第一名。

25

驚嚇到呆住
像車燈照到天神
你為何加速？

凡人的防衛措施不是問題。

根本就沒有。

越過一片滿是石頭和野草的平地，中繼站坐落在蘇特洛塔的底部。結實的褐色建築屋頂有一群白色的衛星天線，很像雨後長出的蕈菇。大門打開，窗戶是暗的，前方外面的停車場空蕩蕩。

「這不對勁，」蕾娜喃喃說著：「塔克文不是說防禦增加兩倍？」

「『群體』增加兩倍，」梅格更正說：「不過我沒看到綿羊群體還是什麼的。」

這件事讓我不禁發抖。數千年來，我看過不少群看門的綿羊，很容易遭到下毒或食肉，而且聞起來像發霉的毛衣。

「阿波羅，有什麼想法嗎？」蕾娜問。

至少她現在可以看著我，不會爆笑出聲，但我無法信賴自己開口說話。我只是無可奈何地搖搖頭。這點我還滿擅長的。

「也許我們來錯地方？」梅格問。

蕾娜咬咬下唇。「肯定有某種東西離開這裡。讓我查看中繼站裡面。歐倫和亞堅頓可以很快搜索一下。如果我們遇到凡人，我大可說自己來爬山，結果迷路了。你們兩人在這裡等。幫我看著出口。如果你們聽到狗叫聲，就表示有麻煩了。」

她小跑步越過原野，歐倫和亞堅頓跑在她腳後，一起消失在建築物裡面。

梅格從她的貓眼眼鏡上方瞅著我。「你怎麼會讓她笑成那樣？」

「那不是我的本意啊。況且，讓別人大笑不犯法吧。」

「你請她當你的女朋友，對吧？」

「我……什麼？沒有。算是吧。對啦。」

「那很蠢耶。」

一個配戴獨角獸和交叉骨頭徽章的小女孩批評我的愛情生活，我覺得實在丟臉死了。「你不懂啦。」

梅格哼了一聲。

今天我似乎變成每個人的歡樂泉源。

高塔聳立在我們頭頂上方，我仔細觀察一番。在最近那根支撐柱的側邊上方，螺紋鋼筋包住一排梯板，構成一條甬道，可在裡面攀爬上下，如果你夠瘋的話；爬上去可到第一組橫梁，那裡豎立著更多衛星天線碟和行動電話天線蕈菇。梯板從那裡繼續向上，伸入一片低垂的霧毯內，濃霧吞沒了高塔的上半部。在白色霧氣裡，有個朦朧的黑色V字形隱約飄進又飄出，似乎是某種鳥類。

我不禁發抖，想到曾在烈焰迷宮攻擊我們的林鴞，但林鴞只會在夜間出來獵食。那個黑色形體一定是其他東西，也許是一隻鷹正在尋找老鼠。平均律是這樣說的：每隔一陣子，我偶爾會遇到某種生物不想殺我，對吧？

然而，那個轉瞬即逝的形體令我滿心恐懼。那讓我想起以前與梅格．麥卡弗瑞共同面對的許多次瀕死經驗，也想起我曾許下承諾要對她誠實，當時是十分鐘前的舊日美好時光，蕾娜尚未用核子武器攻擊我的自尊。

「梅格，」我說：「昨天晚上……」

「你見到桃子。我知道。」

她談論的可能是天氣吧。她定睛看著中繼站的門口。

「你知道。」我複述一次。

「他到附近已經有幾天了。」

「你見過他？」

「只是感受到他。他保持距離一定有他的原因。不喜歡羅馬人。他正在研擬一項計畫，要幫助本地的大自然精靈。」

「而且……如果那項計畫是要幫助他們逃離呢？」

在濃霧漫射的灰色光線裡，梅格的眼鏡看起來很像她自己的微型衛星天線碟。「你認爲那是他想要的結果嗎？還是大自然精靈想要的？」

我還記得方恩在人民公園裡的恐懼神情，以及木精靈的厭倦與怒氣。「我不知道。不過拉維妮亞……」

「是啊。她和他們在一起。」梅格聳起一邊肩膀。「早點名的時候，那些分隊長注意到她不見了。他們盡量視而不見。怕打擊士氣。」

我盯著我的年輕夥伴看，她顯然早就從拉維妮亞身上學到了「進階營區八卦」。「蕾娜知道嗎？」

「拉維妮亞不見嗎？當然。拉維妮亞去哪裡？不知。我也不知道，眞的。無論她和桃子及其他人有什麼樣的計畫，我們現在能做的也不多。我們還有其他事情要擔心。」

我交叉雙臂。「嗯，很高興我們這樣聊開，那麼我就能把這個重擔放下，因爲你早已知道所有的事情。我也想要說，你對我很重要，我甚至可能把你當妹妹一樣疼愛，可是……」

「那個我也已經知道了。」她歪著嘴對我露齒而笑，清楚顯示尼祿眞的該在她年紀比較小的時候帶她去矯正牙齒。「沒關係。你也比較沒那麼煩人了。」

「嗯哼。」

「你看，蕾娜來了。」

於是我們結束了溫馨的家庭時間，因爲執法官從中繼站再度現身，她的神情很不安，兩隻灰狗則在她腳邊開心繞圈，彷彿等著要吃豆豆軟糖。

「那地方空蕩蕩的，」蕾娜朗聲說：「看起來每個人都是匆匆忙忙離開。我敢說有某種事情把他們全部趕走，像是炸彈威脅，也許吧。」

我皺起眉頭。「如果是那樣，這裡難道不會有救護車之類的緊急用途車輛嗎？」

「『迷霧』，」梅格猜測說：「可能讓凡人看見某種景象，把他們從這裡趕走。清空現場，然後……」

我正準備問「然後怎樣？」，但我不想知道答案。

梅格當然說得對。「迷霧」是一種奇特的力量，有時可在超自然事件之後操控凡人的心智，很像損害控制。其他時候則是在發生大災難之前事先運作，把所有可能受害的凡人都趕走，免得他們成爲附帶損害，很像本地的池塘漾起一陣漣漪，警告有一條龍踩進了第一步。

「嗯，」蕾娜說：「果眞如此，那就表示我們來對地方了。而我只能想到另一個探索方向。」她的目光沿著蘇特洛塔的塔架往上看，直到鐵塔消失在霧裡。「誰想要先爬上去？」

「想要」根本與整件事無關。我是被趕鴨子上架。

表面的理由是說，如果我在梯子上開始覺得緊張，蕾娜可以扶著我。眞正的理由則可能是這樣一來，我如果害怕也不能回頭了。梅格殿後，我想是因爲萬一敵人抓傷我的臉，蕾娜必須推著我前進時，梅格在後面才有時間選擇適當的園藝種子，扔向我們的敵人。

歐倫和亞堅頓無法攀爬，於是待在地面，看守我們的出口，很像缺乏對生拇指[52]的逃兵。如果我們最後筆直墜落而死，兩隻狗剛好可以在那裡，對著我們的遺體興奮吠叫。這讓我得到莫大的安慰。

梯板很滑溜又冰冷。甬道有肋狀的金屬支撐物，讓我覺得自己好像爬行穿越一條巨大的彈簧。我想，它們的作用是某種安全裝置，但是完全沒有讓我覺得比較安心。如果我腳下一滑，一路碰撞跌落，它們只會讓我更加痛苦。

過了幾分鐘後，我的四肢開始顫抖，手指也抖個不停。第一組橫梁好像一點都沒有變近。我低頭看去，發現中繼站屋頂的雷達天線碟幾乎看不清楚了。

冷風在甬道周圍猛力吹襲，灌進我的兜帽上衣，也讓我箭筒裡的那些箭喀啦作響。無論塔克文部署了什麼樣的守衛，如果他們在這道梯子上堵到我，我的弓箭和烏克麗麗根本派不上用場。至少一群殺手綿羊沒辦法爬上階梯。

這時候，在我們上方高處的霧氣裡，有更多黑色的形體盤旋繞圈，肯定是某種鳥。我提醒自己，牠們不可能是林鴞。然而，有種令人反胃的危險感受侵蝕著我的胃。

萬一……？

阿波羅，別想了，我這樣斥責自己。你現在根本無計可施，只能繼續往上爬。

我很專心，一次踩上一片危險滑溜的梯板。我的鞋底踩在金屬上面發出吱嘎聲響。

在我下方，梅格問：「你們兩位有沒有聞到玫瑰的氣味？」

我眞想知道她是不是存心逗我發笑。「玫瑰？看在十二位天神的份上，我爲什麼會在這上面聞到玫瑰的氣味啊？」

蕾娜說：「我只聞到萊斯特鞋子的氣味。我想他踩到某種東西。」

「踩到一大灘恥辱啦。」我嘀咕著說。

「我聞到玫瑰的氣味，」梅格很堅持。「隨便啦，繼續前進。」

我照辦，畢竟別無選擇。

最後我們抵達第一組橫梁。沿著三根大梁的周長設有一條狹窄的貓道，讓我們能夠站立和休息個幾分鐘。我們只比中繼站高了將近二十公尺，但是感覺高多了。在我們下方，城市街區的網格無止盡地延伸出去，必要時曲折越過山區，街道構成的圖樣讓我聯想到泰文字

52 對生拇指是指拇指可和其他幾根手指對握，只有靈長類才有，犬科動物沒有。

母。（女神南卦53曾有一次嘗試教我學習他們的語言，同時吃著愉快的辣湯麵晚餐，但我眞的不行。）

在下方的停車場上，歐倫和亞堅頓抬頭看著我們，猛搖尾巴。牠們似乎等待我們採取某種行動。我的內心有一部分心胸狹窄，好想朝向隔壁山頂射出一箭，同時大喊：「去撿啊！」不過我想蕾娜絕對不會欣賞那種事。

「上面這裡好玩耶。」梅格認定說。她翻個跟斗，因爲她很樂於讓我心悸。

我環顧三角形的貓道，希望能看到除了纜線、電路箱和衛星設備以外的事物，最好有某種東西貼著標籤寫道：按下這個按鈕，以便完成任務並收取獎賞。

「當然沒有這種事啦，」我喃喃自語抱怨說：「塔克文才不會這麼好心，把我們需要的東西放在最底下一層。」

「這裡肯定沒有沉默天神。」蕾娜說。

「多謝喔。」

她面露微笑，顯然我早先誤踩一大灘恥辱那件事，依然讓她心情大好。「我也沒看到什麼門。預言不是說我應該要打開一扇門嗎？」

「有可能是比喻而已，」我猜測說：「不過你說得對，這裡沒有我們要找的東西。」

梅格指著下一層橫梁……再往上將近二十公尺，位於霧層深處幾乎看不見。「上面那裡的玫瑰氣味比較強，」她說：「我們應該繼續往上爬。」

我嗅聞空氣，只聞到下方森林傳來的桉樹氣味，還有我自己皮膚的冷汗氣味，以及一點點酸味，來自我腹部繃帶的抗菌劑和感染部位。

「萬歲，」我說：「再往上爬。」

這一次，蕾娜帶頭往上爬。前往第二層沒有甬道可以攀爬，只有禿裸的金屬梯板固定在大梁側邊，彷彿建造者認定是這樣：「嗯哼，如果能爬到這麼高又這麼遠，你一定是瘋了，那就不再需要安全設施啦！」這時，有金屬肋條的甬道消失了，我才意識到它曾帶給我一點心理上的撫慰。至少我可以假裝自己身在一條安全的構造裡，而不是像瘋子一樣自由攀登一座巨塔。

我覺得實在沒道理，像沉默天神這麼重要的東西，塔克文為什麼會把他放在一座無線電塔上呢？而且，他為什麼一開始就與另外兩位皇帝結盟？再者，為什麼玫瑰氣味可能表示我們距離目標愈來愈近？還有，為什麼那些黑鳥一直在我們上方的濃霧裡繞圈飛行？牠們不冷嗎？沒有工作要做嗎？

然而，對於我們注定要爬上這座怪異的三腳塔，我一點都不懷疑。感覺是對的，我的意思是感覺很可怕、很糟糕。我有種預感，再過不久，所有的一切都會說得通，而等到那一刻來臨，我一定很不喜歡。

感覺好像站在黑暗裡，凝視著遠方一些微小分離的光點，好奇想著它們會是什麼。等到終於發現「喔，嘿，那是一輛大卡車的車頭燈，朝向我猛衝而來耶！」，一切都太遲了。

我們朝向第二層橫梁爬到一半時，有個憤怒的黑影由霧中飛撲而出，從我的肩膀旁邊筆

53 南卦（Nang Kwak）是泰國傳說的財神或家庭守護神，通常穿紅色的泰國傳統服裝，右手的招手動作很像日本的招財貓，象徵招財。

直俯衝而下。牠振翅所產生的勁風差點把我從梯子上擊落。

「哇喔！」梅格抓住我的左腳踝，雖然那對我穩住身子完全沒幫助。「那是什麼？」

那隻鳥再次遁入霧中消失之際，我瞥了牠一眼：油亮的黑色翅膀，黑色嘴喙，黑眼睛。一陣嗚咽聲哽在我的喉嚨裡，彷彿比喻中的卡車車頭燈變得非常清楚。「是渡鴉。」

「渡鴉？」蕾娜低頭對我皺起眉頭。「那東西很巨大耶！」

沒錯，剛才掠過我旁邊的那隻鳥，翼展肯定至少有六公尺長，但接著，霧中某處傳來好幾陣憤怒的聒噪聲，讓我無所質疑。

「渡鴉，複數，」我更正說：「『巨大的』渡鴉。」

大約六隻盤旋映入眼簾，飢餓的黑色目光在我們身上跳躍，彷彿用來指示物品的雷射筆，評估著我們身上柔軟美味的弱點。

「渡鴉群體。」梅格的語氣聽起來有點懷疑、有點著迷。「那些就是守衛？牠們很漂亮。」

我呻吟一聲，好希望自己能待在其他地方，像是床上，蓋著一床又厚又溫暖的克維拉纖維拼被。我好想大聲抗議，英文描述渡鴉的「一群」，其實是用「unkindness」（不友善）或「conspiracy」（謀反）這樣的字眼，而不是塔克文用的「flock」（群）54。我好想大喊，塔克文的守衛應該要因為用錯術語而判定失格。不過我想，塔克文根本不會在意這種細微差異。我知道渡鴉也不在意。不管怎樣，牠們都會殺了我們，無論梅格認為牠們有多漂亮。況且稱呼渡鴉很不友善又陰謀反叛，對我來說永遠都顯得很多餘。

「牠們在這裡，是因為科洛尼斯的關係，」我痛苦地說：「這是我的錯。」

「科洛尼斯是誰？」蕾娜追問說。

「說來話長。」我對那些鳥大喊：「各位，我已經道歉過一百萬次了！」

那些渡鴉憤怒地呱叫回應。又有十多隻從霧中俯衝而下，開始在我們身邊繞圈子。

「牠們會把我們撕爛，」我說：「我們得撤退，回到第一層平台。」

「第二層平台比較近，」蕾娜說：「繼續爬！」

「也許牠們只是要試探一下，」梅格說：「也許不會發動攻擊。」

她不該那樣說的。

渡鴉是很反骨的動物。我早該知道才對，牠們現在的樣子是我塑造出來的。梅格才剛講出希望牠們不會攻擊，牠們就發動攻擊了。

---

54 塔克文交代的是「Doubling the flock」（群體增加兩倍），flock比較常用來描述綿羊的「一群」。至於「一群渡鴉」，英文常用的是unkindness of ravens或conspiracy of ravens。

26

我願唱一首經典歌給你。謝了拜託別刺我

回顧過去，我應該用海綿來塑造渡鴉的嘴喙：質優、柔軟、溼軟、無法刺人的海綿。我塑造牠們的時候，眞該裝些泡綿爪子。

但是沒有。我讓牠們的嘴喙像鋸刀、爪子像肉勾。我以前到底在想什麼啊？

梅格大叫一聲，因爲有隻鳥從她旁邊俯衝而下，掠過她的手臂。

另一隻撲向蕾娜的雙腿。執法官對準牠冷靜一踢，但腳踝沒踢中那隻鳥，倒是黏上我的鼻子。

「哎喲喲喲喲喲！」我大喊，整張臉陣陣作痛。

「我的錯！」蕾娜試著繼續爬，但那些鳥在我們周圍繞來繞去，又是戳刺、又是扒抓，把我們的衣物一點一滴扯爛，瘋狂的程度讓我回想起公元前一三三五年，我在薩洛尼卡[55]舉辦的告別音樂會（我喜歡大約每十年就來個巡迴告別演出，只是要讓粉絲覺得我捉摸不定），戴歐尼修斯現身參加，帶著他那一整群熱愛蒐集紀念品的梅娜德。那個回憶不是很好。

「萊斯特，科洛尼斯到底是誰？」蕾娜一邊大叫，一邊拔出她的劍。「你爲什麼要對那些鳥道歉？」

「牠們是我創造的！」我的鼻子遭到痛毆，聲音聽起來很像滿口糖漿。那些渡鴉憤怒呱叫。有一隻飛撲而來，差點用爪子挖出我的左眼。蕾娜瘋狂揮劍，拚命想讓那群鳥不要靠近。

「嗯，你可以不要創造牠們嗎？」梅格問。

渡鴉不喜歡這種想法。有一隻撲向梅格。她扔出一顆種子，渡鴉出於直覺，在空中咬住種子。一顆南瓜在牠的嘴喙裡暴脹成完整大小。那隻渡鴉突然滿嘴的萬聖節南瓜，變得頭重腳輕，筆直墜向地面。

「好啦，我其實不是『創造』牠們，」我坦白說：「只是把牠們改造成現在的模樣。而且，不行，我沒辦法不做。」

那些鳥發出更多憤怒的呱叫聲，不過牠們一度躲得遠一點，提防著持劍的女孩，以及扔出美味爆炸種子的另一個女孩。

塔克文選擇了完美的守衛，讓我無法靠近他的沉默天神。渡鴉痛恨我。牠們有可能提供免費的服務，甚至連健保都沒有，只希望有機會撂倒我。

我猜想，我們到現在還活著，唯一的原因是那些鳥還沒決定誰有榮幸殺了我。每一聲憤怒的呱叫都宣稱要吃掉我的美味器官：「我得到他的肝！」

「不，我才得到他的肝！」

「嗯，那我得到他的腎！」

---

55 薩洛尼卡（Thessalonika）位於希臘北部，現為希臘第二大城。公元前三一五年，馬其頓王國在此建城。

渡鴉的貪吃與執拗的程度不相上下。唉，我們不能指望牠們爭吵很久。只要牠們排列好彼此的啄食順序，我們馬上就要死了。（喔，也許這就是把鳥類的長幼優勢地位稱為「啄序」的原因吧。）

有隻鳥太靠近，蕾娜對牠猛力揮砍。她朝我們上方橫梁的貓道瞥了一眼，也許是要評估若她把劍收進劍鞘，是否有足夠時間能到達那裡。從她沮喪的表情看來，結論是「不行」。

「萊斯特，我需要知識，」她說：「告訴我，我們要怎樣打敗這些東西。」

「我不知道！」我哀號著說：「你曉得嗎，回顧以前的時代，渡鴉原本十分溫馴，又是白色的，就像鴿子，好嗎？不過牠們超愛講八卦。有一次，我和科洛尼斯那個女孩約會，渡鴉發現她劈腿，於是跑來告訴我。我太生氣了，拜託阿蒂蜜絲幫我殺了科洛尼斯。接著，我懲罰那些渡鴉搬弄是非，把牠們變成黑色。」

蕾娜盯著我，活像是想要再踢我鼻子一腳。「這故事在好多層面都亂七八糟。」

「大錯特錯，」梅格附和說：「有個女孩劈腿，而你叫你姊姊殺了她？」

「嗯，我……」

「然後，那些鳥跑來通風報信，你卻懲罰牠們，」蕾娜補充說：「把牠們變黑，意思是黑色不好、白色才好？」

「如果你用那種方式說，聽起來就不像好事，」我抗議說：「反正就是這麼回事，我的詛咒把牠們燒焦，也讓牠們變成脾氣很差的食肉鳥類。」

「喔，那又更好了。」蕾娜咆哮著說。

「如果我們讓那些鳥吃你，」梅格問：「牠們會放過我和蕾娜嗎？」

「我……什麼？」我好擔心梅格不是開玩笑。她的臉部表情確實不像開玩笑，而是訴說著「叫鳥吃你，那句話是認眞的」。「喂，我當時很生氣啊！對啦，我把氣出在那些鳥身上，但是過了幾世紀後，我冷靜下來了。我道歉。到了那時，牠們算是很喜歡身爲脾氣很差的食肉鳥類吧。至於科洛尼斯，我是要說，阿蒂蜜絲殺掉她的時候，至少我救了她懷胎的孩子。他成爲阿思克勒庇俄斯，掌管醫藥的天神！」

「你的女朋友懷孕時，你叫人殺了她？」蕾娜又朝我的臉踢來一腳。我奮力躲開，畢竟我練習當膽小鬼的經驗很豐富，不過一想到她這次的目標不是進攻的渡鴉，我還是覺得很心痛。喔，不。她是眞心想踢斷我的牙齒。

「你爛死了。」梅格附和說。

「我們可以晚一點再談這個嗎？」我懇求說：「或者也許永遠不談？我當時是天神啊！根本不知道自己在幹嘛！」

如果是幾個月前這樣宣稱，我會覺得一點道理也沒有。但現在，聽起來似乎很正確。感覺像是梅格把她鏡片很厚的水鑽眼鏡借給我，發現眼鏡矯正了我的視力，害我大吃一驚。透過梅格的視力魔法，我不喜歡每一樣東西看起來都很小、花俏又瑣碎，呈現極度醜陋的清晰狀態。最重要的是，我不喜歡自己看事情的方式，不只是現在的萊斯特，更加上以前稱爲阿波羅的天神。

蕾娜與梅格互看幾眼。她們似乎默默達成共識，眼前最實際的行動方針是挺過渡鴉的攻勢而存活下來，因此她們可以等一下再親手殺了我。

「如果待在這裡，我們會死掉。」蕾娜揮劍砍向另一隻激動的食肉鳥類。「我們不能一邊擊退牠們，同時又要往上爬。有什麼點子嗎？」

渡鴉有。那叫「全力進攻」。

牠們蜂擁而上，憤怒地猛啄、扒抓、呱叫。

「我很抱歉！」我一邊尖叫，一邊揮打那些鳥，但是徒勞無功。「我真的很抱歉！」

那些渡鴉不接受我的道歉。利爪扯破我的褲管，嘴喙狠咬我的箭筒，差點把我從梯子拉下去，害我的兩隻腳懸在空中，情況一度超可怕。

蕾娜繼續奮力揮砍。梅格一邊咒罵，一邊扔出種子，彷彿在史上最糟的遊行隊伍裡拋擲彩糖。一隻巨大的渡鴉失控盤旋，身上滿是黃水仙。另一隻宛如石頭般往下墜，腹部鼓脹起來，顯現出胡桃南瓜的葫蘆形狀。

我愈來愈沒力氣抓緊梯板了。鮮血從鼻尖滴落，但我根本沒有餘裕把它抹掉。

蕾娜說得對。如果不移動，我們必死無疑。可是我們無法移動啊。

我匆匆看了一眼上方橫梁。如果真能到達那裡，就可以站著並運用兩隻手臂。我們會得到一線生機，以便……嗯，好好奮戰。

在貓道的遠端，鄰近下一根支撐大梁的地方設立著大型的長方形箱子，很像船運的貨櫃。我很驚訝自己沒有早點注意到，但與高塔的尺度比起來，那個貨櫃顯得微不足道，只是另一個紅色金屬物體。那樣的箱子在這上面做什麼，我實在不懂（維修站？儲物櫃？），不過如果能想辦法進去裡面，也許可以躲一下。

「去那邊！」我大喊。

蕾娜順著我的目光看去。「如果能到達那裡……我們需要爭取時間。阿波羅，有沒有什麼可以驅逐渡鴉？牠們有沒有討厭什麼東西？」

「比我更討厭的嗎？」

「牠們很不喜歡水仙花。」梅格觀察指出，這時有另一隻滿身妝點花朵的渡鴉旋轉墜地。

「我們需要某種東西把牠們全部趕走，」蕾娜說著，同時再度揮劍。「某種比阿波羅更讓牠們厭惡的東西。」她突然眼睛一亮。「阿波羅，唱歌給牠們聽！」

簡直像是對準我的臉又踢一腳。「我的聲音沒那麼慘吧！」

「不過你是……你『以前』是掌管音樂的天神，對吧？如果你能迷住一群人，應該就能驅逐另一群。挑一首這些鳥會痛恨的歌！」

這下可好。蕾娜不只是當面嘲笑我、踢爆我的鼻子，現在我又是她的工具人，負責製造厭惡感。

然而……她說我「以前是」天神的語氣讓我很有感。她似乎沒把那句話當成一種羞辱。她的語氣幾乎像是一種認可，像是知道我以前是個很可怕的天神，但是抱著一絲希望，認為我也許能變成比較好的人、比較有用，甚至值得原諒。

「好吧，」我說：「好吧，讓我想想看。」

渡鴉無意讓我想想看。牠們呱呱大叫，蜂擁擠成一大團黑色羽毛和尖銳利爪。蕾娜和梅格盡力逼退牠們，但無法徹底掩護我。有個嘴喙刺到我的脖子，差點就刺中頸動脈。利爪扒過我的側臉，無疑幫我新增幾條血紅色的賽車條紋圖案。

我無暇思及疼痛。

我想要為蕾娜而唱，證明我真的改變了。我再也不是以前那個天神，曾經害科洛尼斯被殺、創造出渡鴉、詛咒庫米的女先知，或者做了好多自私的其他事情，其間的猶豫和我想挑選什麼甜點配料放在神食上面差不多。

該要幫上一點忙了。爲了我的朋友，我必須令人厭惡！

我匆匆搜尋數千年來的表演回憶，努力想起任何一次徹底慘敗的音樂表演。一無所獲。完全想不起來。而那些鳥持續攻擊……

鳥類攻擊。

有個點子在我的腦海深處閃了一下。

我想起一個故事，是我的孩子奧斯汀和凱拉告訴我的，當時我待在混血營。我們坐在營火邊，而他們一直開玩笑，說奇戎對音樂的品味有多差。他們說好幾年前，波西．傑克森曾經奮力趕走一群致命的斯廷法利斯湖怪鳥，他所仰賴的就只有奇戎音響裡的音樂。

他播了什麼音樂？什麼是奇戎最喜歡的……？

「〈飛翔〉！」我尖聲大叫。

梅格抬頭看我，一團亂七八糟的天竺葵黏在她的頭髮上。「誰？」

「狄恩．馬汀[56]唱的歌，」我說：「那一首……渡鴉可能受不了那首歌。我不確定。」

「喂，要確定啊！」蕾娜大喊。渡鴉很憤怒，亂抓亂啄她的斗篷，雖然無法扯破魔法布料，但她的正面沒有保護。她每一次用力揮劍，就有一隻鳥俯衝而下，猛刺她暴露出來的胸口和手臂。她的長袖T恤很快就變成短袖T恤。

我傳達出最悲慘的「酷王」形象，想像自己身在拉斯維加斯的舞台上，背後的鋼琴擺了一整排空的馬丁尼酒杯。我剛抽了一整包菸，面前坐了一大批滿心崇拜的音癡粉絲。

「飛──翔──啊啊啊啊啊！」我調整聲音大叫，把這一句拖長，變成大約二十個音節。

「哇！喔！」

渡鴉立刻就有反應。牠們全身縮成一團，彷彿我們突然變成蔬食的前菜。有些鳥把自己扎扎實實地撞向金屬大梁，整座塔為之搖撼。

「繼續唱！」梅格大喊。

她的話採取命令的語氣，迫使我乖乖從命。我對寫這首歌的多米尼科．莫杜尼奧[57]感到很抱歉，讓〈飛翔〉這首歌充滿狄恩．馬汀的詮釋風格。

這首歌曾是那麼美好又朦朧的小品啊。莫杜尼奧原本取的歌名是〈藍色，漆成藍色〉，這個嘛，對啦，是很爛的歌名。我不知道藝術家為什麼堅持要這樣。就像「壁花合唱團」的歌〈一盞車燈〉，顯然應該取名為〈我和灰姑娘〉。而紅髮艾德的歌〈A咖一族〉，顯然應該叫〈冷酷到天使無法飛翔〉。我是要說，拜託，各位，你們還真會賣關子。

無論如何，假如狄恩．馬汀沒有掌握住〈藍色，漆成藍色〉，重新包裝成〈飛翔〉，並加上七千把小提琴和合音歌手，把它改造成庸俗的駐唱歌手經典曲，這首歌有可能消聲匿跡。

我沒有合音歌手，就只有自己的聲音，但我盡全力唱得很恐怖。以前是天神的時候，想說的語言我都會說，但義大利文歌曲倒是一直唱不好。我老是搞混義大利文和拉丁文，結果

---

[56] 狄恩．馬汀（Dean Martin, 1917-1995）是美國歌手、演員，輕鬆愜意的魅力素有「酷王」（King of Cool）稱號。〈飛翔〉（Volare）是他的經典名曲。

[57] 多米尼科．莫杜尼奧（Domenico Modugno, 1928-1994）是義大利歌手。

聽起來很像凱撒大帝感冒頭痛發出的聲音。而我的鼻子剛被打爆，更增添淒慘的感覺。

我亂吼叫又抖音，緊閉雙眼，死命抓住梯板，任憑渡鴉在我周圍拍翅飛撲；聽到我用這麼拙劣的方式模仿一首歌，牠們嚇得大聲呱叫。在下方遠處，蕾娜的兩隻灰狗低聲吠叫，活像失去自己的母親。

我變得全神貫注，拚命糟蹋〈飛翔〉這首歌，因此沒有注意到渡鴉全都變得靜默無聲，直到梅格大喊：「阿波羅，夠了！」

我顫抖著聲音，停在合唱部分。等到睜開眼睛，放眼望去都沒看到渡鴉。從霧中某處，牠們憤怒的呱叫聲變得愈來愈微弱，彷彿整群鳥都離開了，前去尋找比較安靜、比較不噁心的獵物。

「我的耳朵啊，」蕾娜抱怨說：「噢，眾神，我的耳朵再也不會痊癒了。」

「渡鴉會回來，」我警告說。我的喉嚨感覺好像水泥攪拌機的瀉槽。「只要牠們想辦法買齊渡鴉尺寸的降噪耳機就會回來。好了，快爬！我的曲目可沒有另一首狄恩．馬汀的歌。」

27

來玩猜天神
從H想殺我開始
（我繼母除外）

我一到達貓道，立刻抓住欄杆。我不確定究竟是自己的雙腿瑟瑟發抖，還是整座塔正在搖晃。感覺好像回到波塞頓那艘娛樂用的三槳戰船，就是由藍鯨拉動的那一艘。「喔，航行起來很平穩喔，」他保證說：「你會很愛的。」

舊金山在下方延伸出去，變成綠色和灰色的凌亂被褥狀，濃霧讓邊緣模糊不清。我感覺到一陣緬懷過往的悸動，回想起以前駕駛太陽戰車的時光。喔，舊金山！每次看到下方那座漂亮城市，我就知道自己一天的旅程即將進入尾聲。我終於可以把戰車停到太陽宮殿，晚上放鬆一下，由其他掌控日夜的力量接管我的工作。（夏威夷，抱歉啦，我愛你，但我不想為了你的日出而額外加班。）

到處都沒看到渡鴉的蹤影。這其實沒有多大意義。厚厚的霧毯依然遮掩高塔的頂部。那些殺手隨時都會俯衝而出。那些鳥的翼展足足有六公尺長，又那麼容易偷溜到我們身邊，這實在不公平啊。

貓道的遠端安放著貨櫃。現在玫瑰的氣味非常濃烈，連我都聞得到了，而且似乎就是來自那個箱子。我朝向它走近一步，立刻踉蹌絆倒。

「小心啊。」蕾娜捉住我的手臂。

一股能量穿過我的身體，穩住我的雙腿。或許是我自己的想像吧。也說不定我只是大吃一驚，發現她與我有身體接觸，而不是她把鞋子放到我臉上。

「我沒事。」我說。有一項天神技能沒有棄我而去：說謊。

「你需要醫療照護，」蕾娜說：「你的表情好像在演恐怖秀。」

「謝啦。」

「我帶了補給品。」梅格朗聲說。

她翻找自己的園藝腰帶口袋。我好怕她會嘗試用九重葛的花朵貼上我的臉，但她只拿出膠帶、紗布和酒精棉片。我想，她與普蘭加相處的時間學了不少事，不只是如何使用乳酪刨絲器而已。

她很擔心我的臉，然後查看我和蕾娜身上特別深的割傷和刺傷。我們身上有很多。再過不久，我們三人都會很像美國獨立戰爭的難民，來自賓州福吉谷的喬治·華盛頓軍營。我們大可花整個下午幫彼此固定繃帶，但沒那麼多時間。

梅格轉過身，打量那個貨櫃。她的頭髮仍黏著頑固的天竺葵，破爛的衣裳在身邊飄動，彷彿一條條海草。

「那是什麼？」她好奇地問：「它在這上面幹嘛？爲什麼聞起來像玫瑰？」

好問題。

要在高塔上判斷尺度和距離實在有困難。那個貨櫃塞在大梁旁邊，看起來很近又很小，但可能距離我們足足有普通城市的一個街廓那麼遠，而且比馬龍·白蘭度演出《教父》系列電影的私人拖車更大。（哇，這種記憶是從哪來的？眞是瘋狂的時光。）要把那麼巨大的紅色箱子放上蘇特洛塔，肯定是一項大工程。然而，三巨頭有那麼多現金，都可以買下五十艘豪華遊艇了，大可負擔幾架貨運直升機。

比較大的問題是：爲什麼？

貨櫃側邊有閃閃發亮的青銅和黃金纜線曲折伸出，纏繞著大梁和橫梁，很像接地線，連接到衛星天線碟、格狀陣列和電源箱。難道裡面是某種監視站？全世界最昂貴的玫瑰溫室？也說不定是有史以來最精密的系統，用來偷取優質的有線電視頻道訊號。

箱子的近端有裝卸貨物的門，垂直的鎖桿纏繞了一排排沉重的鍊子。不管裡面有什麼，都必須待在這裡。

「有什麼想法嗎？」蕾娜問。

「嘗試進去那個貨櫃裡面，」我說：「這是很可怕的想法，不過我也只有這個想法。」

「是啊。」蕾娜匆匆地看了一眼我們頭頂上的霧氣。「我們趕快行動，免得渡鴉回來表演安可曲。」

梅格召喚出她的雙刀。她帶頭走過貓道，但走了大約六公尺後突然停下腳步，彷彿撞上一道看不見的牆壁。

她轉身看著我們。「兩位，是……我或……覺得奇怪？」

我以爲臉上被踹過，可能讓我的腦袋有點短路。「梅格，什麼？」

「我說……錯，很像……冷而且……」

我瞥了蕾娜一眼。「你有沒有聽到？」

「她的話只有一半傳遞過來。我們的聲音爲什麼沒有受到影響？」

我仔細檢視我們和梅格之間這段短短的貓道。有種討厭的懷疑在我腦中隱約浮現。「梅格，往我這邊退後一步，拜託。」

「爲什麼……想要……？」

「只要聽我的話就好。」

她照做了。「所以，你們兩位也覺得奇怪，對吧？就像，有點冷？」她皺起眉頭。「等一下……現在比較好了。」

「你講話漏了一些字。」蕾娜說。

「有嗎？」

兩個女孩看著我，想要尋求解釋。不幸的是，我想我還眞能提出一種解釋，或者至少是那種解釋的開端。比喻中的卡車亮著比喻中的車頭燈，這時候愈來愈近了，在比喻中要把我輾過去。

「你們兩人在這裡等一下，」我說：「我想測試看看。」

我朝向貨櫃踏出幾步。到達梅格剛才站立的位置時，我感覺到差異了，彷彿跨越了門檻，走進冰櫃裡。

再走個三公尺左右，我就聽不見半點颼颼風聲、金屬纜線敲打高塔側邊發出的砰砰聲，以及血液流過我耳朵的聲音。我彈彈手指。沒聲音。

我的胸口湧起一陣恐慌。徹底的寂靜……對於掌管音樂的天神來說，這是最糟糕的惡夢。

我面對蕾娜和梅格，試著大喊：「你們現在聽得見我的聲音嗎？」

無聲。我的聲帶會振動，但聲波似乎還沒離開我的嘴巴就平息了。

梅格說了些話，但我聽不見。蕾娜雙手一攤。

我向她們示意等一下。接著，我深吸一口氣，強迫自己繼續走向那個箱子。我在距離卸貨門不到一條手臂的地方停下來。

玫瑰花束的氣味絕對是從裡面傳出來。纏繞鎖桿的鍊子是沉重的帝國黃金，有這麼多的稀有魔法金屬，足以在奧林帕斯山買下一座體面的宮殿。即使我身在凡人的形體裡，也能感受到貨櫃散發出力量，不只是強大的寂靜，還有寒冷、牢房的尖銳氣氛，以及施加在金屬門和側壁的詛咒。把我們阻擋在外。把某物限制在內。

在左手邊的門上，白色油漆的印刷字體以阿拉伯文寫著一個字：

الإسكندرية

我的阿拉伯文比狄恩．馬汀的義大利文更落漆，不過我相當確定，那是一座城市的名字。亞歷山卓。就像埃及的亞歷山卓城。

我的膝蓋幾乎撐不住。頭暈眼花。我可能哭了起來，雖然自己聽不見。

慢慢地，握著欄杆支撐身子，我跌跌撞撞地走回朋友身邊。我之所以知道離開了靜默區域，是因為聽到自己喃喃說著：「不，不，不，不。」

梅格連忙抓住我，免得我跌落在地。「怎麼了？發生什麼事？」

「我想我懂了，」我說：「無聲天神。」

「那是誰？」蕾娜問。

「我不知道。」

蕾娜瞇起眼睛。「可是你剛才說……」

「我想我『懂了』。要想起那到底是誰……比較困難。我相當確定我們面對的是托勒密[58]的神祇，那要回溯到希臘人統治埃及的時期。」

梅格望向我背後的貨櫃。「所以，有個神祇在箱子裡。」

我不禁發抖，回想起荷米斯曾經嘗試在奧林帕斯山開設的短命速食連鎖店。謝天謝地，「盒中天神」[59]始終沒有爆紅。「是的，梅格。我想是非常不重要的埃及和希臘混血天神，很可能就因爲這樣，翻遍了朱比特營的檔案資料都找不到他。」

「如果他那麼不重要，」蕾娜說：「爲什麼你看起來這麼害怕？」

我過往的一點點奧林帕斯式傲慢湧上心頭。凡人啊，他們永遠都不懂。

「托勒密的神祇很可怕，」我說：「他們捉摸不定，喜怒無常，危險又不穩定……」

「那和一般的天神很像啊。」梅格說。

「我恨你。」我說。

「我以爲你愛我。」

「我一心多用。玫瑰是這個天神的象徵標誌。我……我不記得爲什麼。與維納斯有關？他掌管祕密。在以前的歲月裡，如果領導者在會議室的天花板懸掛一朵玫瑰，表示與會的每一個人都要發誓守密。他們稱之爲『在玫瑰的見證下』。」

「所以那些你全都知道，」蕾娜說：「卻不知道這個天神的名字？」

「我……他是……」一陣挫折的怒吼聲從我喉嚨湧出。「我快要想起來了。我應該要想起來。不過我已經好幾千年沒想過這個天神了。他非常不知名。就像叫我想起某個在文藝復興期間合作過的合音歌手名字。說不定如果你沒有踢中我的頭的話……」

「聽完科洛尼斯的故事之後嗎？」蕾娜說：「你活該。」

「眞的活該。」梅格附和說。

我嘆口氣。「你們兩個眞的對彼此造成很可怕的影響耶。」

蕾娜和梅格的目光沒有從我身上移開，彼此來個無聲的擊掌呼應。

「好啦，」我咕噥說：「也許多多納之箭有助於喚起我的記憶。至少它用詞藻華麗的莎士比亞時代語言來羞辱我。」

我從箭筒裡取出那支箭。「親愛的預言箭，我需要你的指引！」

沒有回答。

我感到很好奇，是否因爲貨櫃周圍有魔法的影響，讓這支箭安靜入睡。接著我意識到有個更簡單的解釋。我把箭放回箭筒裡，拿出另外一支。

「你選錯箭了，對吧？」梅格猜測說。

---

58 托勒密王國（Ptolemaic Kingdom, 304-30BC）是亞歷山大大帝逝世後，其將領托勒密一世在埃及和周圍地區建立的希臘式王國。

59 「盒中天神」（God-in-the-Box）模仿美國的速食連鎖店「盒中傑克」（Jack in the Box），這名稱原指打開蓋子跳出玩偶的玩具盒。

「才不是！」我氣呼呼地說：「你只是不懂我的程序。現在我要回到靜默的範圍內。」

「可是……」

梅格還來不及說完，我就舉步離開。

直到再次受到冰冷靜默的環繞，我才想到，如果不能說話，那麼要與這支箭對話可能就有困難。

無所謂。我太驕傲了，不能撤退。在蕾娜和梅格的注視下，如果我與這支箭無法透過心電感應來溝通，就只能假裝有一場機智的對話了。

「親愛的預言箭！」我再試一次。我的聲帶振動了，但是沒有聲音發出來，這種感覺超煩的，只能用溺水來比擬。「我需要你的指引。」

「恭喜。」那支箭說。它的聲音在我腦中共鳴（比較像觸覺而非聽覺），連我的眼球都嘎嘎作響。

「謝啦，」我說：「等一下，恭喜什麼啊？」

「汝已發現汝之習慣。至少是習慣之開端。我猜會如此，假以時日。理應恭喜。」

「喔。」我盯著箭尖，等待一句「可是」。沒有說出來。我好驚訝，只能結結巴巴地說：「謝……謝啦。」

「完全不客氣。」

「我們只是彼此說客套話嗎？」

「嘿呀，」那支箭說：「超煩的。附帶一提，汝對汝之少女所說『程序』爲何？汝並無程序以減少笨拙。」

「現在有了，」我含糊地說：「拜託，我的記憶需要刺激才能啟動。這個無聲天神……他是來自埃及的傢伙，對吧？」

「小子，推理得好，」那支箭說：「汝令範圍縮小至埃及的所有傢伙。」

「你知道我的意思啦。有那麼一個……托勒密的天神。奇怪的老兄。他是掌管靜默和祕密的天神。但他其實不是。如果你乾脆告訴我名字，我覺得其他的記憶都會跟著鬆動。」

「我的智慧如此廉價就可購得？難道汝期待不需努力就能贏得他的名？」

「那麼爬上蘇特洛塔你怎麼說？」我質問說：「被渡鴉抓成碎片，臉上遭到飛踢，而且被迫學狄恩．馬汀唱歌？」

「很有趣。」

我可能吼了幾個精挑細選的字眼吧，但是靜默的範圍做了審查，所以你得運用自己的想像力。

「好啦，」我說：「至少給我一點提示吧？」

「誠然，名字以『H』開頭。」

「赫菲斯托斯……荷米斯……希拉……好多天神的名字都是以『H』開頭啊！」

「希拉？汝實當眞？」

「我只是腦力激盪一下。你說，H……」

「想想汝最喜愛之醫師。」

「我。等一下。我兒子阿思克勒庇俄斯。」

那支箭的嘆氣聲，讓我全身的骨頭跟著喀喀震動。「你最喜愛的凡人醫師。」

「基代爾醫師。末日博士。豪斯醫師[60]……喔！你是指希波克拉底[61]。但他不是托勒密的天神。」

「我眞是敗給汝，」那支箭抱怨著說：「希波克拉底是給汝之提示。汝欲找之名字與此類似。汝只需更換兩個字母。」

「哪兩個？」我很急躁，但我始終不喜歡字謎遊戲，即使還沒碰到烈焰迷宮那次可怕的經驗也不喜歡。

「吾將給汝最後一提示，」那支箭說：「想想汝最喜愛之馬克斯兄弟[62]。」

「馬克斯兄弟？怎麼連你也知道他們？他們是一九三〇年代的人耶！我是要說，對啦，當然，我很愛他們。他們讓那十年的沉悶陰鬱變得開朗起來，可是……等等。彈豎琴那個。哈波。我一直覺得他的音樂很悅耳又悲傷，而且……」

我周圍的靜默變得更冰冷也更沉重。

哈波，我心想。希波克拉底。把這兩個名字放在一起，於是你得到……

「哈波克拉底，」我說：「箭啊，拜託告訴我，那不是答案。拜託告訴我，他沒有在那個箱子裡靜靜等待。」

那支箭沒有回答，於是我最深沉的恐懼得到證實。

我把這位莎士比亞風格的朋友放回箭筒，踏著沉重步伐回去找蕾娜和梅格。

梅格皺著眉。「我不喜歡你臉上的神情。」

「我也是，」蕾娜說：「你發現什麼事了？」

我凝望著濃霧，希望我們要對付的東西與致命的巨大渡鴉一樣簡單。如我所想，那位天神的名字已經讓我的記憶爲之鬆動，那是糟糕又討厭的記憶。

「我知道要面對哪一位天神了，」我說：「好消息是，以天神來說，他的力量沒有很強大。大概就像你想的一樣弱。貨眞價實的大D咖。」

蕾娜交叉雙臂。「有什麼內幕？」

「啊……這個嘛。」我清清喉嚨。「我和哈波克拉底其實沒有相處得很好，他可能……呃，發過誓，總有一天要看著我蒸發掉。」

---

❻⓿ 基代爾醫師（Dr. Kildare）是出自一九三〇年代《俠醫》系列電影的瀟灑俠醫。末日博士（Dr. Doom）是出自漫威漫畫《驚奇四超人》的反派人物。豪斯醫師（Doctor House）出自美國影集《怪醫豪斯》。

❻❶ 希波克拉底（Hippocrates，約 460-370BC）是古希臘的醫生，被稱為「西方醫學之父」。

❻❷ 馬克斯兄弟（Marx Brothers）是美國喜劇團體，由五兄弟組成。

28

全需一隻手
有時撫慰我們肩
才能咬鋼鐵

「蒸發喔。」蕾娜說。

「是的。」

「你對他做了什麼好事?」梅格問。

我努力裝出很傷心的樣子。「什麼都沒有啊!我可能稍微取笑他,不過他是很不重要的天神。看起來滿笨的。在其他奧林帕斯眾神面前,我也許講過一些笑話亂虧他吧。」

蕾娜的眉頭皺成一團。「所以你霸凌他。」

「沒有!我是要說……我的確曾在他的古羅馬寬外袍背上,用發亮的字體寫上『炸我』。我想我可能曾經有點惡劣,把他綁起來鎖在馬廄裡面,和我的噴火馬一起過夜……」

「噢,我的老天爺們啊!」梅格說:「你太惡劣了!」

我有股衝動想要爲自己辯護,但忍住了。我想要大叫:「好啦,至少我沒有殺了他,沒有像我對待懷孕的女友科洛尼斯那樣!」不過這樣頂嘴沒有好到哪裡去。

回顧以前與哈波克拉底的相處,我發現自己眞的很惡劣。如果有人對待現在的我,萊斯特,如同阿波羅以前對待弱小的托勒密天神那樣,我一定會想躲起來死掉。而即使以前身爲天神的時候很正直，我也遭遇過霸凌，只不過霸凌的人是我父親。我應該很了解這種事，不會把痛苦施加在別人身上才對。

我已經有很長久的歲月不曾想過哈波克拉底。取笑他似乎變得沒什麼大不了。我想，就是因爲這樣，情況才更糟糕。對於雙方的相處，我根本不當一回事。我猜他不是這樣想。

科洛尼斯的渡鴉……哈波克拉底……

如今他們就像是農神節的過去之靈[63]，雙方都纏著我不放。這肯定不是巧合。塔克文精心安排這一切，把我納入其中。他強迫我面對自己最惡劣的一些舉動。就算我挺過這些挑戰而活下來，我的朋友也會徹底看清我是什麼樣的渣男。這種羞恥會把我壓垮，讓我起不了任何作用；塔克文也耍過同一招，用籠子套住敵人的頭，在裡面添加石頭，直到最後負荷太重，囚犯癱垮下去，淹死在淺淺的池子裡，而塔克文大可宣稱：「我沒殺他喔。他只是不夠強壯而已。」

我深吸一口氣。「好吧，我是惡霸。我現在懂了。我會邁開步伐，走進那個貨櫃，好好道歉。然後呢，希望哈波克拉底不會把我蒸發掉。」

蕾娜沒有顯得很興奮的樣子。她推高自己的衣袖，露出手腕上一只簡單的黑錶。她查看時間，也許想知道把我蒸發掉要花多久時間，然後就可以回去營區。

[63] 農神節的過去之靈（Ghosts of Saturnalias Past）之典故出自英國小說家狄更斯（Charles Dickens, 1812-1870）的作品《小氣財神》（*A Christmas Carol*），故事裡有過去、現在和未來的耶誕三精靈，引導吝嗇鬼史古基回顧過去，痛改前非。此處作者把耶誕節改成古羅馬人的農神節，耶誕節不少習俗都是由農神節而來。

「假設可以通過那些門，」她說：「我們面對的是什麼？把哈波克拉底的事情告訴我。」

我試著召喚出記憶中的那位天神。「他通常看起來像小孩子。也許十歲？」

「你霸凌一個十歲小孩。」梅格表示不滿。

「他『看起來』像十歲，不是說他『真的是』十歲啦。他剃光頭，只有一側留了一條馬尾髮辮。」

「那是埃及人的習慣嗎？」蕾娜問。

「是的，小孩子會這樣。哈波克拉底最初是天神荷魯斯的化身，即荷魯斯之子。總之，亞歷山大大帝入侵埃及時，希臘人發現這位天神的一大堆雕像，不知道該拿他怎麼辦。通常都把他描繪成手指放在嘴唇上。」我示範一下。

「就像說『安靜』。」梅格說。

「希臘人正是這樣想。那姿勢其實和『噓』一點關係也沒有，它象徵的是『孩子』的象形文字，但希臘人深信他一定是掌管沉默和祕密的天神。他們把他的名字改成哈波克拉底，建了一些祭壇，開始膜拜他，於是轟的一聲，他變成希臘埃及混血天神。」

梅格哼了一聲。「創造新的天神沒那麼簡單吧。」

「永遠不要低估數千個人類心智全都相信同一件事的力量。他們可以重新塑造新的現實。有時候變得比較好，有時候不會。」

蕾娜看看那些門。「而現在，哈波克拉底在那裡面。你認爲他的力量足以讓我們的通訊方式都失效？」

「應該不行。我不懂那是怎麼……」

「那些纜線。」梅格指著說：「它們把箱子和高塔連結起來。那可以透過某種方式提升他的訊號？也許那就是他在這上面的原因。」

蕾娜點頭表示欣賞。「梅格，下一次我需要設定遊戲機的時候，我會打電話給你。也許我們可以只切斷纜線，不用打開箱子。」

我喜歡這個點子，而有相當大的跡象顯示不會有用。

「一定不夠，」我下定決心說：「貝婁娜之女必須打開無聲天神之門，對吧？我們的召喚儀式如果要有用，就需要天神的最後一口氣，在他的……呃，靈魂解脫之後。」

在很安全的執法官辦公室談論《西卜林書》的處方，那是一回事；而在蘇特洛塔談論這件事，面對著天神的巨大紅色貨櫃，則完全是另一回事。

我感覺到很深的不安，那與冰不冰冷、有多接近靜默的範圍，甚至與殭屍毒素在我的血液裡循環，全都沒關係。不久之前，我已經承認自己霸凌哈波克拉底。我決定要道歉。然後呢？我會因爲預言的關係而殺了他？又有一顆石頭撲通掉進我頭上看不見的籠子裡。

梅格一定感受到類似的想法。她盡全力擠出「我不想」的怒容，開始撥弄身上的破爛衣服。「我們不是眞的得要……你們也知道，對吧？我的意思是，就算哈波這傢伙是爲兩位皇帝效命……」

「我覺得他不是。」蕾娜朝向鎖桿上的鍊子點點頭。「看來他是被關在裡面。他是囚犯。」

「那豈不是更糟。」梅格說。

從我站的地方看去，剛好可以認出貨櫃門上的白色阿拉伯文字，寫著「亞歷山卓」。我想像三巨頭跑去埃及的沙漠，從某座埋在地下的神廟挖出哈波克拉底，使勁地把他押進那個箱子，然後用船運送到美國，例如第三級貨物之類。兩位皇帝一定只把哈波克拉底當成另一件危險又有趣的玩具，就像他們那些受過訓練的怪物和人模人樣的侍從。

那麼，爲什麼不讓塔克文國王負責保管他呢？兩位皇帝自己可以和那個不死人暴君結爲盟友啊，至少是暫時的，使得入侵朱比特營的行動稍微容易一點。他們可以讓塔克文安排最殘酷的陷阱來抓我。無論是我殺了哈波克拉底，或是他殺了我，到頭來究竟與三巨頭有什麼關係？無論哪一種情況，他們都會覺得很有娛樂性……多來一場角鬥士比賽，打破他們永生不死的單調生活。

脖子的刺傷火熱疼痛，我才發現自己氣得咬緊牙關。

「一定有其他方法，」我說：「預言絕不可能要我們殺了哈波克拉底。我們找他談談吧。把一些事情弄清楚。」

「我們要怎麼談，」蕾娜問：「如果他散發沉默的話？」

「那……那是好問題，」我坦承說：「首先，我們必須打開這些門。你們兩位可以砍斷鍊子嗎？」

梅格一副很震驚的樣子。「用我的兩把刀？」

「嗯，我想它們會比你的牙齒有用多了，不過看你啦。」

「兩位，」蕾娜說：「用帝國黃金刀刃砍斷帝國黃金鍊子？也許可以砍斷，不過我們會在這裡待到夜幕低垂。我們沒有那麼長的時間。我有另一個點子。天神的力量。」

她看著我。

「可是我一點力量都沒有啊！」我反駁說。

「你的射箭技巧恢復了，」她說：「你的音樂技巧恢復了。」
「〈飛象〉那首歌不算。」梅格說。
「〈飛翔〉啦。」我更正說。
「重點是，」蕾娜繼續說：「也許我可以激發你的力量。我想那可能是我在此的原因。」
我想到之前蕾娜碰觸我的手臂時，我感覺到的那股能量。那並不是身體的吸引力，也不是維納斯發出警告的嗡嗡聲。我回想起準備離開營區時，她曾對法蘭克說過的話。「貝婁娜的力量，」我說：「那與『團結力量大』有關？」
蕾娜點點頭。「我可以把別人的能力加以放大。群體愈大，運作得就愈好，不過即使只有三個人，可能也足以提升你的力量，足以打開那些門。」
「那樣算嗎？」梅格問：「我的意思是說，如果蕾娜沒有親自打開門，那樣不算是對預言作弊嗎？」
蕾娜聳聳肩。「預言永遠和你想的不一樣，對吧？如果阿波羅多虧我的幫忙才能打開門，我還是承擔了責任，你怎麼說？」
「況且……」我指著地平線。還有幾個小時才會天黑，不過滿月漸漸升起，巨大且潔白，懸在馬林郡的山丘上方。再過不久，它會轉變成血紅色，而我好怕我們的一大群朋友也會變成那樣。「我們快沒時間了。如果可以作弊，那就作弊吧。」
我意識到這些話會成爲很爛的遺言。然而，蕾娜和梅格跟著我走進冰冷的靜默之中。
等我們走到門前，蕾娜握住梅格的手。她轉身看我：「準備好了沒？」接著她把另一隻手放在我的肩膀上。

力量湧遍我全身。無聲的喜悅讓我笑起來。我覺得與之前在混血營樹林裡一樣強而有力，當時我把尼祿的野蠻人保鑣拋向外太空的低地軌道。蕾娜的力量超級棒！我身爲凡人時，如果能讓她隨時跟在身邊，請她的手放在我的肩膀上，外加一整串其他二、三十位半神半人跟在她後面，我敢打賭，沒有什麼事是我無法達成的！

我抓起最上面的鍊子，輕鬆撕開，簡直像是撕開可麗餅包裝紙。接著拿起下一條，然後再一條。帝國黃金在我的掌心斷開、碎裂，連一點聲音也沒有。鋼鐵的鎖桿感覺像麵包棒一樣軟，我把它們從裝置上拔起來。

現在只剩下門把了。

力量可能也傳到我的腦袋裡。我回頭看著蕾娜和梅格，臉上掛著自鳴得意的嘻笑表情，準備接受她們無聲的阿諛奉承。

然而，兩人看起來彷彿我也把她們折成了兩半。

梅格搖搖晃晃，臉色像皇帝豆一樣綠。蕾娜眼睛周圍的皮膚繃得很緊，充滿痛苦。她太陽穴的血管暴突出來，形狀像閃電。我湧現的力量讓她們備受煎熬。

「趕快完成，」蕾娜以嘴形說。她的眼神補上無聲的懇求：「趁我們昏過去之前。」

懷著卑微又羞恥的心情，我抓住門把。我的朋友已經帶我走過這麼多關卡，如果哈波克拉底確實在這個貨櫃裡沉默等待，我會確保他把所有怒氣出在我身上，而不是蕾娜或梅格。

我扯開門，走進裡面。

29

你是否聽過「沉默是逐漸變聾？」對，那是實情

在另一名天神的力量之下，我的雙手雙膝立刻跪趴在地。

沉默宛如液態的鈦金屬包裹著我。玫瑰的甜膩氣息勢不可擋。

我早就忘了哈波克拉底如何溝通……他運用心智圖像狂轟猛炸，既壓迫又悄然無聲。以前仍是天神時，我只覺得這樣很討厭。而現在，身爲人類，我才意識到這可以讓我的腦袋變成漿糊。此時此刻，他正在向我連續傳送同一則訊息：是你？恨啊！

在我後面，蕾娜跪在地上，雙手摀住耳朵，無聲尖叫。梅格則是蜷曲身子側躺在地，不斷踢蹬雙腿，彷彿試著踢掉最沉重的毯子。

不一會兒之前，我扯破金屬的樣子就像扯破紙張。而現在，我幾乎無法抬起頭，迎上哈波克拉底的目光。

那位天神盤腿坐著，飄浮在這個空間的遠端。

他仍是十歲孩子的體形，仍穿著滑稽的古羅馬寬外袍，戴著埃及法老的保齡球瓶雙重皇冠，就像很多滿心困惑的托勒密天神一樣，無法決定自己究竟是埃及神祇或希臘羅馬天神。他的髮辮馬尾從剃光的腦袋側邊蜿蜒垂下。而且，當然啦，他還是伸出一根手指放在嘴上，

很像全世界大多數失望洩氣、疲倦不堪的圖書館員：噓！

他非這樣不可。我回想起哈波克拉底需要用盡全部的意志力，才能讓手指離開嘴邊放下來。只要不再專心，他的手會突然跳回原本的位置。回首舊日時光，我覺得那樣很可笑。而現在，不再那麼可笑了。

這些世紀的時光對他並不友善。他的皮膚滿是皺紋又鬆弛，曾經擁有的古銅膚色呈現出不健康的瓷器灰色，而凹陷的雙眼燃燒著憤慨和自憐的怒火。

帝國黃金鐐銬緊緊扣住哈波克拉底的手腕和腳踝，再連接到錯綜複雜的鍊子、電線和纜索，有些掛在精密的控制板上，其他的則從貨櫃側壁的洞口延伸出去，連接到高塔的上層結構物。這種設計似乎是用來抽取出哈波克拉底的力量，加以放大，把帶有魔法的靜默傳送到全世界。這是我們所有通訊問題的源頭：一位傷心、生氣、爲人所遺忘的小天神。

我花了一番工夫才弄懂他爲什麼一直遭到囚禁。就算這種小神的力量完全流失，他也應該能夠弄斷一些鍊子才對啊。然而哈波克拉底似乎是獨自一人，無人看守。

接著我注意到了。飄浮在天神兩側、緊密纏繞著鍊子、很難與機械和線路的一般混亂狀態區分開來的，是我已經好幾個世紀沒見過的兩個物體：同樣都是儀式用的斧頭，大約一百二十公分長，具有新月形的斧刃，斧柄周圍固定著一束粗厚的木棍。

束棒。羅馬權力的最高象徵。

看著它們，讓我的肋骨扭曲成彎弓狀。在過去的時代，位高權重的羅馬官員離開家時，身邊一定有一長排的「刀斧手」保鑣，每一位都帶著一把束棒，讓平民得知重要人物即將通過。束棒的數目愈多，官員的地位就愈重要。

到了二十世紀，墨索里尼成爲義大利的獨裁者，重新恢復這個象徵。他的統治哲學便是依據束棒而命名：法西斯[64]。

然而，我們面前的束棒並非普通的標準形式。斧刃是用帝國黃金打造而成，木棍周圍包裹著絲質的橫幅旗幟，上面繡著它們主人的名字。看得到的字母夠多了，我能猜到那些字寫了什麼。左邊是CAESAR MARCUS AURELIUS COMMODUS ANTONINUS AUGUSTUS（康莫德斯），右邊是GAIUS JULIUS CAESAR AUGUSTUS GERMANICUS，又名卡利古拉。

它們是那兩位皇帝的個人束棒，用來傳導哈波克拉底的力量，並確保他受到囚禁。

天神凝視著我。他迫使痛苦的影像進入我心裡：我把他的頭塞進奧林帕斯山的馬桶裡；我把他的手腕和腳踝綁在一起，再和噴火馬一起關進馬廄，只見我樂得大叫大笑。還有其他數十次相遇，我完全忘了；在那所有的畫面裡，我都與三巨頭的每一位皇帝一樣金光閃閃、帥氣英俊、力量強大……也同樣殘酷。

我的頭骨承受著哈波克拉底連番譴責的壓力，感受到陣陣刺痛。我覺得自己斷掉的鼻子、額頭和耳朵都有微血管爆開。在我後面，蕾娜和梅格痛苦扭動身體。蕾娜定睛看著我，鮮血從鼻孔滴下來。她似乎要問：「嗯，這位天才，現在怎麼辦？」

我緩緩爬向哈波克拉底。

我想試試看，運用一連串的心智影像傳達一個問題：你是怎麼來到這裡？

我想像著卡利古拉和康莫德斯制伏他、捆綁他，強迫他聽命行事。我想像哈波克拉底獨

64 法西斯黨（Fascism）的名稱是由束棒（Fasces）而來。

自在這個黑暗的箱子裡飄浮了好幾個月、好幾年，無法掙脫束棒的力量，變得愈來愈虛弱，因為那些皇帝運用他的沉默力量，迫使半神半人的營區陷入黑暗，切斷他們彼此之間的聯繫，任憑三巨頭分進合擊。

哈波克拉底是他們的囚犯，不是他們的盟友。

我是對的吧？

哈波克拉底以一陣輕蔑而強大的憤慨作為回應。

我認為這個回應同時具有「對」和「阿波羅，你爛死了」的意思。

他強迫更多的影像進入我心裡。我看見康莫德斯和卡利古拉站在我目前的地點，面露冷酷的微笑，對他嬉笑怒罵。

「你真應該站在我們這邊，」卡利古拉以心電感應告訴他：「你應該會想幫我們！」

哈波克拉底拒絕了。他或許無法擊敗霸凌他的人，但他靈魂的每一分、每一毫都想對抗他們。正因如此，他現在看起來才會這麼憔悴。

我傳送出一陣同情與悔恨。哈波克拉底用輕蔑把它轟開。

只因雙方都痛恨三巨頭，這無法讓我們成為朋友。哈波克拉底未曾忘記我的殘酷行為。他如果沒有受困於束棒，可能早就把我和我的朋友炸成原子層級的細碎薄霧。

他用逼真的色彩讓我觀看那種影像。我看得出來，他津津有味地咀嚼那種想法。

梅格嘗試加入我們的心電感應爭執。剛開始，她只能傳送出痛苦和困惑的混亂感受。接著，她努力集中心神。我看到她父親低頭對她微笑，遞給她一朵玫瑰。對她來說，玫瑰是愛的象徵，不是祕密的象徵。然後，我看到她父親死在大中央車站的台階上，是尼祿殺了他。

她向哈波克拉底傳送自己的人生故事，捕捉了充滿痛苦的片段光陰。她非常了解那些怪物。她是由「野獸」撫養長大。無論哈波克拉底有多恨我（梅格也同意，我有時相當愚蠢），但我們必須攜手合作，阻止三巨頭。

哈波克拉底用憤怒撕碎她的想法。她好大的膽子，竟敢妄稱了解他的悲慘？

蕾娜嘗試另一種方法。她分享自己對於塔克文上一次攻擊朱比特營的回憶：有那麼多人受傷或遭到殺害，食屍鬼把他們的遺體拖走，讓他們重獲生機，變成維克拉卡斯。她讓哈波克拉底看見自己最大的恐懼：歷經所有戰役之後，歷經數個世紀堅持捍衛羅馬最優秀的傳統之後，第十二軍團可能要在今晚面對自己的結局。

哈波克拉底一動也不動。他把意志力轉而對準我，用恨意掩埋我。

「好啦！」我懇求說：「殺了我吧，如果你非殺不可。但我很抱歉！我已經改變了！」

我向他傳送一連串最可怕、最難堪的失敗，都是我成爲凡人之後的遭遇：在小站悲痛哀悼葛來芬「埃洛伊茲」的遺體，在烈焰迷宮將垂死的潘達人克雷斯特摟在懷裡，以及，當然還有眼睜睜看著卡利古拉殺死傑生·葛瑞斯。

哈波克拉底的狂怒一度開始動搖。

最起碼，我設法讓他感到驚訝了。他從來不曾期待我會感到後悔或羞恥。那些情緒並非我的註冊商標。

「如果你讓我們摧毀那些束棒，」我心裡想著，「那會讓你得到自由。也會傷害那兩位皇帝，對吧？」

我讓他看一個影像，蕾娜和梅格用她們的刀劍砍斷束棒，兩把儀式斧頭轟然炸開。

對，哈波克拉底以想法回應，並讓影像加上一抹燦亮的豔紅色調。

我向他提出了他心裡想的事。

蕾娜也插手進來。她想像著康莫德斯和卡利古拉跪在地上，痛苦呻吟。那些束棒與他們緊密相連。他們把自己的斧頭留在這裡，其實冒了很大的風險。假如束棒遭到摧毀，兩位皇帝有可能在大戰之前變得虛弱，易受傷害。

「是的。」哈波克拉底回應。沉默的壓力減輕了。我幾乎又能呼吸而沒有痛苦。蕾娜跌跌撞撞站起來，也扶著我和梅格站穩腳步。

可惜我們並沒有脫離危險。一旦釋放哈波克拉底，我想像著他會對我們做出很多可怕的事。而既然我是以心智表達想法，也就忍不住把這些恐懼傳達出去。

哈波克拉底的灼熱目光完全沒有消除我的疑慮。

那兩位皇帝一定早就料到這點。他們聰明、憤世嫉俗，也有很好的邏輯。他們深知我若釋放哈波克拉底，那位天神的第一個舉動很可能是殺了我。對那些皇帝來說，他們有可能損失束棒，但更棒的是我遭到毀滅所帶來的好處，以及我害自己遭到毀滅所產生的娛樂價值。

蕾娜碰碰我的肩膀，讓我不由自主地畏縮身子。她和梅格都已拔出各自的武器，正在等我做決定。我眞的想要冒這種險嗎？

我仔細端詳無聲的天神。

「你想做什麼就衝著我來，」我在心裡對他這樣想：「只要放過我朋友就好。拜託。」

他的目光燃燒著敵意和怨恨，但也有一絲歡欣。他似乎正在等我體悟到某種事，活像是等我沒注意的時候，要在我的背上寫「炸我」。

接著，我看到他捧在腿上的東西。剛才我雙手雙膝趴地時沒注意到，而現在站起來就很難沒看到：一個玻璃罐，顯然是空的，密封著金屬蓋。

感覺上，塔克文好像又往我頭上的溺水籠子扔進最後一顆石頭。我想像那兩位皇帝在卡利古拉的遊艇甲板上開心大叫。

過去好幾世紀的謠傳，這時在我腦中轉個不停：女先知的身軀已經碎裂消散……她死不了……她的隨從把她的生命力……她的聲音……保存在一個玻璃罐裡。

哈波克拉底捧著庫米的女先知僅存的一切，那是有各種理由痛恨我的另一個人，兩位皇帝和塔克文都知道我有責任要救那個人。

他們留給我最顯而易見的兩個選項：逃走，讓三巨頭獲勝，而且眼睜睜看著我的凡人朋友遭到毀滅；不然就是釋放兩位充滿仇恨的敵人，並與傑生．葛瑞斯面對同樣的命運。

要做這樣的決定很簡單。

我轉身面對蕾娜和梅格，盡可能以最清晰的思緒這樣想：摧毀束棒。放他自由。

30

聲音和靜噓
我見過更怪伴侶
且慢。不，沒有。

結果那是很糟糕的主意。

蕾娜和梅格小心翼翼地行動，就像你要靠近一頭被逼到絕路的猛獸，或者一位憤怒的不死天神。她們分別站在哈波克拉底的兩側，將自己的刀刃舉到束棒上方，然後以嘴形一起喊出：「一，二，三！」

簡直像是束棒早就等著爆炸。儘管蕾娜原本提醒過，帝國黃金刀刃可能永遠砍不斷帝國黃金鍊子，她和梅格的刀刃卻能砍斷電線和纜索，彷彿那些東西只是我們眼中的幻覺。她們的刀刃砍中束棒，把它們砍得粉碎……讓那些木棍炸成碎片，斧柄斷裂，金色的新月形掉落在地。

兩位女孩向後退開，顯然對自己的成功之舉大感驚訝。

哈波克拉底對我露出淺淺的冷酷微笑。

在無聲的狀態下，他雙手雙腳的鐐銬斷裂開來，像春天的冰霜消失無蹤。剩下的纜索和鍊子皺縮變黑，蜷曲在牆邊。哈波克拉底把重獲自由的手向外伸展（不是做出「噓，我準備要殺你」姿勢的那隻手），於是兩片黃金斧刃飛進他手裡。他的手指變成白熱狀。刀刃熔化了，黃金沿著他的手指向下滴落，在他下方累積成池。
有個細小的可怕聲音在我的腦袋裡說：「嗯，這會很棒喔。」
天神從他腿上拿起玻璃罐。他把玻璃罐放在指尖，很像舉起一顆水晶球。有那麼一刻，我很怕他又像對付黃金斧刃那樣，把女先知僅存的一切熔化殆盡，只爲了惡意報復我。
然而，他反倒用一些新的影像攻擊我的心智。
我看見一隻歐律諾摩斯漫步進入哈波克拉底的牢籠，把玻璃罐夾在一邊腋下。那個食屍鬼的嘴巴淌著口水，眼睛閃耀著紫光。
哈波克拉底在鍊子裡掙扎扭動。當時他待在箱子裡似乎還沒有很久，他想用靜默壓垮歐律諾摩斯，但那個食屍鬼似乎不受影響。有另一個心智驅動它的身體，遠從暴君之墓操控它。即使透過傳心術，顯然也是塔克文的聲音，低沉有力又冷酷，就像戰車輪子輾過血肉。
「我帶了一個朋友來給你，」他說：「盡量不要把她弄破。」
食屍鬼把罐子拋給哈波克拉底，他嚇得趕忙接住。塔克文掌控的食屍鬼一跛一跛離開，發出邪惡的輕笑聲，離開時用鍊子把門捆住。
哈波克拉底獨自身在黑暗中，第一個念頭就是把罐子摔碎。來自塔克文的任何東西一定是陷阱，或者毒藥，甚至更糟。不過他很好奇。一個朋友？哈波克拉底從來沒有朋友，他不確定自己眞的了解這種概念。
他可以感受到罐子裡有活生生的力量：虛弱，悲傷，愈來愈衰弱，不過是活的，而且可能比他自己更古老。他打開蓋子。最微弱的聲音開始對他說話，直接劃破他的靜默，彷彿靜默根本不存在。

經過這麼多個千年歲月，哈波克拉底，本應從來不曾存在的沉默天神，幾乎遺忘了「聲音」。他高興得哭了起來。天神和女先知開始交談。

兩人都知道自己是人質，是囚犯。他們身在這裡，只因爲可以讓兩位皇帝和他們的新盟友，塔克文，達到一些目的。女先知與哈波克拉底一樣，拒絕與俘虜她的人合作。她不會把未來的任何事情告訴他們。爲什麼要告訴他們呢？她早就超脫了痛苦和苦難。她根本沒有留下什麼事物可以失去了。她一心求死。

哈波克拉底有同樣的感受。他再也受不了耗費幾千年時間慢慢消瘦下去，一直等到徹底無人知曉，所有人類都遺忘了他，他才能完全結束存在狀態。他的生命永遠都很痛苦，是失望、霸凌和嘲諷的大集合，沒完沒了。現在他好想睡覺。瀕臨滅絕天神的無盡睡眠。

他們有很多共同的經驗。對我的恨意把他們緊緊相繫。他們意識到塔克文想讓這件事發生。塔克文把他們送作堆，希望他們成爲朋友，於是可以利用他們彼此牽制。但他們無法阻止自己的感受。

「等一下。」我打斷哈波克拉底的故事。「你們兩人……在一起？」

我不該問的。我不是有意要傳送這種充滿質疑的想法，意思好像是說，一個「噓」天神怎麼會和玻璃罐裡的一個「聲音」墜入愛河？

哈波克拉底的憤怒對我施加壓力，讓我膝蓋彎曲。氣壓升高了，我彷彿筆直墜落三百公尺。我差點昏過去，但我想，哈波克拉底不會讓我昏過去。他要我神智清醒，這樣才能受苦。

他讓痛苦和仇恨朝我排山倒海而來。我的關節開始散掉，我的聲帶漸漸鬆弛。哈波克拉底可能已經準備赴死，但不表示他不會先殺我。那會帶給他莫大的滿足。

面對這種無法抵擋的狀況，我低下頭，咬緊牙關。

「好啦，」我心想：「我活該。只要放過我朋友就好。拜託。」

壓力減輕了。

我抬起頭，透過疼痛而朦朧的目光看過去。

在我前方，蕾娜和梅格並肩站著，低頭面對天神。

她們把自己的一陣影像傳送給他。蕾娜在心裡描繪我對軍團吟唱〈傑生．葛瑞斯的殞落〉的樣子、眼眶含淚地主持傑生的火葬儀式，然後是我提議當她男友時一副呆傻、笨拙、無知的模樣，讓她有了好多年來最棒也最單純的笑聲。（蕾娜，謝啦。）

梅格心裡想的則是我在混血營的邁爾米克巢穴救了她，我以那麼眞誠的態度吟唱自己失敗的愛情，志氣消沉的模樣讓巨蟻緊張兮兮。她想像著我的善意，對大象莉維亞，對克雷斯特，特別是對她，當時我在餐廳房間裡擁抱她，跟她說我會一直嘗試愛她，永不放棄。

在她們的所有記憶裡，我看起來好像人類……不過是最好的那些方面。我的朋友沒有透過言語詢問哈波克拉底，我仍是他極度痛恨的那個人嗎？

天神滿臉怒容，打量著眼前兩位年輕女生。

接著有個細小聲音說話了……是眞的「說話」，來自緊閉的玻璃罐。「夠了。」

她的聲音那麼微弱又模糊，我不該聽得見才對。可是貨櫃的徹底寂靜，讓她的聲音聽得見，但她如何穿透哈波克拉底的壓制範圍，我實在想不透。那絕對是女先知。我認得她大膽挑釁的語氣，與好幾世紀以前的她聽起來一模一樣，當時她發誓永遠不會愛上我，直到她手中捧的每一粒沙子全部流光：到了那個時候，你再回來找我。然後，如果你還想要我，我就是你的了。

此時此刻，我們同在這裡，面對永恆的錯誤結局，兩人都沒有呈現出恰當的形態能夠選擇彼此。

哈波克拉底打量著罐子，神情變得悲傷憂鬱。他似乎問著：「你確定嗎？」

「這是我早就預見的情況，」女先知輕聲說：「到了最後，我們會安息。」

一幕新的影像出現在我腦海裡，那是出自《西卜林書》的一些詩節，紫色文字寫在白色皮膚上，燦亮的程度令我不禁瞇起眼睛。那些字冒著煙，彷彿剛用鳥身女妖的刺青針燒灼而成：「加入無語天神的最後一息，等到他的靈魂脫離束縛，伴隨粉碎玻璃。」

哈波克拉底一定也看見那些字了，從他皺眉蹙額的神情看得出來。我等待他咀嚼這些話的意義，然後再次發怒，並且做出決定，假如有任何人的靈魂應該要掙脫束縛，那應該是我的靈魂。

我身為天神時，很少想到時間的流逝。幾個世紀之前或之後，那有什麼關係？而現在，我心裡只想著女先知是在多久前寫下這些字句。這些字句草草寫進原本的《西卜林書》時，羅馬仍是微不足道的王國。難道女先知早在當時就知道這些字句代表的意義？難道她原本就知道自己會消失於無形，只剩下罐子裡的聲音，困在這個黑暗的金屬箱子裡，與她的男友在一起，而男友聞起來有玫瑰的氣息，貌似一個形容枯槁的十歲男孩，身穿古羅馬的寬外袍，頭戴保齡球瓶王冠？果眞如此，她怎麼可能不會比哈波克拉底更想殺我？

天神凝望著罐子，也許與他摯愛的女先知進行私人的心電感應對話。

蕾娜和梅格移動位置，盡可能把我擋在天神的視線之外。也許她們覺得，如果天神看不見我，就有可能忘了我在場。從她們的雙腿之間窺視情況實在有點尷尬，但我實在筋疲力竭、頭重腳輕，覺得自己根本站不起來。

無論哈波克拉底曾經讓我看了什麼影像，或者他對人生有多麼厭倦，我都無法想像他會轉身投降。「喔，因爲預言之類的東東，所以你得殺了我？當然好啊！那就刺殺我這裡吧！」

我更是無法想像他會讓我們拿走女先知的罐子，爲了我們的召喚儀式而摔碎玻璃罐。他們找到了眞愛，爲什麼會想要死去呢？

最後，哈波克拉底點點頭，彷彿兩人達成共識。他的神情因專注而緊繃，把食指從嘴邊拉開，再將罐子舉高到唇邊，輕輕一吻。一般來說，看到一名男子親吻罐子，我不會覺得很感動，但這番舉動竟是如此悲傷且眞心誠意，我覺得有團東西哽住喉嚨。

他扭開瓶蓋。

「阿波羅，再見，」女先知的聲音說，這時聽起來比較清晰。「我原諒你。並不是因爲你值得原諒。完全不是因爲你的關係。而是因爲我可以懷抱著愛意的時候，我不會懷抱著恨意而漸漸爲人所遺忘。」

即使現在可以說話，我也不曉得該說什麼才好。我太震驚了。她的語氣沒有要求回答，沒有要求道歉。她不需要從我這裡得到任何東西，她也不想要。簡直就像「我」才是應該抹除的那個人。

哈波克拉底迎上我的目光。怒火依然在他眼裡熊熊燃燒，但我看得出來，他試圖讓一切隨風而逝。對他來說，比起把自己的手從嘴邊移開，這樣的努力似乎更加艱難。

不是出於刻意，我脫口問：「你爲什麼這樣做？你怎能這麼乾脆就同意死去？」

他這樣做，對我肯定有好處。可是這樣沒道理啊。他已經找到另一個人可以一起生活。更何況，有太多其他的人已經爲了我的任務而犧牲性命。

我現在能夠理解，比起以前更加理解，爲什麼死亡有時候是非不得已的事。身爲凡人，才不過區區幾分鐘之前，爲了救自己的朋友，我也做了同樣的抉擇。然而，一位「天神」竟然同意結束自己的存在，特別是他能夠獲得自由而且深陷愛河的時候？不行，我無法理解。

哈波克拉底對我露出似笑非笑的表情。我的困惑，我那近乎驚慌的感受，一定都讓他得到需要的答案，最終不再對我生氣。以我們兩人而言，他是比較睿智的天神。他能夠理解我所不能理解的事，而他當然不會把答案告訴我。

無聲天神把最後一幕影像傳送給我：我在一個祭壇上，對上天進行獻祭。我將這幕影像解讀成一個命令：讓這件事眞的値得。千萬別失敗。

然後，他深深吐出一口氣。我們眼睁睁看著，目瞪口呆，只見他開始粉碎，他的臉裂開，他的王冠瓦解開來，宛如沙雕城堡的角樓。他的最後一息，他那衰弱生命力的一縷銀色微光，盤旋飄入玻璃罐內，與女先知相聚。他剛好及時轉緊蓋子，接著雙臂和胸口變成大塊灰燼。哈波克拉底消失了。

蕾娜向前撲去，接住玻璃罐，免得撞到地面。

「只差一點點。」她說，也正因如此，我意識到天神的靜默已經打破了。所有的一切似乎都太大聲，像是我自己的呼吸、好幾條電線的滋滋聲、貨櫃牆壁受到狂風吹拂的吱嘎聲。

梅格的臉色依然很像豆科植物。她盯著蕾娜手中的罐子，彷彿很擔心它會爆炸。「他們……？」

「我想……」我哽咽到說不出話。我輕摸自己的臉，發現臉頰溼溼的。「我想，他們走了。永遠走了。如今在罐子裡面，剩下的只有哈波克拉底的最後一絲氣息。」

蕾娜望穿玻璃。「可是女先知……？」她轉頭看我，差點把罐子掉到地上。「我的老天爺們，阿波羅，你看起來好可怕。」

「很像恐怖秀。對，我記得。」

「不。我是要說現在更糟。那個感染。什麼時候變成這樣？」

梅格瞇起眼睛看著我的臉。「噢，好噁。我們得拖你去治療，要快。」

眞高興我沒有鏡子或照相手機，也就看不見自己的模樣。我只能猜想，那些紫色的感染線條已經一路竄上我的脖子，如今在臉頰畫出有趣的新圖案。我沒有覺得自己比較像殭屍，腹部的傷口也沒有比以前更加刺痛，但那可能只表示我的神經系統失去作用了。

「拜託，扶我起來。」我說。

他們得兩人一起扶才行。過程中，我伸出一隻手扶著地板支撐身體，周圍都是破碎的束棒木棍，結果有根碎片刺入掌心。當然會刺到啊。

我的雙腿像海綿般搖搖晃晃，整個人倚在蕾娜身上，然後靠著梅格，努力回想該怎麼站立。我不想看著玻璃罐，但實在忍不住。裡面毫無哈波克拉底那縷銀色生命力的跡象。我必須相信他的最後一絲氣息依然留在那裡面。如果不是那樣，等到我們試圖進行召喚儀式時，我會發現他對我開了最後一個可怕的玩笑。

至於女先知，我無法察覺到她的存在。我很確定她的最後一粒沙子已經流失。她選擇與哈波克拉底一起離開這個世界……兩位無緣的戀人，那是他們之間最後一次共同的經歷。

在罐子外面，標籤紙的殘餘部分依然黏在玻璃上。字跡已然褪色，我只能認出「聖美家葡萄果醬」。塔克文和兩位皇帝要對很多事情負起責任。

「他們怎麼能……？」蕾娜渾身發抖。「天神可以做到那樣嗎？就是……選擇不再生存？」

我想要說「天神無所不能」，但事實上，我還眞的不知道。更重大的問題是，爲什麼會有天神想要試試看？

哈波克拉底對我擠出最後似笑非笑的表情時，難道暗示我有一天終會了解？終有一天，說不定連奧林帕斯眾神都會爲人所遺忘，也會渴望自己不復存在？

我用指甲摳出掌心的碎片。傷口湧出鮮血，是普通的鮮紅人血。鮮血沿著生命線的溝紋往下流，這不是什麼好兆頭。我不相信這種情況會有什麼好事……

「我們得回去，」蕾娜說：「你可以移動……？」

「噓。」梅格插嘴說，伸出一根手指放在嘴唇上。

我很怕她做出最不恰當的舉動：模仿哈波克拉底。接著我才意識到她是認眞的。我剛剛變得敏感的耳朵聽到她所聽見的聲音了，是憤怒鳥類的叫聲，很微弱，很遙遠。渡鴉回來了。

31

噢，血月升起
取末日入場票根
我困大塞車

我們離開貨櫃，及時迎接一場俯衝大轟炸。

有隻渡鴉撲過蕾娜旁邊，咬掉她的一撮頭髮。

「哎喲！」她大叫。「好啦，眞是夠了。拿著這個。」

她把玻璃罐塞到我手裡，然後準備好自己的劍。

第二隻渡鴉來到接觸範圍內，蕾娜猛力揮砍，讓牠從空中摔落。梅格旋轉自己的雙刀，活像攪拌機的刀片，把另一隻鳥攪成一團朦朧黑雲。這下子只剩下另外三、四十隻嗜血的致命飛鳥湧向高塔。

我內心憤怒高漲。我決定了，我眞是受夠渡鴉的悲情和痛苦了。很多人有確切理由痛恨我，包括哈波克拉底、女先知、科洛尼斯、達芙妮……，可能還有其他好幾十人。好吧，說不定有其他好幾百人。但渡鴉呢？牠們繁衍得很興旺！牠們長得那麼巨大！牠們身爲食肉殺手，非常熱愛自己的新工作。要責怪也責怪夠了吧。

我把玻璃罐妥善收在背包裡，接著從肩膀取下長弓。

「要滾就快滾，否則納命來！」我對著那些鳥大叫：「別說我沒警告！」

那些渡鴉呱呱大叫，充滿嘲諷意味。有一隻撲向我，我在牠兩眼之間補上一支箭。牠一邊旋轉一邊墜落，彷彿由羽毛構成的漏斗雲。

我挑了另一個目標，將牠射落在地。接著第三隻。然後第四隻。

渡鴉的呱叫聲變成警告的呼叫聲。牠們環繞的圈圈變大了，可能覺得這樣能保持在射程範圍。我證明牠們是錯的。我繼續射箭，直到死了十隻。然後十二隻。

「我今天多帶了一些箭！」我大喊：「誰想要下一支？」

那些鳥終於接收到訊息了。牠們發出陣陣臨別的刺耳尖叫，可能對我父母喊了一些不能印在書上的評語吧；接著牠們停止攻擊，朝向北方飛往馬林郡。

「做得好。」梅格對我說，同時收回自己的雙刀。

我能做的只有點個頭，以及呼呼喘氣。我的額頭凝結了斗大的汗珠，感覺雙腿好像吸了溼氣的炸薯條般軟趴趴。我覺得自己根本不可能沿著階梯往下爬，更別提匆匆趕回去，迎接充滿樂趣的傍晚，進行天神召喚儀式，然後戰鬥到死，還有可能變成殭屍。

「喔，眾神哪。」蕾娜凝視著鳥群遠離的方向，手指心不在焉地摸摸自己的頭頂，就是渡鴉剛才抓掉她一撮頭髮的地方。

「那會長回來。」我說。

「什麼？不，我不是指我的頭髮，你看！」

她指著舊金山的金門大橋。

沒想到我們待在貨櫃裡的時間這麼久。太陽低垂於西方天空，白晝的滿月已經升高到塔瑪爾巴斯山的上方。午後的熱力把霧氣全部驅散，讓白色艦隊一覽無遺……五十艘漂亮的遊艇排列成V字形，從容不迫地經過馬林海岬邊緣的美麗岬燈塔，一路駛向大橋。通過大橋後，他們會長驅直入，航行進入舊金山灣。

我的嘴巴好像嘗到天神塵埃的滋味。「我們還有多久時間？」

蕾娜查看她的手錶。「那些『酸掉的酒』[65]很不急的樣子，不過即使以他們這樣的航行速度，大概日落的時候也會就定位，準備向營區開火。也許還有兩小時？」

換成其他狀況，聽到她用「酸掉的酒」這種字眼，我可能會很樂吧。我已經很久沒聽過有人稱呼敵人爲「酸掉的酒」。換成現代的說法，最接近的意思會是「卑鄙的無賴」。

「我們回到營區要多久？」我問。

「考慮星期五下午的交通狀況？」蕾娜估算一下。「兩小時多一點吧。」

梅格從她的園藝腰帶口袋拿出一把種子。「那麼我想，我們最好快一點。」

我對「傑克與豌豆」的故事不太熟。

聽起來不大像正牌的希臘神話。

梅格說我們必須採用「傑克與豌豆」出口時，我對她所說的連一點概念也沒有，只見她往最近的大梁灑了一把種子，讓它們爆出花朵，最後以植物形成綿密的網絡構造，一路通往地面。

「你翻過去。」她下達命令。

---

[65] 此處「酸掉的酒」的原文是 vappa，這個字是拉丁文，用酸掉而不能喝的酒來比喻沒用的無賴。

「可是……」

「你不成人形，沒辦法爬階梯，」她說：「這會比較快。就像墜落。只不過是用植物。」

我痛恨這種描述。

蕾娜只是聳聳肩。「這什麼鬼啊。」

她伸出一條腿到欄杆外面，然後就跳了。植物抓住她，把她沿著葉子網絡往下推，一次推動一、兩公尺，很像一長串的人龍接力救火那樣。剛開始她放聲大叫、拚命揮舞雙臂，但是到了通往地面的半路上，她回頭對著上方的我們大叫：「不—太—糟—喔！」

我是下一個。根本就很糟！我放聲尖叫。我翻滾成頭下腳上，拚命掙扎，想要找到東西抓住，卻只能任憑匍匐植物和蕨類的擺布。感覺很像自由墜落，穿過像摩天大樓那麼大的落葉袋，而袋子裡面的樹葉還是活的，非常露骨地摟摟抱抱。

到了底部，植物把我輕輕放在蕾娜旁邊的草地上，她看起來全身髒兮兮，沾滿了花朵。梅格掉在我們旁邊，立刻癱倒在我懷裡。

「好多植物喔。」她嘀咕著說。

她翻個白眼，開始打呼。我想，她今天不可能再當傑克、再爬更多的豌豆了。

歐倫和亞堅頓蹦蹦跳跳跑過來，猛搖尾巴，開心呵氣。整個停車場散落了數百根黑色羽毛，我才知道自己從空中射落了那麼多鳥，這兩隻灰狗一定玩得很開心。

我的狀況很差，沒辦法走路，更遑論扛著梅格，但我和蕾娜仍然想辦法合力拖著她，跌跌撞撞走回山下的卡車。我猜想，蕾娜用了她的貝婁娜驚人技巧，借了一點力氣給我，讓我不禁懷疑，她還能剩下多少力氣呢？

我們到達雪佛蘭車時，蕾娜吹個口哨。她的兩隻狗跳進後面車斗。我們費盡九牛二虎之力，把失去意識的豌豆專家抬進三人座的中間。我也癱倒在她旁邊。蕾娜轉動點火裝置，我們匆匆開車下山。

進展非常順利，大概持續了九十秒吧。接著，我們碰到卡斯楚街，塞進星期五開往高速公路的交通瓶頸。塞車實在太嚴重了，我不禁希望再來一長串植物，用接力的方式把我們扔回奧克蘭。

與哈波克拉底相處一段時間後，所有的一切似乎都吵鬧到令人厭惡：雪佛蘭車的引擎聲、路過行人的交談聲、其他車子重低音喇叭的咚咚聲。我把背包捧在懷裡，想著玻璃罐很完整，嘗試藉此得到一點安慰。我們前來此地的目標已經達成，但我很難相信女先知和哈波克拉底眞的走了。

我會等以後再慢慢消化自己震驚和悲痛的心情，假如還活著的話。我需要想出方法，好好尊崇他們的離世。要怎麼紀念一位沉默天神之死呢？默哀一段時間似乎很多餘。也許尖叫一段時間？

首要之務：撐過今晚的戰鬥，存活下來。接著，我會好好思考尖叫的事。

蕾娜一定是注意到我憂心忡忡的神情。

「你剛才表現得很好，」她說：「你在緊要時刻站出來。」

蕾娜的語氣聽起來很眞誠。不過她的這番讚美，只讓我覺得更羞愧。

「我抱著自己霸凌過的天神的最後一絲氣息，」我悲痛地說：「裝在我詛咒過的女先知的玻璃罐裡，而保護他們的那群鳥，是我把牠們變成殺戮機器，因爲牠們太長舌，談論我的劈腿女友，而我後來暗殺了那個女友。」

「全都是眞的，」蕾娜說：「不過重點是，你現在認清事實了。」

「感覺太可怕了。」

她給了我一抹淺淺的微笑。「那算是重點吧。你做了邪惡的壞事，感覺到抱歉，於是改過向善。這個跡象表示你可能發展出『良心』。」

我努力回想，到底是哪一位天神創造出人類的良心。是我們創造的嗎？難道是人類自己發展出來的？好像沒有哪位天神會這樣吹噓，說用他自己的形象，把凡人創造得正派又得體。

「我……我很感激你這樣說，」我勉強說：「可是我過去所犯的錯誤，差點就害你和梅格死掉。如果你們嘗試保護我的時候，哈波克拉底趁機殺了你們……」

這想法實在太可怕，沒辦法再想下去。我閃閃發亮的新良心會像手榴彈一樣，在我內心自爆。

蕾娜在我的肩膀上輕拍一下。「我們所做的一切，是要讓哈波克拉底看看你改變了多少。他看出來了。你有沒有徹底彌補以前做過的所有壞事？沒有。不過你一直在『好事』那一欄加入新的項目。我們每一個人都可以這樣做。」

在「好事」那一欄加入新的項目。蕾娜談著這種超能力的語氣，彷彿我眞的可以得到那種能力。

「謝謝你。」我說。

她以憂慮的眼神仔細看著我的臉，可能注意到那些紫色的感染線條已經彎彎曲曲地橫越我的臉頰。「你可以用好好活著來謝我，好嗎？我們需要你來進行召喚儀式。」

我們爬上八十號州際公路的入口閘道時，我朝向市中心天際線遠方的海灣瞥了一眼。此刻，那些遊艇駛過金門大橋下方。看來砍斷哈波克拉底的纜索和摧毀束棒，完全沒有嚇阻那些皇帝。

那些大船前方有一條條銀色的尾流，是由數十艘較小的船隻延伸而來，它們一路駛向東灣的海岸線。是登陸小組吧，我想。而那些船隻的移動速度比我們快多了。

滿月升高到塔瑪爾巴斯山上方，慢慢轉變成達珂塔的「酷愛」飲料顏色。

在此同時，歐倫和亞堅頓在車斗裡開心吠叫。蕾娜的手指在方向盤上砰砰敲打，嘴裡用西班牙文喃喃唸著：「快動。快動啊。」梅格倚在我身上，一邊打呼，一邊流口水到我的上衣。因爲她就是這麼愛我。

我們以龜速爬上海灣大橋，這時蕾娜終於說：「我受不了了。那些船不該通過金門大橋。」

「你指什麼？」我問。

「拜託打開手套箱。裡面應該有一個卷軸。」

我略顯遲疑。在一位執法官的貨卡車上，誰知道手套箱裡可能潛藏什麼樣的危險？我小心翼翼，翻找出她的保險文件、幾包面紙、幾袋狗食……

「這個？」我拿起一卷軟趴趴的羊皮紙。

「對。打開它，看看能不能運作。」

「你是說，這是通訊卷軸？」

她點頭。「我自己做的，不過一邊開車一邊用卷軸很危險。」

「呃，好。」我在腿上打開羊皮紙。

表面看起來是空白的。完全沒反應。

我不禁心想，是不是要說些魔法語言，或者給個信用卡號碼還是什麼的。接著，在卷軸上方有個微弱的光球閃閃爍爍，慢慢幻化成小型全像式的法蘭克．張。

「哇！」小小的法蘭克嚇得差點從他的小盔甲裡面跳出來。「阿波羅？」

「嗨。」我說。然後我對蕾娜說：「有用耶。」

「我看到了。」她說：「法蘭克，你聽得見我說話嗎？」

法蘭克瞇起眼睛。他看到的我們一定也很小又模糊。「那是……？不可能吧……蕾娜？」

「對啦！」她說：「我們在回去的路上。船隻開進來了！」

「我知道……偵察隊的報告……」法蘭克的聲音劈啪作響。他似乎在某種大型洞穴裡，很多軍團隊員在他背後匆促奔走，忙著挖洞和搬運某種大甕。

「你在幹嘛？」蕾娜問：「你在哪裡？」

「凱迪克隧道……」法蘭克說：「只是……防禦工事之類的。」

他的聲音模糊不清，我不確定那是因爲靜電干擾的關係，還是他含糊其辭。從他的神情看來，我們剛巧碰到他很尷尬的時刻。

「有沒有什麼消息……麥克？」他問。（肯定是在改變話題。）「應該要……現在。」

「什麼？」蕾娜問得好大聲，連梅格都在睡夢中哼了一聲。「沒有，我是要問你，有沒有聽說什麼消息。他們應該要在金門大橋那裡阻止遊艇。因爲那些船開過去了……」她的聲音戛然而止。

麥克．卡哈爾和他的突擊隊沒能阻止皇帝的遊艇，可能有很多原因。所有的原因都不是好事，所有的原因也都無法改變接下來要發生的狀況。如今唯一阻擋在朱比特營和燃燒毀滅之間的事，就是兩位皇帝的自尊，他們堅持要先進行地面攻擊，而有個空的聖美家果醬罐，也許有可能讓我們召喚天神的助力。

「反正要撐住啊！」蕾娜說：「告訴艾拉，把儀式的東西全都準備好！」

「不能……什麼？」法蘭克的臉消散成一抹亮光。他的聲音聽起來很像沙子在鋁罐裡面搖晃的聲音。「我……海柔……需要……」

卷軸爆炸成火焰，此時此刻我的褲襠可不需要這種事啊。

我把灰燼從褲子上撥開，這時梅格醒了，打個呵欠、眨眨眼睛。

「你在幹嘛？」她追問。

「沒事！我不知道訊息會自動摧毀！」

「連線很差，」蕾娜猜測說：「靜默一定是慢慢瓦解……就像，以蘇特洛塔為震央，慢慢向外傳遞出去。我們讓卷軸過熱。」

「有可能。」我把羊皮紙的最後一點悶燒餘燼用力踩熄。「等我們到達營區，希望能夠傳送伊麗絲訊息。」

「『如果』我們能到達營區的話，」蕾娜咕噥著說：「這種交通狀況……喔喔。」

她指著我們前方一塊閃爍發光的道路指示牌：「二十四E號公路封閉凱迪克隧道緊急維修。請找替代道路。」

「緊急維修？」梅格說：「你覺得那又是『迷霧』嗎？把人趕出去？」

「也許吧。」蕾娜看著我們前方的車陣，眉頭深鎖。「難怪每一輛車都在迴轉。法蘭克在隧道裡幹嘛？我們沒有討論過任何……」她緊皺眉頭，彷彿突然冒出討厭的想法。「我們得回去。要快。」

「那些皇帝需要時間組織他們的地面攻擊，」我說：「他們會先嘗試完整攻下營區，還不會使用投射機。或許……或許交通狀況也會拖慢他們的速度。他們必須找到替代道路。」

「他們在船上耶，呆瓜。」梅格說。

她說得對。而一旦攻擊武力登上陸地，他們會步行行軍，不是開車。我很樂意想像這樣的畫面：兩位皇帝和他們的軍隊抵達凱迪克隧道，看到一大堆閃爍的指示牌和橘色交通錐，於是決定：「嗯，該死。我們得明天再回來。」

「我們大可拋下卡車。」蕾娜沉吟著說，然後朝我們瞥了一眼，顯然打消這個念頭。我們兩人都不成人形，根本不可能從海灣大橋的中間起步，跑個半程馬拉松前往朱比特營。

她咕噥罵了一句粗話。「我們需要……啊！」

就在前方，一輛維修卡車緩緩前進，有個工人正在車尾撿起交通錐，那些交通錐爲了不明原因用來封閉左側車道。這種事司空見慣。星期五的交通尖峰時間，凱迪克隧道又關閉，你顯然會想在這個地區最繁忙的橋梁上封閉一條車道。然而這就表示，那輛卡車的前方空蕩蕩的，是一條開進去徹底違法的車道，一直延伸到萊斯特看不見的地方。

「抓緊了。」蕾娜警告說。我們一通過維修卡車旁邊，她就變換車道，開到卡車前方，撞倒了五、六個交通錐，然後用力踩油門。

維修卡車猛按喇叭，車頭燈狂閃。蕾娜的兩隻灰狗吠叫起來，猛搖尾巴回應，像是要說：「再見啦！」

我想像有幾輛加州公路巡邏隊的警車在大橋底部待命，準備追逐我們。但由目前看來，我們高速越過旁邊的車陣，速度快到連我的太陽戰車都要豎起大拇指稱讚一下。

我們抵達奧克蘭這一側。還沒有追逐跡象。蕾娜轉進五八〇號公路，撞過一排橘色的反光導標，高速衝上二十四號公路的交流道。她很客氣，沒有特別注意幾位戴安全帽的人，他們揮舞著橘色的「危險」標誌，對我們尖聲叫喊一些話。

我們找到自己的替代道路了。就是原本沒預期要走的正常道路。

我朝後面看了一下。還沒看到警察。遙望海面，兩位皇帝的遊艇已經通過金銀島，從容不迫地各就各位，以價值十幾億的奢華致命武器，在整個海灣裡排列成項鍊形狀。我完全沒看到那些較小登陸船隻的蹤跡，表示他們一定靠岸了。這可不妙。

往好的一面想，我們爭取了很多時間。我們完全靠自己的力量越過大橋，只要再開個幾公里就到達目的地了。

「我們一定辦得到。」我像笨蛋一樣說著。

又來了，我觸犯了「波西·傑克森第一定律」：千萬別說某件事一定行得通，因爲你一這樣說，那件事就行不通。

喀轟！

在我們頭頂上方，卡車的天花板出現了腳印形狀的凹陷。車身因爲額外的重量而突然傾斜。似曾相識的食屍鬼又來了。

歐倫和亞堅頓瘋狂吠叫。

「歐律諾摩斯！」梅格大喊。

「它們是從哪裡來的？」我抱怨說：「整天在高速公路附近閒晃，隨時等著掉下來嗎？」

爪子刺穿了金屬和車子的內裝。我知道接下來會如何：出現天窗。

蕾娜大喊：「阿波羅，掌握方向盤！梅格，油門踏板！」

在心臟跳一下的短暫時間內，我以為她指的是某種祈禱文。我的信徒面臨個人危機時，經常會向我這樣懇求：「阿波羅，掌握方向盤66！」希望我能指引他們度過難關。然而，多數時候他們指的不是字面上的意義，不是要我真的坐上乘客座，也沒有要加上梅格和油門踏板。

蕾娜沒有等我弄清楚意思。她放開雙手，伸手到她的座位後面，抓起一件武器。我撲過去，抓緊方向盤。梅格則伸腳踩著油門。

車裡的空間太狹小，蕾娜應該很難用劍，但這沒有難倒她。蕾娜有匕首。她從刀鞘裡拔出一把匕首，盯著我們上方彎曲破裂的天花板，喃喃說著：「沒人敢亂搞我的卡車。」

接下來的兩秒鐘發生好多事。

屋頂撕裂開來，顯露出熟悉又噁心的歐律諾摩斯，它耀武揚威、迎風飄揚，白色眼睛暴凸出來，獠牙滴著唾液，禿鷲羽毛做的裹腰布在風中劈啪翻飛。

腐肉的臭味飄進車裡，我的胃為之翻騰，體內所有的殭屍毒素似乎同時點燃。

歐律諾摩斯尖聲叫道：「食食食食食食……」

然而，它的戰鬥呼喊硬生生喊卡，因為蕾娜揮刀向上，將匕首直直刺入禿鷲尿布。

她顯然早已研究過食屍鬼的各種弱點。她找到一個了。歐律諾摩斯從卡車上跌落，這應該很棒才對，只不過我覺得好像也有人刺中我的尿布。

我說：「矮油。」

我的手從方向盤上滑落。梅格驚慌地踩著油門。蕾娜的一半身體還在車外，她的兩隻灰狗憤怒嚎叫，我們的雪佛蘭車轉向橫越車道，直直撞穿了護欄。我好幸運。又來一次，我從東灣的公路飛出去，搭乘的是一輛無法飛行的車子。

66 原文是 take the wheel，引申為掌控情況；有些人會在車子失控時大叫「Jesus, take the wheel!」，或者碰到難題時向上天這樣祈求，有「老天爺救命」的意思。

32

今天很特別 搭乘略舊卡車 謝目標顧客

我的兒子阿思克勒庇俄斯曾向我解釋身體休克的目的。他說，那是應付創傷的安全機制。人腦一旦遇到太強烈、太嚇人的經驗而無法運作，就會停止記錄。受害者的記憶會出現幾分鐘、幾小時甚至幾天的徹底空白。

這也許能解釋我為什麼完全無法憶起雪佛蘭車的撞車經過。車子衝出護欄後，我所記得的下一件事，是在一間「目標」量販店的停車場上蹣跚晃蕩，推著一輛三輪購物車，裡面塞滿了梅格。我含糊唱著〈坐在海灣碼頭上〉[67]的歌詞。而梅格意識不清，無精打采地揮舞一隻手，試圖指揮。

我的購物推車撞上一堆冒煙扁塌的金屬，那是一輛紅色的雪佛蘭「銀鎮」車款，輪胎爆掉，擋風玻璃破損，安全氣囊爆開。某位思慮不周的駕駛從天上筆直墜落，剛好掉在歸還手推車的地方，貨卡車的重量把十幾輛手推車壓得稀巴爛。

誰會做這種事啊？

慢著……

我聽見號叫聲。在幾個車身外的地方，兩隻金屬灰狗站著那裡保護牠們受傷的主人，於是海灣邊聚集了一小群旁觀者。一名年輕女子穿著紫紅色和金色的衣服（對了，我記得她！她喜歡嘲笑我），用手肘支撐身子，表情扭曲得厲害，左腿彎成不自然的角度。她的臉色像是柏油的顏色。

「蕾娜！」我把梅格的推車推到卡車旁靠著，跑去幫忙執法官。歐倫和亞堅頓讓我通過。

「喔。喔。喔。」我似乎說不出別的話。我應該知道要做什麼才對。我是治療師啊。不過腿部的骨折……哎喲喂呀。

「我活著，」蕾娜咬著牙說：「梅格呢？」

「她正在指揮。」我說。

有一位目標量販店的顧客緩步向前，不怕凶巴巴的兩隻狗。「我打了九一一。還可以幫其他的忙嗎？」

「她沒事啦！」我大吼。「謝謝你！我……我是醫生嗎？」

那位凡人婦女瞇起眼睛。「你是在問我嗎？」

「沒有。我是醫生！」

「嘿，」第二名顧客說：「你的另一個朋友滑走了。」

「唉呀！」我跑去追梅格，她正輕聲喊著「咻咿」，只見她的紅色塑膠推車加速滑走。我抓住把手，推著她回到蕾娜旁邊。

執法官嘗試移動，但是痛到說不出話來。「我可能會……昏過去。」

67〈坐在海灣碼頭上〉（Sittin' on the Dock of the Bay）是美國歌手奧蒂斯・雷丁（Otis Ray Redding, Jr）的代表作。

「不行，不行，不行。」思考，阿波羅，快思考。我該不該等待凡人的急救人員？他們對神食和神飲一無所知啊。我該在梅格的園藝腰帶裡翻找更多的急救用品嗎？

有個熟悉的聲音從停車場的另一頭大喊：「各位，非常感謝！我們會從這裡接手！」

拉維妮亞·艾西莫夫小跑步奔向我們，後面跟著十多名木精靈和方恩，我認得他們很多人曾出現在人民公園。多數人穿著迷彩裝，身上覆蓋藤蔓和枝條，彷彿剛才經由豌豆莖抵達這裡。拉維妮亞穿著粉紅色迷彩褲和綠色背心，羅馬式弩弓在肩上哐噹作響。她頂著粉紅色刺蝟髮型和粉紅色眉毛，下巴奮力咬著泡泡糖動個不停，全身散發出「權威人物」的形象。

「這是現行的調查現場！」她對其他凡人高聲說：「目標量販店的顧客，謝謝你們。請離開，不要逗留！」

也許是她聲音的語氣，或是兩隻灰狗的吠叫聲，最終說服那些旁觀者四散離開。然而，遠處傳來刺耳尖銳的警笛聲。再過不久，我們的周圍就會環繞著急救人員，或者公路巡警，抑或兩者都有。看到汽車從高架公路衝出來，凡人絕對不可能像我這麼習慣吧。

我盯著我們的粉紅髮朋友。「拉維妮亞，你到底在這裡幹嘛？」

「祕密任務。」她高聲說。

「胡說八道，」蕾娜以她的母語大罵。「你擅離職守。你惹上超大麻煩。」

拉維妮亞的大自然精靈朋友們看起來緊張兮兮，彷彿隨時要四散奔逃，但他們的粉紅冰霜領袖以眼神要求冷靜。蕾娜的兩隻灰狗沒有咆哮或攻擊，我猜那表示牠們察覺到拉維妮亞沒有說謊。

「尊重之至，執法官，」她說：「但此刻看來，你遇到的麻煩比我大多了。哈洛德、菲利佩……固定她的腿，趁更多凡人到這裡之前，我們把她搬出這個停車場。雷吉納，去推梅格的手推車。洛托亞，請把卡車上他們所有的裝備拿下來。我會幫阿波羅。我們朝那片樹林移動。快點！」

拉維妮亞對「樹林」的定義很寬鬆。我會稱之爲「溪溝」，手推車到那裡就陣亡了。然而，她的人民公園夥伴以驚人的效率執行任務，區區幾分鐘內就把我們全都安全藏匿到溝渠內，棲身於損壞的手推車和散落垃圾的樹木間，這時急救車輛剛好鳴著警笛開進停車場。

哈洛德和菲利佩用夾板固定蕾娜的腿，只讓她尖叫和嘔吐一點點。有另外兩名方恩用枝條和舊衣物幫她製作一張擔架，而歐倫和亞堅頓跑去撿拾枝條想要幫上忙，也說不定牠們只是想玩你丟我撿的遊戲。雷吉納把梅格從購物推車裡救出來，親手餵她吃些神食恢復體力。

兩位木精靈檢查我的傷勢，表示傷口比以前更多了，但是他們能做的不多。他們不喜歡我受到殭屍感染的臉色，也不喜歡不死人的感染讓我產生的氣味。運氣不太好，面對我的狀況，大自然精靈的療法力有未逮。

他們要離開時，其中一人對她的朋友說：「等到整個變黑……」

「我知道，」她的朋友說：「今天晚上有血月？可憐的傢伙……」

我決定不要理會她們。這似乎是最好的方法，免得爆哭噴淚。

洛托亞，從酒紅膚色和充滿威嚴的體形看來，她一定是紅杉木精靈；她蹲在我旁邊，把卡車上取來的所有裝備堆放好。我瘋狂亂抓，不是急著找我的弓箭，甚至不是烏克麗麗，而是我的背包。等到發現聖美家玻璃罐還在裡面，依然完整，我鬆了一大口氣，差點昏過去。

「謝謝你。」我對她說。

她點點頭，神情嚴峻。「很難找到好的果醬罐。」

蕾娜身處於一群手忙腳亂的方恩之中，掙扎著想坐起來。「我們在浪費時間。我們得回去營區！」

拉維妮亞挑了挑她的粉紅眉毛。「執法官，你的腿那個樣子，哪裡都去不了。就算可以，你也幫不上什麼忙。如果你能放鬆一點，我們治好你的速度會比較快……」

「放鬆？軍團需要我啊！拉維妮亞，軍團也需要你！你怎麼能開小差？」

「好啦，首先，我沒有開小差。你又不知道所有的實情。」

「你沒留下隻字片語就離開營區。你……」蕾娜向前傾的速度太快，喘得上氣不接下氣。那些方恩扶著她的肩膀，幫她往後坐，舒舒服服地躺在新的擔架上，用苔蘚、垃圾和舊的紮染T恤鋪成漂亮的床墊。

「你拋下你的夥伴，」蕾娜啞著嗓子說：「你的朋友。」

「我在這，」拉維妮亞說：「現在要請菲利佩讓你放鬆睡著，這樣你才能休息和療傷。」

「不行！你……你不能跑掉。」

拉維妮亞哼了一聲。「誰說要跑掉？蕾娜，記住，這是你的備用計畫。計畫『L』，來自拉維妮亞！等我們全部回到營區，你會感謝我的。你會告訴每一個人，這是你的點子。」

「什麼？我絕對不會……我根本沒有給你這種……這是叛變！」

我瞥了兩隻灰狗一眼，等待牠們起身守護主人，把拉維妮亞撕扯開來。說也奇怪，牠們只在蕾娜身邊團團轉，偶爾舔舔她的臉或嗅聞她的斷腿，似乎很關心她的狀況，但完全不關心拉維妮亞的造反謊言。

「拉維妮亞，」蕾娜懇求說：「我以後得要指控你擅離職守。別這樣。別讓我……」

「菲利佩，動手吧。」拉維妮亞下達命令。

那位方恩舉起他的排笛，吹奏一首搖籃曲，輕柔而低迴，就在蕾娜耳邊吹奏。

「不行！」蕾娜掙扎著撐開眼皮。「不會。啊啊啊啊啊。」

她癱軟身子，開始打呼。

「這樣好多了。」拉維妮亞轉身看我。「別擔心，我會把她放在某個安全的地方，有兩名方恩陪同，當然還有歐倫和亞堅頓。她在療傷期間會受到很好的照顧。你和梅格需要做什麼就去做吧。」

她的自信態度和掌控一切的語氣，害我差點認不出她是我們在特梅斯科湖遇到的那個人，笨拙又神經兮兮的軍團隊員。她現在比較讓我聯想到蕾娜，以及梅格。但最重要的是，她似乎像是自己的增強版……這個拉維妮亞已經決定自己需要做什麼，而且直到完成之前都不罷休。

「你要去哪裡？」我問，依然徹底困惑。「你爲什麼不和我們一起回營區？」

梅格踏著蹣跚的步伐走來，嘴角還黏著神食的碎屑。「不要煩她。」她對我說。然後對拉維妮亞說：「桃子是不是……」

拉維妮亞搖搖頭。「他和唐恩在先遣部隊，去和海精靈取得聯繫。」

梅格噘起嘴。「是喔。好吧。兩名皇帝的地面部隊呢？」

拉維妮亞的神情變得嚴峻。「他們已經通過。我們躲起來觀察。是啊……那很不妙。我敢說，等你們到達營區時，他們會與軍團展開激戰。還記得我告訴你們的路徑吧？」

「記得啦，」梅格附和說：「好吧，祝好運。」

「喂，喂，喂。」我嘗試做出「暫停」的手勢，但雙手很不協調，看起來比較像是比劃帳篷。「你們到底在講什麼啊？什麼路徑？你們大老遠跑來這裡，爲什麼敵軍通過時只是躲起來？爲什麼桃子和唐恩要去談……等一下，海精靈？」

海精靈是大海的精靈。最近的一些海精靈是……喔。

在這條滿是垃圾的溪溝裡，我沒辦法觀察到太多狀況。我絕對無法看見舊金山灣，也看不見連串的遊艇各就各位，準備向營區開火。但我知道很近了。

我以剛萌芽的敬意看著拉維妮亞。或者是不敬，這意思是說，你認識的某個人很瘋狂，但後來發現那人其實比你想的更瘋狂？

「拉維妮亞，你該不會打算要……」

「別再說了，」她警告說：「否則我會叫菲利佩也把你放倒，讓你小睡一下。」

「可是麥克．卡哈爾……」

「是啊，我們知道。他失敗了。兩位皇帝的部隊行軍經過時一直吹噓那件事。又多了一件事要他們付出代價。」

話說得勇敢，但她的眼神洩露出一絲憂慮，讓我得知她其實很害怕，只是沒表現出來。她要讓自己維持高昂鬥志，免得這批臨時拼湊的部隊失去勇氣，看來並不容易。她的計畫究竟有多瘋狂，這一點都不需要我提醒。

「我們都有一大堆事要做，」她說：「祝好運。」她撥亂梅格的頭髮，其實不需要撥就很亂。「木精靈和方恩，開始行動！」

哈洛德和菲利佩抬起蕾娜的臨時擔架，沿著溪溝小跑步離開，歐倫和亞堅頓在他們身邊蹦蹦跳跳，像是要說：「喔，好耶，又要健行！」拉維妮亞和其他人跟隨其後。過沒多久，他們就消失在林下灌叢間，遁入只有大自然精靈和亮粉髮女孩能夠進入的地帶。

梅格仔細端詳我的臉。「你完整嗎？」

我差點笑出來。她從哪裡學到這種講法啊？我有殭屍毒素流遍全身，還往上進入我的臉耶。那些木精靈心想，等到這張臉完全變黑，我就會變成塔克文那些走路搖搖晃晃的不死人小兵。我渾身發抖，因爲筋疲力竭，也因爲恐懼。敵人的軍隊顯然位於我們和營區之間，而拉維妮亞率領一批沒經驗的大自然精靈，要向皇帝的艦隊發動自殺式攻擊，而有一支眞正的精英組成的突擊隊已經失敗了。

我最後一次感覺「完整」是什麼時候的事？我想要認爲是之前身爲天神的時候，但那並非事實。我已經有好幾個世紀沒有覺得自己很完整。也許有幾千年了。

此時此刻，我更覺得自己像個「洞」……像是宇宙裡的一處虛空，包括哈波克拉底、女先知，以及我所關心的很多人，全都穿過那裡而消失了。

「我會盡量。」我說。

「很好，因爲你看。」梅格指向奧克蘭山。我以爲看到的是霧，但霧氣不會從山坡上垂直升起。距離朱比特營周圍很近的地方，火勢正在燃燒。

「我們需要車子。」梅格說。

33

歡迎來打仗
希望你享受死亡
請盡快再來！

很好，可是爲什麼一定要是腳踏車啊？

我能理解，汽車是絆腳石，我們一整個星期撞爛的車子已經夠多了。我能理解，慢跑去營區是不可能的，因爲事實擺在眼前，我們幾乎連站都站不住。

可是，半神半人爲什麼沒有某種「共乘 App」之類的，叫幾隻巨鷹來載呢？我決定了，等到再度成爲天神，我會馬上開關一個 App。然後立刻找出一種方法，讓半神半人能夠安全使用智慧型手機。

隔著馬路，目標量販店對面設立了一整排鮮黃色的「顧顧路」腳踏車。梅格塞了一張信用卡到車亭裡（她從哪裡得到那張卡，我完全搞不清楚），從停車架移出兩輛腳踏車，把一輛交給我。

喜悅又開心。此時此刻，我們就像閃耀著霓虹黃光的古代戰士，踩踏進入戰場。

我們騎過小巷和人行道，利用山坡上一道道煙柱指引方向。由於二十四號公路封閉了，到處都交通大打結，氣呼呼的駕駛人猛按喇叭、大聲叫囂、揚言施暴。我好想告訴他們，如果眞想打一架，他們大可跟我們走。我們接受幾千名氣憤難消的通勤人士站在我們這邊。

經過灣區捷運的岩嶺車站時，我們看見第一支敵人的部隊。潘達族在高架月台上來回巡邏，毛茸茸的黑色耳朵裹著身子，很像消防隊員的工作夾克，手上還握著消防用的平頭斧。幾輛消防車沿著學府路停放，車燈在下層通道裡閃爍著亮光。還有更多的潘達族冒牌消防隊員守著車站的各個門口，把凡人驅散出去。我希望眞正的消防隊員沒事，因爲他們很重要，也因爲他們很帥氣，而且不對，當下兩者沒有關聯。

「往這邊！」梅格轉個彎，騎上她所能找到最陡峭的坡道，只是爲了要煩死我吧。我被迫站起來踩踏板，用全身的體重施加力氣，奮力踩踏上坡。

到了坡頂，還有更多壞消息。

在我們前方，許多部隊部署在更高的一座座山上，大步邁向朱比特營。有一群群的無頭族、潘達族，甚至有一些是六條手臂的地生族，他們在「近期的煞風景事件」服從大地之母蓋婭；所有部隊用盡方法，穿越焚燒的戰壕和堆疊的路障。羅馬人的先遣部隊則是努力運用我傳授的箭術課程。在傍晚的餘光中，我只看得見零星的戰鬥。從閃亮盔甲的份量和密密麻麻的三角戰鬥旗幟看來，皇帝軍隊的主力聚集於二十四號公路，直直挺進凱迪克隧道。敵人利用扭力投石器，朝向軍團的位置擲出拋射式武器，但大多數一靠近就爆出紫色亮光，消失不見。我想，那是特米納士的傑作，他盡忠職守，捍衛著營區的邊界。

在此同時，在隧道的底部，一道道閃電照亮了軍團軍旗的位置。捲鬚狀的閃電曲曲折折落到山坡上，劈開敵人的陣線，把他們炸成灰燼。朱比特營的投射機對準入侵者射出巨大的火矛，飛越他們的陣線，引發更多森林火勢。然而皇帝的軍隊繼續挺進。

進展最快的部隊擠在大型裝甲車輛後方，那種車輛以八條腿爬行，而且……噢，眾神啊。我覺得自己的腹部好像捲進腳踏車的鏈條裡。那些不是車輛。

「邁爾米克，」我說：「梅格，那些是邁……」

「我看到牠們了，」她完全沒有慢下來。「那沒什麼影響。快點！」

怎麼會沒影響？我們曾在混血營遭遇一整窩的那種巨型螞蟻，差點就死了。牠們差點把梅格搗爛成「嘉寶牌」[68]幼蟲泥。

而現在，我們面對的是受過戰鬥訓練的邁爾米克，牠們用鉗狀大顎把樹木咬成兩半，而且到處噴灑酸液，融穿了營區用來防衛的尖木柵欄。

這是一種全新的恐怖滋味。

「我們絕對不可能穿越牠們的陣線！」我這樣斷言。

「拉維妮亞的祕密地道。」

「那裡垮掉了啊！」

「不是那條地道啦。另一條祕密地道。」

「她到底有多少條啊？」

「不知。很多？快點。」

這番激勵人心的演說一講完，梅格向前踩踏。我跟隨在後，沒有其他更好的辦法了。

她帶我騎進一條沒有出口的街道，前往一座電塔底部的發電站。這個區域的圍籬設置了帶刺鐵絲網，但是門口大開。如果梅格叫我爬上電塔，我可能乾脆放棄，與殭屍永遠和平共處。然而她指向發電站側邊，那裡的混凝土牆設置了金屬門，看起來很像暴風雨掩體或防空壕的入口。

「扶著我的腳踏車。」她說。

她跳下車，召喚出自己的一把彎刀。她只揮一下，就把附有掛鎖的鐵鍊砍斷了，接著拉開門，顯露出黑暗的井狀通道，以危險的角度斜斜通往下方。

「完美，」她說：「夠大，可騎。」

「什麼？」

她跳回自己那輛「顧顧路」，衝進地道，她的腳踏車鏈條發出「喀啦、喀啦、喀啦」的聲音，在混凝土牆壁間反覆迴盪。

「你對完美的定義也太寬鬆了吧。」我嘀咕著說。接著跟在她後面滑進去。

我還滿驚訝的，在地道的全然黑暗中，顧顧路腳踏車其實呢，嗯，會發亮。我想，我應該早就心裡有數。我可以看到梅格的霓虹色戰爭武器就在前方，像是微弱又模糊的幻影。而我低頭看，發現自己腳踏車的黃色幽光幾乎會刺眼。這其實不太能幫助我滑下陡峭的坡道，但敵人比較容易在昏暗的光線下認出我。萬歲！

儘管百般不利，但我沒有失控，也沒有跌斷脖子。地道變平了，然後又開始爬升。我眞想知道究竟是誰挖出這條通道，又爲什麼沒有裝設方便的升降設備；如果有，我就不必浪費這麼多力氣努力踩踏了。

頭頂上方某處，一陣爆炸搖撼地道，眞是持續前進的絕佳推動力。再多流點汗、喘點氣之後，我發現終於能看出前方有個黯淡的正方形光源，是用樹木枝葉蓋住的出口。

---

68 嘉寶牌（The Gerber）是美國知名的嬰幼兒食物泥罐頭品牌。

梅格直直衝過去。我搖搖晃晃跟在她後面；衝出去之後，火焰和閃電照亮眼前的景象，伴隨混亂的聲響。

我們已經抵達交戰地區的中心地帶。

我願意給你免費的忠告。

如果打算跳入某場戰局，你最不想置身的地方就是戰場正中央。我推薦最後面，將軍通常會在那裡設置舒適的帳篷，供應開胃點心和飲料。

可是中心地帶？不行。永遠都很糟，特別是你騎的鮮黃色腳踏車在黑暗中會發亮的話。

我和梅格一騎出去，馬上有十多名渾身金黃蓬亂毛髮的巨人看到我們。那些人指著我們，開始尖叫。

克羅曼達人。哇喔。自從戴歐尼修斯在公元前因為喝醉而入侵印度之後，我就再也沒有見過他們這類人。這個物種的灰色眼睛極為美麗，不過我能夠描述他們的好話大概也只有這一句。他們有一身骯髒又蓬亂的金色毛皮，很像芝麻街的那些布偶拿去當抹布。他們的犬狀牙齒顯然從來沒用過牙線適當潔牙。他們強壯又好鬥，溝通方式只有震耳欲聾的尖嘯聲。我問過阿瑞斯和阿芙蘿戴蒂，克羅曼達人是不是他們長久戀愛關係所祕密誕生的愛的結晶，因為克羅曼達人根本就是這兩位奧林帕斯天神的完美混合。阿瑞斯和阿芙蘿戴蒂不覺得這番話很好笑。

梅格呢，就像所有理智的孩子遭遇十幾個毛茸茸巨人會有的反應，她跳下腳踏車，召喚出自己的雙刀，發動攻擊。我驚慌大喊，拔出自己的弓。之前與渡鴉玩過我射你接的遊戲之後，我的箭所剩不多，但趁著梅格衝向他們之際，我仍奮力射殺了六個克羅曼達人。梅格一定非常疲累，不過只見金色刀光閃過，她仍輕鬆又快速地解決掉剩下的六個。

我心滿意足地笑起來，是眞的笑出聲，感覺實在太棒了，我再度成爲像樣的弓箭手，而且看著梅格的刀術揮灑自如。我們這個團隊好厲害！

這是戰鬥中的一種危險行爲。（伴隨著被殺。）事情進展順利時，你很容易變得目光狹隘。你只專注於周遭的小範圍，忘了大全貌。看著梅格幫最後一個克羅曼達人剃髮且直砍胸口，我讓自己心想，我們好棒棒，我們贏了！

接著環顧周遭，這才發現我們周圍有一大堆「不棒棒」。巨蟻踏著沉重步伐走向我們，同時噴灑酸液，驅逐山坡上的先遣部隊。好幾個身穿羅馬盔甲的人全身冒煙，爬進林下的灌木叢；我不敢細想他們究竟是誰，或者他們會如何死去。

潘達族配戴黑色的防彈背心和頭盔，在暮色中幾乎看不見；他們撐著宛如滑翔翼的巨大耳朵四處滑行，只要發現沒有戒心的半神半人就降落到他們身上。再往更高處看去，巨鷹奮戰巨大渡鴉，翼尖在血紅色的月光中閃閃發亮。而在我左方大約一百公尺處，長著狼頭的犬人大聲號叫奔入戰局，猛力衝撞最靠近的那個分隊的盾牌陣（是第三分隊嗎？）；相較於一大群壞傢伙，那個分隊看起來弱小又孤單，而且人數嚴重不足。

這只不過是我們這座山丘的情況。我可以看到火勢蔓延到山谷邊緣的整個西邊前線，也許正代表綿延八、九百公尺的零星戰鬥。投射機從山頂射出灼熱的長矛，扭力投石器則猛力投擲石塊，撞擊後四散碎裂，將帝國黃金碎片噴灑到敵人的陣線。燃燒的圓木向來是好玩的羅馬人派對遊戲，這時沿著山坡滾下，撞進成群的地生族之間。

軍團做了這麼多努力，敵人仍繼續挺進。在二十四號公路空蕩蕩的東向車道上，皇帝的主要縱隊大步前往凱迪克隧道，高舉著他們的金色和紫色旗幟。那是羅馬人的色彩。羅馬皇帝下定決心要摧毀最後眞正的羅馬軍團。這會是最後的結局，我痛苦地這樣想。不是來自外界的戰鬥威脅，而是要抵抗我們自己歷史上最醜惡的一方。

「陸龜陣式！」有一名分隊長這樣大喊，讓我的注意力轉回到第三分隊。他們奮力用盾牌組合成烏龜狀的防禦隊形，只見犬人朝向他們蜂擁而去，湧過一波咆哮的毛髮和利爪。

「梅格！」我大叫，指著陷入危險的分隊。

她跑向那個分隊，我跟在她後面。我們靠近時，我撈起一個棄置在地上的箭筒，努力不去想它爲什麼掉在那裡，然後奮力向那群犬人連續射箭。六個倒下死了。七個。八個。不過還是太多人了。梅格憤怒尖叫，縱身撲向最靠近的狼頭犬人。她很快就遭到包圍，但我們的挺進轉移了犬人的注意力，讓第三分隊得到寶貴的幾秒鐘能夠重組陣式。

「進攻羅慕樂！」分隊長大喊。

如果你見過鼠婦這種甲殼類動物打開蜷曲的身體，顯露出牠的很多隻腳，你就能想像第三分隊打開陸龜陣式，伸出密密麻麻的一根根長矛，刺殺那些犬人。

我看得目瞪口呆，差點被一個橫衝直撞的狼人咬掉我的臉。牠快要到達我這裡時，分隊長賴瑞擲出手中的標槍。那個怪物倒在我腳邊，完全沒修毛的背部中央遭到刺穿。

「你們辦到了！」賴瑞對我們笑開懷。「蕾娜在哪裡？」

「她很好，」我說：「呃，她活著。」

「酷喔！法蘭克要見你，快點！」

梅格跌跌撞撞地走到我旁邊，呼吸聲很沉重，雙刀閃耀著怪物的黏液。「嗨，賴瑞。狀況怎麼樣？」

「糟透了！」賴瑞似乎很高興。「卡爾、瑞札……立刻護送這兩位去找張執法官。」

「遵命！」兩名護衛催促我們離開，前往凱迪克隧道，而在我們後面，賴瑞叫他的部隊回去作戰：「軍團隊員，快點！我們的訓練就是爲了這一刻！志在必得！」

又過了可怕的幾分鐘，歷經閃開潘達族、跳過燃燒的坑洞、繞過一群群怪物後，卡爾和瑞札帶我們安全抵達法蘭克．張位於凱迪克隧道口的指揮所。我實在滿失望的，那裡沒有開胃點心或飲料。甚至連帳篷也沒有，只有一群緊張爆表、全副武裝的羅馬人匆忙奔走，忙著執行命令和支撐防禦設施。我們上方有個混凝土的平台，從隧道口延伸出來，只見掌旗手雅各挺立在那裡，加上軍團的老鷹和幾名偵察員，持續觀察各種逼近的狀況。只要有某個敵人靠得太近，雅各會以閃電劈打他們，就像化身爲歐普拉的朱比特：「啊你得到一道閃電！啊你得到一道閃電！[69]」可惜他把老鷹用過了頭，都開始冒煙了。就算是超強的魔法物品也有其極限。軍團的軍旗很接近徹底超載的地步。

法蘭克．張一看到我們，肩上的重擔似乎全部消失了。「感謝眾神！阿波羅，你的臉看起來好恐怖。蕾娜在哪裡？」

---

[69] 典故出自美國主持人歐普拉．溫佛瑞（Oprah Winfrey）的節目，有個單元叫「歐普拉的最愛大放送」（Oprah's Ultimate Favorite Things Giveaway），二〇〇四年曾送出兩百多輛轎車給現場觀眾，歐普拉對著觀眾一次又一次大叫：「啊你得到一輛車！啊你得到一輛車！」

「說來話長。」我正準備開始長話短說，這時海柔．李維斯克突然現身，騎著一匹馬從我旁邊冒出來，這眞是測試我的心臟還有沒有正常運作的最佳方法。

「怎麼了？」海柔問。「阿波羅，你的臉……」

「我知道。」我嘆口氣。

她的永生不死駿馬，如同閃電一般迅捷的阿里昂，斜眼看著我並嘶嘶叫著，彷彿要說：「這個笨蛋根本不是阿波羅。」

「朋友，看到你也很開心啊。」我咕噥著說。

我對所有人簡單描述事情的來龍去脈，梅格也不時加上很有幫助的評論，像是「他很笨」、「他又更笨了」，以及「他做得很棒；然後他又要笨了」。

一聽說我們在目標量販店停車場上的遭遇，海柔咬緊牙關。「拉維妮亞。那個女孩，我發誓。要是蕾娜有什麼三長兩短……」

「我們專心在自己能控制的事上面。」法蘭克這樣說，不過他顯得心煩意亂，因爲得知蕾娜不會回來幫忙。「阿波羅，我們會盡可能幫你爭取時間進行召喚。特米納士正在盡力拖慢那兩個皇帝的速度。而現在，我已經讓投射機和扭力投石器瞄準邁爾米克。如果不能把牠們撂倒，我們絕對無法阻止敵軍挺進。」

海柔緊皺眉頭。「第一到第四分隊在這些山區相當分散。我和阿里昂已經根據情況所需穿梭於他們之間，但是……」她自己住嘴，沒有陳述以下的明顯事實：我們節節敗退。「法蘭克，如果你能給我一點時間，我會帶阿波羅和梅格去神殿山。艾拉和泰森正在等他們。」

「去吧。」

「等一下，」我說著，其實我超級焦慮，急著要用果醬罐召喚一位天神，不過海柔說的某件事讓我很不安。「如果第一到第四分隊都在這裡，那麼第五分隊呢？」

「守護新羅馬，」海柔說：「達珂塔和他們在一起。現在呢，感謝眾神，城市很安全。沒有塔克文的跡象。」

砰。就在我旁邊，特米納士的大理石胸像突然冒出來，戴著第一次世界大戰英國陸軍的帽子，卡其色大衣蓋到他的基座底部。從鬆垮的袖子看來，他的雙臂可能在索姆河[70]的壕溝裡遭到截肢。不幸的是，我在一次大戰遇到不少這樣的人。

「城市一點都不安全！」他高聲說：「塔克文正發動攻擊！」

「什麼？」海柔一副自己遭到挑戰的樣子。「從哪裡？」

「從底下！」

「下水道吧。」海柔咒罵一聲。「不過怎麼會……？」

「塔克文建造了羅馬城最早的『大下水道』，」我提醒她。「他很了解下水道。」

「我記得啊！我親自封閉了出口！」

「嗯，反正他就是重新打開了！」特米納士說：「第五分隊需要協助。立刻就要！」

海柔猶豫不決，顯然因爲塔克文用計謀打敗她而驚慌失措。

「快去，」法蘭克對她說：「我會派第四分隊前去增援。」

[70] 索姆河戰役（Battle of Somme）於一九一六年發生在法國北方的索姆河流域，英法兩國將德軍擊退到法德邊境，傷亡一百三十萬人，是一次世界大戰規模最大也最慘烈的陣地戰。

海柔笑了一下，顯得很緊張。「只留三個分隊在你這裡？不行。」

「沒關係，」法蘭克說：「特米納士，你可以打開主閘門這裡的防禦屏障嗎？」

「我幹嘛那樣做？」

「我們要嘗試『瓦干達』71那種東東。」

「什麼？」

「你知道的啊，」法蘭克說：「我們要把敵人導向一個地點。」

特米納士滿臉不悅。「我不記得羅馬軍事守則裡有『瓦干達那種東東』。不過好吧。」

海柔緊皺眉頭。「法蘭克，你不會做什麼蠢事吧……」

「我們會集中這裡的人力，好好守住隧道。我辦得到。」他又擠出自信的微笑。「各位，祝好運。到另一側再見！」

或者再也不見，我心想。

法蘭克沒有等待更多的反對意見。他大步走開，喊了一些命令，叫部隊排好陣式，然後派遣第四分隊進入新羅馬。我記得之前在全像式卷軸裡看到的模糊影像，法蘭克在凱迪克隧道裡到處對他的人員下達指令，挖掘並搬運大甕。我回想起艾拉說過一些模糊難解的話語，提到橋梁和火焰……我不喜歡這些念頭引發的想法。

「孩子們，跨上馬鞍。」海柔說，向我伸出一隻手。

阿里昂嘶叫幾聲，顯得很氣憤。

「是的，我知道，」海柔說：「你不喜歡載三個人。我們到了神殿山就會放下這兩人，然後直接飛向城市。我保證會有非常多的不死人給你踐踏。」

這番話似乎很能安撫馬兒。

我爬上去，坐在海柔後面。梅格選擇馬屁股那裡的後座。

我差點來不及抱住海柔的腰，阿里昂就騰空飛起，讓我的胃留在奧克蘭那一側的山區。

---

71 瓦干達（Wakanda）是漫威漫畫裡的虛構國家，設定位於非洲薩哈拉沙漠以南。

34
喔在此填名
好好傾聽填空格
啥，填字遊戲？

泰森和艾拉並不擅長等待。

我們發現那兩人在朱比特神殿的台階上，艾拉來回踱步，猛搓雙手，泰森則是興奮地跳上跳下，很像準備打第一回合的拳擊手。

艾拉的腰際掛了很多沉重的粗麻布袋，搖來晃去互相碰撞出聲，讓我聯想到赫菲斯托斯辦公桌上的玩具……就是有滾珠軸承那個，彼此碰撞反彈。（我討厭去赫菲斯托斯的辦公室。他桌上的玩具都好迷人，我發現自己可以盯著它們好幾個小時，有時候盯著幾十年，害我錯失了整個一四八〇年代。）

泰森的赤裸胸口現在刺滿了預言文句。他一看到我們，立刻綻放出燦爛的笑容。

「耶！」他大聲嚷嚷：「咻咻小馬！」

聽到泰森幫阿里昂取了「咻咻小馬」的綽號，或者他看到馬兒似乎比看到我更開心，我並沒有覺得很驚訝。我比較驚訝的是，阿里昂儘管氣呼呼地哼了幾聲，卻任由獨眼巨人拍拍牠的鼻尖。阿里昂從來沒有對我顯露出惹人憐愛的模樣。不過，泰森和阿里昂都與波塞頓有關，因此他們算是某種兄弟之類的，而且……你知道怎樣嗎？我不要再想這種事了，免得腦袋燒掉融化。

艾拉小碎步跑來。「晚了。非常晚。阿波羅，快點。你晚了。」

我有股衝動想要告訴她，我們有好幾件事情要處理，但話一到口還是吞了下去。我從阿里昂的背上爬下來，然後等待梅格，不過她與海柔待在上面。

「召喚那件事，你不需要我，」梅格說：「我要去幫海柔，把獨角獸放出來。」

「可是……」

「眾神保佑。」海柔對我說。

阿里昂消失了，徒留一條煙霧沿著山坡而下，以及泰森拍著空蕩蕩的空氣。

「哎喲。」獨眼巨人噘起嘴。「咻咻小馬離開了。」

「對啊，眞的是。」我努力說服自己，梅格會很好。我很快就會見到她。我聽到她說的最後幾個字不會是「把獨角獸放出來」。「好，我們是不是準備好要……？」

「晚了。來不及準備，」艾拉抱怨說：「挑選一間神殿。對。需要挑選。」

「我需要……」

「召喚唯一天神！」泰森把自己的褲管盡可能捲高，然後用單腳跳到我這邊。「這裡，我會再秀一次給你看。在我的大腿上。」

「不用啦！」我對他說：「我記得。只是……」

我匆匆環顧神殿山。有這麼多神殿和祭壇……現在甚至更多，軍團已經完成了傑生提議的瘋狂建設。有這麼多的天神雕像盯著我。

身為萬神殿的一員，我超討厭只能挑選一位天神。那就像要挑選你最喜歡的兒女，或者你最喜歡的音樂家。如果眞的只能挑一個，你做的事一定是錯的。

更何況，要挑選一位天神，就表示其他所有天神都會對你不爽。如果他們不想幫我，或者我一開口問他們就笑我，那也就算了。他們還是會生氣，覺得我沒有把他們放在名單的最前面。我很清楚他們怎麼想，我以前是他們的一員。

當然啦，有些天神顯然是「不行」。我不會召喚茱諾[72]。我不會麻煩維納斯，尤其星期五晚上是她與「美惠三女神」[73]的美容之夜。松拿士[74]不會雀屏中選。他會接我的電話，答應馬上過來，然後再度睡著。

我看著「至高至偉朱比特」的巨大雕像，他的紫色寬外袍宛如鬥牛士的斗篷隨風飄動。「快點啊，」他似乎正對我這樣說：「你明知道自己很想要。」

力量最強大的奧林帕斯天神。有了他的力量，很容易就能擊潰兩位皇帝的軍隊、治療我的殭屍傷口，並且把朱比特營的每一件事情都糾正回來（畢竟這裡是爲了榮耀他而如此命名）。他甚至可能注意到我做過的所有英雄事蹟，認定我承受的痛苦已經夠多了，於是讓我從凡人形體的懲罰中解放出來。

然而……他也可能不願意。也許他很期待我召喚他前來幫忙。一旦我召喚了，他的笑聲可能讓天界隆隆作響，然後以低沉而神聖的聲音說：「不行！」

出乎意料之外的是，我發現自己其實沒有那麼想要恢復神性。我甚至沒有那麼想要「活著」。假如朱比特期待我爬到他面前尋求協助、懇求施恩，那他還不如拿自己的閃電去塞住他的大下水道……關他屁事！我才不稀罕！

自始至終就只有一個選項。在內心深處，我始終知道自己必須召喚哪一位天神。

「跟我來。」我對艾拉和泰森說。

我奔向黛安娜的神殿。

唉，我得承認，我從來沒有瘋狂熱愛阿蒂蜜絲的羅馬神格。正如我以前說過的，我從來不覺得自己的性格在古羅馬時代有很大的轉變。我一直是阿波羅啊。不過，阿蒂蜜絲……

你的姊妹度過喜怒無常的青少年歲月時，你很清楚那是怎麼一回事吧？她把名字改成黛安娜，將頭髮剪短，與另一群比較不友善的少女獵人出去趴趴走，開始與黑卡蒂[75]和月亮建立關係，而且基本上行爲很怪異，對吧？最初搬遷到羅馬時，我們像以前一樣，在各自的神廟裡，以孿生天神之姿一起接受膜拜；但是過沒多久，黛安娜就出走了，跑去做她自己的事。我們不像以前年輕的時候和古希臘時代那樣聊天了，你懂吧？

想到要召喚她的羅馬化身，我心裡很惶恐，但我需要協助，而阿蒂蜜絲……抱歉，是黛安娜，她最有可能回應，雖然她以後肯定對我唸個不停。更何況我超想念她的。是的，我說出來了。如果我今晚即將死去，看來可能性愈來愈高了，那麼首先，我想要最後一次見到我姊姊。

她的神殿是個戶外花園，如同你對野地女神的期待。在一整圈成熟的橡樹內，有個銀色

---

[72] 茱諾（Juno），羅馬神話中的天后，等同於希臘神話中的天后希拉，但形象比希拉更好戰。

[73] 美惠三女神（Three Graces）出自希臘神話，代表真善美，是藝術家經常描繪的主題。

[74] 松拿士（Somnus）是羅馬神話中掌管睡眠的天神，相當於希臘神話的希普諾斯（Hypnos）。

[75] 黑卡蒂（Hecate）是掌管幽靈和魔法的女神，創造了地獄，代表世界的黑暗面。

水池閃閃發亮，正中央有單獨一座永不休止的汩汩噴泉。黛安娜在義大利的內米湖有一座古老的橡樹林聖殿，我想此地的用意是要喚起那裡的記憶，當地是羅馬人最早敬拜她的地方。池邊設立了一個火坑，裡面堆滿木材，準備點燃。我眞想知道軍團是否把每一個祭壇和神殿都維護得這麼好，可能是怕萬一有人在大半夜想要燃燒祭品，臨時抱「神」腳一下。

「阿波羅應該點燃火焰，」艾拉說：「我會混合各種原料。」

「我會跳舞！」泰森高聲說。

我不曉得那是不是儀式的一部分，或者他只是很想跳舞，不過一旦滿身刺青的獨眼巨人決定跳一套舞蹈動作來說明一些事，最好是不要問問題。

艾拉在她的裝備袋裡仔細翻找，拿出各種草藥、香料和油料小瓶，我才意識到自己已經有多久沒吃東西了。我的肚子怎麼沒有咕嚕亂叫呢？我望著升高到山頂上方的血月。希望我的下一餐不會像殭屍一樣，大聲嚷嚷「吃—腦—腦」。

我環顧四周，尋找火炬或火柴來點火。什麼都沒有。接著我想到：當然沒有囉。也許有人先幫我堆疊好木柴，不過黛安娜向來是野外專家，她會期待我自己生火。

我取下長弓，拿出一支箭，然後收集最輕和最乾燥的引火物，堆成一小堆。我已經很久沒用凡人的古早方法來生火，就是拿一支箭在弓弦裡旋轉而摩擦生熱，但我決定放手一搏。我笨手笨腳地摸索了十幾次，還差點把自己戳瞎。我的箭術課學生雅各一定會很得意。

我試著不理會遠方的爆炸聲響。我奮力旋轉那支箭，感覺腹部的傷口好像漸漸裂開，雙手也變得滑溜，因爲水泡都破了。掌管太陽的天神竟然努力生火，這種諷刺的事永無止盡。

最後，我成功點燃最微小的一點火焰。歷經幾度拚命彎手擋風、呼呼吹氣和暗自禱告之後，火堆生起來了。

我站起來，筋疲力竭，渾身顫抖。泰森繼續跟著他自己內心的音樂手舞足蹈，旋轉的模樣很像電影《眞善美》的女主角茱莉・安德魯斯，只不過體重高達一百多公斤且渾身刺青，導演昆丁・塔倫提諾就一直想要這樣重拍《眞善美》。（我說服他相信那是個爛點子。以後再謝我就行了。）

艾拉開始根據她的專利配方，把那些油、香料和草藥灑進坑裡。產生的煙聞起來很像地中海的夏日盛宴，讓我充滿平靜的感受，也回想起我們眾神受到數百萬名信徒虔敬膜拜的開心時光。直到那種時光遭到剝奪，你才會感激那麼單純的快樂。

山谷變得安靜，彷彿我重新踏入哈波克拉底的靜默範圍之內。也許只是因爲戰事稍微停歇，但我覺得整個朱比特營彷彿屏住呼吸，等待我完成儀式。我以顫抖的雙手，從背包裡拿出女先知的玻璃罐。

「接下來怎麼辦？」我問艾拉。

「泰森，」艾拉說，揮手要他過來，「那是很棒的舞蹈。好，給阿波羅看你的胳肢窩。」

泰森踏著沉重的步伐走過來，開心笑著，大汗淋漓。他舉起左手臂靠近我的臉，我可不想要這麼靠近啊。「看見沒？」

「喔，眾神哪，」我整個人往後跳開。「艾拉，你爲什麼把召喚儀式寫在他的胳肢窩？」

「就是該寫在那裡啊。」她說。

「眞的很癢耶！」泰森呵呵笑。

「我……我會開始啦。」我嘗試專心看著那些字，不理會周圍毛茸茸的胳肢窩。除非必要，否則我盡量再也不呼吸。然而我得這樣說，泰森的個人衛生眞的非常棒。儘管他跳舞跳得大汗淋漓，但每次我不得不呼吸時，都沒有因爲他的體味而昏過去。我唯一感受到的是隱約有花生醬的氣味。爲什麼呢？我不想知道答案。

「喔，羅馬的守護神！」我大聲宣讀：「喔，在這裡插入名字！」

「呃，」艾拉說：「你要在那裡……」

「那我再從頭開始。喔，羅馬的守護神！喔，黛安娜，掌管狩獵的女神！聆聽我們的懇求，接受我們的祭品！」

我不記得所有的語句。如果記得，我就不會把它們記錄在這裡，任憑所有人使用。用燃燒祭品的方式召喚黛安娜，絕對屬於「小朋友，千萬別在家裡嘗試」那一類。我有好幾次唸不出來。我很想加入一些個人用語，讓黛安娜知道，這不只是隨便某個人提出的請求。這是我啊！我很特別！但我乖乖照著胳肢窩唸稿。在某個適當時刻（在這裡放入祭品），我把女先知的果醬罐扔進火裡。我很怕它可能就杵在那裡、任憑熱度逐漸升高，但玻璃立刻就碎裂了，颼颼釋放出一縷銀色煙霧。我希望無聲天神的最後一絲氣息沒有浪費掉。

我唸完所有咒語。泰森很好心地放下手臂。艾拉盯著火焰，接著望向天空，鼻子焦慮地扭來扭去。「阿波羅猶豫了一下，」她說：「他沒有唸對第三行。他可能搞砸了。我希望他沒有搞砸。」

「你的信心讓人覺得好窩心。」我說。

不過我也感染了她的憂慮。我在夜空中完全看不出天神協助的跡象。紅色的滿月持續對我頻送秋波，讓整個大地沐浴在血紅色的光線下。遠處沒有響起狩獵的號角聲，只有從奧克蘭山傳來新的爆炸聲響，以及從新羅馬傳來戰鬥的呼喊聲。

「你搞砸了。」艾拉終於說。

「再給一點時間！」我說：「眾神不是永遠都立刻現身。有一次我過了十年才回應龐貝城的一些信徒，而等我到了那裡……這也許不是很好的例子啦。」

艾拉用力扭著雙手。「泰森和艾拉會在這裡等，以免女神現身。阿波羅應該去戰鬥之類。」

「哎喲。」泰森嘟起嘴。「可是我想要戰鬥之類耶！」

「泰森會在這裡和艾拉一起等，」艾拉堅持說：「阿波羅，去戰鬥。」

我匆匆看著山谷。這時新羅馬有好幾處屋頂陷入火海。梅格可能在街上戰鬥，與她那些變成武器的獨角獸一起，做著天知道在幹嘛的某些事。等到殭屍和食屍鬼從下水道湧出來攻擊平民時，海柔會不顧一切撐住防禦力量。她們需要幫忙，而我到達新羅馬的時間會比去凱迪克隧道快一點。

不過光是想到加入戰局，我的腹部就痛得灼熱起來。我記得自己在暴君之墓如何倒下。要對抗塔克文，我一點用處也沒有。靠近他只會加快我晉升爲「本月最佳殭屍」的速度。

我凝視著奧克蘭山，閃爍的爆炸火光照亮了山的輪廓。此時此刻，兩位皇帝一定在凱迪克隧道與法蘭克的防禦部隊展開激戰。沒有阿里昂或顧顧路腳踏車，我不確定自己能不能及時抵達那裡派上用場，但這似乎是最不糟糕的選項。

「衝啊。」我可憐兮兮地說。我小跑步離開，跨越山谷。

35

這麼好條件
二對一單獨決鬥
殺我們免費！

最囧的事情是什麼呢？我氣喘吁吁爬上山，發現自己哼著〈女武神的飛行〉旋律。可惡啊，華格納。可惡啊，《現代啟示錄》[76]。

到達山頂時，我整個人暈頭轉向、滿身大汗。遙望著山下的景色，我覺得自己的存在毫無意義。太遲了。

山區是一整片燒過的壕溝焦土，散落著盔甲和損壞的戰鬥裝備。沿著二十四號公路約一百公尺外，兩位皇帝的部隊已經排列成數個縱隊。人數沒有上千，如今大約幾百人，結合了日耳曼人保鑣、克羅曼達人、潘達人，還有其他人形部族。有個小小的好運：邁爾米克一隻也不剩。法蘭克把巨蟻設定為攻擊目標的策略顯然奏效了。

在凱迪克隧道的入口處，就在我的正下方，第十二軍團的剩餘部隊鎮守在那裡。十幾名衣衫襤褸的半神半人組合成盾牌牆，跨越整個來向車道。一名我不認識的年輕女生舉著軍團的軍旗，意謂著雅各要不是遭到殺害，就是受了重傷。過熱的金鷹冒煙得好厲害，我都快看不出它的形狀。它今天無法劈打更多敵人了。

大象漢尼拔與部隊站在一起，穿戴牠的克維拉盔甲，象鼻和象腿的數十道割傷流著血。

行列的正前方聳立著兩百五十公分高的科迪亞克棕熊……那是法蘭克．張吧，我認爲。他的肩膀插著三支箭，但他伸出利爪，準備投身於更多的戰鬥。

我的心揪成一團。也許吧，身爲巨大的棕熊，即使身上插了幾支箭，法蘭克也可以存活。但是等到他試著再變回人類，又會怎樣呢？

至於其他倖存者……我實在無法置信，這些就是三個分隊僅剩的所有人。也許沒看到的人是受傷，而不是死了。也許我應該考慮到一種撫慰人心的可能性：每死去一位軍團成員，就伴隨有數百個敵人遭到殲滅。然而他們看起來好悲慘，無法奢望以優勢人力守住朱比特營的入口……

我抬起頭，目光越過公路，遠眺海灣，結果希望全失。皇帝的艦隊依然各就各位，那一連串漂浮的白色宮殿，正準備讓毀滅降臨在我們身上，然後主辦一場盛大的勝利慶祝活動。

就算我們想辦法把二十四號公路上剩餘的敵人全部殲滅，那些遊艇也遠在我們能力所及的範圍之外。無論拉維妮亞有什麼樣的打算，她顯然已經失敗了。兩位皇帝只要下達一個命令，就可以讓整個營區變成廢墟。

足蹄的躂躂聲和輪子的轆轆聲，把我的注意力拉回到敵人的陣線。他們的數個縱隊分離開來。兩位皇帝親自出來談判，兩人搭乘黃金戰車，並肩而立。

---

76 《現代啟示錄》（*Apocalypse Now*）是美國導演法蘭西斯．柯波拉（Francis Ford Coppola）的代表作，改編自英國作家約瑟夫．康拉德（Joseph Conrad, 1857-1924）的小說《黑暗之心》，描繪越戰時期戰爭與人性的辯證。片中以華格納歌劇《尼布龍的指環》其中一段〈女武神的飛行〉為配樂，襯托出戰爭的勇武與殘酷。

康莫德斯和卡利古拉看似為了挑選最俗豔的盔甲而有過一番競爭，而兩人都輸了。他們從頭到腳都用帝國黃金包得緊緊的，包括護脛甲、蘇格蘭短裙、護胸甲、手套、頭盔，全都有精緻的蛇髮女怪和復仇女神圖案，鑲嵌著許多貴重寶石。他們的面罩設計得像是表情扭曲的惡魔。我能夠區分兩人，只因為康莫德斯比較高大，肩膀也比較寬闊。

兩匹白馬拉著戰車……不，那不是馬。牠們背部的脊椎兩側都有長條的醜陋疤痕，肩胛骨之間烙印著鞭打的痕跡。牠們的操控者/施虐者走在旁邊，緊抓著韁繩，手上拿著趕牛刺棒隨時準備好，以免野獸亂搞鬼。

喔，眾神哪……

我跪倒在地，忍不住反胃。我看過那麼多恐怖的事物，眼前眞是最糟的一幕。那些曾經美麗的駿馬，是飛馬。什麼樣的怪物會把飛馬的翅膀割斷呢？

兩位皇帝顯然想傳達一個訊息：他們想要征服世界，不惜付出一切代價。沒有一件事能夠阻止他們。他們會受傷、會殘廢。他們會衰弱、會毀壞。除了自己的力量，他們無所畏懼。

我搖搖晃晃站起來。我的絕望轉變成激昂的憤怒。

我高聲號叫：「不！」

我的叫聲迴盪穿越深谷。兩位皇帝的隨從人員劈里啪拉停下來。數百張臉孔轉而向上看，想要確定吵鬧聲音的來源。我攀爬下山，不斷失足跌倒甚至翻滾，撞上樹木，跌跌撞撞，但仍持續前進。

沒有人嘗試對我射擊。沒有人大喊：「萬歲，我們得救了！」法蘭克的防禦部隊和皇帝的部隊只是睜睜看著，全都驚呆了，只見我一路衝下山坡……曾遭毒打的青少年獨自一人，衣衫襤褸，鞋子滿是泥巴，背上帶著烏克麗麗和長弓。這一幕，我心想，是史上最不震撼人心的援軍抵達場面。

最後，我終於到達公路上的軍團隊員那邊。

卡利古拉從十五公尺外的柏油路面上仔細打量我。他爆出笑聲。

他的部隊略顯遲疑，接著也依循他的示範……只有日耳曼人除外，他們很少笑。

康莫德斯在他的黃金盔甲裡忸怩不安。「抱歉，誰能幫我說明這個情景？到底是怎樣？」

直到這時我才發現，康莫德斯視力的恢復程度一直沒有符合他的期望。我幸災樂禍地心想，我在小站展現天神光輝的刺眼閃光，可能讓他在明亮的日光下還能看到一點點，但是到了晚上就完全看不見了。一點小小的天賜，如果我能搞清楚該如何運用的話。

「希望我能描述，」卡利古拉語氣冷淡地說：「偉大的天神阿波羅跑來救援，而他看起來一直沒有比較好。」

「這是諷刺嗎？」康莫德斯問：「他看起來糟透了？」

「是的。」卡利古拉說。

「哈！」康莫德斯勉強笑出聲。「哈！阿波羅，你看起來糟透了！」

我用顫抖的雙手搭箭上弓，射向卡利古拉的臉。我的準頭沒問題，但卡利古拉把箭猛力揮開，彷彿那是一隻睡眼惺忪的馬蠅。

「萊斯特，別讓你自己難堪，」他說：「讓領導的人說話。」

他把臉孔扭曲的面具轉向科迪亞克棕熊。「嗯，法蘭克．張？你有機會光榮投降。向你的皇帝鞠躬致敬！」

「兩位皇帝。」康莫德斯更正說。

「是的，當然，」卡利古拉圓滑地說：「張執法官，你有責任要認定羅馬的當權者，那就是我們！我們可以一起重建這個營區，提升你們軍團的榮耀！不再躲藏，不再畏縮於特米納士那些脆弱的邊界後面。該是成爲眞正的羅馬人、征服整個世界的時候了。加入我們的行列。從傑生·葛瑞斯所犯的錯誤中學到教訓。」

我再次大聲號叫。這一次，我瞄準康莫德斯射出一箭。是的，這樣顯得心胸狹隘。我以爲要射中盲眼皇帝比較容易，但是他呢，也一樣，伸手把箭揮掉。

「阿波羅，射得眞爛！」他大喊：「我的聽力或反射動作都完全沒問題。」

那隻科迪亞克棕熊大吼一聲。他只扒抓一下，就把肩膀的箭桿全部弄斷。他的身子縮小，變成法蘭克·張。那幾支箭仍然刺穿護胸甲的肩膀部位。他的頭盔不見了，身體側邊浸溼了鮮血，但他仍展現出十足堅決的神情。

漢尼拔在他旁邊吼叫一聲，腳掌扒抓路面，隨時準備進攻。

「夥伴，不行。」法蘭克朝向他的最後十幾名夥伴看了一眼，他們疲倦又受傷，但仍準備跟隨他赴死。「熱血灑得夠多了。」

卡利古拉歪著頭表示同意。「所以，那麼，你投降？」

「不是喔。」法蘭克挺直身子，雖然這番努力害他皺緊眉頭。「我有個替代的解決方法。『至高戰利品』⑦⑦。」

緊張的喃喃聲宛如漣漪，傳遍了皇帝的數個縱隊。有些日耳曼人挑起他們濃密的眉毛。法蘭克的少數軍團隊員看似想要說些什麼，例如「你瘋了嗎？」，但終究忍住沒說。

康莫德斯笑起來。他脫掉自己的頭盔，顯露出蓬亂的鬈髮和鬍子，以及殘酷而俊俏的臉龐。他的眼睛是奶白色的，無法聚焦，眼睛周圍的皮膚仍有疤痕，彷彿有人曾對他潑灑酸液。

「單獨決鬥嗎？」他咧嘴笑說：「我好愛這個點子！」

「我會挑戰你們兩人，」法蘭克提議說：「你和卡利古拉對抗我。你們贏了，而且通過這個隧道，營區就是你們的了。」

康莫德斯猛搓雙手。「極好！」

「慢著，」卡利古拉厲聲說。他脫下頭盔，看起來並不高興，目光閃爍，思緒無疑轉個不停，從各種角度思考整件事。「條件太好了，不像是真的。張，你在玩什麼把戲？」

「要不是我殺了你們，就是我死，」法蘭克說：「只是這樣而已。過了我這關，你們就能大步走進營區。我會命令剩餘的部隊解除警戒狀態。你們可以舉辦勝利的遊行穿越新羅馬，如同你們一直以來的願望。」法蘭克轉身面對他的一位夥伴。「科倫，你聽見沒？這些是我的命令。如果我死了，你們保證會好好尊敬他們。」

科倫張開嘴，但顯然無法信賴自己說出的話。他只是點點頭，神情陰鬱。

卡利古拉皺著眉頭。「至高戰利品。好古早的事啊。很久沒這樣做了，自從……」

他自己住嘴，也許想起他背後的那種部隊：「古早的」日耳曼人，他們見識過單獨決鬥，那是領導者贏得戰役最光榮的方式。在早先的時代，羅馬人也做如是想。第一位國王，羅慕樂，以個人之力打敗了敵人國王阿克隆，奪走他的盔甲和武器。幾個世紀後，一些羅馬將軍

---

77 至高戰利品（Spolia opima）是指古羅馬時代兩軍統帥單獨決鬥，贏家得到輸家的武器作為戰利品。

試圖模仿羅馬慕樂，特地在戰場上找到敵人的領導者進行單獨決鬥，於是可奪取至高戰利品。對眞正的羅馬人來說，這樣能展現最高的勇氣。

法蘭克的計謀很聰明。兩位皇帝無法拒絕他的挑戰，不然就會在他們的部隊面前丟臉。另一方面，法蘭克傷得很重，不可能在沒有協助的狀態下獲勝。

「二對二！」我大喊，連自己都感到很驚訝。「我會加入戰鬥！」

這又引來皇帝部隊的另一輪笑聲。康莫德斯說：「那更好！」

法蘭克看起來非常驚恐，這可不是我期待見到的「謝謝你」表達法。

「阿波羅，不行，」他說：「我可以應付。離開！」

如果是幾個月前，我會很樂意讓法蘭克自己挑起這場毫無希望的戰鬥，我則坐在後面，吃著冰涼的葡萄，查看簡訊。現在不行。傑生．葛瑞斯的事情之後不行。我看了看可憐的殘廢飛馬，牠們被迫拴在兩位皇帝的戰車上，於是我下定決心，我所生活的世界，絕對不能有這種殘忍行爲不受到質疑與挑戰。

「抱歉，法蘭克，」我說：「你不能獨自面對這件事。」我看著卡利古拉。「嗯，『小靴子』？你的同件皇帝已經同意了。你要參加嗎？還是我們讓你太過驚嚇？」

卡利古拉撐大鼻孔。「我們已經活了好幾千年，」他說，彷彿要向學習遲緩的學生解釋一件簡單的事實。「我們是天神。」

「而我是馬爾斯之子，」法蘭克回擊說：「第十二軍團福米納塔的執法官。我不怕死。你們呢？」

數到五下，兩位皇帝都沉默不語。

最後，卡利古拉轉頭往背後叫道：「格里高利！」

一名日耳曼人小跑步上前。以他的高大身材，他蓬亂的頭髮和鬍子，他身上粗厚的獸皮盔甲，看起來很像法蘭克變身的科迪亞克棕熊，只不過臉孔更加醜陋。

「陛下？」他咕噥著說。

「部隊全部留在原地，」卡利古拉下達命令。「我和康莫德斯殺掉張執法官和他的寵物天神時，不准插手。懂了嗎？」

格里高利仔細看著我。我看得出來，他與內心的榮譽感暗自博鬥。單獨決鬥很好。然而與受傷的戰士和遭到殭屍感染的弱雞單獨決鬥，實在不是什麼重大的勝利。明智的決定是把我們全部屠殺殆盡，大踏步進入營區。不過挑戰已經發布。挑戰也已經獲得接受。但他的工作是保護兩位皇帝，而假如這是某種陷阱……

我敢打賭，格里高利希望自己從事的這項工作，能夠達到他媽媽一直以來的期望。擔任野蠻人保鑣，心理上是很疲累的。

「那好吧，陛下大人。」他說。

法蘭克面對他剩餘的部隊。「離開這裡。去找海柔。守護城市，不讓塔克文攻進去。」

漢尼拔以象吼聲表示抗議。

「夥伴，你也一樣，」法蘭克說：「今天沒有大象要死。」

漢尼拔氣呼呼的。其他的半神半人顯然也不喜歡這樣，但他們是羅馬軍團隊員，受過太好的訓練，不能違背直接下達的命令。他們與大象和軍團的軍旗一起撤退到隧道裡，只留下我和法蘭克．張組成「朱比特營隊」。

兩位皇帝從他們的戰車爬下來之際，法蘭克轉身面對我，給我來個混合了汗水和血水的擁抱。我一直覺得他熱愛擁抱，所以這沒有嚇到我，直到他附在我耳邊輕聲說：「你打亂我的計畫。等到我說『時間到』，不管你人在哪裡或戰鬥進行得如何，我要你盡可能以最快速度從我身邊跑開。這是命令。」

他用力拍我的背，然後放開我。

我想要抗議：「你又不是我的老闆！」我來到這裡，不是爲了要奉命跑開。我大可自己跑開。我非常確定，我不會讓另一個朋友爲了我而犧牲性命。

另一方面，我不知道法蘭克有什麼計畫。我必須等待，看看他心裡到底在想什麼。接著我才能決定該怎麼做。況且，假如我們有任何機會，能在康莫德斯和卡利古拉的死亡比賽中獲勝，絕對不會是仰賴我們的超強力量和個人魅力。我們需要一些非常認眞又優質的騙術。

兩位皇帝跨越了燒焦且變形的柏油路面，朝我們大踏步走來。

由近距離看來，他們的盔甲顯得更加可怕醜陋。卡利古拉的護胸甲看起來很像塗滿了黏液，然後滾過蒂芙尼珠寶店的展示櫃。

「好了。」他對我們露出微笑，如同他身上的珠寶收藏一樣燦爛又冷酷。「我們可以開始了嗎？」

康莫德斯脫掉他的長手套。他的雙手巨大又粗糙，滿是老繭，活像是閒暇時間以猛搥磚牆爲樂。很難相信我曾經充滿感情地握著那雙手。

「卡利古拉，你單挑張，」他說：「我會拿下阿波羅。我不需要倚靠視力就能找到他。我只要依循聽力。他會是哭著找媽媽的那個人。」

他對我的了解這麼深，我好恨哪。

法蘭克拔出自己的劍。他肩膀的傷口依然滲著血。我不確定他打算怎麼維持站姿，更別提戰鬥了。他的另一隻手輕觸腰際的布袋，裡面裝著那根火棒。

「所以，我們對規則都很清楚了，」他說：「就是沒有規則。我們殺了你們，你們去死。」

接著，他作勢指向兩位皇帝：來吧。

36

別又來。吾愛。
這到底有幾個字
「完全沒希望」？

就算我處於這麼虛弱的狀況，你會認爲我還是能讓盲眼的對手一直碰不到我吧。
你恐怕錯了。
我對康莫德斯射出下一箭時，他只位於十公尺外。他不知怎的躲掉那支箭，衝過來，扯掉我手中的弓。他用膝蓋將那把武器折斷。
「無禮啊！」我大叫。
回想當時，在那千鈞一髮之際，我眞不該花時間大叫。康莫德斯扎扎實實地在我胸口猛捶一拳。我跌撞後退，屁股坐倒在地，肺部像是著了火，胸骨陣陣刺痛。像那樣的一拳應該會要了我的命。我不禁心想，我的天神力量是否決定客串演出一下？果眞如此，我豈不是浪費了回擊的機會？我太忙著爬行躲開，哭著喊痛。
康莫德斯笑起來，轉身對他的部隊說：「你們看見沒？他永遠是哭著找媽媽的那個人！」
他的追隨者高聲歡呼。康莫德斯浪費了寶貴時間享受他們的諂媚。他就是忍不住要表演一下。他一定也知道我哪裡都去不了。
我瞥了法蘭克一眼。他和卡利古拉彼此繞圈，偶爾交互出擊，試探對方的防禦能耐。法蘭克的肩膀上刺著幾支箭頭，他沒有選擇餘地，只能以左側爲主。他的動作很僵硬，在柏油路面留下一排血腳印，讓我聯想到（好啦很不恰當）佛雷．亞斯坦[78]曾經給我的一張交際舞步圖表。

卡利古拉徘徊於他的周圍，極度自信。他流露出自鳴得意的微笑，與先前刺殺傑生．葛瑞斯的背後那時一模一樣。我有好幾個星期的惡夢都是那個微笑。

我甩開自己的恍惚呆滯。我應該採取一點對策。不是等死。對。這件事位居我的「待辦清單」第一項。

我勉力站起，摸索自己的佩劍，然後才想起根本沒有。我現在唯一的武器是烏克麗麗。眼前的敵人仰賴聲音獵殺我，彈一首歌給他聽似乎不是最睿智的舉動，不過我仍抓住烏克麗麗的指板。

康莫德斯一定是聽到撥弦的聲音。他轉過身，拔出自己的劍。

對一個身穿珠光寶氣盔甲的大塊頭來說，他的行動速度未免也太快了。我還來不及決定要彈狄恩．馬汀的哪一首歌給他聽，他就揮劍刺向我，差點害我肚破腸流。他的劍尖撞擊到烏克麗麗的青銅琴身，火花四濺。

他用雙手握著劍，高舉過頭，準備把我劈成兩半。

我撲上前去，用手上的樂器戳向他的腹部。「哈，哈！」

這個舉動有兩個問題：一、他的腹部覆蓋著盔甲。二、烏克麗麗的底部是圓的。我在心

---

[78] 佛雷．亞斯坦（Fred Astaire, 1899-1987）是美國知名演員和舞者，是影史上最有影響力的舞蹈家。

裡默默做了筆記，如果在這場搏鬥存活下來，我會設計出底部尖尖的樂器，也許是火焰噴射器吧……吉恩．西蒙斯[79]彈的烏克麗麗。

要不是康莫德斯笑得那麼厲害，他的反擊可能要了我的命。我跳向旁邊，只見他的劍向下揮砍，陷進我原本站立的地方。在公路上開戰有個優點：剛才所有的爆炸和閃電劈砍讓柏油變軟了。康莫德斯忙著把他的劍拔出來之際，我衝過去，猛力砸下。

出乎意料之外，我還眞的把他推撞得失去平衡。他踉蹌幾步，包覆裝甲鋼板的後背摔倒在地，他的劍也插在路面上微微抖動。

皇帝的軍隊沒有人爲我歡呼喝采。好冷酷的一群人。

我後退一步，試著喘口氣。有人貼到我背上。我大叫一聲，唯恐是卡利古拉要拿長矛刺我，但那只是法蘭克。卡利古拉站立的地方與他相距大約六、七公尺，嘴裡咒罵著，同時伸手抹掉眼裡的一點碎石。

「記住我說過的話。」法蘭克對我說。

「你爲什麼要這樣做？」我氣喘吁吁地說。

「這是唯一的方法。如果我們運氣好，可以爭取時間。」

「爭取時間？」

「讓天神的助力能夠抵達。還沒發生，對吧？」

我吞嚥口水。「也許吧？」

「阿波羅，拜託告訴我，你進行了召喚儀式。」

「我有啊！」

「那麼我們就是在爭取時間。」法蘭克堅持這樣說。
「而萬一助力沒有來呢？」
「那麼你就得相信我。照我的話去做。我一打出信號，你就到隧道外面。」
我不確定他究竟是什麼意思。我們沒有在隧道裡面啊，不過我們的閒聊時間結束了。康莫德斯和卡利古拉同時朝我們逼近。
「張，眼裡的碎石？」卡利古拉怒吼說：「眞的假的？」
他們揮舞著劍刃，只見卡利古拉把法蘭克逼向凱迪克隧道口……難道是法蘭克任憑自己被推進去？金屬互擊發出鏗鏘聲，響徹了整條空蕩的通道。
康莫德斯終於從柏油路面拔出他的劍。「好了，阿波羅，這還算滿好玩的。不過你現在必須死。」
他高聲怒吼，猛衝向前，他的聲音從隧道深處轟隆反彈回來。
「回音。」我心想。
我跑向凱迪克隧道。
對於仰賴聽力的人來說，回音會把他們搞糊塗。在通道裡面，我可能比較有機會躲開康莫德斯。是的……這就是我的策略。我不是只會驚慌失措、狂奔逃命。進入隧道是完美、明智又合理的計畫，又剛好可以包括我的尖叫和逃跑。
我趕在康莫德斯追上之前轉身。我猛力甩動自己的烏克麗麗，想要把樂器的共鳴板壓印

---

79 吉恩．西蒙斯（Gene Simmons）是美國搖滾貝斯手，也是接吻樂團（Kiss）的創始團員。

在他臉上，但康莫德斯早就料到我會有這種舉動。他把樂器從我手中扯掉。

我跌跌撞撞地離開他旁邊，於是康莫德斯著手進行最令人髮指的罪行：光是用巨大的拳頭猛捶一拳，他就把我的烏克麗麗徹底捶扁，像壓扁鋁罐一樣，然後扔到旁邊去。

「異端啊！」我氣得大吼。

我湧起一陣不顧後果、極度駭人的憤怒。如果眼睜睜看著別人摧毀你的烏克麗麗，我敢打賭你不會有別的感受。即使是麻木不仁的人也會充滿憤怒。

我的第一拳在皇帝的黃金護胸甲上留下了拳頭大小的凹洞。「哦，」我內心的某個遙遠角落想著：「哈囉，天神力量！」

康莫德斯失去平衡，揮劍亂砍。我擋住他的手臂，一拳打在他的鼻子上，造成清脆的吱嘎一聲，那種噁心的感覺眞令人開心。

他高聲號叫，鮮血流過鬍子汩汩滴下。「你于然揍偶？偶殺你！」

「你不會殺偶！」我大喊回應：「我的力量回來了！」

「哈！」康莫德斯大叫：「偶絕吾會失去偶的力量！偶的還更大！」

我超討厭自大狂壞蛋講出正確的重點。

他朝我高速衝來。我從他的手臂底下躲過，踹踢他的背部，促使他撞向隧道側邊的護欄。他的額頭撞到金屬，發出輕巧的聲響，很像三角鐵的聲音：叮！

那應該會讓我覺得心滿意足，只不過我的烏克麗麗全毀而引發的憤怒漸漸消退，突然湧出的天神力量也一樣。我感覺到殭屍毒素沿著微血管緩緩流竄，蜿蜒燒進我身體的每一個部分。腹部的傷口似乎正在裂開，準備把我體內的東西撒得到處都是，活像破掉的奧林帕斯小熊維尼。

此外，我也突然發現一件事，沿著隧道的一側堆了很多沒有標示的大型木箱，把整條架高的人行走道都占滿了。而沿著隧道的另一側，路肩遭到拆除，排列著橘色的交通錐……它們本身沒有不尋常之處，但是讓我突然想到，在全像式卷軸的通話過程中，我看到法蘭克的工作人員正在搬運一些甕，而這些交通錐的大小剛好符合那些甕。

除此之外，大約每隔一點五公尺就有一條細溝橫越柏油路面。同樣的，細溝本身沒什麼不尋常之處，有可能只是公路局進行鋪面更新的作業。但是，每條細溝都有某種液體閃閃發亮……是油嗎？

綜合起來，這些事物讓我深感不安，而法蘭克繼續撤退到隧道的更深處，引誘卡利古拉跟著進去。

卡利古拉的副官，格里高利，顯然也愈來愈憂慮。那個日耳曼人從前線大聲喊叫：「皇帝陛下！您進去太遠……」

「格里，閉嘴！」卡利古拉大喊：「如果你想保留舌頭，別告訴我該怎麼戰鬥！」

康莫德斯依然掙扎著想要站起來。

卡利古拉刺向法蘭克的胸口，但執法官不見了，取而代之的是一隻小鳥，尾羽類似迴旋飛鏢的形狀，由此判斷那是一隻雨燕，直直射向皇帝的臉。

法蘭克熟知這種鳥類。雨燕並不大，也不顯眼。牠們不像鷹或隼帶來顯而易見的威脅，但是行動極爲迅速，機動性極高。

他把嘴喙刺入卡利古拉的左眼，然後爬升離開，留下皇帝高聲尖叫，雙手在空中胡亂揮舞。

法蘭克在我旁邊現身為人形。他雙眼凹陷，眼神呆滯，受傷的那隻手臂癱垂在側邊。

「如果你真的想幫忙，」他低聲說：「那就讓康莫德斯跛腳。我覺得我沒辦法同時掌握他們兩人。」

「什麼……？」

他再度變身，恢復成雨燕，而且立刻就不見了。他衝向卡利古拉，那人咒罵不休，猛揮那隻小小鳥。

康莫德斯再一次對我發動攻擊。這一次他比較聰明，沒有大聲嚷嚷宣告自己的所在。等我注意到他向我逼近，他的鮮血從鼻孔汩汩流下，額頭還有個很深的護欄形狀凹痕，一切都太遲了。

他揮拳打中我的腹部，正是我不想被打的那個地方。我呻吟倒下，癱軟成一團。隧道外面的敵軍部隊爆出一陣精力充沛的歡呼聲。康莫德斯再一次轉身，接受他們的諂媚。我實在羞於承認，我並沒有因為多活了幾秒鐘而覺得鬆一口氣，反倒因為他沒有快一點把我解決掉而感到困擾。

在我這副可悲的凡人身體裡，每一個細胞都如此尖叫：「快點結束掉吧！」與我已經感受到的痛苦相比，被殺掉不可能更痛苦。如果我死了，或許至少能以殭屍之姿返回這裡，咬掉康莫德斯的鼻子。

現在我很確定了，黛安娜不會前來救援。也許我把儀式搞砸了，正如艾拉的擔憂。也許我姊姊沒有接到呼喚。也說不定朱比特早已禁止她提供協助，一旦違背命令就要分擔我的凡人懲罰。

無論實情如何，法蘭克一定也知道了，我們的情況陷入絕望。我們早已過了「爭取時間」的階段。現在，我們進入「等死只是無謂的舉動確實很痛苦」的階段。

我的視線縮減成模糊的紅色圓錐狀，然而康莫德斯走到我前方，正在感謝崇拜他的粉絲時，我注意到他的小腿。

他的小腿內側綁了東西，是一把插在刀鞘內的匕首。

回首舊日時光，他永遠帶著那樣的一把刀。你身為皇帝時，內心的偏執與妄想永無休止。你可能遭到暗殺，來自你的管家、你的服務生、你的洗衣工人、你最要好的朋友。而在當時，儘管你全面提防，你的天神前愛人還是假扮成你的摔角訓練師，最終把你淹死在自己的浴缸裡。很驚訝吧！

「讓康莫德斯跛腳。」法蘭克這樣對我說。

我沒剩什麼力氣了，但應該要完成法蘭克的最後請求。

我伸長了手，抓住那把匕首時，全身都尖叫表達抗議。匕首很容易就滑出刀鞘，它一直都有好好上油，以便快速抽刀而出。康莫德斯根本沒注意到。我刺入他的左膝背窩，然後趁他還沒喊痛之前再刺右腿。他放聲尖叫，往前撲倒，嘴裡吐出一堆拉丁文穢語，自從維斯帕先[80]的統治時期之後，我就沒聽過了。

---

[80] 維斯帕先（Titus Flavius Vespasianus, 7-79）是羅馬帝國的皇帝，原本是先前好幾任皇帝手下的軍官、執政官和軍團統帥。尼祿自殺後，羅馬帝國歷經三任皇帝共十八個月的混亂，後來維斯帕先接任皇帝，展開十年的改革與重建。

跛腳的目的達成了。我扔掉那把刀，所有的意志力消失殆盡。我等著看看誰會殺了我。兩位皇帝嗎？殭屍毒素？還是焦慮？

我伸長脖子，看看雨燕朋友的狀況如何。結果呢，不太好。卡利古拉很幸運，用他的劍刃平面一揮就中，把法蘭克擊打到牆上。小鳥癱軟跌落，而法蘭克變身回到人形，他的臉剛好撞上地面。

卡利古拉對我嘻嘻笑，受傷的那隻眼睛緊緊閉著，說話的語氣充滿喜悅，令人厭惡。「阿波羅，看見沒？你記不記得接下來是怎樣？」

他舉起劍，伸到法蘭克的背部上方。

「不！」我高聲尖叫。

我不能眼睜睜看著另一個朋友死去。我不知怎的站了起來，但動作還是太慢。卡利古拉刺下他的劍……結果刺中法蘭克的斗篷時，就像清理菸斗的通條一樣，彎折成兩半。感謝眾神的軍事時尚主張！原來法蘭克的執法官斗篷可以阻擋武器，雖然它能否變身成毛衣披肩仍屬未知。

卡利古拉發出挫敗的怒吼聲。他拔出匕首，但是法蘭克稍微恢復，已有足夠的力氣站起來。他把卡利古拉猛推去撞牆，然後用沒有受傷的那隻手繞過皇帝的喉嚨。

「時間到！」他大聲吼道。

時間到。等一下……那是給我的暗號。我應該要快跑。可是我不行。我愣愣看著，嚇到動彈不得，只見卡利古拉將匕首沒入法蘭克的腹部。

「對，就是這樣，」卡利古拉啞著嗓子說：「你的時間到了。」

法蘭克勒得更用力，猛壓皇帝的喉嚨，讓卡利古拉的整張臉變成發脹的紫色。法蘭克抬起受傷的那隻手臂，那一定超痛的，從布袋裡拿出他那根木棒。

「法蘭克！」我哭著說。

他瞥過來一眼，默默對我下令：快走。

我受不了。不能再來一次。不能像傑生那樣。我隱約意識到康莫德斯掙扎著爬向我，抓住我的腳踝。

法蘭克把他的木棒高舉到卡利古拉的面前。皇帝奮力扭動，但法蘭克比較強壯……我猜想，他使勁擠出凡人生命僅剩的每一分每一毫力氣。

「如果我要燃燒，」他說：「那不如燃燒得很燦爛。這是爲了傑生。」

木棒自己爆燃起來，彷彿等待多年就是爲了這個時機。卡利古拉瞪大雙眼，驚慌失措，也許直到現在才漸漸明白。火焰在法蘭克的身體周圍咆哮怒吼，點燃了柏油路面其中一條細溝裡的油，那就像液態的保險絲，朝相反的兩個方向奔馳而去，到達堆疊在隧道裡的木箱和交通錐。儲存了希臘火藥的人，不是只有兩位皇帝而已。

我對於接下來的發展一點都不自豪。正當法蘭克變成一道火焰、皇帝卡利古拉也瓦解成白熱狀的餘燼之際，我遵循法蘭克的最後命令。我從康莫德斯的身上跳過去，奔向戶外。在我背後，凱迪克隧道宛如火山般猛烈炸開。

37

恐格里之錯
爆炸？我不懂她說。
那不是我做。

三級燒傷是我從那條隧道裡帶出來最不痛苦的事。

我搖搖晃晃走到戶外，背部燙得滋滋作響，雙手冒煙，感覺有一把剃刀劃過我身上的每一條肌肉。我的面前散布著兩位皇帝的剩餘部隊：數百名戰士，準備投身於戰鬥。而在遠方，橫跨整個海灣，有五十艘遊艇等待著，火藥裝填完成，準備發射它們的末日火砲。

眼前的一切，全都遠不及我把法蘭克．張留在火焰裡所帶來的痛苦。

卡利古拉消失了。我感覺得到，就像他的意識在超熱的岩漿裡瓦解之際，大地發出一陣鬆懈的嘆息。然而，噢，代價啊。法蘭克。漂亮，羞怯，笨重，勇敢，強壯，貼心，尊貴的法蘭克。

我本應悲痛流淚，但我的淚管就像莫哈未沙漠的細谷一樣乾涸。

敵軍看起來像我一樣驚呆了，就連日耳曼人也目瞪口呆。要讓這些皇家保鑣如此震驚是很困難的。眼睜睜看著山邊的烈火猛烈噴發，把你的老闆們炸掉，就有這種效果。

在我背後，有個幾乎不像人類的聲音咯咯說話：「嗚啊嘶嘶嘶。」

我轉過身。

我的內心太麻木，無法感受到恐懼或噁心。康莫德斯當然還活著。他撐著兩隻手肘，從滿是煙霧的洞穴裡爬出來，身上的盔甲熔掉了一半，皮膚覆蓋著灰燼。他那張曾經漂亮的臉龐，此刻看起來像燒焦的番茄麵包。

我讓他跛腳，但是不夠嚴重。總之，我沒有傷到他的肌腱。我做的每一件事都搞砸，連法蘭克的最後請求都搞砸了。

部隊沒有一個人衝過來救助皇帝。他們依然目瞪口呆，不敢相信。也許他們不認得這個殘破的人是康莫德斯。也許認為他進行的是另一項精彩表演，正在等待正確的時機熱烈鼓掌。眞是難以置信，康莫德斯竟然掙扎著站了起來。他搖搖晃晃的模樣，很像一九七五年的貓王81。

「船！」他啞著嗓子喊。他的發音非常含糊，我一度以為他喊的是別的事。我猜他的部隊也是如此，畢竟他們毫無反應。

「火！」康莫德斯呻吟著說，同樣可能只是要說：「喂，你們看，我著火了。」我過了一會兒才明白他要下達的命令，因為格里高利大喊：「發出信號，通知遊艇！」

我被自己的舌頭噎到。

康莫德斯露出鬼魅般的恐怖笑容。他的雙眼閃耀著恨意。

我不知道自己哪來的力氣，總之我衝過去，擒抱住他。我們摔倒在柏油路面上，我跨坐

---

81 「貓王」艾維斯・普里斯萊（Elvis Aaron Presley, 1935-1977）到了晚年有精神和生理方面各種疾病，又常酗酒和服食興奮劑，健康狀況極差。

在他胸口，雙手勒住他的喉嚨，如同好幾千年前我第一次殺他時那樣，而這一次，我一點都沒有苦樂參半的悔意，沒有仍舊依戀的愛意。康莫德斯奮力抵抗，但他的拳頭像紙張一樣軟趴趴。我從喉嚨深處大吼一聲……唱出一首歌，只有「純粹的憤怒」這個音符，也只有「極大」這個音量。

就在聲音的猛烈攻擊下，康莫德斯碎裂成灰。

我的聲音逐漸消退。我盯著自己空無一物的雙掌。我站起來，往後退，滿心驚駭。皇帝身軀燒焦的輪廓仍然留在柏油路面上。我還能感受到他的頸動脈在我的手指底下陣陣跳動。我做了什麼？數千年的生涯中，我從來不曾用自己的聲音殺掉某人。每次唱歌，人們經常說我「殺很大」，但他們說的絕對不是字面上的意思。

皇帝的部隊盯著我，滿臉驚愕。換成別的緊要關頭，他們肯定早就發動攻擊，但他們分心了，因爲附近有信號槍射出信號彈。有顆網球大小的橘色火球在空中劃過一道弧線，後面拖著唐彩一般的煙霧，

部隊轉身面對海灣，等待著煙火秀，那將會摧毀朱比特營。我得承認，像我現在這麼疲倦、無助又心碎，我所能做的也只有眼睜睜看著。

在五十個船尾甲板上，他們揭開迫擊砲上的希臘火藥，只見綠色小點閃爍發亮。我想像著潘達族技師匆忙奔走，設定最終的座標。

「拜託，阿蒂蜜絲，」我默默禱告：「此刻會是偉大現身的時刻。」

那些武器發射了。五十顆綠色火球升上天空，宛如一條飄浮項鍊的祖母綠寶石，照亮了整個海灣。它們直直向上飛升，奮力提升高度。

我的恐懼轉變成困惑。我對於飛行略知一二。你不可能以九十度起飛。如果我駕駛太陽戰車嘗試那樣起飛……嗯，首先，我一定會直直落下，看起來眞的很蠢。然而，馬匹絕對不可能像那樣陡直爬升，牠們會彼此堆疊，全部摔回太陽宮殿的大門口。你會看到東方的日出，緊接著立刻是東方的日落，外加馬兒喧鬧的憤怒嘶吼。

迫擊砲爲什麼會像那樣瞄準呢？

綠色火球又爬升了十五公尺。三十公尺。速度減慢。在二十四號公路上，敵軍全部模仿著火球的移動，隨著砲彈上升而挺立得愈來愈直，到最後，所有的日耳曼人、克羅曼達人和其他各式各樣的夥伴全都踮起腳尖，呈現出彷彿懸浮的姿勢。火球停止上升，停留在半空中。

接著，那些祖母綠寶石直直向下墜落，準確落在它們所來自的遊艇上。

這番混亂的表演剛好搭配兩位皇帝自己的下場。五十艘遊艇爆炸成綠色的蕈狀雲，朝向空中射出粉碎的木材、金屬，以及許多怪物細細小小的燃燒身軀。卡利古拉價値數百萬美元的艦隊淪落成一連串燃燒的浮油，在海灣表面漂漂蕩蕩。

當時我可能笑了吧。考慮到這樣一場災難所造成的環境衝擊，我知道那樣相當無情。而且極度不恰當，畢竟我對法蘭克感到多麼心碎。但我實在忍不住。

敵軍全部一致轉過身，緊盯著我。

「喔，對吼，」我提醒自己。「我依然面對數百個不友善的敵人。」

但他們看起來並沒有非常不友善。他們的神情既震驚又沒把握。

我已經用大喊一聲摧毀了康莫德斯，也協助把卡利古拉燒成灰燼。儘管我的外表如此衰敗，敵軍部隊仍有可能聽說謠言，說我以前曾是天神。他們或許心想，造成艦隊覆滅的人，有沒有可能是我？

事實上，我完全不知道艦隊的武器出了什麼差錯。我覺得應該不是阿蒂蜜絲的關係，感覺不太像她會做的事。至於拉維妮亞……我不懂，她怎麼可能只靠一些方恩、少數木精靈和一堆口香糖就要出那樣的把戲？

我知道不是因爲我的關係。

但是敵軍不知道。

我鼓起最後的幾絲勇氣，表現出舊時那種自大傲慢的態度，以前我老愛把沒做的事說成自己的功勞（只要是令人敬佩的好事）。我對格里高利和他的軍隊露出皇帝般的冷酷微笑。

「鬼來了！」我大喊。

部隊四散奔逃。他們驚慌失措，沿著公路分散開來，有些甚至直接翻越護欄，往下跳入空中，只求盡快遠離我。只有可憐受虐的飛馬留在原地，畢竟牠們別無選擇。牠們依然固定在挽具裡，戰車的輪子也卡在柏油路面上，原本是要避免馬兒衝撞逃跑。無論如何，我認爲牠們根本不想繼續跟著施虐的人。

我跪倒在地。腹部的傷口陣陣刺痛。燒焦的背部變得麻木。我的心臟好像唧打著冰冷的液態鉛。我很快就會死了。或者變成不死人。其實根本沒差。兩位皇帝都死了。他們的艦隊也遭到摧毀。再也沒有法蘭克了。

在海灣上，燃燒的油料湧起滾滾濃煙，在血月的光輝下變成橘色。毫無疑問，那是我此生所見最美好的燃燒垃圾之火。

經過一段時間的震驚與靜默，灣區的緊急應變部門似乎顯示有新問題。他們已經把東灣列爲受災地區。伴隨著隧道封閉，以及山區連串的神祕野火和爆炸，整個平原地帶都響起警笛聲。交通打結的街道上，到處都有緊急車輛的閃燈。

這時，海岸防衛隊的船隻加入這場集會，他們航行劃過水域，抵達燃燒的浮油區。警方和媒體的直升機從四面八方轉而飛向現場，彷彿有磁鐵把他們吸引過去。看來「迷霧」會加班運作一整夜。

我好想乾脆躺在馬路上，沉沉睡去。我知道如果那樣做，我就會死掉，但至少再也不會有痛苦了。噢，法蘭克啊。

阿蒂蜜絲爲什麼不來幫我呢？我不是生她的氣。我實在太了解眾神的能耐，而你潛心召喚時，我也太了解他們可能因爲各種不同的理由而不會現身。然而，遭到自己姊姊如此忽視，我實在很傷心。

有個憤怒的聲音在我心裡隱隱呼喊。兩隻飛馬凝視著我。左邊那隻飛馬瞎了一隻眼睛，好可憐，不過牠甩甩自己的轠繩，發出類似咂舌的聲音，彷彿要說：「老兄，自己振作起來啦。」

飛馬說得對。還有其他人正在受苦。他們有些人需要我幫忙。塔克文仍然活著，我可以透過殭屍感染的血液感受到。海柔和梅格可能正在新羅馬的街道上大戰不死人。

我對她們可能沒有太大的用處，但依然得試試看。我要不是與朋友們一起死，就是等到變成吃腦的殭屍後，由她們砍掉我的腦袋，這正是朋友該做的事啊。

我站起來，跌跌撞撞走向飛馬。

「你們發生這種事，我覺得很遺憾，」我對牠們說：「你們是很漂亮的動物，值得過更好的生活。」

「獨眼」呼嚕一聲，似乎要說：「你這樣覺得？」

「我現在要放開你們，如果你們願意的話。」

我摸索牠們的馬具和韁繩。我在柏油路面找到一把棄置的匕首，將帶刺的鐵絲和附有尖釘的鐐銬全部割斷，那些都已漸漸陷入動物的皮肉中。我小心避開足蹄，免得牠們覺得我的頭值得踢一下。

接著，我開始哼起狄恩．馬汀的歌曲〈這豈不是當頭一踢〉，因爲這一週以來，我就是過著這麼恐怖的日子。

「好了，」我說著，讓飛馬重獲自由。「我沒有權利要求你們做任何事，不過如果你們有可能載我一程，越過那些山，我的朋友們身陷險境。」

右邊那隻飛馬的兩眼都健全，但兩隻耳朵遭到殘酷剪掉，牠發出嘶嘶聲，像是加強語氣的「不行！」。牠小跑步前往學府路的出口，接著停在半路上，回頭看看牠的朋友。

「獨眼」呼嚕一聲，甩動馬鬃。我想像牠與「短耳」默默交換像這樣的訊息。

獨眼：「這個可憐的魯蛇，我要載他一程。你先走。我會趕上。」

短耳：「兄弟，你瘋了。如果他害你惹上麻煩，對他當頭一踢。」

獨眼：「你知道我一定會。」

短耳小跑步遁入黑夜。我不能怪牠就這樣離開。我希望牠會找到安全的地方，好好休息和療傷。

獨眼對我嘶嘶叫著。「然後呢？」

我對凱迪克隧道看了最後一眼，內部依然是綠色火焰的熊熊漩渦。就算沒有燃料，希臘火藥也會持續燒了又燒，那樣的大火是由法蘭克的生命力所點燃，那是英雄氣概最後的火熱爆炸，把卡利古拉蒸發殆盡。我不能假裝自己很能理解法蘭克的所作所爲，或者他爲什麼做出那樣的選擇，不過他覺得那是唯一的方法，這點我能理解。好吧，他燃燒得很燦爛。他要爆炸成萬千灰燼時，卡利古拉聽到他說的最後一句話是「傑生」。

我向隧道走得更近一點。我幾乎無法靠近到五公尺內，因爲肺裡的空氣都要被吸出去了。

「法蘭克！」我大喊：「法蘭克？」

沒希望了，我心裡很清楚。在那種情況下，法蘭克根本不可能存活。卡利古拉的永生不死身軀立刻就碎裂瓦解。法蘭克頂多撐個幾秒鐘，鼓起全部的勇氣和意志力，只爲了確定卡利古拉和他一起倒下。

我希望我能哭。我隱約想起自己曾有淚管，那是很久很久以前的事了。

如今，我整個人只剩下絕望，也知道只要自己還沒死，我就必須試著幫忙剩下的朋友，無論承受多大的痛苦都要試。

「我很抱歉。」我對火焰這樣說。

火焰沒有回答。它們不在乎自己摧毀的是什麼人或什麼事物。

我定睛看著山頂。海柔、梅格以及第十二軍團的剩餘部隊，全都位於山的另一側，奮力擊退不死人。那是我需要去的地方。

「好，」我對獨眼說：「我準備好了。」

38

給你兩個字：
瑞士刀獨角獸，哇！
好吧六個字。

如果你有機會看看武裝獨角獸投入戰鬥，千萬不要看。那會成爲你無法抹除的記憶。隨著愈來愈靠近城市，我察覺到持續戰鬥的跡象：煙柱四起、火舌舔舐著建築物頂部、尖叫聲、吶喊聲、爆炸聲。你也知道，稀鬆平常。

獨眼到了波美利安界線把我放下。牠以某種音調哼了一聲，訴說著「嗯，祝好運啦」，接著疾馳離開。飛馬是智能極高的動物。

我窺探著神殿山，希望能見到暴風雨雲聚集在那裡，或者山坡上沐浴著銀色的神聖靈光，或者一群我姊姊的獵女隊衝過去救援。什麼都沒看到。我好想知道艾拉和泰森是否仍在黛安娜的祭壇周圍來回踱步，每隔三十秒檢查火坑的狀況，看看女先知的果醬罐碎片到底煮熟了沒。

再一次，我必須成爲騎兵的一員。新羅馬，抱歉啦。我小跑步前往廣場，在那裡第一次瞥見獨角獸。牠們絕對沒那麼稀鬆平常。

梅格親自帶領攻勢。她並不是騎著獨角獸。沒有人膽敢覺得自己有資格（或有那個胯部）騎上獨角獸。不過她確實跟在旁邊跑，一邊奔入戰局，一邊激勵牠們大戰一場。那群野獸穿戴著克維拉防彈裝備，沿著肋骨部位繡著牠們的名字，是印刷的白色粗體字：馬芬、小子、怪物、雪莉和赫瑞修，「末日五獨角獸」。牠們的皮革頭盔讓我聯想到一九二〇年代美式足球員穿戴的裝備。牠們的獨角剛好套入特殊的設計裡……那要怎麼稱呼呢？附加裝置？你不妨想像看看，巨大的圓錐狀瑞士刀，具有各式各樣的溝槽，從中彈出一支方便又有多種用途的毀滅式工具。

梅格和她的朋友們衝撞一群維克拉卡斯；從骯髒殘破的盔甲看來，它們原本是軍團隊員，在塔克文的前一次攻擊中丟了性命。如果是朱比特營的成員，要他們攻擊以前的夥伴可能有困難，但梅格沒有這樣的內疚和包袱。她的雙刀不停旋轉、砍切，製造出一堆又一堆的切絲殭屍。

她的馬朋友只消輕輕搖動口鼻，就可啟動牠們最愛的一些配件：劍刃、巨型剃刀、螺絲錐、叉子，以及指甲銼刀。（「小子」選擇指甲銼刀，我一點都不驚訝。）牠們輾壓那些不死人，用叉子猛刺、螺絲錐狂戳、刀子刺穿、指甲刀亂銼，讓那些不死人失去知覺。

你可能很好奇，我爲什麼沒有覺得梅格把獨角獸用於戰鬥是可怕的事，卻覺得兩位皇帝用飛馬拉他們的戰車很可怕。先撇開兩者之間明顯的差異（就是獨角獸沒有受到虐待或截肢），顯而易見的是，這些獨角的駿馬非常樂在其中。經過許多個世紀，人們視之爲可愛又奇異的生物，讓牠們在草地上嬉鬧、跳舞穿越彩虹之後，這些獨角獸終於覺得受到重視和賞識。梅格看出牠們的天賦是踹踢不死人的臀部。

「嘿！」梅格一看到我就笑逐顏開，彷彿我剛去洗澡出來，而不是去世界末日走一遭。

「超有用的耶。獨角獸完全不怕不死人的亂抓亂咬！」

「雪莉」發出呼呼聲，顯然對自己很滿意。牠讓我看螺絲錐配件，彷彿要說：「對呀，沒錯。我才不是你的彩虹小馬。」

「那兩個皇帝呢？」梅格問我。

「死了。可是……」我說不下去。

梅格仔細端詳我的臉。她非常了解我。許多個悲慘的時刻，她都陪在我身旁。她的神情變得黯淡。「好，等一下再難過。現在，我們應該要找到海柔。她……」梅格約略朝向鎮中央揮揮手。「在那裡某個地方。塔克文也是。」

光是聽到他的名字，我的腹部就一陣絞痛。哎喲，我爲什麼不是獨角獸啊？

我們跟著這群「瑞士刀」爬上狹窄曲折的街道。戰鬥多半是小型的挨家挨戶格鬥。家家戶戶都設置了防禦障礙物，商店也用木板擋住。弓箭手潛伏在樓上瞭望台的窗邊提防殭屍。一群群歐律諾摩斯到處徘徊，只要找到活的東西就發動攻擊。

與這番情景同樣可怕的是，整個攻勢似乎相當克制，感覺很怪。沒錯，塔克文派遣不死人湧入城市。下水道的每一個格柵和人孔蓋全部打開。但他沒有發動大規模攻擊，沒採用有系統的方式掃蕩整個城市，掌控一切。反倒是同一時間，有很多小群的不死人從各個地方冒出來，迫使羅馬人只能採取倉促的行動保護公民。感覺不太像侵略，比較像是分散注意力，彷彿塔克文本身在搜索某件特定的事，不希望受到打擾。

某件特定的事……像是一套《西卜林書》，回顧公元前五三〇年時，他曾經花了可觀的金錢購買那套書。

我的心臟唧打著更多冰冷的鉛。「書店。梅格，書店啊！」

她皺起眉頭，也許感到很疑惑，我為什麼在這種時候想要買書。接著她的眼裡顯露出理解的目光。「喔。」

她加快速度，奔跑得好快，連獨角獸都開始小跑步。我實在不知道自己是怎麼跟上的。我猜想，在那個關頭，我的身體根本幫不上忙，只能說：「跑到死？對啦，好吧，隨便。」

我們爬上山時，戰鬥更加激烈了。我們經過一部分的第四分隊旁邊，他們正在一間路邊餐館外面，面對十幾個流口水的食屍鬼努力搏鬥。有些小孩和他們的父母從樓上的窗戶對歐律諾摩斯扔東西，像是石頭、大鍋、平底鍋、瓶子等，同時軍團隊員從它們彼此緊貼的盾牌上方刺出長矛。

再走幾個街口，我們遇到特米納士，他的第一次世界大戰長大衣布滿了砲彈碎片造成的破洞，鼻子也從大理石臉龐斷得一乾二淨。有個小女孩蹲在雕像基座後面，我猜是他的助手，茱莉亞，她緊緊握著一把牛排刀。

特米納士轉過來看我們，整個人暴怒，我好怕他會把我們轟炸成一大疊報關單。

「喔，是你，」他咕噥著說：「我的邊界失效了。希望你已經把助力帶來了。」

我看著他後面那個可怕的女孩，凶猛、好鬥，隨時準備跳起。我不禁好奇究竟是誰保護誰。「啊……也許吧。」

古老天神的臉孔又變得更僵硬一點，對石頭來說，這應該是不可能的啊。「我懂了。嗯。我把最後一點力量都集中於這裡，茱莉亞的周圍。它們也許會摧毀新羅馬，但絕對傷不了這個女孩！」

「或者這座雕像！」茱莉亞說。

我的心臟變得很像聖美家果醬。「我們今天會獲勝，我保證。」不知道爲什麼，由這番話聽起來，我好像眞心相信這樣的陳述。「海柔在哪裡？」

「在那邊！」特米納士用不存在的手臂指著。根據他的視線（我再也無法用他的鼻子當做指引了），我想他指的是左邊。我們跑去那個方向，最後找到另一群軍團隊員。

「海柔在哪裡？」梅格大喊。

「那邊！」萊拉大吼：「也許過兩個街口！」

「謝啦！」梅格伴著她的獨角儀仗隊全速奔跑，牠們的指甲銼刀和螺絲錐等等附件隨時準備好。

我們就在萊拉預測的地方找到海柔……過了兩個街口，街道在那裡變寬，成爲社區廣場。她和阿里昂身在廣場中央，周圍全是殭屍，人數是壓倒性的二十比一。阿里昂看起來沒有特別驚恐，但牠發出呼嚕聲和嘶叫聲，顯得很挫折，因爲在這種封閉式的場域，牠的速度派不上用場。海柔猛揮她的騎兵劍，阿里昂則踹踢那些暴徒，要他們後退。

海柔無疑可以應付眼前的情況，不需要幫忙，但我們的獨角獸一發現可以踹踢更多殭屍的屁股，完全無法抗拒這樣的機會。牠們闖進戰局，對那些不死人加以砍切、開瓶和拔除，展現驚人的多功能大屠殺威力。

梅格跳進戰局，雙刀呼呼旋轉。我環顧街道，尋找棄置的投射式武器。說來傷心，很容易就找到了。我撈起一把弓和箭筒，著手出擊，給殭屍來些非常流行的頭骨穿洞飾品。

海柔一發現是我們，立刻鬆口氣笑了，然後匆匆看著我背後的區域，可能要尋找法蘭克。我迎上她的目光。恐怕我的神情把她不想聽的每一件事都洩露出去了。

她的臉上出現一波又一波的情緒：徹底不相信，悲哀，然後是氣憤。她憤怒吼叫，踹踢阿里昂，一起衝向最後幾個殭屍幫眾，踩踏而過。它們連一點機會也沒有。

等到廣場安全無虞，海柔慢跑過來找我。「到底怎麼了？」

「我……法蘭克……那兩個皇帝……」

這是我所能擠出的全部話語。不太像是一段敘述，但她似乎能掌握要點。

她彎下腰，額頭碰觸阿里昂的馬鬃。她搖晃身體，嘴裡喃喃唸著，緊緊抓住自己的手腕，很像棒球選手剛弄斷自己的手，正在奮力抵抗疼痛。最後她挺直身子，顫抖著吸了一口氣。她下了馬，伸出雙臂環抱阿里昂的脖子，附耳對牠輕聲說些話。

馬兒點點頭。海柔向後退，牠疾馳離開。一道白光射向西方，前往凱迪克隧道。我想要警告海柔，那裡什麼都找不到，但我沒開口。現在我對於心痛多了一點理解。每一個人的悲痛都有各自的壽命，需要走過各自的路。

「我們可以在哪裡找到塔克文？」她急著問。她的意思是：「我可以殺誰，讓我自己覺得好過一點？」

我知道答案是「沒有人」。然而，我不會與她爭辯這一點。我像笨蛋一樣，帶路前往書店，準備正面迎戰不死人國王。

有兩個歐律諾摩斯在門口站崗，我猜想，這表示塔克文已經在裡面。我祈禱艾拉和泰森還在神殿山。

海柔伸手一彈，從地上召喚出兩顆貴重寶石：是紅寶石？還是火蛋白石？兩顆寶石從我旁邊射過的速度超級快，無法確定是哪一種。它們射中食屍鬼的兩眼之間，將兩名守衛化做一堆塵土。獨角獸看起來很失望，不只因爲用不上牠們的搏鬥工具，也因爲發現門口太小，牠們沒辦法跟進去。

「去找其他敵人，」梅格對牠們說：「好好享受！」

「末日五獨角獸」開心地拱背跳起，接著小跑步離開，前去執行梅格的命令。

我闖進書店，海柔和梅格跟在我後面，直接對一群不死人發動猛烈攻擊。維克拉卡斯匆忙穿越新書區的走道，也許正在尋找最新發行的殭屍小說。其他人敲打著歷史書區的書架，彷彿知道自己隸屬於過去的時代。有個食屍鬼蜷縮在一張舒適的閱讀椅上，一邊流著口水，一邊仔細閱讀《圖解禿鷲》那本書。另一人蹲在上方的平台，開心大嚼《遠大前程》㉜的皮面精裝本。

塔克文本人太忙了，沒注意到我們進來。他背對我們站著，面對櫃檯，對著書店的店貓大呼小叫。

「野獸，回答我！」國王尖叫著說：「那些書在哪裡？」

店貓阿里斯托芬坐在櫃檯上，一條腿直直伸向空中，以冷靜的態度舔著自己的下部……就我所知，那在皇族面前是不禮貌的舉動。

「我會殺了你！」塔克文說。

那隻貓稍微抬起頭，發出嘶嘶聲，然後低頭繼續進行牠個人的梳洗打扮。

「塔克文，不要煩牠啦！」我大叫，雖然那隻貓似乎不需要我幫忙。

國王轉過身，我立刻回想起自己爲什麼不該靠近他。一波高漲的暈眩感湧過我全身，逼使我跪下。我的血管與毒素一同燃燒。我的皮肉似乎從裡面往外掀開。沒有一個殭屍發動攻擊，它們只用無神死寂的眼睛瞪著我，彷彿正在等我戴上「哈囉，我的名字以前叫」的名牌，開始加入它們的行列。

塔克文對他這趟盛大的夜間出巡早有準備。他穿著嚴重鏽蝕的盔甲，外面披著發霉的紅色斗篷。他的骷髏手指裝飾著黃金戒指。他的黃金王冠看似最近才剛擦亮，因此與腐爛的頭蓋骨完全不搭調。油亮的紫色霓虹氣體捲鬚在四肢周圍移動滑行，繞著他的肋骨飄進飄出，也在他的頸骨周圍旋轉繞圈。既然他的臉孔是骷髏，我無法判斷他是否在微笑，但他一開口說話，聽起來是很高興見到我。

「哇，眞好！殺了那兩位皇帝，對吧，我忠實的僕人？說話啊！」

我一點都不想回答他的任何問題，但是有隻看不見的巨手擠壓我的橫隔膜，迫使我吐出一些話語。「死了，他們死了。」我必須咬住自己的舌頭，才不至於加上「陛下」兩字。

「太棒了！」塔克文說：「所以今晚有很多美好的死亡。那麼執法官，法蘭克……？」

「不行。」海柔用肩膀頂開我。「塔克文，諒你也不敢說出他的名字。」

「哈！那麼，死了。太棒了。」塔克文嗅聞空氣，紫色氣體捲繞穿越他的骷顱鼻子縫隙。「城市充滿了恐懼。痛苦。失敗。太好了！阿波羅，你現在當然是我的了。我可以感覺到你的心臟正在跳動最後幾下。至於海柔．李維斯克……恐怕你必須要死，因爲你讓我的王座室倒

82《遠大前程》（*Great Expectations*）是英國作家狄更斯（Charles John Huffam Dickens）的小說，又譯《孤星血淚》。

塌在我身上。非常低級的花招。不過麥卡弗瑞這個孩子嘛……我現在心情大好，可能會讓她逃過一劫，出去宣傳我的偉大勝利！關於這點，當然啦，如果你肯合作，而且好好解釋……」他指著那隻貓。「這個的意義。」

「那是一隻貓。」我說。

塔克文的好心情到此爲止。他大聲怒吼，於是又有一波疼痛把我的脊椎變成石灰泥。梅格及時抓住我的手臂，我的臉才不至於撞上地毯。

「不要煩他啦！」她對國王大喊。「我才不會逃去哪裡。」

「《西卜林書》在哪裡？」塔克文質問說：「這些全都不是！」他作勢指著書架，一副鄙夷的樣子，然後盯著阿里斯托芬。「而且這隻貓不會說話！鳥身女妖和獨眼巨人正在重寫那些預言。我可以聞到他們待過這裡，不過他們走了。他們現在到底在哪裡？」

我在心裡默唸祈禱文，感謝生性頑固的鳥身女妖。艾拉和泰森一定還在神殿山，等待尙未降臨的天神助力。

梅格哼了一聲。「你這麼蠢，怎麼當國王啊。那些書不在這裡。那甚至不是書。」

塔克文打量我的小主人，接著轉身看著他的殭屍大軍。「她說的是什麼語言啊？有誰聽得懂？」

那些殭屍瞪著他，沒有幫腔。食屍鬼則忙著閱讀禿鷲圖鑑和大嚼《遠大前程》。

塔克文再次面對我。「那個女孩是什麼意思？那些書在哪裡？它們又爲什麼不是書？」

再一次，我的胸口用力緊縮。這些話從我嘴裡衝口而出：「泰森。獨眼巨人。預言刺青在他的皮膚上。他在神殿山上，和……」

「安靜！」梅格命令說。我的嘴巴用力閉緊，但是爲時已晚。一言既出，駟馬難追。這樣的表達是對的嗎？

塔克文歪著骷髏頭。「後面房間的椅子……對。對，我現在懂了。非常精巧！這個鳥身女妖，我得留她活口，瞧瞧她展現一身的技藝。預言在皮肉上？噢，那種方法我用得上！」

「你絕對無法離開這個地方，」海柔咆哮著說：「我的部隊正把你殘餘的入侵勢力掃蕩殆盡。現在只剩我們了。而你也準備安息成碎片。」

塔克文嘻笑起來。「噢，親愛的。你以爲那樣就叫入侵喔？那些只是我的先遣部隊，目標是把你們全部打散、搞得一頭霧水，同時我來這裡確保《西卜林書》的安全。現在我知道那些書在哪裡，這就表示可以徹底掠奪城市了！我的其餘軍隊應該會穿越你們的下水道而來，大概就是……」他彈彈自己的指骨。「現在。」

39

內褲超人啊
並未現身於此書
版權的問題

我等著外面傳來重新展開戰鬥的聲音。書店如此安靜，我幾乎可以聽到殭屍的呼吸聲。城市維持寂靜。

「就是現在了。」塔克文再說一次，也再次用力彈他的指骨。

「有通訊方面的問題嗎？」海柔問。

塔克文氣得嘶嘶出聲。「你做了什麼好事？」

「我？什麼都還沒做啊。」海柔拔出她的騎兵劍。「馬上就要改變了。」

阿里斯托芬率先出擊。那隻貓當然會完全針對他而發動攻擊。只聽見憤慨的「喵嗚」一聲，沒有明顯的挑釁行爲，那團毛茸茸的巨大橘貓猛然撲向塔克文的臉，兩隻前爪緊緊扣住骷髏的眼窩，兩條後腿則踢向塔克文的腐爛牙齒。國王遭受這番意外攻擊，步履蹣跚，嘴裡尖叫著拉丁文，但那些話呼嚕難辨，因爲嘴裡塞了貓爪。於是，「書店戰役」就此展開。

海柔縱身撲向塔克文。考慮到法蘭克的狀況，梅格似乎能接受海柔對這個大壞蛋有先攻的權利，於是她轉而盯著那些殭屍，用她的雙刀又刺又劈，把它們推向非文學類書區。

我抽出一支箭，想要射向平台上的食屍鬼，但雙手抖得好厲害。我根本站不起來，視線既模糊又通紅。而最糟糕的是，我現在才發現，我抽出的是原本箭筒裡僅剩的唯一一支箭：多多納之箭。

「阿波羅，汝需堅持下去！」那支箭在我心裡這樣說：「切勿使汝本人屈服於不死國王！」

由於疼痛的籠罩，我不禁心想自己是否快瘋了。

「你要對我來一場勵志演說嗎？」想到這點害我咯咯發笑。「呼，我累了。」

我倒地坐下。

梅格站到我旁邊，揮砍一個殭屍，它正準備吃我的臉。

「謝謝你。」我嘀咕著說，但她已經繼續挺進。那些食屍鬼心不甘情不願放下手中的書，這時聚攏在她周圍。

海柔刺中塔克文，他才剛把阿里斯托芬從臉上撥開。那隻貓一邊飛越房間，一邊大吼大叫。牠奮力抓住一座書架的邊緣，匆匆爬到頂上。牠低下頭，一雙綠眼睛惡狠狠瞪著我，臉上的表情述說著：「我超想那樣做。」

多多納之箭繼續在我的腦袋裡說話：「阿波羅，汝剛才做得好！汝現今唯有一項任務：活著！」

「那是非常艱難的任務耶，」我嘀咕著說：「我痛恨自己的任務。」

「汝只能等待！堅持下去！」

「等待什麼？」我喃喃說著：「堅持什麼啊？喔……我想，我要堅持抓住你。」

「是的！」那支箭說：「是的，汝確要如此！阿波羅，汝與吾同在。夥伴，汝豈敢不死在吾身上！」

「你是不是電影看太多了？」我問：「好像……每部電影都這樣？等等，如果我死了，你眞的很在意嗎？」

「阿波羅！」梅格大喊，一邊揮砍《遠大前程》。「如果你沒有要幫忙，可不可以至少爬到比較安全的地方？」

我好想答應。眞的很想。但是我的雙腿不聽使喚。

「喔，看哪，」我嘀咕著，沒有特別對哪個人說話。「我的腳踝變灰了。噢，哇嗚，我的雙手也是。」

「不行！」那支箭說：「堅持下去！」

「堅持什麼啦？」

「專心聽我的聲音。我們來唱一首歌！汝摯愛之歌，可乎？」

「甜甜卡洛琳[83]！」我吟唱著說。

「也許換另一首？」

「碰！碰！碰！」我繼續唱。

那支箭態度軟化，開始跟著我一起唱，不過它稍微落拍，畢竟它得把所有的歌詞翻譯成莎士比亞時代的用語。

我就要這樣死掉了：坐在一間書店的地板上，手上握著一隻會說話的箭，唱著尼爾·戴蒙最受歡迎的金曲，慢慢變成殭屍。這個宇宙幫我們準備了好多大驚奇，就連命運三女神[84]都無法事先預見。

最後，我的聲音漸漸衰弱。視線變得狹窄。搏鬥的聲響好像從很長的金屬管末端傳進我的耳朵。

梅格把塔克文的最後一批手下全部砍倒。那是好事，我恍惚心想。我也不希望她死掉。海柔刺殺塔克文的胸口。羅馬國王倒下，痛得高聲號叫，從海柔的手中扯走劍柄。他倒在服務台邊，用他的骷髏雙手緊緊抓住劍刃。

海柔向後退，等待殭屍國王分解掉。然而，塔克文掙扎著站起來，紫色氣體在他的眼窩裡微微閃爍。

「我已經活了好幾千年，」他咆哮說：「海柔．李維斯克，你用一千噸的石頭殺不死我。你用一把劍也殺不死我。」

我想，海柔可能會撲向他，徒手把他的頭骨扯下來。她的憤怒是那麼顯而易見，我都可以聞到，很像一道即將逼近的暴風雨。等一下……我還真的聞到即將逼近的暴風雨，伴隨著森林的其他氣息，有松針、野花上的晨露，還有獵犬的呼氣。

一頭銀色巨狼舔舐我的臉。魯芭？是幻影嗎？不是……一整群野獸小跑步進入店內，這時嗅聞著書架和成堆的殭屍塵埃。

在牠們背後，在門口，有個女孩站在那裡，看起來約莫十二歲，眼睛是銀黃色，紅褐色的頭髮在腦後綁成馬尾。她穿著打獵的裝束，閃亮的灰色連身裙搭配緊身褲，手上握著一把

83〈甜甜卡洛琳〉（Sweet Caroline）是美國歌手尼爾．戴蒙（Neil Diamond）的歌曲。

84命運三女神（Fates），希臘神話中掌管所有生命長短的三位女神。她們手中的每一條線代表每個生命，當線切斷時，就是這個生命的死期到了。

白色的弓。她的臉龐很漂亮，神情平靜，宛如冬日的月亮一樣冰冷。

她搭上一支銀箭，迎上海柔的目光，請求完成海柔的殺戮。海柔點頭，步向旁邊。年輕女孩瞄準塔克文。

「邪惡的不死國王，」她說，語氣既嚴厲又鮮明，充滿力量。「優秀的女子把你撂倒時，你最好別想爬起來。」

她的箭射進塔克文的額頭中央，讓他的額骨迸裂開來。國王全身僵硬。紫色氣體的捲鬚噴濺消散。箭尖刺入的地方冒出火焰，呈現耶誕節裝飾絲箔的色澤，宛如漣漪一般擴散到塔克文的整個頭骨，再往下燒到身體，讓他徹底瓦解掉。他的黃金王冠、那支銀箭和海柔的騎兵劍，全都掉到地上。

我對來客展露笑顏。「嗨，姊。」

接著，我以跪姿往旁邊跌落。

整個世界變得蓬鬆鬆的，所有色彩盡皆褪去。再也沒有什麼事能傷害誰了。

我隱約意識到黛安娜的臉龐從上方看著我，梅格和海柔從女神的背後憂心窺視。

「他快走了。」黛安娜說。

接著我真的走了。我的意識滑入一片冰冷黏膩的黑暗中。

「喔，沒有，你沒有啦。」我姊姊的聲音粗魯地喚醒我。

我本來覺得好舒服，好沒有存在感。

生命湧回我體內……冰冷，尖銳，這麼痛很不公平吧。黛安娜的臉變得清晰。她看起來很煩躁，似乎很適合她。

至於我呢，出乎意料之外，我的感覺很好。腹部的疼痛消失了，肌肉沒有燃燒，呼吸起來也沒有困難。我一定睡了好幾十年。

「我……我昏過去多久？」我啞著嗓子說。

「大概三秒鐘，」她說：「快點，起來，超愛演的人。」

她扶著我站起來。我覺得有點搖晃，但是很高興發現雙腿完全有力氣。我的皮膚再也不是灰色，感染的線條也消失了。我手中還握著多多納之箭，但它陷入沉默，也許女神的現身讓它心存敬畏。也說不定它仍忙著把〈甜甜卡洛琳〉的可怕滋味從想像中的嘴巴驅逐出去。

梅格和海柔站在附近，全身髒汙但毫髮無傷。友善的灰狼在她們周圍團團轉，碰碰她們的腿又嗅聞她們的鞋子，顯然這一整天去過很多有趣的地方。阿里斯托芬棲身在書架頂上，打量著我們所有人，然後牠決定什麼都不管了，回頭去清理自己的身體。

我對姊姊眉開眼笑。看到她又擺出「我不敢相信你是我兄弟」那種不滿的皺眉表情，感覺眞是好極了。「我愛你，」我說著，因爲情緒激動而聲音沙啞。「你眞的變了耶。」

她眨眨眼，顯然對於這項資訊不確定該怎麼辦才好。

「我好想你！」

「好……好啦。嗯。我人在這裡。在神殿山唸出《西卜林書》的祈禱文，連老爸也沒轍。」

「那就眞的有用！」我對海柔和梅格笑逐顏開。「有用耶！」

「對啦，」梅格很不耐煩地說：「嗨，阿蒂蜜絲。」

「黛安娜，」我姊姊更正說：「不過呢，哈囉，梅格。」爲了她，我姊姊面露微笑。「年輕戰士，你表現得很好。」

梅格臉紅了。她踢踢地上散落的殭屍塵埃，聳聳肩。「嗯。」

我查看自己的腹部，那很簡單，畢竟我的上衣變得破破爛爛。繃帶消失了，潰爛的傷口也一樣，只留下細細的白色疤痕。「所以……我痊癒了？」鬆弛的肌肉告訴我，她還沒恢復我的天神本質。不用啦，那樣期待太高了。

黛安娜挑挑眉毛。「嗯，我不是掌管治療的女神，不過終究還是女神。我想，我可以處理我小弟的愚蠢錯誤。」

「『小』弟？」

她嘻笑一下，接著轉身面對海柔。「而你呢，分隊長。你怎麼樣？」

海柔無疑既悲痛又倔強，但她仍像虔敬的羅馬人一樣低頭跪下。「我……」她遲疑一下。她的世界才剛剛四分五裂。她失去了法蘭克。她顯然決定不對女神說謊。「女神陛下，我心碎又疲倦。不過謝謝您來幫助我們。」

黛安娜的神情軟化了。「是的。我知道這是很難熬的一夜。來，我們去外面。這裡還滿悶的，而且聞起來有燒烤獨眼巨人的氣味。」

倖存的人慢慢聚集在街道上。也許有某種直覺吸引他們前來，來到塔克文戰敗的地方。也說不定他們只是過來癡癡看著光彩耀眼的銀色戰車，由四隻黃金馴鹿組成一隊拉著車，這時並排停在書店前方。

巨鷹和獵隼一起站在屋頂。狼群和大象漢尼拔及武裝獨角獸親切交談。軍團隊員和新羅馬的平民驚嚇得團團轉。

在街道末端，一群倖存者簇擁著一個人，那是泰麗雅．葛瑞斯，她伸手放在軍團新任掌旗手的肩膀上，安慰那位哭泣的年輕女子。泰麗雅身穿平常的黑色牛仔褲，皮夾克的翻領上有各種龐克樂團的小圓徽章閃閃發亮。有個閃亮的銀色環圈，是阿蒂蜜絲副官的標誌，戴在她那刺蝟般的黑髮上。看到她凹陷的眼睛和鬆垮的肩膀，我猜她已經得知傑生之死……也許得知了一陣子，已經熬過最初一波悲痛的心情。

我因爲內疚而畏縮。應該由我來負責傳遞傑生的消息。我內心懦弱的部分覺得鬆口氣，因爲不必承受最初泰麗雅滿心憤怒的衝擊。其餘部分則覺得糟透了，因爲我竟然覺得鬆口氣。

我需要去找她談談。接著，在圍觀黛安娜戰車的群眾之中，有件事抓住我的目光。很多人擠進馬車，簡直比除夕夜擠進加長型禮車天窗的狂歡客更擠。人群中有個瘦長的年輕女生頂著粉紅色頭髮。

我的口中再次迸發出完全不恰當的快樂笑聲。「拉維妮亞？」

她望過來，笑逐顏開。「這輛車超酷的！我永遠不想下車！」

黛安娜面露微笑。「嗯，拉維妮亞．艾西莫夫，如果想待在車上，你就得加入獵女隊。」

「不要！」拉維妮亞跳下來，彷彿戰車的地板變成滾燙的岩漿。「女神陛下，沒有惡意喔，不過我太喜歡女生了，沒辦法許下那種誓約。就是……很喜歡她們啦。不只是喜歡她們。就是……」

「我明白。」黛安娜嘆口氣。「羅曼蒂克的愛情。那是一種瘟疫。」

「拉維妮亞，你怎……怎麼……」我結結巴巴地說：「你去哪裡……？」

「這個年輕女生呢，」黛安娜說：「擔負了摧毀三巨頭艦隊的責任。」

「嗯，很多人幫我忙啦。」拉維妮亞說。

「桃子！」戰車某處有個模糊的聲音說。

他實在太矮了，先前我根本沒注意到；他躲在戰車的側板和大塊頭群眾後面，但現在桃子扭動身子，一路爬到欄杆頂部。他露出邪惡的笑顏。他的尿布往下垂，葉狀的翅膀沙沙作響。他用小小的拳頭猛捶胸口，看來對自己非常滿意。

「桃子！」梅格大叫。

「桃子！」桃子附和說，然後飛進梅格的懷裡。從沒看過哪個女孩和她的落葉水果精靈之間有這麼苦樂參半的重逢。有淚水有笑聲，有擁抱有抓傷，還有「桃子！」的大叫聲，語氣從責罵、道歉到歡呼皆有。

「我不懂，」我說，轉身看拉維妮亞。「是你嗎？讓所有的迫擊砲全部故障？」

拉維妮亞看起來不太高興。「嗯，對啦。總要有人阻止艦隊。我去上攻城課和登船課的時候確實特別認眞。沒那麼難啦。只需要搞點花稍的小步數。」

海柔終於想辦法把掉到人行道的下巴撿起來。「什麼叫做沒那麼難？」

「我們很積極！方恩和木精靈超厲害。」她停下來，神情一度變得陰鬱，似乎想起不愉快的事。「呃……除此之外，海精靈也幫了很多忙。每一艘遊艇只有一個骷髏船員。嗯，不是眞正的骷髏，不過……你們知道我的意思啦。還有，你們看！」

她得意洋洋指著自己的腳，如今穿著忒耳普希柯瑞的耀眼鞋子，來自卡利古拉的私人收藏品。

「你對敵人的艦隊發動水陸兩棲攻擊，」我說：「就爲了一雙鞋子喔。」

拉維妮亞氣呼呼的。「顯然不只爲了鞋子啊。」她跳了一套踢踏舞步，薩維昂・格洛弗[85]看了一定會大大稱讚。「也要拯救營區，還有大自然精靈，還有麥克・卡哈爾的突擊隊。」

海柔舉起雙手，阻止洶湧而來的過多資訊。「等一下。不是要潑你冷水……我是說，你做的事太驚人了！不過，拉維妮亞，你還是擅離職守。我絕對沒有允許你……」

「我是執行執法官的命令，」拉維妮亞驕傲地說：「事實上，蕾娜幫了忙。她昏過去一會兒，接受治療，不過及時醒來，先把貝婁娜的力量灌注到我們身上，然後大家才登上那些船。讓所有人全都很強壯，而且鬼鬼祟祟的。」

「蕾娜？」我大叫：「她在哪裡？」

「就在這裡。」執法官叫道。

我眞不知道自己怎麼會沒看到她。眾目睽睽之下，她一直藏身在倖存人群的後面，與泰麗雅談話。我想，我太專心看著泰麗雅，很擔心她是否會殺了我，以及我是否該要被殺。

蕾娜撐著拐杖慢慢走，現在骨折的腿裹著完整的石膏模，上面有些簽名，像是菲利佩、洛托亞和珠蓍。想到蕾娜經歷了那麼多事，現在她看起來很好，不過還是有一小撮頭髮因爲渡鴉的攻擊而不見了，她的紫紅色毛線披肩也需要花幾天拿去魔法乾洗店清洗。

泰麗雅面帶微笑，看著她的朋友走向我們。接著，泰麗雅迎上我的目光，臉上的笑容消退了。她的神情變得蒼白陰鬱。她對我簡單點個頭，沒有敵意，只顯得悲傷，示意說等一下

[85] 薩維昂・格洛弗（Savion Glover）是美國著名的踢踏舞者和編舞家。

我們有事要談。

海柔呼出一口氣。「感謝眾神。」她輕輕抱了蕾娜一下，小心不害她失去平衡。「拉維妮亞執行你的命令是眞的嗎？」

蕾娜瞥了我們的粉紅髮朋友一眼。執法官的痛苦神情像是這樣說：「我非常尊敬你，但也因爲你做得很對而討厭你。」

「是的，」蕾娜終於說：「『計畫L』是我的點子。拉維妮亞和她的朋友是執行我的命令。他們表現得非常英勇。」

拉維妮亞眉開眼笑。「看見沒？我就說吧。」

集會的人群低聲交談，顯得很驚訝，感覺像是歷經了充滿怪事的一整天之後，他們終於目睹到無法解釋的事。

「今天有很多英雄，」黛安娜說：「也有很多損失。不過我很抱歉，我和泰麗雅無法早一點到達這裡。我們只能在拉維妮亞和蕾娜的部隊發動突襲之後與她們會合，然後摧毀第二波等在下水道裡的不死人。」她揮揮手，一臉輕蔑，彷彿殲滅塔克文的食屍鬼和殭屍主力部隊是臨時才決定的。

眾神啊，我好想念身爲天神的時光。

「你也救了我，」我說：「你來這裡。你眞的來了。」

她牽起我的手，捏了一下。她的肌膚感覺好溫暖，好像人類。我不記得上一次姊姊向我這麼公開表露情感是什麼時候的事了。

「我們還不能慶祝，」她警告說：「你有很多傷者要照顧。營區的軍醫已經在城外設置很多帳篷。他們需要每一位治療師出力，弟弟，包括你。」

拉維妮亞苦著一張臉。「我們也得舉辦更多的葬禮。天哪。我希望……」

「你們看！」海柔尖叫起來，她的聲音比平常高了八度音。

阿里昂小跑步爬上山，有個笨重的人形垂掛在牠的背上。

「噢，不。」我的心臟好沒力。我回想起「暴風雨」，那匹文圖斯駿馬，牠在聖莫尼卡把傑生的身軀放在海灘上。不，我看不下去。然而我無法把視線移開。

阿里昂背上的身軀一動也不動，而且冒著煙。阿里昂停下腳步，身體斜向一側。但那個身軀沒有掉落。

法蘭克．張是自己雙腳落地。他轉向我們，頭髮燒焦成細細的黑色髮渣，眉毛不見了，衣物完全燒毀，只剩下內褲和執法官斗篷，讓他看起來激似「內褲超人」，真是超煩的。

他環顧四周，眼神呆滯且茫然。

「嗨，各位，」他啞著嗓子說，接著臉朝下，倒在地上。

40

別再害我哭
或讓我有新淚管
舊的壞掉了

優先事項全部改變，如果你趕著要送朋友去急救的話。

很多事似乎再也不重要了，像是我們贏得重要戰役，或者我終於可以把「變成殭屍」從月曆的注意事項上移除掉。拉維妮亞的英勇事蹟和她的新舞鞋暫時遭到遺忘。我看到泰麗雅現身而產生的內疚也先擺到一邊去。我和她沒能交談隻字片語，因爲她和我們所有人一樣，急著趕過去幫忙。

我甚至沒注意到我姊姊靜靜消失了，沒多久之前她還在我身邊啊。我發現自己對著軍團隊員大喊一些命令，指示他們研磨一些獨角獸的角，再給我一些神飲，立刻就要，然後趕快、趕快、趕快送法蘭克．張去醫療帳篷。

我和海柔待在法蘭克的床邊，直到天亮過了很久，久到其他軍醫向我們保證他已經脫離險境。沒有人能解釋法蘭克如何存活下來，但他的脈搏很強勁，皮膚完全沒燒傷，肺部也很乾淨。他肩膀的箭傷和腹部的七首刺傷讓我們有點棘手，但現在都已經縫合也纏上繃帶，恢復情況良好。法蘭克斷斷續續睡著，嘴裡低聲嘀咕，雙手彎曲，彷彿依然伸向某個皇帝的喉嚨，想要用力勒緊。

「他的火棒在哪裡？」海柔擔心地說：「我們該不該去找？如果它掉在……」

「我想不用，」我說：「我……我親眼看著它燒掉。卡利古拉就是那樣死掉的。法蘭克的祭品。」

「那怎麼會……？」海柔把拳頭壓在嘴巴上，遮掩嗚咽聲。她幾乎不敢問出這個問題。「他會好好的嗎？」

我沒有答案可以告訴她。好幾年前，茱諾曾做了裁定，法蘭克的壽命與那根火柴緊緊相繫。我不在場，沒有親耳聽到她說的確切字句，除非必要，否則我盡可能再也不要待在茱諾身邊。不過她說了一些事，她說法蘭克很有力量，爲他的家族帶來榮耀，諸如此類，雖然他的生命短暫而燦爛。命運三女神也做了裁定，一旦那根火種燒了起來，他就注定要死去。但現在，木棒不見了，而法蘭克依然活著。經過這麼多年細細保護那根木頭的安全，法蘭克故意把它燒掉了……

「也許就是因爲那樣。」我嘀咕著說。

「怎樣？」海柔問。

「他掌控自己的命運，」我說：「我所知道唯一有這類，呃，火種問題的另一個人，要回溯到很久以前，有個王子名叫梅利埃格。他還是小嬰兒的時候，他媽媽得到同樣這種預言。不過關於火種的事，她根本從來沒有告訴過梅利埃格，只把火種藏起來，讓他好好活著。他長大之後，變成享盡特權、自大傲慢的小屁孩。」

海柔以雙手捧著法蘭克的一隻手。「法蘭克絕不可能像那樣。」

「我知道，」我說：「總之，梅利埃格最後殺了自己的一大票親戚。他媽媽嚇壞了。她跑去找到那根柴火，把它扔進火裡。轟。故事結束。」

海柔抖了一下。「好可怕。」

「重點是，法蘭克的家人對他坦誠以告。他的祖母把茱諾來訪的事情告訴他。她讓法蘭克帶著自己的生命線。她沒有想要隱瞞嚴酷的事實來保護他。那種態度塑造出現在的他。」

海柔緩緩點頭。「他很清楚自己會有什麼樣的命運。總之，就是自己應該有什麼樣的命運。我還是不懂怎麼會……」

「這只是一種猜測，」我坦白說：「法蘭克進入那條隧道，很清楚自己會死。他願意犧牲自己，這種動機很高尚。也因爲這樣做，他破解了自己的命運。藉由燒掉自己的火種，他算是……我也不知道，用它點燃了新的火焰吧。他現在掌控了自己的命運。嗯，就像我們每個人一樣。除此之外，我只能想到另一種解釋，茱諾用某種方式，把他從命運三女神的裁定中解放出來。」

海柔皺起眉頭。「茱諾，她會給人這樣的恩惠？」

「聽起來不像她會做的事，我也同意。不過，她確實對法蘭克有好感。」

「她對傑生也有好感啊。」海柔的語氣變得很尖銳。「當然啦，我不是要抱怨法蘭克還活著。只是感覺好像……」

她不需要把話說完。法蘭克能活下來眞是太好了。這是奇蹟。但不知爲何，這樣一來就覺得失去傑生更加不公平、更加痛苦。身爲前任天神，我很了解凡人平常對於死亡的不公平有諸多抱怨。死亡是人生的一部分。你必須接受。沒有死亡，人生就沒有意義。只要我們記得過世的人，他們就永遠像活著一樣。但是身爲凡人，身爲傑生的朋友，這些想法並沒有讓我得到太多安慰。

「嗯哼。」法蘭克的眼睛倏然睜開。

「喔！」海柔振臂摟住他的脖子，抱得他喘不過氣。對於才剛恢復意識的人來說，這並不是最好的醫療處置，但我沒有介入。法蘭克很虛弱，勉強拍拍海柔的背。

「呼吸。」他啞著嗓子說。

「喔，抱歉！」海柔連忙退開。她抹掉臉頰上的一滴淚。「我敢說，你很渴。」她在床邊匆匆找出水壺，輕觸他的嘴巴。他啜飲幾小口神飲，顯得很費力。

「啊。」他點頭表示感激。「所以……我們……很好？」

海柔的嗚咽聲頓了一下。「對。對，我們很好。營區得救了。塔克文死了。而你……你殺了卡利古拉。」

「呃。」法蘭克虛弱笑笑。「那是我的榮幸。」他轉頭看我。「我是不是錯過蛋糕？」

我盯著他。「什麼？」

「你的生日。昨天。」

「喔。我……我得承認，我完全忘記那件事。還有蛋糕。」

「所以我們未來可能還有蛋糕。很好。你有沒有覺得，至少，老了一歲？」

「絕對有。」

「法蘭克．張，你嚇到我了，」海柔說：「你害我好傷心，我還以為……」

法蘭克的神情變得像小羊一樣（你也知道，不是眞的變成小羊，只是像小羊一樣羞怯）。

「海柔，我很抱歉。只是……」他彎曲手指，像是試圖抓住一隻難以捉摸的蝴蝶。「那是唯一的方法。艾拉對我說了一些預言的字句，只對我說……只有火能阻止那兩個皇帝，要用最寶貴的柴火點燃火焰，位在通往營區的橋上。我猜她指的是凱迪克隧道。她說，新羅馬需要新的賀雷修斯[86]。」

「賀雷修斯，」我回憶說：「很棒的傢伙。他憑著一己之力，在蘇布里休橋上擊退整支敵軍，守住羅馬。」

法蘭克點點頭。「我……我請求艾拉不要告訴別人。我只是……我大概必須經歷這件事，藏在自己心裡一陣子。」出於本能，他的手伸向腰帶的位置，那裡再也沒有布袋了。

「你可能會死掉耶。」海柔說。

「對啦。『孩子，生命因爲結束才有價値。』」

「那是引述別人的話嗎？」我問。

「我爸，」法蘭克說：「他說得對。我只好自願接下這個任務。」

我們保持沉默一會兒，思索著法蘭克這番冒險的凶險程度，也說不定是讚嘆著馬爾斯竟然說出這麼睿智的話。

「你怎麼在火焰裡存活下來啊？」海柔追問。

「我不知道。我記得卡利古拉燒掉了。我昏過去，以爲自己死了。接著我在阿里昂的背上醒過來。而如今我在這裡。」

「我好高興。」海柔親吻他的額頭，看起來好溫柔。「不過我以後還是要殺了你，因爲你居然那樣嚇我。」

他笑起來。「那很公平。我可以再一次……？」

也許他是要說「親吻」，或者「喝口神飲」，或者「與我最要好的朋友，阿波羅，獨處一會兒」。但還來不及把想法說完，他兩眼一翻，開始打呼。

不是所有的床邊探訪都這麼愉快。

隨著早晨漸晚，我盡己所能，努力探訪最多的傷者。

有時候我愛莫能助，只能眼睜睜看著一些遺體準備進行抗殭屍的清洗程序和臨終儀式。塔克文消失了，他的食屍鬼似乎也隨之分散瓦解，但沒有人敢冒任何風險。

達珂塔，第五分隊長久以來的分隊長，前一夜已經因爲城市戰鬥所受的重傷而過世。我們一致決定，他的葬禮柴堆會做成「酷愛」飲料風味。

雅各，軍團的前任掌旗手，也曾是我的箭術課學生，在凱迪克隧道裡過世，當時他遭到邁爾米克噴灑酸液的直接襲擊。魔法金鷹存活下來，魔法物品向來如此，但雅各就不行了。年輕女孩泰瑞兒，她趕在軍旗掉落地面之前把它抓住，後來一直待在雅各身邊，直到他過世。

還有好多人殞落。我認得他們的臉孔，即便不知道名字。我覺得對每一個人都有責任。如果我能付出更多，如果能做得更快一點，如果能更像天神一點……

我最痛苦的是去探訪唐恩。一群海精靈帶這位方恩來到這裡，她們在皇家遊艇的殘骸裡找到他。儘管危險，唐恩還是殿後，確定破壞工作進行得很徹底。不像法蘭克發生的狀況，

86 賀雷修斯（Horatius Cocles），古羅馬軍官，公元前六世紀時以英勇擊退入侵羅馬的敵軍、保住蘇布里休橋而聞名。

希臘火藥大爆炸徹底蹂躪可憐的唐恩。他兩條腿的山羊毛皮大部分都燒光了，皮膚也燒焦。儘管他的同伴方恩能提供最好的治療音樂，也敷上閃閃發亮的治療膏藥，他一定還是痛得很慘。唯一不變的是他的雙眼：明亮且湛藍，眼神靈動。

拉維妮亞跪在他旁邊，握著他的左手；不知道爲什麼，那裡是他身上唯一沒有受傷的部位。一群木精靈和方恩站在附近，與治療師普蘭加隔著一段距離以示尊重，他已經盡了一切的努力。

一看到我，唐恩做了個鬼臉，他的牙齒沾了點煤灰。「嗯，嗨，阿波羅。有沒有……多的零錢啊？」

我眨眨眼忍住淚水。「喔，唐恩。喔，我貼心又愚蠢的方恩。」

我跪在他的床邊，位於拉維妮亞對面。我匆匆檢視唐恩的可怕狀況，拚命想找到某個部分是能治好的，某些部分是其他軍醫漏掉的，但是當然什麼都沒找到。事實上，唐恩能活到現在已經是個奇蹟。

「沒那麼糟啦，」唐恩以粗啞的聲音說：「醫生給我一些東西止痛。」

「墨西哥的哈利托斯櫻桃汽水。」普蘭加說。

我點點頭。對羊男和方恩來說，那確實是強有力的止痛藥，只用在最嚴重的狀況，以免病人成癮。

「我只是……我想要……」唐恩呻吟著說，他的眼神變得更明亮了。

「留點力氣啦。」我懇求說。

「爲了什麼？」他以粗啞的聲音發出古怪的笑聲。「我想要問：會不會痛？轉世投胎？」

我的雙眼好模糊，根本看不清楚。「唐恩，我……我沒有轉世投胎的經驗。我變成人類的時候，我想那不太一樣。不過，我聽說轉世投胎很祥和。很美好。」

周圍的木精靈和方恩都點點頭，喃喃表示同意，不過他們的神情洩露出複雜的情緒，包含恐懼、悲傷和絕望，因此無法成爲「偉大的未知事物」的最佳銷售團隊。

拉維妮亞用雙手握緊方恩的手指。「唐恩，你是英雄。你是很棒的朋友。」

「嘿……酷喔。」他似乎不太能確定拉維妮亞的臉在哪裡。「拉維妮亞，我好害怕。」

「我知道，寶貝。」

「我希望……也許我變成毒芹回來？那會像是……動作片英雄植物，對吧？」

拉維妮亞點點頭，嘴唇不斷顫抖。「對啦。對啦，絕對是。」

「酷喔……嘿，阿波羅，你……你知道方恩和羊男之間的差別……？」

他的微笑稍微笑開一點，彷彿準備要講最後一句笑梗。他的臉龐凍結在那一刻。他的胸口不動了。木精靈和方恩開始哭泣。拉維妮亞親吻方恩的手，然後從自己的袋子裡拿出一塊泡泡糖，以虔敬的動作把它放進唐恩的上衣口袋裡。

一會兒之後，他的遺體瓦解了，伴隨著一種聲音，宛如寬慰的嘆息，然後碎裂成新鮮的土壤。就在他的心臟原本的位置，有個小小的幼苗從土裡冒出來。我立刻認出那些迷你小葉子的形狀。不是毒芹。是月桂樹，那是我用可憐的達芙妮創造出來的樹木，我也決定用那些葉子做成花環。月桂花環，象徵勝利的樹木。

有位木精靈瞥了我一眼。「那是不是你……」

我搖搖頭，嚥下嘴裡的苦澀滋味。

「羊男和方恩之間的唯一差別，」我說：「在於我們在他們身上看到的特質。以及他們在自己身上看到的特質。找個特別的地方種下這棵樹吧。」我抬頭看著那些木精靈。「好好照顧它，讓它長得健康又高大。這是名叫唐恩的方恩，他是英雄。」

41

若你恨我，好
別揍我肚子就好
或，嗯，都別揍

接下來的幾天幾乎像戰鬥本身一樣辛苦。戰爭留下大混亂，無法只靠一支拖把和一個水桶就能對付。

我們把瓦礫清除掉，把最不穩固的危險建築支撐住。我們速戰速決撲滅火勢。特米納士挺過這場戰鬥，不過他很虛弱又飽受驚嚇。他宣布的第一個事項是，他要正式領養小茱莉亞。女孩似乎很高興，但我不確定羅馬的法律如何解決雕像領養孩子的問題。泰森和艾拉安全回來。等到艾拉發現我終究沒有搞砸召喚儀式，她就宣布她和泰森要回去書店清理殘局、完成《西卜林書》和餵貓，順序不一定要按照這樣就是了。喔，而且得知法蘭克活著，她也很高興。至於我呢……我有一種感覺，她還沒拿定主意。

桃子再一次離開我們，跑去幫忙本地的木精靈和方恩，但是向我們保證「桃子」，我把這意思當成我們很快就會再見到他。

有了泰麗雅的協助，蕾娜想辦法找到獨眼和短耳，就是原本拉著皇帝戰車的受虐飛馬。她以撫慰人心的語氣說話，保證能夠痊癒，說服牠們和她一起回到營區；她在營區花了大部分時間幫牠們的傷口包紮敷藥，提供優質的食物和充裕的戶外空間。兩隻飛馬似乎認出蕾娜是牠們永生不死祖先的朋友，祖先就是沛加索斯本尊。兩隻飛馬經歷了那麼多事，我認為牠們無法信任其他人的照料。

我們沒有計算死者人數。他們不是數字。他們是我們曾經認識的人，曾經與我們並肩奮戰的人。

我們在一夜之間點燃所有的葬禮柴堆，地點是朱比特神殿的底部，並與死者一起享用傳統的盛宴，以此送我們這些殞落的夥伴上路，前往冥界。拉雷斯全體出席，於是山坡上一片發亮的紫色原野，鬼的數目比活人還多。

我注意到蕾娜站在後面，讓法蘭克主持儀式。張執法官的力量很快就恢復了。他穿戴全副盔甲和紫紅色斗篷，誦唸悼詞，軍團隊員都以敬畏的尊崇態度仔細聆聽，畢竟這位演說者最近剛在一場猛烈的大爆炸裡自我犧牲，然後不知以什麼方法活著出來，全身只有內褲和斗篷是完整的。

海柔也挺身相助，她穿越隊伍行列，安慰那些傷心哭泣或緊張疲憊的人。蕾娜留在人群邊緣，倚著她的拐杖，滿懷希望地凝視她的軍團隊員，彷彿他們是長達十年沒有見過的摯愛之人，如今幾乎認不出來了。

法蘭克結束演說時，我旁邊有個聲音說：「嗨。」

泰麗雅．葛瑞斯穿著她平常的黑色和銀色裝束。在葬禮柴堆的火光中，她那雙鐵青色的眼睛變成銳利的紫羅蘭色。過去幾天以來，我們談過幾次，但全是很表面的談話，像是去哪裡取用補給品、如何幫助傷者等。我們一直避開那個話題。

「嗨。」我說，聲音很嘶啞。

她交疊雙臂，凝視著火光。「阿波羅，我沒有怪你。我弟弟……」她遲疑一下，讓自己的呼吸平穩下來。「傑生自己做出選擇。英雄必須那樣做。」

不知道爲什麼，她說不怪我只讓我覺得更加內疚，自覺更加可恥。呃，人類的情緒很像帶刺的鐵絲，根本沒有安全的方法能夠抓住或通過。

「我眞的很抱歉。」我終於開口說。

「是啊。我知道。」她閉上雙眼，彷彿聆聽遠方傳來的一陣聲音，也許是森林裡的一聲狼嚎。「我收到蕾娜的信，那是黛安娜受到你召喚的幾個小時前。有個風精靈，她從郵件之中把它抽出來，親自飛過來交給我。對她來說很危險，但她還是送來了。」泰麗雅摳著翻領上的一個小圓徽章：伊吉和丑角合唱團[87]，那個樂團比她老了好幾個世代吧。「我們盡快趕來，不過還是……我花了點時間大哭、尖叫、亂丟東西。」

我保持得非常平靜。我的記憶好鮮明，伊吉．帕普在音樂會上，對著他的粉絲亂丟花生醬、冰塊、西瓜和其他危險物品。我覺得泰麗雅比他危險多了。

「感覺好殘酷，」她繼續說：「我們失去某個人，最後把他們迎回來，只爲了再失去他們一次。」

我很好奇她爲何用「我們」這樣的字眼。她似乎要說，我和她共同分享這個經驗……失去自己唯一的手足。但她承受的是更深刻的痛苦。我自己的姊姊不會死。我不會永遠失去她。

---

[87] 伊吉和丑角合唱團（Iggy and the Stooges）是美國的搖滾樂團，由主唱伊吉．帕普（Iggy Pop）等人於一九六七年創團。

接著，經過一陣子的迷惘，感覺好像整個人翻轉一次之後，我才明白她說的不是我失去某個人。她說的是阿蒂蜜絲……黛安娜。

她是不是暗示我姊姊很想念我，甚至爲我傷心難過，就像泰麗雅爲傑生傷心難過一樣？泰麗雅一定是讀出我的神情。「女神一直控制不住自己的情感，」她說：「我這樣說一點都不誇張。有時候她好擔心，分裂成兩個形體，羅馬和希臘，就在我面前。如果知道我告訴你這些，她可能會生我的氣，不過她眞的很愛你，遠超過世上的其他任何人。」

感覺好像有顆彈珠哽在我的喉嚨裡。我說不出話，於是只能點點頭。

「黛安娜不希望像那樣突然離開營區，」泰麗雅繼續說：「不過你也知道那是怎麼回事。眾神不能逗留。一旦新羅馬的危險結束了，她不能冒險在召喚處逗留太久。朱比特……老爸不會允許。」

我打了個寒顫。好容易忘記這個年輕女孩也是我的姊妹。而且傑生是我的兄弟。我以前一度漠視這樣的關聯。「他們只是半神半人，」我曾經這樣說：「不是眞正的家人。」現在則有個不一樣的原因，讓我很難接受這種想法。我覺得自己不配當他們的家人。也不值得泰麗雅原諒。

葬禮野餐漸漸開始散會。羅馬人三三兩兩離開，前往新羅馬，那裡有個特別舉行的夜間會議，在元老院進行。說來令人難過，山谷裡的人數變得好少，現在整個軍團加上新羅馬的公民可以全部塞進一棟建築物。

蕾娜蹣跚走來我們身邊。

泰麗雅對她微微一笑。「那麼，執法官拉米瑞茲—阿瑞拉諾，你準備好了嗎？」

「是的。」蕾娜的回答沒有遲疑，但我不確定她準備好的事情是什麼。「你介不介意……」

她對我點點頭。

泰麗雅扶著她朋友的肩膀。「當然沒問題。我們到元老院見。」她邁開大步走進黑暗中。

「來吧，萊斯特。」蕾娜對我使個眼色。「陪我慢慢走。」

慢慢走很簡單。就算我痊癒了，也很容易感到疲累。跟隨蕾娜的步伐完全沒有問題。我注意到她的兩隻狗，歐倫和亞堅頓，沒有跟著她，也許因爲特米納士不允許致命武器進入城市範圍內。

我們以自己的步調沿路慢慢走，從神殿山走向新羅馬。其他的軍團隊員給我們很大的空間，顯然感受到我們私下有事要討論。

蕾娜讓我的心一直懸著，直到抵達橫跨小台伯河的那座橋。

「我想要謝謝你。」她說。

她的微笑很像之前在蘇特洛塔山坡上的雙重影像，當時我提議要當她的男朋友。這讓我很確定她要說的意思，不是「謝謝你幫忙拯救營區」，而是「謝謝你讓我好好大笑一次」。

「不客氣。」我嘀咕著說。

「我不是指負面的意思。」看到我猶豫的神情，她嘆口氣，凝視著黑暗的河流，潺潺流水在月光下迴旋著銀光。「我不知道能不能解釋清楚。我的整個人生，我一直活在其他人的期待裡，期待我應該是什麼樣的人。『做這個。做那個。』你懂嗎？」

「你是對前任天神講話。處理別人的期待是我們的職務說明內容。」

蕾娜點個頭表示認可。「有很多年的時間，身在嚴格的家庭環境中，我應該要當海拉的好妹妹。接著，在賽西[88]的島上，我應該要當順從的僕人。接著我當了一段時間的海盜，然後是軍團隊員。接著是執法官。」

「你的履歷表真是令人印象深刻啊。」我坦承說。

「不過在這裡擔任領袖的整個期間，」她繼續陳述：「我都在尋找夥伴。執法官通常要組成搭檔。在權力方面。不過情感方面也要有，是指這個意思。我考慮過傑生。然後有一段很急躁的短暫期間，波西．傑克森。眾神保佑我，我甚至考慮過屋大維。」她抖了一下。「每個人老是急著把我和某個人送作堆。泰麗雅。傑生。關德琳。甚至法蘭克。『喔，你們在一起真是太速配了！那正是你需要的人！』可是，我從來沒有真正確定自己想不想要那樣，或者只是覺得自己『應該』想要那樣。大家都是一番好意，會像這樣說：『喔，你好可憐。你的人生應該要有個伴。和他約會。和她約會。隨便和什麼人約會。找到你的靈魂伴侶。』」

她看著我，想知道我有沒有跟上她的思緒。她吐露這些話語既激動又快速，彷彿已經想了很長一段時間。「而那次與維納斯會面。那真的把我搞糊塗了。『沒有一個半神半人會治好你的心。』那到底是什麼意思呢？然後，你終於出現了。」

「我們得要再次回顧那部分嗎？我還滿糗的耶。」

「不過你真的對我表明心意。你提議要約會的時候……」她深吸一口氣，身體隨著默默傻笑而搖晃。「喔，眾神哪。我看出自己多麼可笑。這整個情況多麼可笑。就是那樣治好了我的心，我又能夠嘲笑我自己了，嘲笑我對於命運的愚蠢想法。那讓我掙脫了束縛，就像法蘭克掙脫了他的火棒。我不需要另一個人來治好我的心。我不需要伴侶……至少還不需要，除非我好好聽從自己的意願。我不需要被迫接受任何人，或者貼上其他人的標籤。很長一段時間以來，我第一次覺得肩上的重擔卸下來了。所以謝謝你。」

「不用客氣吧？」

她笑了。「可是，你還不懂嗎？維納斯把這項任務交付給你。她把你騙進來，因爲她知道你是全宇宙最自負的第一人，足以應付被甩的局面。我可以當面嘲笑你，而你會復原。」

「嗯哼。」我想，關於維納斯操縱我的部分，她說得對。只不過，那位女神會不會關心我有沒有復原，我就不是很確定了。「所以，這件事對你的意義到底是什麼？執法官蕾娜的下一步是什麼？」

就算問了這個問題，我也很清楚自己根本知道答案。

「一起去元老院吧，」她說：「我們準備了一些意外驚喜。」

88 賽西（Circe）是希臘神話中最著名的女巫，法力高強，會用魔法和藥草把人變成各種動物。

42

人生頗無常
接受禮物，且永遠
吃生日蛋糕

我的第一個驚喜：前排座位。

我和梅格分配到榮譽座位，旁邊是資深元老、新羅馬最重要的公民，以及需要方便就座的半神半人。梅格一看到我便拍拍她旁邊的長椅位置，活像是還有其他地方可坐。整個房間完全塞滿了人。不知道爲什麼，這裡保證能同時看到每一個人，即使人口銳減，一整片的白色繃帶有可能造成雪盲。

蕾娜緊跟在我後面，一跛一跛地走進房間。所有與會者都站起來。他們靜靜等待以示尊敬，看著她緩緩走向法蘭克旁邊的執法官座位，法蘭克向這位同事點頭示意。

等到她就座，其餘所有人也跟著坐下。

蕾娜向法蘭克做個手勢，意思像是「開始玩吧」。

「那麼，」法蘭克對觀眾發表演說：「我召開這次新羅馬人民和第十二軍團的特別會議。議程的第一個事項：正式向所有人致謝。我們存活下來是因爲團隊的努力。我們對敵人施以重擊。塔克文死了……終於眞的死了。三巨頭的三位皇帝有兩位已經遭到消滅，加上他們的艦隊和部隊。完成這一切付出很大的代價。不過呢，你們所有人的表現如同眞正的羅馬人。

我們活著見到新的一天！」

現場響起掌聲，一些點頭，還有少數喊著「好啊！」和「新的一天！」的喝采聲。後面有個傢伙上星期一定很不專心，竟然說：「塔克文？」

「第二個事項，」法蘭克說：「我想要向大家保證，我活得好好的。」他拍拍胸脯，像是要證明這點。「我的命運再也沒有和一塊木頭綁在一起，這樣很好。而如果你們很樂意忘掉我穿著內褲的模樣，我會感激涕零。」

這引來一些笑聲。誰想得到法蘭克也會故意搞笑？

「好……」他的神情轉為嚴肅。「這是我們的職責，有些個人的變動要通知各位。蕾娜？」

他以饒富興味的神情看著蕾娜，彷彿很好奇她是否真的能堅持到底。

「法蘭克，謝謝你。」她勉力挺身站好。再一次，與會的每一個人只要能夠站立，全都跟著站起來。

「各位。拜託。」她作勢請我們就座。「大家夠辛苦了。」

等我們全部就座，她環顧群眾的每一張臉：一大堆焦急又悲傷的神情。我猜很多人早就知道接下來是什麼事。

「我擔任執法官已經有很長的時間，」蕾娜說：「為軍團服務一直是很大的榮耀。我們共同經歷一些艱難的時刻。一些……有趣的時光。」

幾陣緊張不安的笑聲。用「有趣」來咒罵真是太厲害。

「不過，到了我該卸任的時候了，」她繼續說：「所以，我要辭去執法官的職位。」

一陣難以置信的悲嘆聲充斥整個房間，彷彿星期五下午突然出了家庭作業。

「這是爲了個人因素，」蕾娜說：「就像，舉例來說，我的心理健康。我需要時間只當蕾娜．阿維拉．拉米瑞茲—阿瑞拉諾，找出我在軍團之外是什麼樣的人。可能要花幾年時間，或者幾十年，或者幾個世紀。那麼……」她取下執法官斗篷和徽章，把它們交給法蘭克。

「泰麗雅？」她叫喚。

泰麗雅．葛瑞斯沿著中央走道向前走。她經過時對我眨眨眼。

她站在蕾娜面前，說：「跟著我唸：『我向女神黛安娜發誓。我拒絕接受男性的陪伴，答應成爲永恆的處女，加入獵女隊。』」

蕾娜複述那些話。沒有發生我看得見的魔法事蹟：沒有雷擊或閃電，沒有銀色閃光由天花板撒落。不過由蕾娜的模樣看起來，她獲得了活得更帶勁的人生新租約……無窮多年，零利率，無頭期款。

泰麗雅拍拍她的肩膀。「姊妹，歡迎加入獵女隊！」

蕾娜笑了笑。「謝啦。」她面對群眾。「也謝謝你們所有人。羅馬長存！」

群眾再次起立，站著給予蕾娜熱烈的掌聲。他們喝采又跺腳，歡呼聲那麼熱烈，我都怕頭頂上用強力膠帶固定的圓拱屋頂會倒塌在我們身上。

最後，等到蕾娜和她的新老闆，泰麗雅，一起在前排就座（坐的是兩位元老的座位，他們非常樂意換位子），所有人又把注意力轉回到法蘭克身上。

「嗯，各位，」他伸展雙臂，「我可以花一整天好好感謝蕾娜，她對軍團付出了那麼多。她一直是最好的導師和朋友。她永遠無可取代。另一方面，我現在獨自一人在上面這裡，而我們有一張空的執法官椅子。所以，我很樂意提名……」

拉維妮亞開始吟誦：「海─柔！海─柔！」

群眾很快便加入。海柔瞪大雙眼。坐在周圍的人要拉她站起來時，她試圖抗拒，但她的第五分隊粉絲團成員顯然對這樣的可能性早有預備。他們其中一人拿出一塊盾牌，像馬鞍一樣把海柔舉起來，把她抬到頭頂上，帶著她大步走向元老院的中央，一邊轉圈一邊吟誦著：「海柔！海柔！」蕾娜猛拍手，跟隨他們一起大聲高喊。只有法蘭克試圖保持中立，不過他得用拳頭遮住自己的微笑。

「好了，放下來！」他最後叫道：「我們有一位提名人。有沒有其他……」

「海柔！海柔！」

「有沒有異議？」

「海柔！海柔！」

「那麼我正式確認第十二軍團的意願。海柔．李維斯克，你特此晉升爲執法官！」

更加瘋狂的歡呼聲。海柔一臉茫然，穿戴上蕾娜的舊斗篷和軍官徽章，走向她的椅子。眼看著法蘭克和海柔肩並著肩，我忍不住笑逐顏開。他們在一起看來如此速配……聰明、強壯又勇敢。完美的執法官。羅馬的未來會得到妥善的維護。

「謝謝你們，」海柔終於開口說：「我……我會盡一切所能，不辜負你們的信任。那麼有一件重要的事。這樣讓第五分隊缺少一位分隊長，所以……」

整個第五分隊開始同聲吟誦：「拉維妮亞！拉維妮亞！」

「什麼？」拉維妮亞的臉變得比頭髮更加粉紅。「喔，不行。我才不要當帶頭的人！」

「拉維妮亞！拉維妮亞！」

「這是開玩笑吧？各位，我……」

「拉維妮亞．艾西莫夫！」海柔面帶微笑說：「第五分隊看出我的心意。作爲我擔任執法官的第一個行動，由於你在『舊金山灣戰役』完成無與倫比的英勇事蹟，我在此推舉你爲分隊長，除非我的執法官夥伴有任何異議？」

「沒有。」法蘭克說。

「那麼，拉維妮亞，請上前！」

更多掌聲和吹哨聲，拉維妮亞走向講台，獲頒她的軍官新徽章。她擁抱法蘭克和海柔，其實這並非慣常的軍隊禮儀，但似乎沒人在意。沒有人的掌聲比梅格更響亮，也沒有人的吹哨聲比梅格更尖銳。我之所以知道，是因爲她害我一邊的耳朵聾掉了。

「謝啦，各位，」拉維妮亞朗聲說：「那麼，第五分隊，首先我們要學踢踏舞。然後……」

「分隊長，謝謝你，」海柔說：「你可以就座了。」

「什麼？我不是開玩笑啊……」

「進行我們下一個議程！」法蘭克說，只見拉維妮亞氣呼呼的（其實不太可能），匆匆回到她的座位。「我們很明白，軍團需要時間療傷。有很多事情要做。這個夏天我們會進行重建。我們會找魯芭談一談，盡可能以最快的速度招募多一點新血，才能從這場戰鬥中復原，而且比以前更強大。不過現在，我們歷經奮戰，獲得了勝利，而我們必須對兩個人表達敬意，有他們才有可能獲得勝利：阿波羅，又名萊斯特．巴帕多普勒斯，還有他的夥伴，梅格．麥卡弗瑞！」

群眾鼓掌得那麼熱烈，我想很多人都沒聽到梅格說「主人啦，不是夥伴」；我覺得這樣很好。

站起來接受軍團的致謝時，我覺得異常不安。現在終於有一群友善的群眾爲我歡呼喝采，但我只想坐下來，用寬外袍蓋住頭。與海柔、蕾娜或法蘭克相比，我做的事情那麼微不足道，更別提所有已經過世的人：傑生、達珂塔、唐恩、雅各、女先知、哈波克拉底……以及其他數十人。

法蘭克舉起手要求安靜。「好，我知道你們兩人的前方還有另一個任務，更漫長也更艱難。還需要有人去踢另一位皇帝的臀部。」

看著群眾笑起來，眞希望下一趟任務會像法蘭克說的那麼簡單。尼祿的臀部，是啊……不過還有匹松的小事，牠是我的永生不死的宿敵，目前擅自占據我在德爾菲的古老聖地。

「而我明白，」法蘭克繼續說：「你們兩位已經決定早上就離開。」

「我們要離開？」我的聲音很粗啞。我一直想像在新羅馬輕輕鬆鬆待個一、兩個星期，享受熱水澡，也許看場戰車競賽。

「噓，」梅格對我說：「是的，我們決定了。」

這並沒有讓我覺得比較好過。

「還有，」海柔插嘴說：「我知道你們兩位準備在破曉時分去找艾拉和泰森接受預言，那有助於你們任務的下一個階段。」

「我們有嗎？」我大叫。我滿腦子想的只有阿里斯托芬舔著牠的下部。

「不過今晚呢，」法蘭克說：「爲了你們對這個營區所做的一切，我們想要致上敬意。如果沒有你們的幫忙，朱比特營可能就不在這裡了。所以，我們希望能致贈這些禮物。」

賴瑞元老從後面的房間走出來，沿著走道搬運一個大型的裝備袋。我不禁心想，難道軍團買了達荷湖的滑雪假期送給我們？賴瑞走到講台，放下圓筒袋。他翻找出第一件禮物，笑嘻嘻地把它遞給我。「這是全新的弓！」

賴瑞眞該去當電玩展的主持人。

我的第一個念頭是：噢，酷喔。我需要一把新的弓。

接著我更仔細看著手中的武器，不敢置信地尖叫：「這是我的！」

梅格哼了一聲。「當然啦。他們才剛給你耶。」

「不，我的意思是這眞的是『我的』！原本是我的，以前我還是天神的時候！」

我舉起那把弓，嘴裡不停地喔喔啊啊亂叫；這是用金橡木打造的傑作，雕刻了鍍金的藤蔓，在光線照耀下宛如著了火。它那緊繃的弧線發出嗡嗡聲，充滿力量。如果我的記憶是正確的，弓弦是用神界青銅和命運三女神織布機的絲線編織而成（那些喔……哎喲，那些絲線是從哪裡來的？我很確定沒有偷啦）。這把弓幾乎像是沒有重量。

「它一直放在總部的寶物室裡，已經有好幾個世紀了，」法蘭克說：「沒有人可以用。它太重了，根本拉不動。相信我，如果拉得動，我一定拿來用。既然這原本是你給軍團的禮物，交還給你似乎再正確不過了。等到你恢復天神的力量，我們認爲你可以好好使用它。」

我不知道該說什麼才好。通常我反對把別人送的禮物轉送出去，但就這個例子而言，我滿心感激。我不記得自己何時將這把弓送給軍團，也不記得爲何送出……有好幾個世紀，我把它們像派對小禮物般到處亂送；不過眞的很高興能夠取回。我拉動弓弦，連一點困難也沒有。也許我有一點點自己沒料到的天神力氣，也說不定這把弓認得我是它理所當然的主人。

喔，好耶。我可以用這把漂亮的弓造成一點傷害。

「謝謝你。」我說。

法蘭克笑了笑。「只可惜我們沒有庫存的戰鬥烏克麗麗可以替代。」

在看台上，拉維妮亞嘀咕著說：「虧我還跑去幫你修好。」

「不過呢，」海柔說著，小心翼翼忽視她的新任分隊長。「我們真的有禮物要給梅格。」

賴瑞再次翻找他的耶誕老公公袋子，拿出一個黑色的絲質小袋，約像一副紙牌的大小。

我拚命忍住想要大叫的衝動：「哈！我的禮物比較大！」

梅格探看袋子裡面，然後倒抽一口氣。「種子！」

我不會有那種反應，不過她似乎真的很開心。

萊拉，席瑞絲之女，從觀眾席大聲說：「梅格，那些種子非常古老。我們集合營區的所有園丁，從溫室的儲藏容器幫你收集那些種子。坦白說，我其實不太確定它們全部會長成什麼樣子，不過你應該覺得找出結果很好玩！希望你可以用它們對付最後一位皇帝。」

梅格看著，不知道該說什麼。她的嘴唇微微顫抖。她點點頭再眨眨眼，藉此表達謝意。

「那麼，好了！」法蘭克說：「我知道大家在葬禮上吃過了，不過我們需要慶祝海柔和拉維妮亞的晉升，祝福蕾娜有最棒的新奇冒險，也祝福阿波羅和梅格的道別。而且，當然啦，我們有個遲來的生日蛋糕要給萊斯特！派對在餐廳舉行！」

43

很大的開幕！
贏得免費地獄行！
拿杯子蛋糕！

我不曉得哪一種道別最困難。

曙光乍現之時，海柔和法蘭克來咖啡店找我們，最後一次道謝。接著他們離開，準備對軍團吹響起床號。他們打算恢復正常，致力於修復營區，讓每個人的心思從重大的損失中抽離出來，以免一直沉溺於震驚與打擊。看著他們一起沿著普勒托利亞大道步行走開，我感受到一股溫暖的確定感，軍團即將迎接全新的黃金年代。就像法蘭克一樣，第十二軍團福米納塔也會從灰燼中站起，不過希望他們不只穿著自己的內衣。

一會兒之後，泰麗雅和蕾娜來了，伴隨她們的灰狼群、兩隻金屬灰狗，以及獲救的一對飛馬。她們的離開與姊姊的離開讓我同樣感到悲傷，不過我了解她們獵女隊的作風。永遠四處奔波。

蕾娜給了我最後一個擁抱。「我很期待一段長長的假期。」

泰麗雅笑起來。「一段假期？娜娜，我不想這樣對你說，不過眼前的工作非常艱鉅！目前我們橫跨美國中西部追蹤透墨索斯惡狐，已經追蹤了好幾個月，一直不太順利。」

「真的啊，」蕾娜說：「一段假期。」她親吻梅格的頭頂。「你把萊斯特管得緊緊的，好嗎？他只不過得到一把新的好弓，別讓他有大頭症。」

「包在我身上。」梅格說。

說來悲慘，我沒有理由可以質疑她。

我和梅格最後一次離開咖啡店時，龐畢羅真的哭了。在粗獷的外表下，這位雙頭義式咖啡師其實是個多愁善感的人。他給我們十幾塊司康餅、一袋咖啡豆，而且叫我們離開他的視線，免得他又放聲痛哭起來。我負責拿司康餅，而梅格呢，眾神救救我，她拿咖啡。

到了營區大門，拉維妮亞等在那裡，嚼著她的泡泡糖，同時擦亮自己的分隊長新徽章。「我已經好幾年沒這麼早起床了，」她抱怨說：「我會很痛恨當軍官。」

她眼裡的晶亮神采透露的是另一回事。

「你會做得很棒。」梅格說。

拉維妮亞彎腰擁抱她時，我注意到艾西莫夫小姐的左邊臉頰和脖子有一點一點的疹子，用某種粉底霜遮不太住。

我清清喉嚨。「你昨天晚上大概溜出去找毒野葛吧？」

拉維妮亞臉紅了，顯得好可愛。「那又怎樣啊？有人說，我的分隊長頭銜讓我非常有魅力喔。」

梅格顯得很關心的樣子。「如果一直要見她，你得去買一點爐甘石痱子乳液。」

「嘿，沒有一段關係是完美的啦，」拉維妮亞說：「和她在一起，至少我知道眼前碰到的問題！我們會想辦法解決。」

我很確定她辦得到。她抱抱我，撥亂我的頭髮。「你最好回來看我。而且不要死喔。如果你死了，我會用我的新舞鞋用力踹你的屁股。」

「了解。」我說。

她最後跳了一段軟鞋的舞步，再對我們做個手勢，像是說「交給你們了」，然後一溜煙跑去召集第五分隊，準備上一整天的踢踏舞課。

看著她離開，我不禁感嘆，自從拉維妮亞．艾西莫夫第一次護送我們進入營區之後，所有人發生了好多事。我們打敗了兩個皇帝和一個國王，他們一直有強大的影響力，甚至染指最殘酷無情的撲克牌遊戲。我們讓一位天神和一位女先知的靈魂得以安息。我們救了一個營區、一個城市，還有一雙漂亮鞋子。最重要的是，我見到我姊姊，而她讓我恢復健康，或者是萊斯特．巴帕多普洛斯所需的健康。如同蕾娜之前說的，我們在自己的「好事」那一欄增添相當多的項目。接下來，我和梅格著手要對付的可能是最後的任務，帶著美好的期盼和滿懷希望的鬥志……或至少帶著一夜好眠和十幾塊司康餅。

我們最後一次進入新羅馬，艾拉和泰森在那裡等著見到我們。才剛走進書店門口，有塊剛漆好的招牌宣告著「獨眼巨人書店」。

「耶！」泰森大叫，看著我們走進門口。「請進！今天要舉辦很大的開幕！」

「『盛大的』開幕啦。」艾拉更正說，同時在服務台忙著擺弄一大盤杯子蛋糕和一束氣球。「歡迎來到『獨眼巨人書店和預言外加一隻橘貓』。」

「招牌寫不下那麼多字啦。」泰森透露說。

「應該要寫得下，」艾拉說：「我們需要比較大的招牌。」

橘貓阿里斯托芬在老式收銀台上面打呵欠，對牠來說好像一切如昔。牠戴著小小的派對帽，臉上的表情似乎說著：「我戴成這樣，只因爲半神半人沒有照相手機或Instagram。」

「顧客可以來取得他們任務的預言！」泰森解釋說，同時指著自己的胸口，那裡寫的《西卜林書》字句又更密集了。「他們也可以挑選最新的書！」

「我推薦一九二四年的《農民曆》，」艾拉對我們說：「你們想來一份嗎？」

「啊……也許下一次吧，」我說：「有人說，你們有預言要告訴我們？」

「對，對。」艾拉伸出指頭，向下移到泰森的肋骨處，搜尋著正確的字句。

獨眼巨人扭動身子，咯咯發笑。

「這裡，」艾拉說：「在他的脾臟上面。」

太好了，我心想。泰森的脾臟預言。

艾拉大聲唸出來：

噢宙斯之子最終正面尋隙

尼祿之塔兩人獨攀

逐出之野獸曾奪汝地邑。

我等待著。

艾拉點點頭。「對，對，對。就是那樣。」她回去擺弄那些杯子蛋糕和汽球。

「不可能是那樣啊，」我抱怨說：「那不是詩的格式。那不是俳句。那不是十四行詩。那不是……喔。」

梅格瞇著眼睛看我。「喔，怎樣？」

「喔，意思是『喔，不會吧。』」我還記得，以前在中世紀的佛羅倫斯遇見一名陰沉的年輕男子。那是很久以前的事了，不過我永遠忘不了有人發明一種新的詩體。「那是三韻格。」

「誰？」梅格問。

「那是義大利詩人但丁發明的一種詩體。在《神曲》裡面。有三行。第一行和第三行押韻。中間那行與下一個詩節的第一行押韻[89]。」

「我不懂。」梅格說。

「我想要一個杯子蛋糕。」泰森高聲說。

「『隙』和『邑』押韻，」我對梅格說：「中間那行的結尾是『攀』。於是我們得知，找到下一個詩節時，如果第一行和第三行與『攀』押韻，就會知道那是正確的。三韻格的一個個詩節很像永無止盡的紙圈鍊子，全部串連在一起。」

梅格皺起眉頭。「但是沒有下一個詩節啊。」

「不在這裡，」我表示同意。「那表示一定在其他地方……」我朝向東方胡亂揮手。「我們要像食腐動物一樣，追獵更多的詩節。這只是起點。」

「嗯哼。」

如同以往，梅格對我們的尷尬處境做了完美的總結。眞的是非常「嗯哼」。我也很不喜歡這樣的事實：我們新預言的押韻格式當初發明出來，是要用來描述墜入地獄的情景。

「尼祿之塔，」艾拉一邊說，一邊重新擺放她的氣球擺設。「紐約，我敢打賭。對。」

我拚命忍住嗚咽聲。

鳥身女妖說得對。我們需要回到那裡，那是我所有問題展開的地方：曼哈頓，燦爛閃耀的三巨頭總部聳立於市中心。在那之後，我們必須面對那隻篡奪我地盤的野獸。我想，那一行字指的不是尼祿的另一個自我，「野獸」，而是眞正的野獸「匹松」，我自古以來的宿敵。要怎麼到達牠在德爾菲的巢穴，我連一點頭緒也沒有，更別提打敗牠了。

「紐約啊。」梅格伸手將下巴闔上。

我知道，這對她來說會是最糟糕的探親之行，回到她繼父的可怕房子，她在那裡有很多年的時間遭受情感方面的虐待。我眞希望可以消除她的痛苦，但是我想，她一直都知道這樣的一天終究會來臨，而就像過去所經歷的大部分痛苦一樣，她別無選擇，只能……好好地經歷這一遭。

「好吧，」她說著，語氣很堅決。「我們要怎麼去那裡？」

「喔！喔！」泰森舉起手。他的嘴巴黏著杯子蛋糕的糖霜。「我會搭火箭飛艇！」

我瞪著他。「你眞的有火箭飛艇？」

他的表情好像洩了氣的皮球。「沒有啦。」

我望向書店的櫥窗玻璃外面。在遠方，太陽升到大波羅山的上方。我們的數千公里旅程不可能從火箭飛艇展開，因此得找到其他方法。馬匹？飛鷹？一輛自動駕駛汽車，設定了程

---

89 《神曲》圍繞著「三」這個數字，因為這在天主教和基督教代表神聖的三位一體。《神曲》描述但丁這位詩人在黑暗的森林遇到三隻猛獸，這時出現古羅馬詩人維吉爾的靈魂，維吉爾帶著但丁走過地獄和煉獄，後來但丁的情人帶他去天堂。

式，不會從公路飛出去？我們必須信任眾神給點好運氣。（在這裡插入『哈—哈—哈—哈—哈—哈—哈—哈—哈—哈』。）

而且或許吧，如果真的非常幸運，等我們回到紐約，至少可以去拜訪混血營的那些老朋友。這種想法給了我勇氣。

「梅格，走吧，」我說：「我們有很多的里程要前進。我們需要找到新的交通工具。」

太陽神試煉

暴君之墓

文 / 雷克・萊爾頓　譯 / 王心瑩

副主編 / 陳懿文
封面繪圖、設計 / 唐壽南
內頁排版 / 連紫吟、曹任華
行銷企劃 / 鍾曼靈
出版一部總編輯暨總監 / 王明雪

發行人 / 王榮文
出版發行 / 遠流出版事業股份有限公司　台北市南昌路2段81號6樓
電話：(02)2392-6899 傳真：(02)2392-6658 郵撥：0189456-1
著作權顧問 / 蕭雄淋律師
輸出印刷 / 中原造像股份有限公司
□ 2020年2月1日 初版一刷

定價 / 新台幣360元 (缺頁或破損的書，請寄回更換)

ISBN 978-957-32-8702-5
YL 遠流博識網 http://www.ylib.com　E-mail:ylib@ylib.com
遠流雷克萊爾頓奇幻欄 http://www.facebook.com/thekanefans

THE TRIALS OF APOLLO: THE TYRANT'S TOMB

國家圖書館出版品預行編目（CIP）資料

太陽神試煉：暴君之墓 / 雷克.萊爾頓（Rick Riordan）著；王心瑩譯. -- 初版. -- 臺北市：遠流, 2020.02

面； 公分.

譯自：The trials of Apollo : the tyrant's tomb

ISBN 978-957-32-8702-5(平裝)

874.57 108022297